这是一部内容独特的反间谍小说，

是作者继《国家机密》之后的又一精彩力作。

隐藏杀机

李　李／著

作家出版社

"中共军方现在专注于思考，如何在与美国爆发冲突时将美国击败，至于最有可能出现此种状况就是双方因台湾问题而致冲突。"

（摘自《美国兰德公司报告》）

目 录

第一章　曼谷突袭

六月，泰国已经进入炎热的夏季。

夜幕降临以后，暧昧的气氛开始在泰国首都曼谷的上空弥漫。在曼谷市中心区瓦达旺警察局旁边的一套高级公寓内，四名美国中央情报局武装特工懒散地坐在客厅里，两人在玩牌，一人在看电视，另一人通过闭路电视观察公寓外窗户、电梯、走廊的情况。

几天前，中国国防601研究所工程师赖文祥利用在东南亚某国家参加会议之机，携带绝密国防资料叛逃，向美国中央情报局寻求庇护。赖文祥曾参与中国某重点国防科研项目的研发工作，美国中央情报局东南亚情报站对赖文祥的叛逃如获至宝，派出武装特工对其重点保护。负责看监视器的特工感到口渴，起身去冰箱拿可乐，就在他起身的瞬间，显示公寓外走廊情形的监视器荧屏突然闪了一下。当这名特工拿着可乐又坐到监视器前的时候，监视器荧屏已恢复正常，画面显示公寓外走廊空无一人。

在这栋高级公寓对面居民楼的顶层，中国国家安全机关派出的特工，使用一架高灵敏热成像仪，监视着高级公寓套房内的美国特工。其中一人使用加密步话机，将美国特工的一举一动报告给公寓内等候时机的行动人员："方块K在6点钟位置，梅花Q平进三……"

"行动！"

为首的中国特工萧烈一声令下，几个矫健的身影迅速冲入公寓外走廊。此时，公寓内美国人的监视器上仍然显示外走廊空无一人。

几名行动人员无声无息地靠近公寓铁门，娴熟地将一大瓶矿泉水粘在公寓坚固的铁门上，随后又在矿泉水瓶上插好可塑炸药，闪开，按下起爆按钮。

"轰隆！"矿泉水在炸药的作用下将铁门挤压变形，整体冲开。与此同时，所有的灯突然熄灭，公寓楼内一片漆黑。

门外的中国特工头戴夜视仪冲入屋内，趁客厅内的美国特工眼睛一时无法适应黑暗之际，从容举枪。"砰！砰！砰！砰！"四名美国特工全部被撂倒。几名中国特工迅速摘下夜视仪，换上特种墨镜。这时，卧室的门被踹开，从里面冲出两名头戴夜视仪的美国特工，持枪环顾四周。就在此刻，“噗！”一颗炫目弹在客厅中爆炸，一片炫目的光芒，使头戴夜视仪的美国特工立刻失去目标。几名戴着特种墨镜的中国特工从沙发后面站起身，对暂时失明的美国特工扣响扳机，“砰！砰！”两名美国特工应声栽倒在地。

“障碍已全部扫除。”中国特工古小天通过微型步话机报告，同时率人冲入卧室，将抖若筛糠的赖文祥围在中间。手电光在赖文祥身上晃来晃去。

“发现目标。”古小天通过步话机报告。

萧烈走过去看了一眼，一挥手：“带走！”

古小天身边的两个特工架起赖文祥离开袭击现场。

几个年轻的中国特工在萧烈的带领下走出公寓大楼时，已全部收起武器，换下作战服，穿着休闲服装，每人拎一个大包，仿佛在度假。其中一人背着满身酒气、烂泥一般的赖文祥，一起上了早已等在那里的汽车，迅速离开。

公寓大楼随即重新供电，被切断的大楼固定电话线路又接通，附近的移动电话信号也马上恢复。几辆负责实施通讯干扰等支援任务的汽车收起仪器，消失在川流不息的车流中。

中国突袭人员撤离不久，泰国警方赶到现场，迅速封锁了周边区域。二十分钟后，美国使馆人员也来到现场，并获准进入交火的公寓。在到来的美国人员中，有一个人对现场状况进行了仔细勘察。这个人中等身材，穿一身不太合体的西装，戴一副近视眼镜，有些秃顶，看上去不像是外交官，更像是一名中学教师。他就是美国中央情报局驻东亚情报站站长艾克森。

这个由艾克森亲自选定的秘密庇护所，现在一片狼藉。袭击者身手敏捷，目标明确，艾克森的手下，显然是在未组织起任何有效抵抗的情况下就被麻醉枪射中。袭击者使用强力麻醉枪是不想要他这些手下的命，那些特工除了昏迷，未受其他伤害。这说明袭击者不愿与美国中央情报局结怨，同时也在暗示——只要他们愿意，随时都可以要这些美国特工的命！

“是中国人干的吗？”一名美国外交官在艾克森身边小声问。

艾克森微微点头。

“中国人不敢伤害你的手下，说明他们害怕我们美国。”这名外交官笑道。

艾克森看了这名自大的外交官一眼：“你太不了解中国人！”

“不是这样吗？否则他们应该用实弹，而不是麻醉弹！”外交官不屑地耸耸肩。

“你下次在做出‘中国人害怕美国’的结论之前，最好先找一本有关‘韩战’——中国人叫做‘抗美援朝’的历史书看一看。”艾克森说。面对这位对中华民族特性一无所知的外交官，艾克森丝毫也不感到奇怪。实际上，美国从来没有多少人真正了解中国。

艾克森对中国的印象最初是来自参加过“韩战”的父亲。艾克森的父亲曾是美国陆战第1师的一名营长。在美国海军陆战队中，陆战1师被誉为“美利坚之剑”，是美国军队中最为凶悍的部队，具有非同寻常的战斗力，二战时曾发生过陆战1师的士兵为防止敌军把手榴弹推出，用手紧握手榴弹伸进敌军地堡爆炸的故事。

“韩战”期间，就是这支精锐的陆战1师，在与中国人进行的朝鲜长津湖战役中，被没有飞机、没有坦克的中国军队打得七零八落，使有着24124名官兵的陆战第1师损失了将近一半！那是艾克森的父亲第一次见到中国军人。只有步枪和手榴弹的中国士兵冒着陆战队的炮火前赴后继，使陆战第1师伤亡惨重，但他们视死如归的精神令陆战队员们肃然起敬！艾克森的父亲曾经在二战中遇到过德军最后一次大反攻，却也不似与中国人进行的长津湖之战那样惨烈。

在许多西方人眼里，装备落后的中国人如何在“韩战”中战胜了拥有一流装备的美军，把美军从鸭绿江边驱赶到三八线，一直是个难解的谜。艾克森正是因为这个谜，才成为中国问题专家的。通过对现场行动手法的勘察，艾克森确信，这次突袭是中国国家安全部门下属的“飞龙小组”的杰作。

艾克森回到他的办公室，反复思考这次赖文祥叛逃事件失败的原因，自认为他的保护计划并无疏漏，问题肯定出在对赖文祥策反的环节。他对整个策反事件进行缜密的梳理，得出的结论是这样的：赖文祥在被“剑鱼”的手下“毒蝎”策反时，已经被中国国家安全部门发现蛛丝马迹，并对赖文祥实行了全程跟踪，目的是要查出幕后的黑手，当他们发现赖文祥叛逃，为避免泄露更多的秘密，毅然采取了武装袭击行动，从美国人手中把赖文祥抢了回去。

艾克森叫来他的女秘书，口授电报内容，命令“剑鱼”立即停止一切活动，等待上级新的指示。

“剑鱼”和“毒蝎”的见面，安排在一个游泳馆里。这个接头方式是“剑鱼”想出来的。每天下午的三四点钟，游泳的人很少，而且每个进去游泳的人，都不可能携带电子侦听设备，大家都戴着泳帽和泳镜，一般也很难看清真实面目。

“剑鱼”先到，游泳池里只有三四个人。他戴着泳镜，别人看不清他的脸。他在岸上做了几分钟准备活动，目的是观察周围是否有人监视，当他确信没有异常时，把浴巾顺着搭在一个躺椅上，表明“一切正常”。如果是把浴巾横着搭，就是“有异常”。

“剑鱼”把一切准备停当，然后坐在池边往身上撩水。这时“毒蝎”戴着泳镜走了进来，她先看了一眼顺搭在躺椅上的浴巾，这才放心地走向“剑鱼”。等她走近池边，“剑鱼”突然向她身上撩水，吓得她惊叫着直往后躲，看上去像一对年龄差别稍大一点的情侣。

接着他们开始在一条泳道里游泳，一前一后游得很快，像两条互相追逐的鱼。游到游泳池的那一端，他们停下来，站在泳池不锈钢的架子上休息，然后开始小声说话。他们一边说话还一边用手拍打水面，发出没有节奏的噪音，以此干扰别人的偷听。

“‘赖皮’又被他们弄回来了。”“剑鱼”说。“赖皮”是他们对赖文祥起的代号。

“毒蝎”一惊：“怎么会呢？他不是已经到曼谷了吗？”

“谁知道这些笨蛋是怎么搞的。他们搞砸了，却把责任推给我们，说是在我们这边的环节上出了问题。老板命令，暂时停止一切活动，等待新的指示。”

“知道了。”

“你自己回想一下，在‘赖皮’事件上有没有留下什么破绽？如果有，马上离开中国。”

“毒蝎”沉思着摇摇头：“我自信没有留下什么破绽。‘赖皮’是个智商很高情商很低的痴情男人，他就是全盘招供，也说不出多少我的情况。”

“还是谨慎行事为妙。以后还用老方式联络。我不找你，你不要来找我。”

“明白。”

“剑鱼”看到隔壁的泳道上有一个人快游到头了，小声对“毒蝎”说：“有人过来了。我们继续游吧。”接着两人又你追我赶地游起来。

第二章　双重间谍

一辆红色的法拉利跑车停在中国香港一栋豪华写字楼门前，车门打开，一双纤长雪白的小腿，优雅地旋了个弧，跨出车外。黑色天鹅绒的 3 寸高跟鞋，透着珍珠光泽的丝袜，纤细骨感的脚踝，光洁似雪的小腿和膝盖……最后出现的才是那张被宽大的墨镜遮去大半的俊俏的脸。这个女人叫柳如嫣，是台湾军情局的特工。她的出现，深深地吸引了四周每一个男子的目光。

柳如嫣穿一身中规中矩的职业套装，举止也很端庄，但她看似无心的一颦一笑、一回首一凝眸，却可以勾人魂魄于无形。她神采间自然流露的柔媚，在男人眼里是世上独一无二的风情，能令男人目瞪口呆，心跳加速。

艾克森坐在写字楼大厅的商务酒吧里，目睹了周围男人惊诧的表情。他从不怀疑柳如嫣对于男人的致命吸引力。

柳如嫣踏着穿高跟鞋时特有的脚步朝艾克森走来，举手投足间，显得既潇洒柔媚，又桀骜不驯。

“你还是那么漂亮！”艾克森恭维道。

“谢谢。”柳如嫣在艾克森对面坐下，放下皮包，拿出女士香烟，优雅地点燃一支，然后很随意地把打火机放在桌上。

“你父亲身体好吗？”艾克森摸出香烟，拿起桌上的打火机点燃，顺手把打火机揣进自己右侧的口袋，一切做得那么平淡自然。酒吧内没有人注意到他们已经交换了打火机，更没有人会想到那打火机实际上是一个电脑移动硬盘，里面存储了大量台湾军事情报局搜集到的中国大陆情报。

“他身体还好，只是民进党搞‘台独’，他老人家担心大陆真的会打过去。”柳如嫣说。

“你认为解放军会不会打台湾？”艾克森问。

“我看共产党只是做做样子，嘴巴上说说罢了。如果台湾宣布独立，解放军不一定会打过来。”柳如嫣笑道。

“你错了！”艾克森说，“依照我对中国大陆的了解，如果台湾宣布独立，那么解放军一定会打过去的。”

“不会吧？我看共产党只是在虚张声势。”柳如嫣不确定地说。

艾克森诡异地笑：“那是因为你太不了解中国共产党的历史！上个世纪五十年代，中国的共产党政权曾警告联合国军不要越过三八线，否则中国就出兵朝鲜。当时美国所有的政治家和将军都认为中国人是在虚张声势，因为中国共产党刚刚夺取政权，根本无力顾及朝鲜。结果，联合国军跨过了三八线，中国人也跨过了鸭绿江。在那场战争中，联合国军伤亡一百多万人。”

柳如嫣钦佩地笑道：“你真是一个名副其实的‘中国通’！”

“那场‘韩战’导致的直接后果，就是当中国人警告美国在越南战争不要越过北纬十七度线的时候，华盛顿已没有人怀疑中国人是在虚张声势。在整个越南战争期间，美军的陆军始终没有越过北纬十七度线。”艾克森微笑着说，“我认为现在台湾的领导人正在重复二十世纪六十年代印度犯过的错误。在那场中印边境战争前，中国曾反复向印度强调自己的立场，但印度领导人把中国的退让当做怯懦，结果中国人发动了全面反击，印度军队溃不成军。”

“所以你丝毫不怀疑中国人在台湾问题上的决心。”柳如嫣说。

“是的。根据我掌握的情报，为了维护国家统一，中国将不惜与美国作战。中国海军基于‘一旦台湾海峡发生军事冲突，美国肯定会干预’的假设，正在制定对台战争中击败美国海军的战略，中国最近的军事演习和军事评论，说明北京已经制订实现这一目标的计划。《解放军报》发表的文章，谈到了航空母舰的致命部位，而台湾是没有航空母舰的。”艾克森严肃地说，“为了在实战中打败美国航母，中国在不遗余力地更新它的武器，其中包括增购俄罗斯设计的战斗力很强的军舰、潜艇和飞机。同时，中国人为了尽快拥有打败美国航母的能力，还投入大量人力、物力开发新型武器装备。大约有一千五百名前苏联的武器专家被中国高薪招揽。近期中国在核潜艇、隐形飞机、高精度导弹等武器研制方面取得突破性进展。我们需要知道中国研制的这些武器的性能。”

柳如嫣性感地眯了眯眼睛：“也就是说，这类情报会很值钱？”

“是的。”艾克森说。

“好的，我会搞到你需要的东西。”柳如嫣自信地说。

虽然美国与台湾的情报合作由来已久，但双方在情报交流时从来不是坦诚相待。而台海两岸的情势与美国的利益密切相关，美国需要获得台湾当局详细内部动态，所以柳如嫣在美国中央情报局受训时，艾克森亲自出面招募了她。一方面是因为美国中央情报局要通过其他途径验证台湾方面提供情报的真实性；另一方面是因为她复杂的身份背景。柳如嫣的父亲是台湾军情局的一位高官，母亲则是从大陆败退缅甸的一位国民党将军的后裔，至今她的舅舅还控制着金三角地区一股庞大武装势力。

“你会被任命为‘剑鱼专案’在中国大陆的主要负责人。”艾克森说。

“‘剑鱼专案’？什么‘剑鱼专案’？”柳如嫣一时摸不着头脑。

“这是半年前中情局与台湾军情局联合成立的一个新机构，原负责人代号为‘剑鱼’，所以叫‘剑鱼专案’。但是‘剑鱼’最近的表现令人失望，另外，一些台湾军情系统的人员有点不服他，所以上级决定由你来接管‘剑鱼专案’。你的代号是‘鳐鱼’。”

“‘鳐鱼’？”柳如嫣大惑不解。

“鳐鱼常常栖息于水底沙中，潜伏状态极好。希望你和鳐鱼一样！”

“可是‘剑鱼’会服我吗？”

“这不是你考虑的问题。”艾克森说。这时，他发现正在抽的烟熄灭了，他从左侧的口袋里掏出打火机点燃，然后把打火机放在桌上，“这里面是你与‘剑鱼’联络的‘电子密码本’和‘密钥手册’。”

柳如嫣点点头。

“我希望你领导下的‘剑鱼专案’，在取得中国核潜艇、隐形飞机、高精度导弹相关情报方面，能够与‘剑鱼’充分合作。报酬会准时存入你指定的瑞士银行账户。”

“谢谢！”柳如嫣说，“如果我没有理解错，你是希望与台湾同时获取原始情报资料，而不是台湾的研究报告，对吗？”

“是的，你的理解完全正确。”艾克森说，“因为我不认为台湾具有足够能力研判核潜艇、隐形飞机、高精度导弹的情报，就如同我不会相信马车夫能够通过图纸看出汽车优劣一样。”

柳如嫣笑道：“你居然把台湾说成‘马车夫’！”

“只是一个比喻。”艾克森说。

“不能说你的比喻没有道理。”柳如嫣无所谓地耸耸肩，“实际上，我与‘剑鱼’合作需要上面的大力支持才可能渠道通畅。”

“这方面请放心，你会得到你想要的一切便利条件。”艾克森说，“另外，我还需要知道‘飞龙小组’的情况。”

“‘飞龙小组’？我从来没听说过。”

“它是中国国家安全部门的一个精锐的行动小组，据说是以它的负责人的代号‘飞龙’命名的。我只知道这些。”艾克森说。

“很神秘？”

“是的，这个人很精明，是一个值得尊敬的敌人。”艾克森言语中对这个从未谋面的“飞龙”颇为赏识。

“有关他的情报，一定很值钱吧？”柳如嫣笑，“有这么厉害？”

“是的。如果你能得到‘飞龙’的情报，会有一个好价钱。”艾克森说。

“OK，一言为定!”柳如嫣看了看腕上的手表，“我还有个约会，先走一步。”

艾克森点头，做了个“请便”的手势。

柳如嫣拿起桌上的打火机，起身向洗手间走去。柳如嫣没有去洗手间，而是进入洗手间旁的一个注明“员工专用”的小门。在狭窄的走廊中几经周折，柳如嫣出现在写字楼的后门。一辆黑色小汽车正停在那里等她。柳如嫣乘坐黑色小汽车兜了几个圈子，确认没有被跟踪后，汽车驶入一个僻静的庭院。院落一角的榕树下，一个老人正在独自下围棋。

柳如嫣在老者对面坐下：“爸爸，我回来了。”

“与艾克森见过面了?”老人头也不抬地问。柳如嫣的父亲叫柳简铭，是台湾军情局副局长，资深情报专家。

“是的，爸爸。”柳如嫣如实回答。

“都说些什么?”

“美国人不知道从哪里了解到，大陆近期在武器研制方面取得突破性进展。美国军方对中国军事装备研究方面突飞猛进的现状感到忧虑，急于了解详情。”

“大陆武器装备研究取得突破性进展的情报我们早已得到，只不过民进党政府没有把这一情报通报美国政府。”柳简铭说。

“为什么? 我们不是一直与美国人交流情报吗?”柳如嫣问。

“这种会让美国人害怕的情报，民进党怎么会告诉美国人?”柳简铭不屑地说，“美国人害怕了，还会派兵保护台湾吗?”

“哦，是这样。”柳如嫣乖巧地答。

“这次美国人从大陆一个叛逃的工程师那里得到情报，知道大陆投入巨大人力和物力研制出新一代先进的攻击核潜艇、隐形飞机、高精度导弹，对美国的航母编队构成致命威胁。所以，美国的亲台湾政治势力，明确要求台湾设法获取大陆这些先进武器的详细情报，并提供给美国。”柳简铭说。

柳如嫣仔细倾听，生怕丢失了某个细节。

柳简铭接着说：“美国的亲台湾政治势力认为，如果中国大陆成功部署这样一支对美国的航母编队构成严重威胁的海上力量，那么，台海一旦发生战争，华盛顿的决策必将向有利于中国大陆一方倾斜，但如果美国军队能够预先对这支海上力量情况了如指掌，使其无法对美国航母编队构成严重威胁，那么台海一旦发生战争，美国将作出最有利于台湾的决定。”

“我明白了，我会尽快获取大陆正在研制的新式武器的详细资料。”柳如嫣真诚地说。因为她知道艾克森要的也是这类情报。

“这种情报不好搞啊!”柳简铭说，“半年前，军情局与中情局联合成立了一个‘剑鱼专案’，开始是中情局的人负责，大家对他不满意，经双方协商，准备让军情局的人负责。我们研究过了，指定由你负责整合我们在大陆的情报资源，专门配合美国人搜集这方面情报。”

“好的。”柳如嫣说。

第三章　南津选将

萧烈在亡妻章云梅的遗像前已经坐了很久，他为妻子点燃的那三炷香已经烧去了一半，他要等到三炷香全部烧完，就开始起程去南津。这套房子他已经住了十多年，本来他有很多机会换个大点的房子，但是都被他放弃了。原因很简单，他想在这个曾经和妻子小梅共同生活过几年并留有很多美好回忆的旧居中更多地感受往昔。

萧烈在大学毕业前夕被国家安全机关选中，毕业后被送到秘密基地集训。小梅是他同一所大学比他低两届的学妹。小梅长得漂亮、水灵，在她读大一的时候就被萧烈“发展”为女朋友。小梅毕业前夕，老是发低烧，被医院诊断患有血癌，此时还在接受秘密训练的萧烈，在未经组织许可的情况下，与恋爱多年的小梅闪电结婚，他因此受到第一个纪律处分。

结婚的第二年，小梅知道自己时日不多，她不顾医生劝阻坚持要为萧烈生个孩子。为了孩子健康，她自己停止了一切药物治疗，她准备用生命中最后的时光留下她与萧烈相爱的结晶。经过艰苦的十月怀胎，一个男婴顺利诞生。

孩子出生后，小梅的病情奇迹般稳定下来，一家三口过了三年美好时光。突然有一天，一个杀手出现，小梅为保护丈夫和孩子，用身体挡住杀手射出的子弹。后查明，杀死小梅的杀手是美国中央情报局一名间谍私下雇用的，这个间谍叫许汉斌，是萧烈进入反间谍部门后侦破的第一个案件。

许汉斌原是国家机关干部，后来通过在北京一家美国公司工作的艾克森结识了一位来中国旅游的美丽多情的美国富家女，他与这位热情奔放的美国姑娘一见钟情，坠入爱河。转眼间，美国富家女在中国的旅程就要结束，两人难舍难分，美国姑娘一定要与他结婚，许汉斌也早已忘记北京的妻女，两人相约在美国定居。美国姑娘临行前叮嘱许汉斌一切都要听从艾克森的安排，因为只有艾克森可以帮助他到美国与她结婚。为了与心爱的人永远在一起，许汉斌为艾克森提供了大量情报资料，直至被国家安全机关逮捕，判处二十年有期徒刑。

许汉斌在大西北劳改农场服刑期间，表面上伪装积极，按时递交思想汇报，劳动时不怕苦不怕累，脏活累活抢着干，多次表示要好好劳动改造，争取重新做人。他的伪装赢得了管教人员的信任，两次获得减刑，并被调到劳改农场小百货商店当售货员。他在小百货商店工作期间，兢兢业业，任劳任怨，尤其在来往钱财账目上，清清楚楚，从没有出现一分钱的差错，充分赢得了管教人员的信任。即使让他到三十公里外的百货大楼结算，他也是及时请示汇报，从不违规，更无任何脱逃迹象。

在服刑两年后，许汉斌寻找各种理由，连续四个月没去百货大楼结账。劳改农场领导多次催促，他才携带四个月的货款进城。他到百货大楼后，给监狱的管教科打了一个电话，说百货大楼的会计不在，他要多等一些时间，可能会晚些回去。放下电话，他立刻换上从百货大楼买来的衣服，携带四个月的货款潜逃了！等劳改农场第二天早晨发现他一夜未归时，他已经逃出几百公里之外。后几经辗转，从香港逃到美国，在有关部门的帮助下加入美国国籍，成为美国中央情报局的中国问题专家。

许汉斌在美国站稳脚跟后所做的第一件事，就是报复使他身陷牢狱的对手萧烈，是小梅用自己的生命保护了丈夫。

三年前，许汉斌突然从美国消失。后经情报证实，许汉斌已被美国中央情报局派到中国。因为许汉斌太了解中国大陆的社会文化，所以把他派到中国大陆后不久，他就组建了一个代号为“剑鱼”的庞大秘密情报网，直接归美国中央情报局秘密情报专家艾克森指挥。

中国国家安全部门计划在南津市成立一个代号为“TS”的工作站，萧烈奉命参加该站的组建工作。他要离开这所房子很长时间，临行之前，他向妻子告别，默默地在心里对她说：“小梅，许汉斌很可能就隐藏在南津，我一定要抓住他为你报仇！”

在南津市国家安全局办公大楼内，局长赵炳学正带领各业务部门负责人，逐层巡视环境卫生清扫情况。他看到一排灭火器摆放得不整齐，就对一个年轻干警说：“小张，你去把灭火器位置调整一下，字迹都要朝一个方向！”

小张立刻按照要求将灭火器重新摆放好，但嘴上也不闲着，说：“局长，您不是说您最讨厌形式主义吗？您怎么说一套，做一套啊？”

“哦？我怎么说一套，做一套啦？”

“为了迎接部领导来视察工作，我们又擦窗户，又拖地，这不是典型的形式主义吗？”

“小子，我告诉你，这还真不是形式主义！”赵炳学说，“古人迎接贵客要‘黄土铺路，树枝洒水’，表达的是对客人的敬意，不是阿谀奉承者！就像你小子相亲还要穿一件干净衣服，这衣装整洁不代表你小子虚荣，是对人家姑娘的尊重，知道吗？”

“知道了。”小张不好意思地挠挠头。

“‘知道了’你还不去把楼上的灭火器都照这个样子摆好！”

小张咧着嘴笑笑，“噔噔噔”跑上楼去了。

赵炳学作为南津市国家安全局局长，对普通干警比较随和，对中层干部极其严厉，所以普通干警可以与他嘻嘻哈哈，中层领导干部谁也不敢造次。

此次总部的牛加一副部长来南津视察，很可能决定新组建的“TS”工作站领导人选问题。对于这个职位，赵炳学本来希望最大，现在他却有点心里没底了。不久前，他唯一的竞争对手、原“飞龙”行动组的萧烈先声夺人，亲自指挥尚处于筹备中的“TS”工作站部分人员，在曼谷成功抓捕南津601研究所叛逃工程师赖文祥，这无疑让他们的竞争增加了变数。赵炳学不敢掉以轻心。

“牛副部长的车到什么位置了？”赵炳学问办公室主任孙克俭。

“我刚才和他的秘书联系过了，估计还有半小时路程。”

“萧烈孩子的入学问题解决了吗？”赵炳学又问。

“还没有，进实验中学太难办了！进‘一中’能好办一些，给他孩子安排在‘一中’行吗？”孙克俭小心翼翼地问。

“不行！”赵炳学断然否决，“一定要让萧烈的孩子进南津市最好的学校，最好的班级。这不是件小事，这会反映出我们对萧烈同志的态度，必须要办好！如果有困难，就直接找市委郝书记。”郝书记是南津市的市委书记，是赵炳学父亲的老同事。

孙克俭小声说：“局长，萧烈是来与您竞争‘TS’领导者位置的，有必要对他这么好吗？”

赵炳学瞪了孙克俭一眼：“我如果没有这点肚量，那我根本就不配当‘TS’的领导人！”

“TS”是中国国家安全部为适应斗争形势新成立的反间谍情报机构的代号。“TS”担负着中国国家安全机关新型组织理念的实践任务，如果实践成功，那么它的领导者无疑将会进入国家安全机关的决策核心，所以赵炳学丝毫也不掩饰对这一职位的渴望。

赵炳学问孙克俭：“我要的文件都准备好了吗？”

“所有关于牛副部长的讲话都已经放到您办公桌上了。”孙克俭答。

赵炳学点点头。尽管他很自信，却丝毫不敢小看他这次潜在的竞争对手。他已经多次看过牛副部长的讲话，但他还是要反复看，以便从中领会牛副部长有关建立“TS”工作站的理念。毕竟牛副部长对“TS”领导者的任命有着绝对影响力。

两辆国产“奥迪”轿车以一百二十公里的时速在通往南津市的高速公路上飞驰。国家安全部牛加一副部长和19局杨先瑞局长同在一辆车上。

“牛部长，您真要把侦破台湾军情局‘剑鱼专案’的任务交给这个刚组建的‘TS’工作站?”杨先瑞局长问。

“你感觉不合适?”牛加一反问道。

“‘TS’刚刚组建，成员间还需要磨合，特别是‘TS’现在还没有正式任命负责人，恐怕难以担此重任!”杨先瑞说。

“是啊，‘TS’工作站缺少一个领头的，这还真是个大问题。”牛加一说，“对于‘TS’未来的负责人问题，你有什么看法?”

“萧烈和赵炳学这两人各有千秋，选谁领导‘TS’，这要看部里面赋予‘TS’什么样的理念。”杨先瑞说。“TS”由萧烈领导的情报部门、赵炳学领导的反间谍部门合并而成。萧烈擅长情报工作，赵炳学擅长反间谍工作。

“什么理念？当然是能够打赢这场没有硝烟战争的理念!”牛加一说，“别耍滑头，谈谈你的真实想法!”

“我看赵炳学相对稳重一些，工作扎实，是个务实主义者。”杨先瑞说，“他在南津市委的支持下推行的‘行政官员接触文件等级制度’，对于中国社会转型期顺利开展国家安全工作具有良好的示范作用，解决了国家安全工作实践中的诸多难题。他这套办法推行后，据说南津行政官员的国家安全意识都增强了，需要配合国家安全机关工作时也不扯皮了。”

“由国家安全机关审核行政官员可以接触文件秘密等级，赵炳学这套办法切入点选得不错，简单有效。”牛加一说。他所说的赵炳学这套办法，实质上就是限制国家安全意识淡薄、大嘴巴、不配合国家安全机关工作的行政官员接触秘密文件的等级，没有通过资格认可的行政官员不能阅读绝密文件。

“阅读文件的资格都没有，这官员根本就没法子当，所以他在南津工作开展得有声有色。”

“这就是赵炳学称之为‘你不管他，他就不理你’理论。”

“你对萧烈怎么看?”

“萧烈胆子大，想法新，有开拓精神，是个不可多得的人才。不过……”杨先瑞欲言又止。

“不过什么？别吞吞吐吐的!”牛加一说。

“萧烈是一个理想主义者，他的一些想法太新奇，很难让人理解，况且他现在身上还背了个处分，恐怕不太适合担任主持全局的职位。”杨先瑞说。

“你是主张让赵炳学负责‘TS’工作站?”牛加一问。

“‘TS’不是普通的组织，它是一个新型反间谍情报机构，肩负着为国家安全工作未来发展探索新思路的使命，它需要的不仅仅是一个稳健、不出差错的领导者。赵炳学主持南津全面工作多年，经验不缺。”

“我知道了。”牛加一说。

“这事情最后还得您拿主意。”

“这正是我头疼的事情!”牛加一说，“部党委要我推荐人选，可是我推荐谁呢?是赵炳学?还是萧烈?赵炳学稳健有余，创新精神也有，理应是第一人选，可他缺少高瞻远瞩的冒险精神。萧烈倒是不缺少冒险精神！满脑子鬼主意，可我时时刻刻担心他捅娄子!”

“您担心他捅娄子是爱护他，您喜欢他去冒险是对他寄予厚望，希望他能为中国国家安全工作闯出一条新路!”杨先瑞说，“萧烈当初提出搞‘飞龙’组织的时候，不也是反对声一片?现在‘飞龙’组织已经成了谍报界‘言出必行，有仇必报’的代名词。现在有不少投靠我们的间谍，指名要与‘飞龙’谈条件，因为‘飞龙’说话算数!”

牛加一开怀大笑。当初正是他批准了这个“飞龙”组织的成立。

“现在看来搞这样一个组织，的确对我们工作有利。”杨先瑞说，“当初萧烈提出‘品牌效应’理论时，有多少人冷嘲热讽?可事实证明萧烈在这个问题上非常有长远眼光!”

“这小子看问题一向长远。”牛加一说，“这道理其实很浅显，诚信不但是一个人立足社会的根本，对一个情报机构也一样。只是以前搞情报的人没有把‘诚信’当品牌来做。”

“那么，‘TS’的人选问题……”杨先瑞试探问。

“先空着吧，让事实说话!”牛加一说。

“您的意思是……让他们在工作中展开竞争?”杨先瑞猜测道。

牛加一笑道：“我们也冒一次险，就把侦破敌人‘剑鱼专案’的任务交给这个刚组建的‘TS’!”

杨先瑞明白，牛加一的“选将”计划开始了。

第四章　群英聚会

柳如嫣独自一人伫立在悬崖绝壁旁。这里风景如画，但柳如嫣在这儿不是在欣赏美景，而是因为她的跑车在这里抛了锚。在汽车抛锚之初，柳如嫣并不心急，她自信以她的美色搭一辆顺风车是不会有问题的，毕竟开车的以男士居多，且开车的男士见了漂亮女人都会怜香惜玉，慈悲为怀。半小时后，她的自信和耐心已经消失殆尽。现在是旅游淡季，她很可能是这山里唯一的旅行者。想到这一点，她不由得打了个寒战。站在悬崖绝壁旁，望着漫山遍野的美景，她能想象出夜里狼叫的声音。

远处传来一阵轻微的汽车马达声。柳如嫣仔细听，马达声由远而近。她心花怒放，第一次感到汽车的马达声也这样动听！很快，一辆越野车进入她的视线。车开得很快，直觉告诉她，驾驶者一定是个男人。她做出“搭车”的手势，并展示她最迷人的微笑，因为她知道，如果错过这辆车，她很可能真要在山里过夜了。

越野车平稳地停在柳如嫣身旁，驾驶者果然是个男人，而且是个不太丑的男人。此人是萧烈。

“我的车坏了，可以搭你的车吗?”柳如嫣彬彬有礼。

萧烈淡淡点一下头，伸手从里面为柳如嫣打开车门。

“谢谢!”柳如嫣坐上越野车副驾驶的位置。

越野车载着柳如嫣在山路上飞奔。萧烈始终没有同柳如嫣说话，这令柳如嫣十分意外，这是她遇到的第一个不会主动与她搭讪的男人。她饶有兴趣地端详萧烈。这个男人约三十七八岁，虽称不上俊俏，但面孔极为阳刚，没有一丝脂粉味，看起来不像有同性恋倾向的男人啊！这令她十分困惑。

一路上，萧烈对身旁的美女视而不见，一副若有所思的模样，目不斜视，熟练地驾驶着车。

“他一定是个哑巴!”柳如嫣心想。这男人在二十分钟的车程里，居然没有主动同她这样的美女搭讪！因为有了这个结论，柳如嫣感觉心里舒服多了。也正因为有了这个结论，所以当萧烈开口说话的时候，柳如嫣吓了一跳！

“小姐，您在哪里下车比较方便？”萧烈说。车已经出了山区，公路上的车和人已经多了起来，这是明显的逐客令。

“哦，就在前面路口吧，我在这里搭计程车。”柳如嫣慌忙应道。她丝毫没有思想准备，以前她坐别人车，别的男人都会很殷勤地把她送到她想去的地方，哪怕是需要绕一大圈。

越野车在路口停下，丝毫没有送她的意思。柳如嫣只得下车，“谢谢！”

“不客气。”萧烈说完就要开车，没有多看柳如嫣一眼，仿佛她与大街上所有的女人没有丝毫区别一样，这让柳如嫣很不服气。

“糟啦！我忘记带钱包啦。”柳如嫣摸着口袋，楚楚可怜地望着萧烈说，“您可以借我五十元钱吗？”

萧烈掏出五十元钱递过来。

柳如嫣接过钱，递上她的名片：“这是我的电话，我会还你的。”

萧烈没有接柳如嫣的名片：“你把钱转送给更需要它的人吧。”柳如嫣感到这个少言寡语的男人说话的声音很有磁性、很好听。

越野车开走了，柳如嫣手里拿着自己的名片呆呆站在那里，这是她第一次主动把电话给一个男人，人家居然不要！

望着远去的越野车，柳如嫣拨打一个电话：“你帮我查一个车牌号码。”她把越野车的车牌号码告诉了接电话的人。

古小天个头不高，但身体很结实，短短的头发，方方的脑袋，再搭配上那双小眼睛，站在路边十分显眼。萧烈看到他的时候，他也看到了萧烈。他戴上时髦的太阳镜，朝身后摆了摆手，停在他身后不远处的奔驰轿车遵命离开。萧烈把越野车停在古小天面前，古小天爬上萧烈的越野车，指着表说：“老大，你整整迟到三分钟！”

“中途遇到一个汽车抛锚的，载了她一程。”萧烈把车子驶上快车道。

“是女的吧？”古小天问。

“是。”萧烈答。

“挺漂亮的吧？”古小天又问。

萧烈想一想：“没太注意，好像不太丑。”

“我猜就是这样。”古小天说。

萧烈终于听出点味道：“哎！你小子什么意思？如果不是前不着村，后不着店，我才懒得载她呢！况且，我还白搭了五十元钱……”

“停！”古小天打出“停止”的手势，“这种事越描越黑！我也是过来人，我能理解你。”

“你能理解我？我……”萧烈不得不承认，这种事情还真是说不清楚，他只得识相地闭上嘴。

古小天得意地哼着小曲，望着车窗外的景色。他刻意与萧烈斗嘴，只是希望缓解一下这个上司胸中的郁闷。去年，萧烈因“擅自”组织了中东解救人质行动，受到上级处分，被迫交出“飞龙小组”指挥权，现在又被贬到南津来，古小天想，他心中一定不舒服。

“萧洒没和你一起来？”古小天问。萧洒是萧烈十三岁的儿子。

“他坐火车，晚上到。”萧烈答。

“住处我已经按照你的意思安排在唐心玫的隔壁。我们这次一定能为嫂子报仇！”古小天说。

萧烈的心像被针扎了一下，很痛。十年前，他的妻子小梅死于唐心玫的前夫、美国中央情报局间谍许汉斌、代号“剑鱼”之手。这次通过审讯从曼谷抓回来的赖文祥，已经确认他的叛逃也是由“剑鱼”一手策划的，而赖文祥工作的国防601研究所就坐落在南津市，萧烈认为“剑鱼”很可能与南津市有某种联系。

“唐心玫方面有什么动静？”萧烈问。

“没有，急死我啦！”古小天问。

“不要急，‘剑鱼’一定会去看自己的女儿。”

“如果他不去，我们这么多年的心思就全浪费了。”

“不会的。”萧烈说，“只要有机会，他一定会去。你没孩子，你不会懂的。”

“唐心玫没有对你起疑心吧？”

“她这几年一直把我当普通网友。”萧烈说，“唐心玫是一个很不错的女人，‘剑鱼’的背叛让她失去了作为女人的全部自信，每天把全部精力扑在工作上，挺可怜的。”

古小天笑问：“你猜她知道你真实身份后，会是什么反应？”

“她一定想撕了我。”萧烈苦笑，“但是没有办法，她是南津市市长，又不是嫌疑人，只是一个可以找到‘剑鱼’的线索，上面不会批准对她进行监控。而我又不能放过抓到‘剑鱼’的任何机会，只能这样了。”

多年来，萧烈一直在关注“剑鱼”的一举一动。自从妻子小梅被杀后，抓捕“剑鱼”就成了萧烈生命中的头等大事。当他得知“剑鱼”被调到艾克森手下做分析员，他断定艾克森绝不会浪费这么好的情报资源，有朝一日一定会派“剑鱼”重返中国。于是，萧烈将目光锁定了“剑鱼”的前妻唐心玫和女儿许晓雨，因为他知道“剑鱼”在美国多年，一直没有生儿育女，有机会回中国，他一定会设法与自己的女儿联系，哪怕只是远远地看看。萧烈为能与唐心玫交往，调阅了唐心玫全部档案，调查了她的个性、爱好、专长、忌讳等资料。经过三年的网上聊天，唐心玫已把他当做无话不谈的知心朋友，他也在唐心玫身上发现许多可爱之处。

现在“剑鱼”终于显露踪迹，给妻子报仇的机会终于到了。萧烈只希望唐心玫永远不要知道他的真实身份，只把他当做一个偶遇的朋友。但他也知道，这几乎是不可能的。

越野车在街道上飞驰，古小天一边哼着小曲，一边望着窗外的风景，好不惬意。

突然，古小天大喊：“停车!”

萧烈忙停下车：“什么事?”

萧烈顺着古小天的目光望去，只见不远处超市门前，一个姑娘从白色轿车上下来。这个姑娘大约二十多岁，相貌清秀，双腿修长笔直，穿着一条牛仔裤，白色衬衣在腰上随意打了个结，显得整个人既漂亮又英姿飒爽。姑娘锁上车，走进超市。

古小天迅速下车，要和萧烈换位置。

“你干什么?”萧烈不解。

“快！我开车。”古小天坐上驾驶席，把越野车开过人行道，驶到超市门前，紧贴白色轿车尾部停下。

古小天不理睬萧烈的疑惑，拿出笔，找了张纸板，写上自己的手机号码，竖在车窗前。他催促萧烈：“快！快下车!”

萧烈莫名其妙地跟他下了车。

古小天拉着萧烈躲到街角，然后探出头来张望。

不一会儿，姑娘从超市里出来，发现自己的车被越野车挡住了退路，并看到古小天写在纸板上的电话号码。姑娘拿出手机，拨打电话。古小天的电话一响，他马上清了清嗓子，整理了一下情绪，然后很深沉地接听电话：“您好！哪位?”

“对不起，先生。您的车挡住了路，能麻烦您挪一下吗?”姑娘说。

“不好意思。我马上就来。”古小天合上手机，得意地对萧烈做了个“大功告成”的手势，然后从街角走了出来。

萧烈不解地看着古小天，不知道他在搞什么鬼。

“是你!”当姑娘看到走来的是古小天，轻皱眉头。

“这么巧，看来我们还真是有缘!”古小天说。

“麻烦您把车挪一下。”高个姑娘直奔主题，显然不愿意听古小天啰嗦。

“好的。但是车钥匙在你身上，你要先还我才行。”古小天说。

"在我身上?"姑娘皱眉头。

"是啊。"古小天向姑娘展示他空着的双手,"车钥匙在这里。"古小天伸手至姑娘的耳畔,在发丝间轻轻一晃,原本空空如也的手掌,赫然多出一串汽车钥匙。

"哇!好棒啊!"一旁看热闹的小孩喝彩。

古小天潇洒地跨上车,把越野车前移,让出通道。

姑娘打开车门,正要上车,被古小天拦住。古小天潇洒地晃了晃手里的电话,说:"我虽然有幸得到了姑娘的电话,可是还没有请教姑娘芳名。"

姑娘看了古小天一眼:"这种小把戏你还是留着对女学生用吧。"

姑娘拿出手机拨打一个电话。她对电话里说:"帮我把这个电话号码换掉。"然后把手机丢进汽车,上车、关门、倒车,扬长而去。

古小天望着远去的白色轿车,赞叹道:"酷毙啦!我喜欢。"

萧烈这才弄明白,原来古小天让他停车就是为了"泡妞"!

"人家都没影啦,快上车吧!"萧烈没好气地对古小天说,"看你这点出息!"

古小天连忙上车,辩解说:"你不知道,她与别的姑娘不一样!"

"有什么不一样?"

"她知道我是'富世集团'的总经理,可她对我还像对小瘪三似的。"古小天说,"你知道她怎么评价我的?"

"怎么评价的?"

"身材矮小,相貌丑陋,满身铜臭!"古小天说。

"她只是在阐述事实。"

"我知道她说的是实话,所以才可贵。别的女孩子,只要知道我的身份,没一个嫌我矮的,还一个劲夸我长得有个性!"古小天说,"另外,你有没有注意到她穿着一双乳白色凉鞋,裸露的脚趾非常好看?"

萧烈吃惊地看了古小天一眼:"你看得倒仔细!"

"我看见她第一眼,就觉得她有一种很特殊的气质。"

"哦——原来是一见钟情!"萧烈做恍然大悟状,"什么特殊气质?"

"一种很真实、很纯净、没有任何杂念……"古小天极力想用最精确的词汇描述他的感受,但最后还是放弃,"总之是一种说不出来的味道!"

"情人眼里出西施!你下次离近闻,还有汗味!"萧烈说,"你怎么认识她的?"

"什么认识啊,我现在还不知道她叫什么呢!"古小天说,"我有一天和几个朋友去模特儿队泡妞,偶然遇到的。"

"她是模特儿?"

“不是！没人知道她做什么工作，叫什么名字。”

“原来是单相思！”萧烈明白了。

“可能是我那几个朋友名声不太好，让她对我也有一点点成见吧。”古小天说。

“物以类聚，你也不会是什么好东西！”萧烈说。

“我这都是为了更好地开展工作啊！”古小天辩解。

萧烈驾驶越野车，在古小天指点下驶入南津市国家安全局的后院，向门卫出示证件。

局办公室主任孙克俭正焦急地等在大门口，见状忙迎上来：“你们可算到了，牛部长已经等了半个多小时了！”

古小天看看表，说：“我们没迟到，是他早到。”

萧烈捅了古小天一下，不让他多言。孙克俭带领二人通过警戒区，进入大楼内电梯。孙克俭拿出磁卡在电梯读卡器上划了一下，又输入密码，然后按下行键，电梯将三人送入地下室。

“你们先去会议室，我去接牛部长和赵局长下来。”孙克俭说。

“好的。”

电梯门开，孙克俭对守候在电梯门口的警卫说：“送两位去机要会议室。”

“是！”

古小天一边走，一边打量四周，低声对萧烈说：“老大，那电梯是这里唯一的出口，如果没有磁卡和密码，还真跑不出去。”

萧烈瞪了古小天一眼：“这里是我们的地盘，我们为什么要跑？”

古小天不好意思地挠了挠头：“习惯了。”扭头问警卫，“喂，卫生间在哪里？”

“从这出去，向左拐。”

“OK！”古小天去了卫生间。

古小天从卫生间出来，他左看看，右瞧瞧，分不清东西南北，不知道机要会议室怎么走。这时从电梯里出来两个年轻女子，其中一个就是十几分钟前和古小天在超市外面见过的漂亮女孩儿。她们发现前面探头探脑、鬼鬼祟祟的古小天。

“站住！”

古小天闻声回过头来，赫然发现自己梦中的姑娘正朝他走来，他一时忘记了自己是在哪里，立刻伸手到西装口袋里找名片。

“别动！”漂亮姑娘见古小天把手伸到衣服里，误以为他要掏什么武器，一个箭步冲上前，一把抓住古小天伸到衣服里的手腕，一抓一拧。古小天本能地挣扎一下，手臂立刻被人拧到背后，腿弯同时被人家用小腿扫了一下。

“扑通!”古小天双膝跪地。对方将古小天的脑袋紧紧按在墙上，使他丝毫动弹不得。

“说！你是怎么进来的？你想干什么?”漂亮姑娘厉声问。

古小天脸被按在墙上变了形，心里说：“你使这么大劲儿，我能说出话来吗?”同时，古小天心里暗自高兴，至少他现在已经知道这个美女的职业啦!

“韩冰，你这是干什么?”陪同牛加一等人来到地下室的孙克俭被眼前这一幕吓了一跳，忙上前制止，“还不赶快放开古大队长!”

“古大队长?”名字叫韩冰的姑娘迟疑地放开古小天。

“怎么回事?”赵炳学问。

“我看他探头探脑地四处转，我还以为……”

古小天拢了拢头发，开朗地笑笑：“都怪我！我从洗手间出来，找不到去会议室的路，四处转悠，看起来是有一点儿鬼鬼祟祟的。”

韩冰“扑哧”一笑，又连忙掩饰。

“误会！误会!”孙克俭忙打圆场。

后面的牛加一和杨先瑞都看到了这一幕。杨先瑞低声对牛加一说：“这个‘TS’组织成员互相都不认识，您真敢把这么重要的任务交给他们?”

牛加一叹了口气：“也不能全怪他们。没有一个总负责人张罗，各干各的，下面干部难免缺乏交流。”牛加一走到古小天面前，拍拍他的肩膀，“小古，最近都忙些什么?”

“报告部长!”古小天站得笔直，“我们根据部领导指示精神，已部署代号‘猎兔’的行动方案，积极对付‘剑鱼专案’!”

“‘剑鱼专案’？部领导?”牛加一一脸困惑，“哪个部领导指示的?”

古小大摇摇头。

“部领导怎么指示的?”牛加一问。

“怎么指示的我不知道，听我们头儿说，部领导近期会把工作重点转移到对付‘剑鱼专案’上，他让我们预先调整人员部署。”

“萧烈?”牛加一明白了，“是萧烈让你们调整工作重点的?”

“是。”古小天说。

站在一旁的赵炳学听着心惊。他半小时前才从牛副部长口中得知国家安全部要把侦破“剑鱼专案”交给“TS”的消息，萧烈居然已经提前布置了相关工作！他不得不承认这是一个可怕的竞争对手，难道他提前得到了消息?

“萧烈怎么知道部里会把‘剑鱼专案’交给‘TS’?”带有同样疑惑的杨先瑞问古小天。

“我们头儿说，台湾军情局‘剑鱼专案’涉及的情报目标有一半在南津，‘TS’刚刚组建需要磨炼。只要部领导不是傻子，就一定会把这个任务交给‘TS’!”古小天说。

牛加一冷冷地哼了一声：“萧烈还说了什么？他没说他能不能当上‘TS’的站长?”

“报告部长！我们头儿说了，他当不上站长，因为部领导根本没那么大胆子!”古小天说。

赵炳学站在一旁哭笑不得，他真搞不懂萧烈的这个部下到底是想帮萧烈，还是想害萧烈。

“‘猎兔行动’是怎么回事?”

古小天看了看在场的人，面有难色：“对不起，部长，这个问题还是让我们头儿亲自向您汇报吧。”

牛加一铁青着脸走开。众人连忙跟上。

第五章　虚席以待

牛加一副部长在宣告“TS”工作站正式组建时，任命萧烈为副站长，负责情报工作；赵炳学为副站长，负责侦查工作；“TS”的全面工作暂由德高望重的宋国勋政委牵头，“TS”站长位置暂空缺。鉴于宋政委马上就到了退休的年龄，这一任命显然是权宜之计，上级领导通过实战“选将”的意图已经非常明显。

萧烈对出任副站长并不感到意外，倒是赵炳学略感失落。不过机会仍然存在，这样的机会他是不会放过的。

牛加一宣布命令之后就和杨先瑞局长一起离开了南津市，没有向萧烈了解“猎兔行动”的情况。他对于下级各部门搞的那些行动计划并不感兴趣，他关心的是结果。

送走部领导，赵炳学坐在办公桌前，仔细阅读有关“剑鱼专案”的情报资料，这是牛副部长离开南津前亲自交给他的。

孙克俭敲门进入办公室：“局长，这是萧烈派人送来的有关‘剑鱼’的资料。是他最近几年搜集的。”

赵炳学接过资料，有些疑惑，想了想问：“克俭，你知道萧烈过去的工作经历吗?”

孙克俭心领神会，说：“萧烈的档案资料属于最高等级，只有少数人有资格看。不过，我打听到一点。”

“哦?”赵炳学饶有兴趣。

“萧烈原来负责指挥一个秘密行动单位，后来犯了错误，还受了处分，他这才被安排到‘TS’来。”

“受了处分？什么原因?”赵炳学问。

“你还记得去年年底有几个中国公民在中东被恐怖分子抓去做人质吗?”

赵炳学点头，表示知道。

孙克俭说：“当时外交部门与恐怖分子进行谈判毫无结果。后来恐怖分子的头目突然一个接一个莫名其妙地死去，其他活着的恐怖分子接到一份最后通牒：如果不放人，那么就等于自己选择同样下场。两周后，中国公民全部获释。”

赵炳学看着孙克俭问：“是萧烈下的最后通牒？”

孙克俭点头：“是，而且是在没有上级授权的情况下做的。”

“为什么？他为什么要这么做？”赵炳学不解。

“因为被抓的那几个人中有一个是他的下属。”孙克俭说，“这个萧烈‘护犊子’是出了名的，结果这次捅了个大娄子。”

赵炳学相信以萧烈的精明，他在作出这个决定之前一定知道结局是什么了。在这种情况下，他依然孤注一掷救部下，这不得不令赵炳学刮目相看。

孙克俭走后，赵炳学放下手中“剑鱼专案”的卷宗，拿起萧烈搜集的资料。他刚刚得知美国中央情报局一个叫“剑鱼”的间谍组织在南津有活动，萧烈就送来有关“剑鱼”的资料，是显示自己？还是有其他意思？

“剑鱼”资料除了记载许汉斌的基本情况，还特别指出：有情报显示，赖文祥叛逃案与“剑鱼”组织有关，加强对南津市各个国防研究所的监控，可能会成为侦破“剑鱼专案”的突破口。

赵炳学是行家，他一眼就看出这是一份重要的反间谍情报。在“剑鱼专案”针对的涉及台海军事平衡的重要情报方面，南津市各国防研究所必然是“剑鱼”最为关注的目标，萧烈提供的情报应该是可信的。但侦破“剑鱼专案”已经成为部领导挑选“TS”负责人的考题，萧烈为什么会把这么重要的线索提供给他呢？是他以小人之心度君子之腹？还是萧烈另有所图？

这时，电话响起来，孙克俭提醒赵炳学，十分钟后在小会议室有一个会议。

古小天半个屁股坐在萧烈的办公桌上，手里把玩着石头笔筒。

“你真就放弃了？”古小天问。

“放弃什么？”

“‘TS’工作站的站长啊！”

萧烈笑着摇头：“我现在还背着‘处分’呢，不放弃还能怎样？”

古小天不屑地摆手：“你挨处分也不是一次两次了，别扯这个！我打赌上面一定会用你！”

“你什么时候学会揣摩上级的心思了？”

“这不是明摆着吗？上面不是考虑要用你，这站长的位子早给了赵炳学，还用空着吗？瞎子都能看出上面真正的意图。”古小天说，“不过这个赵炳学也真够仗义，明知道你是来和他抢位子的，他居然还把萧洒安排进了实验中学的重点班级。你不知道，进那个班级有多难……”

“就凭这份心胸，他也够资格坐那个‘TS’站长的位子。”萧烈说。

“你不会因为这点小恩小惠就不与他争了吧？”

“我原本就没打算与他争。”萧烈说。

“不争？你要知道，这个新组建的‘TS’代表着上面对今后二十年工作思路的摸索。如果成功，那么‘TS’的领导者一定有机会进最高决策层。你不是一直想把官当大一点，好施展你的抱负吗？现在正是机会啊！”

“我没有你那么大野心，我只想抓住‘剑鱼’，给小梅一个交代。”

古小天耸耸肩：“我看不出这两者有什么矛盾。你说赵炳学会相信你不与他争吗？”

萧烈想了想，说：“恐怕他不会相信。”

“就是嘛！”古小天说，“谁都知道你是被发配到这个位置上的，没有人会相信你这样一个曾经呼风唤雨、几起几落的人物，有一天会变得安分守己、与世无争。打死我都不信！”

萧烈笑道：“说实话，我也不信。”

萧烈与古小天相识的时候，古小天还是一个刚加入国家安全队伍的新手。当时，古小天父亲与一家台湾公司做生意，这家台湾公司真实背景是台湾情报机关的一个掩护机构，萧烈正想方设法策反其中一名台湾间谍，于是他找到了古小天。古小天二话没说，他以少东家的身份，利用商业往来与那名台湾间谍称兄道弟，推杯换盏，很快就成了莫逆之交。结果，成功地把这名台湾间谍拉了过来。

通过这件事，萧烈有感而发，他给当时担任反间谍情报局局长的牛加一写了份专题报告，指出改革开放后，国家安全机关中的一些人员，他们在加入国家安全机关的时候家里可能只有个小企业，但是随着中国私营经济蓬勃发展，十年后这些小私营企业的一部分已经成为庞然大物，大做国际贸易，于是这就产生一个怪圈：一方面，我们的情报人员在费尽心机找掩护职业、接近敌人的合适身份；另一方面，一些国家安全机关人员在家族企业中的便利条件根本没有利用。有什么比自家企业更合适的掩护机构呢？造成这种巨大资源浪费的原因在于体制不顺，因为这些人员不属于情报系统。萧烈在报告中建议把这些国家安全机关内有情报搜集条件的人员组织起来，成立一个新情报机构。萧烈坚信，如果这些人能够让别人心甘情愿地把钱放进他的口袋，那么这些人就有能力从别人那里获取高质量的情报。牛加一很快批复了这个报告，一个全新的情报机构就这样诞生了，这就是“飞龙小组”的雏形。古小天作为这个机构的创始人之一，再加上他天生的情报才能，顺理成章地成了萧烈的得力助手。这次机构改革试点，古小天领导的情报站被从

“飞龙小组”分立出来，仍旧归萧烈领导，与南津市国家安全局合并组建“TS”工作站。

“老板，走吧，开会时间快到了。”古小天说，“老宋刚主持工作，迟到不好看。”

萧烈放下手中工作：“以后别‘老板、老板’地叫，我现在不是老板了。”

古小天大笑：“别扯了！你现在是‘虎落平阳’。我如果这时候对你稍有不敬，将来你一朝得势，还不给我小鞋穿呀？何况，要是让那帮小子知道了，他们还不扒了我的皮？”古小天指的是“飞龙小组”那些同样由萧烈训练出来的部下。

“来，我们分析一下当前的形势。”萧烈说，“如果你是‘剑鱼’，赖文祥叛逃失败之后，你会做什么？”

古小天坐到萧烈的对面，认真地说：“那我肯定会像老鼠一样，缩回洞里，观察一下外面的情况再说。因为他们搞不清赖文祥叛逃失败的原因出在哪里。估计他们不会想到，我们是在曼谷获得的情报。”

萧烈点点头，表示赞同：“那就是说，短时间内他们不会有什么活动。”

古小天试探地问：“不知赖文祥会说些什么？”

萧烈摇摇头说：“据杨局长说，赖文祥这个家伙很固执，对他的审讯很艰难，目前还没有什么突破性进展。”

“那我们只有等了。”

“光等不行，赖文祥要是死不开口，我们就不工作了？”萧烈坚定地说，“还是应该主动寻找突破口。你联系的那个台湾军情局的中校怎么样了？”

“我正在帮助他的家人安全离开台湾。”古小天说，“他这次提供了一条重要线索，他说台湾军情局和美国中央情报局合作，已经窃取了大陆隐形飞机的研制计划和模型。”

“已经窃取了？”

“是的。”

萧烈思考片刻：“把这条线索交给赵局长，让他找泄密源头。”

“好的。”古小天看看表，“开会的时间到了。”

“TS”工作站成立后的第一次会议，在宋国勋政委的主持下召开。会议的主题是贯彻牛副部长提出的“侦查出情报，情报促侦查”的工作思路，与会的都是“TS”中层以上负责人。

赵炳学显然是有备而来，在会议上系统地阐述了自己对“侦查出情报，情报促侦查”工作思路的理解，并谈了自己对这一工作思路的认识和今后的工作打算。

对于赵炳学的个人背景情况，古小天曾给萧烈作过详细介绍。赵炳学的父亲是南津市老公安局长，现在省政法委工作。赵炳学是一个很能干的人，他充分利用自己身边所有的优势，把南津市国家安全局侦查工作搞得有声有色。如果不是在他管辖的区域内发生了工程师叛逃事件，说不定“TS”站长的职位就是他的了。

这次会议结束后不久，会议情况就传到了北京。杨先瑞局长专门就此向牛加一副部长作了汇报。听完有关赵炳学发言的内容，牛加一点点头，说：“这个人悟性很强，很聪明！”

“是的，他的阐述很系统，基本领会了您的指示精神。”杨先瑞说。

“萧烈在会上说了些什么？”

杨先瑞显得为难。

“怎么？他又放炮了？”牛加一问。

“根据报告，萧烈在会上没有发言。”杨先瑞答。

“没有发言？”牛加一很意外。

“报告是这样记录的。”杨先瑞说，“您看会不会是萧烈对给他的纪律处分还有情绪啊？”

“他挨处分也不是头一次啦，能有什么情绪？”

“可这次不一样，”杨先瑞说，“他这次是打了胜仗挨处分，难免心里会有一点抵触。”

“抵触什么？他虽然打了胜仗，但是他‘抗命’！”牛加一说，“不处分他，就会有人效仿他。那以后这队伍还怎么带？”

“是，应该处分。”

牛加一缓和了一下口气说：“‘TS’刚组建，我还是不太放心，你要密切注意他们的一举一动，有什么不好的苗头，立刻向我汇报。”

“是。”

第六章　向往大陆

“剑鱼”和“毒蝎”再次见面，还是在那个游泳馆，仍然是在游了一个单程之后，两人站在水里小声谈话。“剑鱼”告诉“毒蝎”，由于上级对他们前一段的工作不满意，又给他们派来一个代号“鳐鱼”的新上司。

“是不是很有来头啊？”

“不知道。据说是台湾军情局方面的人。”

“让我们中情局配合他们工作，这不是本末倒置吗？”

“谁知道上头怎么想的。上头不是要咱们暂时停止一切活动吗？咱就给他来个以逸待劳。看看‘鳐鱼’的表现再说。”

“好，我同意。”

“再游一会儿，你先走。”

“好的。”

“剑鱼”像条鱼一样，快速游起来……

四辆黑色轿车以可以躲避任何武器精确瞄准的高车速，风驰电掣驶过林荫道，向市郊驶去。萧烈和古小天坐在第二辆车里。

“都准备好了吗？”萧烈问。

“狙击手已经到位。地点是二十分钟前确定的，安全绝对没问题。”古小天答。

跟在他们后面的第三辆车里乘坐的是一位从台湾投奔大陆的军情局中校军官。在台湾，台军军官一旦踏入军情局，就意味着必须做好“中校军衔扛到死”的准备，因为在台湾军情系统，只有少数运气极好的人才可以升到上校。台湾民进党上台后，以国民党人为班底的台湾军情局出现了思想混乱，普遍存在“为共产党干是台奸，为民进党干是汉奸”的思想，士气低落。于是民进党在军情局内部强化“效忠国家”意识教育，试图消除党派之争，加强对情治系统的控制。但民进党一边安抚国民党大陆籍军官，一边逐步重用和提拔台籍军官的做法引起不少大陆籍军官的不满。所以，当古小天做足了功课，决心以大陆国家安全机关身份与大陆籍军情局中校李元隆接触时，李元隆说的第一句话居然是：“你们怎么现在才来?”

古小天是通过他在曼谷的情报关系和李元隆联系上的。李元隆向他提出的条件是，他要脱离台湾军情局，并把他的太太和子女带出台湾，到大陆隐居。古小天经请示萧烈，答应了他的要求。李元隆利用到香港出差的机会，先行“出走”。他在确定他的太太和子女安全脱离台湾之后，向古小天提供了许多台湾军情局最新情报。古小天在车上向萧烈简单汇报了李元隆案的情况，萧烈表示满意。

四辆轿车在距离高速公路入口不远处停了下来，前面不远处停着一辆宝石蓝旅行车，车内坐着李元隆中校的妻子和一双儿女。萧烈和古小天下车，后面身穿便装的李元隆中校也下了车。旅行车里的一双儿女看到爸爸，高兴地喊“爸爸”，李元隆中校神采奕奕对妻子和儿女摆了摆手，然后来到萧烈和古小天面前。

“这是你一家人的新身份证。”古小天把证件交到李元隆中校手中，“因为你孩子都会说闽南话，所以户籍落在福建，从现在开始，你一家就是福建人了。”

“谢谢。”李元隆说。

“应该是我们谢谢你才对。”萧烈说，“欢迎你回家!”

李元隆与萧烈、古小天握手道别。

萧烈说：“在你认为合适的时机，把车扔掉。除我们二人，再没有人知道你的去向。”

古小天说：“二十四小时后，车上的定位系统会自动开启，我会让人把车开回来。有任何困难，记住那个电话号码，找我。”

古小天和萧烈目送李元隆中校上了旅行车。蓝色旅行车飞驰而去，载着一家驶上高速公路，很快消失在众人的视线之外。

古小天环视了一下四周的制高点，对手下说：“收工了，让兄弟们都撤了吧。”

古小天的手下立刻通过无线电通知四周的狙击手撤离。古小天和萧烈回到车上，四辆轿车迅速离开。

坐在车里，古小天告诉萧烈，李元隆先后提供了三条情报：一是台湾军情局和美国中央情报局合作窃取了大陆隐形飞机的研制计划和模型。二是台湾军情局制订了一项“诛杀计划”，企图暗杀台湾投奔大陆人员。三是大陆国家安全机关中有人为台湾军情局提供情报。

萧烈说：“你有什么看法?”

古小天说：“先说第三条，关于大陆国家安全机关有人为台湾军情局提供情报很笼统，他也不知道这个人的具体身份，不过他提供了几份这个人传递出去的秘密材料，我已经安排人对这几份材料进行分析，看能不能从中找出点蛛丝马迹。”

“嗯，接着说。”

“再说第二条，关于台湾军情局的‘诛杀计划’，他也是听说，目前还没有实施，具体目标和实施方案，密级很高，我想，他特别强调这一点，有对他自身安全的考虑。现在我们为他安排好了隐居的地点，这个问题也可以暂时搁一搁。关键是第一条。”

“我同意。”

“据李元隆介绍，他们已经获取我国第四代战机‘模型资料’。从这一点判断，泄密点应该还是在601研究所。但是赵炳学局长他们已经查了很久，始终没有找到可能的泄密渠道。”

“‘模型资料’不属于赖文祥的业务范畴？”

“是的。赖文祥是材料学方面工程师，不涉及‘模型资料’。”

“那也就是说，在601研究所仍然存在潜伏的间谍。”

“但是该所自从发生赖文祥叛逃事件后，下大力气加强了人员、资料的安全保卫工作，研究所的资料库只能供有关人员浏览，根本无法复制。有复制资料条件的计算机管理人员，我们经过反复审查，没有发现任何可疑。我们在‘猎兔行动’中部署的‘树桩’也没有发现异常。”

“对方手法干净利落，说明我们遇到的是劲敌。”萧烈说，“你回去安排一组人，模拟601研究所的防范系统，让他们研究有多少办法可以把飞机‘模型资料’带出研究所。”

古小天敲敲自己的脑袋：“对呀！我们可以倒推演示找出漏洞，我怎么没想到！”

“恋爱中的男人智商最低。”萧烈说。

“恋爱？谁恋爱了？我哪有机会恋爱啊！”古小天一肚子苦水，“你看我，气度不凡，年少多金，好歹也是个国家干部，就是个子矮点，长得丑点……唉！别提啦！我在韩冰眼里，还不如农民工。”

“这姑娘是有点个性。”萧烈对韩冰多少有些了解，所以，对于古小天机关算尽却毫无收获，他一点儿都不意外。

“何止一点个性？简直是人间少有！大哥给小弟指条明路吧！”古小天哀求。

“韩冰出身武术世家，自幼习武，性格很豁达，不是很难相处的人。”萧烈说，“你可以尝试让她看到你最生活化的一面。”

“生活化的一面？”

“她可能认为你的生活距离她太远，所以没有安全感，不愿意跟你交往……”

“我懂了！”古小天信心大增，“其实我家脱贫也没有几年，我本来就是小市民一个，骨子里还有一点小农意识，很容易生活化。”想到得意处，古小天不禁喜上眉梢。

“另外，你面对姑娘家的时候尽量不要笑。”萧烈说。

“为什么？”

“你那双小眼睛，笑起来只有一条缝，看谁都是色迷迷的。”萧烈说。

“是吗？我怎么没觉得？”古小天对着车上的镜子端详起自己笑的模样，“看起来好像真有一点色迷迷的。以后不笑了，装酷！”

萧烈禁不住笑了。没想到他一句玩笑话，古小天还当了真。

古小天的手机收到一条短信：“‘925’次明日到站。”

“925”是一个可疑目标的侦控代号。此人曾多次入境，而且每次必到南津市，根据情报，他很可能是艾克森的秘密交通员。

“老板，北京来电，疑似艾克森秘密交通员的那个‘925’明天到南津。”

“太好了，马上做好准备。”

古小天一边开车一边说：“老板，我们需要一个熟悉南津市局情况的帮手呀。”

萧烈明白古小天的意思，需要一个熟悉南津市局反间谍侦查工作情况的人进行协调，避免与南津市反间谍侦查部门发生冲突。

“你看好谁了？”

“韩冰怎么样？”古小天试探地问。

“不错。我没意见。”

古小天兴高采烈搓着手说：“你也认为韩冰不错？看来我们不谋而合。”

“打着工作的名义泡妞，没有比这更好的主意了。”萧烈说，“你只要把追求韩冰的聪明劲头放一半在工作上，南津市发生的那些泄密案早就破了！”

被萧烈看破了小伎俩，古小天有一点点难堪。他强词夺理道：“侦破泄密案是反间谍部门的事，那该由赵炳学操心，跟我追韩冰有什么关系？”

“看来你还是没有搞懂成立‘TS’的真正意义。”萧烈说，“国家安全工作如果都像你这样，泾渭分明，各干各的，永远无法形成一加一大于二的合力。你知道牛副部长把侦破‘剑鱼专案’的任务交给‘TS’的真正原因吗？”

“不就是为了磨炼‘TS’吗？”

“不错，是磨炼，恐怕不仅仅是磨炼。”萧烈说，“组建‘TS’的意义，一是探索‘干什么’的问题；二是探索‘怎么干’的问题。这两点分别代表了‘TS’的主攻方向和工作模式。”

古小天点点头：“工作模式方面已经很清楚了，‘TS’的组建本身就体现了‘侦查出情报，情报促侦查’的工作模式。在核心工作方面，你是说上面要‘TS’主攻台湾方面？”

“只要中国一天没有完成统一，台湾就永远是我们情报和反间谍工作的重中之重！”萧烈说。

“老板，你说，我们要韩冰，赵局长会同意吗？”

“我和他商量一下吧。”

古小天高兴地一踩油门，汽车像箭一样飞了出去。

韩冰穿了一身学生模样的服装来到赵炳学办公室门前，仔细打量一下自己身上的衣服，有些犹豫。孙克俭走来，看见韩冰，笑道：“是小韩啊，我还以为是新来的大学生呢！”

韩冰解释说：“我刚执行任务回来，他们说局长找我，也没来得及换衣服。孙主任，你看我这样见局长合适吗？”

“没关系，没关系，我看挺好的。”然后就走开了。

韩冰敲门，里面传来赵炳学的声音：“进来。”韩冰推门而入：“局长，你找我？”

“小韩，坐，坐。”韩冰在赵炳学的对面坐下。赵炳学仔细打量了她一番，笑道，“有男朋友了吗？”

“没有啊，”韩冰不好意思地笑，“局长是想给我当红娘吧？”

“当红娘？”赵炳学苦笑，“我现在忙得焦头烂额，还有心思给你当红娘？是这样的，古大队长的特殊情况你也知道，他的身份对外需要严格保密，所以公开进出咱们局办公大楼不大方便。为了掩护身份，经古大队长申请，站党委讨论，决定让你做古大队长的联络员。古大队长会对外宣称在追求你，以便掩人耳目。”

“为什么是我？”韩冰问。

“第一，你没有男朋友。第二，你是我们局最漂亮的姑娘。以古大队长的眼光，说追别人可信度不高。”

“谢谢局长夸奖。”韩冰说，“可是……可不可以换别人？”

“为什么？”赵炳学问，“你有男朋友了？”

“没有，我只是看他不顺眼！”韩冰答。

“你只是古大队长名义上的女朋友，对外，你只要不否认是他女朋友就可以了，其他什么都不用做。你甚至不需要看他。”

“我懂了，服从组织安排。”

“另外，从明天开始，你调到萧副站长身边工作，主要是做一些协调工作。”赵炳学说。

“赵局，可不可以换别人?”韩冰哀求，“我最怕伺候领导了。你还是让我干点具体工作吧。”

“这是党委的决定，容不得你讨价还价。今天就去报到!”赵炳学斩钉截铁。

“是。”韩冰答。

赵炳学补充道：“另外，根据站里得到的情报，明天有个可能是‘剑鱼专案’的秘密交通员将抵达南津，我们现在还无法判断他的确切身份和此次来南津的意图，监控工作就交给你和古小天这个组，由萧副站长直接指挥。萧副站长刚到南津时间不长，对南津情况不是很熟悉，你一定要给萧副站长当好参谋和助手。有什么困难，随时向我报告。”

“是。”韩冰答。

第七章　精诚合作

根据古小天得到的情报，“925”应该乘坐由北京始发的火车于今天早上8∶30抵达南津。但是本次列车的乘客已经出站，侦查人员却没有见到他的身影。古小天派人化装成铁路工作人员，从车上到车下，从站内到站外检查了一番，仍然没有他的行踪。难道让他从侦查员的眼皮底下溜走了？

韩冰说：“秘密交通员都擅长伪装术，说不定是他化了装，蒙过了侦查员的眼睛。”

古小天说：“有这种可能，但是在他没有暴露目标的情况下，他不应该花费很多时间进行复杂的伪装。因为我怕打草惊蛇，并没有对他进行全程盯梢儿，只是通过他在酒店的活动，确定他的去向和时间。莫非是他临时改变了行动计划？”

古小天刚要向北京询问情况，北京的关系打来电话，说他的朋友因为有事，暂时不来南津了，大约延迟一星期，他也是刚刚得到消息。

古小天有些不高兴地说：“你看这事闹的，我们这边的接待工作都安排好了，忙活了一大早晨，你这不是让我在朋友面前很没有面子吗？”对方再三表示道歉，古小天缓和了一下口气说：“没关系，下次情况有变化，及时通知一声就行了。”

古小天打电话的时候，韩冰就在他的旁边，他说在朋友面前很没有面子，指的就是韩冰。

古小天向部下发出撤离车站的命令，和韩冰一起走向指挥车。韩冰安慰他说：“这种情况是经常发生的，古大队长不必太自责。”古小天很受感动，他觉得韩冰不仅漂亮，也善解人意。

在指挥车上，古小天向萧烈简单汇报了“925”延期来南津的情况，萧烈想了想说：“这一个星期的时间，我们也别闲着，小天，你抓紧把601所的泄密漏洞找出来。”

古小天点点头，小声回答：“好的。”

萧烈笑道：“怎么了？没有信心？”

古小天连忙解释："不不，我有信心。"

"那就打起精神来，别受点挫折就影响情绪。"

"不是……"

"不是什么？看你那点出息！"萧烈冷着脸说。

韩冰见到这种情景，觉得自己在场不合适，马上说："两位领导，如果没什么事，我先回去了。"

萧烈点点头，韩冰下了车。车门刚刚关上，古小天就苦着脸对萧烈说："老板，你也太不给咱留面子啦！"

萧烈笑笑说："现在知道要面子了，死皮赖脸追人家的时候，怎么不顾面子？"

古小天哭笑不得："老板，这是哪跟哪呀？追人家，那是表明喜欢人家。今儿个这事，是本职工作没干好。大男人，工作没干好是最丢人的事。"

"那就把下面工作干好，把面子找回来！"

"是！"

古小天亲自带领他的部下，模拟601研究所的防范系统，进行"倒推演示"，分析研究到底有多少办法可以把飞机"模型资料"带出研究所。由于思路正确，他只花了两天时间就找到了答案。与此同时，古小天的一个手下通过对李元隆中校提供的资料进行研判，发现国家安全机关向台湾军情局提供情报的"内奸"很可能出在南津。古小天立即将这一情况向萧烈作了汇报。

"南津？"萧烈一愣。

"虽然这个'内奸'对出卖的情报经过精挑细选，刻意回避地方特征，但还是留下了可供对比的痕迹。"古小天说。

萧烈沉思片刻，问："这情况你都告诉谁了？"

"你是第一个。怎么了？"

"在获取确凿证据前，这一情况不要告诉任何人。"

"你是说不上报总部？"古小天不解，"这么重要的情况……"

萧烈用手指点了点自己的前额说："动动脑筋。"

古小天突然明白了萧烈的良苦用心。泄露出去的情报细节，直接指向赵炳学负责的南津市国家安全机关，在现在这个涉及人事任命的非常时期，没有确凿证据前，这种怀疑很可能会被人理解为别有用心。

"那我们该怎么办？"古小天问。

"装作什么都不知道，利用机会分别观察。"萧烈说。

“先用排除法，再重点调查？”

“对。”萧烈说。

“从什么时候开始？”

“从601研究所飞机‘模型资料’侦查工作开始。”

“好的。”

“还有，601泄露机密案一直是赵炳学在抓，你把你的倒推演示结果告诉他，让他去办。”

古小天有些不大愿意：“我们费了这么大劲搞出来的东西，就这么拱手相送给别人了？”

“什么你们我们的？能把601的案子破了，就是我们工作站的成绩！”

“我可不那么想，亲兄弟还明算账呢！成绩都给了他，等于是把站长的位置也给了他。我还是希望你来当站长。”

萧烈无可奈何地摇摇头：“你啊，让我说你什么好呢？你就不想想，这个案子一直是赵炳学在抓，如果我们抢了他的案子，会让他怎么想？会让上级领导怎么想？这种不顾周边关系、只知道破案抢功的人，能当站长吗？要把一个单位的工作做好，首先就是要大家齐心协力、精诚合作。”

古小天恍然大悟，“哦”了一声。接着他的小眼睛一转，又皱起眉头：“还有一个问题。”

“什么问题？”

“如果把破案的方法交给他，那么预防‘内奸’的事怎么办？要不要一起告诉他？这关系到601所泄密案侦破工作的成败。”

“这确实是个问题。”萧烈想了想说，“一起告诉他。你可以说得含糊点，不要透露情报来源。”

“老板，我看这事你还得亲自出马，就不要让我来回传话了。这个问题太敏感。”

“好，我陪你去。”

“别呀，老板。你这不是本末倒置吗？是我陪你！”

601研究所隐形飞机泄密案让赵炳学忙得焦头烂额。令他感到丢脸的不是泄密案本身，而是明知道泄密的源头，却始终查不出敌人获取情报的途径。尽管上级没有点名批评，但总感到有人在背后嘲笑他。

赵炳学接到萧烈的电话，得知601研究所的泄密案有突破性进展，心中先是一喜，接着就是一忧。喜的是，困扰了他很久的这个泄密案，终于看到了曙光；忧的是，这本来是他经手的案子，却阴差阳错地到了萧烈手里，如果此案一破，岂不是更显出萧烈的足智多谋，自己的无能？他本来说要到萧烈那里去“学习”，可萧烈偏偏要到他这里来“汇报”，最后他只好同意在自己的办公室接待萧烈。

萧烈带着古小天来到赵炳学办公室的时候，赵炳学已经把茶泡好了。这还是萧烈第一次到赵炳学的办公室来。在国家安全系统工作的人都有一个良好的习惯，一般没事，不会到别人的办公室乱串，尤其是重要人物的办公室，不然出了问题说不清楚。如果有事，也大都是在会议室见面。

萧烈落座以后，开门见山地说：“关于601研究所泄密案，古小天他们从别的渠道了解到一些情况，并根据这些情况，成立了一个‘模拟对策小组’，采用‘倒推演示’的方法，找到了一些线索。下面就让小天向赵局长汇报一下。”

“倒推演示？”赵炳学情不自禁地问。

“是的。”古小天说，“这个主意是萧副站长想出来的。就是以601研究所为目标，假设如果我们是敌人，会从哪些薄弱环节下手。我们共发现三处可以利用的漏洞：一是数据录入环节；二是数据库管理环节；三是网络终端‘截屏’。这三个环节，终端‘截屏’的漏洞最大。”

“问题出在终端‘截屏’？”

“是的。”古小天说，“601研究所数据库虽然具有防拷贝功能，但是我们发现，网络终端没有任何防护措施，任何拥有浏览权限的终端用户，都可以自由浏览数据库内容。理论上说，只要用一部照相机，就可以获取电脑屏幕上的机密内容。”

赵炳学猛然一拍大腿，如梦初醒：“我们明明知道情报是从601所泄露出去的，就是不知道泄密点在哪里，现在好了，知道了泄密点，就可以采取相应的对策了。”

古小天合上笔记本说：“赵局长，我汇报完了，下一步就看你们的了。”

赵炳学有些茫然，他没明白古小天的意思，目光在萧烈和古小天的脸上扫来扫去。

萧烈解释说：“赵局长，这个案子一直是你经办的，我们只是给你提供一些线索，下面的工作，我们就不介入了。”

赵炳学喜出望外，连声说：“那就太谢谢你们了！”

古小天说：“萧副站长说了，咱们是一家人，不分你们我们的。”

“那是，那是。到时候咱们一块儿喝庆功酒。”赵炳学兴奋地站起来说，“我现在就布置下去。”

“等一下。”萧烈说，“赵局长，还有一件事，需要和你打声招呼。”

“什么事？”赵炳学重新坐下了。

“此事不宜大张旗鼓，尤其是在确定可疑人员身份之后，更要缩小知密范围。”

“老萧你到底什么意思？”

“据我们了解，南津市国家安全机关内部，可能有‘内奸’。”

“不可能！”赵炳学一听这话就跳了起来。

萧烈示意赵炳学不要激动，坐下来说。赵炳学坐下以后，萧烈耐心地说：“赵局长，我知道这件事对你来说非常意外。我只是说‘可能’，并不确定这个‘内奸’就出在南津市。”

“既然没有确定，你为什么要告诉我？你们暗地侦查好了。”

古小天想解释，萧烈示意他不要说话，继续耐心地对赵炳学说：“赵局长，此事目前只有我们两人知道，本来不想告诉你，但是，601泄密案是你跟了很久的大案，我们不想在即将收网的时候出现差错。所以，才把这个还处于怀疑阶段的问题向你通报一下。我们没有别的意思。”

“对不起，我刚才有点不冷静。”赵炳学说。

“没关系，可以理解。如果你对我说，我的部下里面可能有‘内奸’，我也会感到意外的。”萧烈诚恳地说，“另外，以前咱们没打过交道，你对我还不太了解。我爱人是被‘剑鱼’害死的，我到南津来，还有一个心愿，就是要把‘剑鱼’捉拿归案，给我爱人一个交代。希望赵局长能够帮我了结这个心愿。”

“好。谢谢你对我的信任。我一定努力。”

“那，我们就告辞了。”萧烈站起来说。

送走萧烈和古小天，赵炳学把自己关在办公室里，陷入深思。负责“TS”工作站牵头工作的宋政委很快就要退休，估计上级不会派人来，如果想派人，早就派来了。那么，即便不任命站长，也会在两个副站长中间选一个人“牵头”。尽管萧烈说他来南津市的目的，是为妻子的被害了结一个心愿，赵炳学并没把此话当真。

按照常理，赵炳学在601研究所的泄密案上陷入窘境，客观上对萧烈竞争站长位置最为有利。可是他为什么要帮我呢？炫耀？还是嘲弄？赵炳学不理解萧烈，为什么要在这个当口送一份这样的大礼给他。

另外，关于南津市国家安全系统可能有“内奸”一事，赵炳学更为困惑，萧烈是从哪里得到的情报？在事情没有确定之前，他为什么要告诉我？难道真的像他说的那样，是为了601研究所泄密案的侦破工作？如果确有“内奸”，这个人会是谁呢？

赵炳学苦苦想了两个小时，也没有想出结果，最后他把手一挥，对自己说，不想那么多了，船到桥头自然直！他抓起电话：“小张，现在马上去给我查，601 研究所有多少人浏览过隐形飞机的数据库。对，一个不落！注意保密。”

赵炳学的直觉告诉他，问题一定出在网络终端电脑上。因为能够接触网络终端电脑的人是最多的。人多，可以钻的空子就多。

按照萧烈提供的思路，赵炳学一连几天对 601 研究所浏览过隐形飞机数据库人员进行了排查，但毫无进展，所有人员对调查工作都十分配合，甚至主动提出自愿接受测谎检验，以求快些洗清自己的嫌疑。令赵炳学没有想到的是，所有人在接受测谎检验后，全部过关！

难道我和萧烈的判断都错了？还是其中有人受过专业的反测谎训练？赵炳学大惑不解。

赵炳学安排人对其中有人受过反测谎训练的可能性进行评估，但结论是否定的，泄密案调查再一次陷入僵局。

在分析案情的“碰头会”上，大家一筹莫展。赵炳学问技术室主任沈家辉，有什么方法可以检测出截屏的人，沈家辉说，现在还没有这方面的技术手段。

办公室主任孙克俭提出，“赖文祥案”与泄密案的关联性，两个案子都出在 601 研究所，说不定赖文祥的口供可以从侧面反映出什么线索。大家都觉得有道理。

赵炳学叹口气说：“问题是，北京方面对赖文祥的审讯并不顺利，我们现在还拿不到他的口供。”

“碰头会”结束以后，赵炳学给萧烈打了一个电话，说有问题想请教他。萧烈说，我马上过来。赵炳学说，还是我到你那里去吧，哪有学生让老师跑路的。萧烈便不再客气，在办公室泡好了茶等他。

他们二人的办公室不在一个楼层。“TS”工作站成立以后，南津市国家安全局腾出大楼的顶层临时给工作站使用，赵炳学虽然是工作站的副站长，但他还兼任南津市国家安全局的局长，所以他继续使用原来的办公室，要见萧烈，必须乘专用电梯上到顶层。

赵炳学向萧烈简单介绍了 601 泄密案的侦查经过，现在又遇到了一坎儿，需要萧烈帮他迈过去。萧烈沉思片刻说：“根据你说的这种情况，还有一种可能。”

“哦，哪种可能？”

“虽然有人泄露秘密，但当事人并不知情。”萧烈说。

“你是说，有人在不知情的情况下，携带窃密设备进入保密工作区？”赵炳学问。

萧烈点点头：“从理论上说，根据‘模拟倒推演示’，只需要一部照相机就可以把电脑终端显示的内容全部拍下来。”

“照相机?”

“对。但这需要三个条件：第一，要有一部隐藏式高性能相机；第二，照相机要能出入601研究所保密工作区；第三，照相机必须对准电脑终端显示屏。”

赵炳学思考着点点头。萧烈已经说得很明白了，在这三个条件中，人不是必要条件，也就是说，被利用携带隐藏式相机进入保密工作区的人不需要知道内情，只要他浏览隐形飞机数据库，他就成了窃密活动的帮凶。他越来越相信，601研究所泄密的根源十有八九就出在电脑终端显示屏上。

“我马上派人去查！不，我要亲自去，并希望萧副站长现场指导。”赵炳学诚恳地说。

“赵局长太客气了，说不上指导，我们一起商量着办吧。”

601研究所接受调查的人员依然是那些接受测谎检验、浏览过隐形飞机数据库资料的人。检查重点是他们的随身物品和办公用品。检测工作在一个房间里进行，研究所相关人员被集中在会议室，二十多人，个个神情焦躁，牢骚抱怨不断，场面显得有些忙乱。

萧烈对站在他旁边的赵炳学说：“赵局长，这样不行，检查要分出主次，要有重点。针对特种间谍器材的检测是一项精细工作。工作越忙乱，越容易出现疏漏。”

赵炳学叹气道：“我也意识到这种工作方式不妥，可是在没有确定重点检测方向之前，这是唯一的方法。”

萧烈环视一下耐心等候接受检测的人员，目光最后落在他们的眼镜上。几乎每个等待接受检测的人都戴着眼镜。浏览电脑终端资料，眼睛必须盯着显示器，还有什么比把照相机藏在眼镜里更适合的?

“眼镜!”萧烈对赵炳学说，“首先重点检查他们的眼镜，其次检查他们的手表、上衣纽扣、胸针、领带夹，然后是水杯、办公用品。”

“好的。”

按照萧烈的部署，检测工作在细致、有序地进行。当技术人员对一名博士研究员的眼镜进行射线检查时，技术人员揉了揉眼睛，然后发出一声惊呼：“找到了!”

在射线图像中，这名博士研究员眼镜中复杂的电子装置暴露无遗。

这位博士研究员立刻被控制起来，有关他的材料也迅速送到了赵炳学的案头。

陈开迪，三十五岁，毕业于清华大学，共产党员，是研究所的业务骨干，妻子也是研究所工作人员，社会关系简单，家庭存款清楚，未发现来路不明的巨额资金。

对陈开迪的审讯，在国家安全局专用审讯室进行，赵炳学和萧烈一同观看了审讯。审讯结果不出所料，陈开迪对他的眼镜里藏有高性能的录像设备，果然一无所知！

赵炳学问萧烈："你认为他的口供可信吗？"

萧烈说："应该可信。不然他也无法顺利通过测谎检验。问问他的眼镜是哪来的。"

据陈开迪交代，他的这副眼镜是在北京西单的朗天眼镜店配的。

"妈的，配副眼镜还跑那么远！"赵炳学骂道，通过话筒对主持审讯的韩冰说，"问他为什么要跑到那么远的地方去配眼镜！"

韩冰问过之后，陈开迪回答说："去年我到北京出差，在西单图书大厦买书，下楼梯的时候，后面有一个女的抱了很多书，一下没站稳，把我给撞倒了，眼镜摔到地上，又被她踩了一下，镜片碎了，眼镜腿也断了，不能用了。她当即表示要照同样的眼镜赔我一副。于是我就跟她到西单的朗天眼镜店，照原样配了一副。我也不知道他们在眼镜上做了手脚。"

韩冰问："你为什么要戴宽边眼镜？"

陈开迪回答："我和我爱人谈恋爱的时候，她说我戴宽边眼镜好看，我就一直没再换别的样式。"

监听室里，萧烈对赵炳学说："不管他的话是真是假，要先把那家眼镜店控制起来再说。"

"我马上派人进京！"

"为了争取时间，应该先请北京局帮忙控制眼镜店，等我们的人到了，再进行处理。"

"好！"

赵炳学立即布置手下分头行动，一路人马奔机场飞北京，一路人马联络北京市国家安全局查封西单朗天眼镜店。

一个小时之后，北京方面传来消息：朗天眼镜店已经查封，眼镜店经理下落不明，其他人员全部被控制。赵炳学把陈开迪被控制的时间与眼镜店经理失踪的时间进行比对，发现前后只相差一个多小时。

赵炳学心情沉重地对萧烈说："看来我们这里真的有'内奸'。"

萧烈安慰他说："现在还不能确定就是'内奸'走漏的消息，第一，601研究所的很多人知道陈开迪被带走了；第二，那个眼镜本身就具有特殊功能，说不定在我们检测到它的特殊功能时，对方就已经察觉了。另外，眼镜店经理的失踪，也许是一种巧合，等我们的人到了以后接手调查再说。"

赵炳学觉得萧烈的分析有道理，心里稍稍有些宽慰。对萧烈先前提醒他的南津市国家安全系统有“内奸”的说法，已经不那么抵触了。他想问问萧烈关于“内奸”的情报来源，一想这不符合规矩，就没再问。

不久，北京方面不断传来消息：赵炳学派出的人员到达北京，并接管了朗天眼镜店，通过初步调查，基本弄清了失踪经理的大概情况。石云声，男，四十岁，浙江温州人，来京开店已经十余年，为人圆滑，办事精明，没有犯罪前科，也未发现有不良嗜好。对他的办公室和居所进行搜查，也未发现可疑线索。据一名店员反映，当时石云声接了一个电话，对店员说，家里有点事，就离开了，从此不知去向。手机关机，汽车不在，也没回家。经对他的手机和座机进行调查，在他离开眼镜店前后，他的手机接过两个电话，这两个电话都是用小灵通打进来的。而购买小灵通不需要登记身份证件，所以无法查找机主。

当晚，北京一座正在建造中的立交桥发生一起车祸，一辆汽车冲上立交桥，从未竣工的豁口处坠入桥下，当即车毁人亡，死者浑身酒气，显然是酒后驾驶导致的恶性交通事故，而死者正是石云声，使得这起交通事故变得扑朔迷离起来。

石云声一死，对眼镜的调查线索就中断了，这让赵炳学非常恼火。他想再从那个故意撞倒陈开迪的年轻女人身上寻找突破口，可是时过一年，陈开迪已经无法回忆起她的长相，只记得她的嘴角有颗美人痣，是在左面还是右面也记不清了。根据他的描述，办案人员画出一幅画像，他看了，一会儿说有点像，一会儿又说不像，搞得画像人员无所适从。陈开迪坦言，那个女人长得非常漂亮，因为他很爱他的妻子，从来不敢细看别的漂亮的女人，一瞥之中，很多细节难以描述。至此，关于此案的调查失去方向。赵炳学只好将此案挂了起来。虽然没能抓到泄密案的幕后黑手，好在把601所泄密的源头给堵住了。赵炳学从心里感谢萧烈，如果没有萧烈的帮助，他还不知道要在601所的泄密案上徘徊多久。

赵炳学给萧烈打电话，想和他讨论一下“内奸”的事，萧烈办公室的电话没人接，他又打电话问韩冰，韩冰说，他正在公开资料研究中心。

萧烈组建公开资料研究中心的计划赵炳学是知道的，但他不相信萧烈会把主要精力放在公开情报搜集和研究方面。他决定亲自去探一探萧烈的口风。

“公开资料研究中心”是利用一个旧仓库改建的。萧烈热情地接待“专程表达谢意”的赵炳学。他陪同赵炳学四处巡视了一番，详细地为赵炳学介绍了“公开资料研究中心”的组建情况。

萧烈介绍说，“公开资料研究中心”的工作主要分三部分：一是资料搜集；二是筛选、翻译、专题研究；三是客户服务。其中，第一环节“资料搜集”，主要以搜集国外公开发行的报刊杂志为主，同时也会资助一些大学教授和学者参加一些国际学术会议或讲学活动，广交朋友，从而获得一些半公开的学术资料。第二环节“筛选、翻译、专题研究”工作，工作量最大，也是花钱最多的环节。公开资料研究工作的翻译人员大多是兼职的大学教授或专业技术人员，这些人在了解公开资料翻译研究对中国发展和技术创新的重要意义后，大部分人提出的薪金水平都很低，还有部分是无偿帮忙。作为回报，萧烈赋予了参与人员免费浏览他人翻译资料的权利。第三环节“客户服务”，就是把资料变成钱的环节，主要客户群体是研究机构、企业和技术人员，划分为低端、中端、高端三个客户群，低端客户主要是以交纳年费和支付虚拟货币的形式，通过网络服务器浏览翻译资料和原件。中端客户会看到一些经过筛选的综合性资料。高端客户就是根据客户的需要进行专题研究，形成综合性报告。

赵炳学还是第一次听萧烈讲解他在公开情报研究方面的规划。很显然，萧烈是在走情报产业化的道路。

赵炳学说：“如果我没猜错，萧站长想模仿日本搞一个可以让技术人员和企业充分利用的公开资料翻译和研究中心吧？”

“是。”萧烈说，“这个世界上98%的信息都是以公开形式存在，只要用心，公开资料里可以找到很多有用的东西。”

“可这需要大量资金投入。在日本这也是国家行为。再就是大企业才有实力搞。”赵炳学说。

萧烈微笑，并不急于作答。

韩冰插嘴说：“萧站长说了，如果资金充足，傻瓜都可以搞起来一个国家图书馆，还要我们做什么？”韩冰说话时自然流露出的那份自信和傲气令赵炳学心中很不舒服。

萧烈说：“咱们中国人多，况且大多数人翻译资料是帮忙，不收钱，所以这部分资金压力不是很大。”

“需要很多人手吧？”赵炳学随口问。

“现在南津雇用了六十名大学生。”萧烈说，“当然，这些大学生对公司的运作模式知之甚少。他们每天的工作就是把公司从国外订购的各种外文书刊杂志分类，然后把这些书刊杂志寄给公司指定的某大学教授或学者。这些教授或学者稍后会把书刊再寄回公司，并注明其中哪些文章需要处理，大学生们会用电脑设备对这些文章进行数字化处理。再往后的事情这些大学生就不知道具体细节了，他们只知道这些资料最后都变成了钱。”

“情报工作社会化。”赵炳学若有所思。

“视察”结束，赵炳学对萧烈有了更深一层的了解。如果不了解萧烈的过去，他一定相信萧烈会默默无闻地为公开情报研究干一辈子。但是现在无论萧烈如何示弱，赵炳学都感到萧烈是一个强劲的竞争者。

赵炳学说他要和萧副站长谈工作，把韩冰支开了。他向萧烈简单介绍了601所泄密案的进展情况，以及暂时结案的想法，萧烈表示尊重他的意见。最后他提出了“内奸”嫌疑上报一事。他这样做，是想表明自己光明磊落，不掩盖本单位存在的问题。同时也是想摸摸萧烈的虚实。

“我不同意上报。”萧烈说，“这种事情，一定要搞扎实了再报，否则是给自己添乱。”

“如果萧副站长的情报可靠，还是早一些上报比较好，免得被动。”

“要是敌人故意给我们制造混乱，干扰我们的侦查视线，那岂不是上了他们的当?”

赵炳学点点头说：“也有道理。这件事我先表个态，如果发现可疑目标，我一定大力支持，协助调查。”

第八章　秘密交通

古小天向萧烈报告："925"到达南津。"TS"工作站有关人员立即行动起来。大家都想为新成立的工作站创建一份头功。

一辆汽车停在街口拐角处，古小天和萧烈坐在车上指挥各小组的行动。一个戴凉帽的女子朝他们走过来，近了才看出是韩冰。她上身穿一件白色的衬衫，下摆在腹部处打了一个结，下身是蓝布牛仔裤，浑身上下洋溢着健康的气息。

韩冰坐进车里，古小天对她说："你不去当模特儿实在是可惜了。"

韩冰瞪了古小天一眼。油嘴滑舌的古小天毫不介意。

"'925'有什么异常？"萧烈问韩冰。自从"925"进入南津，一直由韩冰这组负责对其进行监视。

"三天了，他除了吃饭、睡觉，就是不停地逛街、逛公园。"韩冰说。

"他是在等联络人出现。"萧烈说。

"他走过的这些地方中应该包含接头地点。"古小天说。只要时间允许，每个交通员都会预先观察接头地点的周边情况，以防不测。

"可是他走过的地方太多。"韩冰说。

"他是老手，不会轻易露出马脚的。"萧烈说。

古小天拿出一个文件袋交给韩冰："我们刚才趁他外出的时候，在宾馆秘密搜查了他的行李，这是资料，老板……哦，萧副站长想听听你的意见。"

韩冰打开文件袋，仔细翻阅里面的图片资料，最后把目光集中在两根粉笔的照片上。这是两根普通的粉笔，但它出现在一个秘密交通员的行李中就不普通了。谁会带着两根没用的粉笔旅行呢？粉笔对于一个秘密交通员来说，最大的用途当然是用来画联络暗记，而这种用粉笔画的暗记通常用在人员流动比较多的户外场所。

"把地图给我。"韩冰对古小天说。

古小天把地图交给韩冰。韩冰在地图上勾勾画画起来。

"就是这里!"韩冰指着地图说,"'925'虽然每天像是漫无目的地闲逛,但他每次都会经过这一路段。暗记应该就在这条路的某一点。"

萧烈说:"通常这种暗记会画在驻足观看也不会引起别人注意的地方。"

"比如广告栏、公共汽车站。"古小天说,"我就经常这么干。"

"我明白。"韩冰说。

萧烈拿出两个小塑料袋交给韩冰,塑料袋里面有很少一点点粉末,"这是那两根粉笔的样本。"

"我知道怎么做。"韩冰收好塑料袋,下车。

古小天望着韩冰离去的背影,由衷赞叹:"太漂亮啦!你看那双腿,笔直修长,太性感啦!"

"你好像很喜欢欣赏女人的腿?"萧烈说。

"男人都喜欢欣赏女人,但水平不大一样。"古小天说,"品女人水平最低的男人,看女人的脸蛋儿;品女人稍有点层次的男人,观女人的胸部;品女人层次最高的男人,是品女人的美腿。"

"胡扯!"萧烈笑道。不过,把女人分割开来欣赏,倒也不失为男人自欺欺人的好办法。

"老板,现在没什么事,你不回家看看?"

自从"925"来到南津市,萧烈就一直没有回过家。他认为,此人很可能是抓住"剑鱼"的一条重要线索,决不能有丝毫懈怠。三天前,萧烈给儿子萧洒买了一箱方便面,告诉儿子他要出差,让儿子自己照顾自己。

萧烈摇摇头:"萧洒的独立生活能力很强,一般不会有什么问题。"

三小时后,韩冰手持报告来到萧烈办公室。看韩冰的神态,萧烈就知道已经有了答案。

"找到了?"萧烈问。

"是。"韩冰喜滋滋地把报告交给萧烈,"在公共汽车站,发现一个像单引号一样的符号。经过化验,与'925'行李中粉笔成分完全相同。我已经在这个车站安装了两个摄像头,只是人太多……"

"正因为人多,所以他才会选择这里。"萧烈翻看报告。通过报告可以看出,韩冰工作十分细致。

突然,萧烈指着报告中的照片问:"这个'△'符号是怎么回事?"

韩冰看了一下照片,说:"这是在距离汽车站一个街区的树干上发现的。但不是'925'粉笔画的。"

"你推断'925'是什么时候在汽车站用粉笔画下暗号的?"

"应该是到南津的第一天。"韩冰说,"在随后的两天中,'925'虽然每天从汽车站经过，但是都没有逗留过。”

“他为什么每天要去汽车站走一趟？”萧烈启发韩冰。

“当然是去看看他留下的暗记是否还在，联系人是否给他回复了暗记……”韩冰的眼睛一亮，“这个‘△’符号像是今天刚画在树干上的，痕迹很新！”

萧烈点头：“这个‘△’符号很可能就是‘925’在公共汽车站留下联络暗号后，每天等待的回音。”

“我马上布置，看‘925’今天都在什么地方长时间逗留过。”韩冰匆忙离开。

深夜，“TS”指挥中心内灯火通明，有关“925”白天活动情况的所有资料陆续汇总到这里。

韩冰指着示意图介绍说：“这是‘925’今天活动的路线，其中的红线是他以前曾走过的路线，红点代表他以前逗留过、今天再次去过的场所。”

“哪个最可疑？”萧烈问。

“最可疑的是这个湖滨公园。”韩冰答。

“有什么可疑？”古小天问。

“这是个开放式公园，他在这里逗留了很长时间。他刚到南津的时候曾去过一次，可是这里并没有值得两次光临的景色。”韩冰说。

“他都做了什么？”萧烈问。

“为了不打草惊蛇，我们距离‘925’很远，细节无法掌握。”韩冰说，“但从表面看，他什么也没做。只是在两张椅子上坐过。”

“调出‘925’在进入公园前后的图像资料，看能不能找出蛛丝马迹。”

“是。”韩冰立刻组织人员分析照片和录像资料。

不久，分析人员在图像资料中找到了疑点：“925”从公园出来后，手中的小皮包好像轻了许多。

萧烈反复对比手中的小皮包的特写照片。

“不错，有道理。”萧烈说。

“这个小包他带在身边一刻不离，我们没办法靠近。”

“立刻对公园现场进行秘密布控。”萧烈说，“重点是他坐过的那两张长椅。”

“你怀疑长椅是他们的无人秘密联络点？”韩冰问。

萧烈点头。

“完全有可能！”古小天说，“我们可以这样推断：‘925’在约定时间内在公共汽车站画下联络暗号，潜伏间谍看到暗号后在树干上画下回应的记号，‘925’看到回应的记号后，把皮包里的‘东西’送到这个无人秘密联络点。”

“然后潜伏间谍把东西取走，是这样吗?”韩冰问。

“是。”古小天说，“不过，仅仅是推测。”

“可是，假设‘925’的确在公园里留下了东西，我们也不知道东西是不是已经被取走了。现在布控会不会太迟?”韩冰说。

“迟到总比不到好。我们也去给他留下点东西!”萧烈说。

在萧烈指挥下，古小天和韩冰在僻静处下车，装作一对情侣在公园中漫步，很自然地朝长椅的位置走去。

看着公园中三三两两的情侣，古小天有感而发：“深更半夜还在外面溜达的，除了小偷，就数情侣最卖力气了。”

古小天和韩冰在距离长椅不远的草地上坐下，把伪装成砖头的秘密摄像头调好角度，接着又到小树丛后面“谈”了一会儿，把伪装成干树枝的秘密摄像头架好。古小天和韩冰在两张长椅附近，时坐时卧，把伪装成干树枝、砖头、瓦片、水泥块的秘密摄像头逐一调试安装好。

“这是我最辛苦的一次‘恋爱’。”古小天对韩冰抱怨说。

终于，一对情侣离开，古小天和韩冰有机会坐上长椅。古小天给韩冰使了个眼色，韩冰会意。

“糟糕！我的耳环掉了。”韩冰的声音足以让四周的人听清楚。

“掉哪儿了？你这么不小心!”古小天立刻煞有介事地拿出小手电在长椅上下左右寻找。

古小天和韩冰将长椅翻了个遍，没有找到任何可疑物件和痕迹。

“难道我们来晚了?”古小天疑惑不解地望了望韩冰。韩冰自然没有他想要的答案。

这一夜，萧烈、古小天、韩冰都是在车里盯着监视器度过的。

第二天一大早，古小天的手下报告，“925”朝公园方向走来。

“这地方距离他住的宾馆几公里，他来这里绝对不会是晨练的。”古小天又看到了希望。

当秘密交通员“925”进入摄像机镜头范围的时候，所有的人都紧盯着监视器，屏住呼吸。

“925”在长椅周围随意溜达了一会儿，然后在四周没人注意的时候，从长椅下捡起块石头塞进皮包，然后离开。

古小天狠敲自己的脑袋：“妈的！我昨晚还看到那块石头呢。”

“当时我们的注意力都在长椅上，谁也没有注意四周的石头。”韩冰说。

“早该想到！我们能拿砖头、水泥块当伪装，敌人为什么不能拿石头当伪装？”古小天说。

萧烈一直在沉思。

“小天，你说‘925’为什么又来这里？”萧烈问古小天。

“当然是取情报。”古小天说，“这里是他们的秘密情报交换点，潜伏人员拿走了‘925’的石头，留下了情报……”

“不对吧？”萧烈说。

“哪里不对？”古小天困惑地问。

“敌人的秘密情报交换点，应该有多个备用地点，这是常识。”萧烈说。

古小天忽然感到自己的推断是有些不妥，接着萧烈话头说：“对呀！那个‘△’符号应该代表潜伏间谍看到‘925’留下暗记的回应，同时‘△’符号也代表潜伏间谍指明使用的秘密情报交换点，就是公园里的长椅。”

“是的。”萧烈说，“既然秘密情报交换点是潜伏间谍指定的，如果是交换‘石头’，也应该是潜伏间谍先把自己的‘石头’放在长椅下面，这样‘925’只要在公园出现一次，就可以放下自己的‘石头’，拿走潜伏间谍的‘石头’，而不是像现在这样跑两次。多出现一次就多一次风险，这不合常理。”

韩冰说：“我明白了。如果‘925’只出现一次，来取情报，即使‘925’暴露了身份，潜伏间谍不在现场，仍然有机会脱身。如果是‘925’先出现在秘密情报交换点，那么潜伏间谍就增加了暴露的风险。现在‘925’出现两次，这就推翻了古小天开始的假设。”

萧烈说：“只有一种可能。这块‘石头’是‘925’自己放下的。‘石头’是掩护情报内容的道具，‘925’放下‘石头’以后，潜伏间谍把情报放到了‘石头’里，然后再由‘925’取走。只有这样，才能解释‘925’为什么会来两次。”

“有道理。”古小天点头表示同意，“做个掩护道具真不容易。”

萧烈问古小天：“如果是你拿到情报，你下一步会怎么做？”

“走人呀。”古小天说，“拿了情报不走，还等人来抓啊？”

“怎么走？”

“坐飞机啊，越快越好。”古小天说。

萧烈沉思片刻，对韩冰说：“你立刻去机场，我们一定要把那块石头截下来。”

“是。”韩冰离开。

古小天目瞪口呆望着韩冰离开，他没想到萧烈会因为他的一句话就立即作出决定。

“如果‘925’不坐飞机怎么办？”他不自信地问萧烈。

萧烈笑了笑，说："放心吧，'925'智商也就与你一个水平。他一定会坐飞机的。"

萧烈下车去吃早点。古小天坐在车里回味萧烈的话，他越想越不是滋味，连忙下车追上萧烈，问："老板，你到底是在夸我？还是在损我？"

正如古小天所料，"925"是准备乘飞机离开南津市。他购买了当天飞往上海的机票，而且是最近的一班飞机。在"925"乘车到达机场之前，古小天已经率领他手下一个技术小组在机场与换上了机场制服的韩冰会合。

"准备好了吗？"古小天问韩冰。

"准备好了。"韩冰答。这是她第一次与古小天合作，古小天在工作时丝毫没有平时那种吊儿郎当的样子，浑身上下透着精明，甚至相貌也不像平时看上去那么丑了。

根据韩冰的安排，"925"在机场办理安检手续时遇到了麻烦。安检人员不准"925"随身携带"石头"上飞机。但"925"坚决不同意把"石头"留在机场保管，声称这石头对他有特殊纪念意义。就在双方相持不下时，韩冰以主管身份出现了。

韩冰认真听取了双方的陈述后，对"925"说："先生，机场提高了安检要求，虽然给乘客增添了麻烦，但最终也是为乘客的利益考虑，希望您能谅解。我十分理解这块石头对您的特殊意义，如果把这块对您有特殊意义的石头放在行李中托运，您看可以吗？"

"可是行李已经托运了。"

"没关系，请把您的行李牌交给我，我来重新安排为您办理托运手续。"韩冰和气地说。

"925"在别无选择的情况下，只得同意在行李中托运石头。韩冰安排把他已托运的行李取回，在"925"把石头放入行李后，重新办理了行李托运手续，并顺利通过安检。他托运的行李则直接送到了古小天带来的技术小组面前。大家看到，这是一块比拳头稍大一点的青色石头。

时间一分钟一分钟过去，检查工作缓慢地进行着。

戴眼镜的技术小组组长说："虽然在X光下呈现所有石头的特征，但这不是一块石头。"

"废话！"古小天骂道，"是石头我们还来做什么？挑重点说！"

"眼镜"组长说："外部表层是人工合成的石头模样，里面实际上是一部存储器。"

"都存了些什么东西？"古小天问。

"眼镜"组长说："这东西最少价值一百万美元，使用的是无线接收和输出方式，没有专用设备，根本无法读取其中数据。除非……”

“除非怎么样？”古小天忙问。

“除非破坏外壳，把存储介质取出来读取。”

“等于没说！”古小天说，“有什么可以不留痕迹的办法？”

“再就是把它存储的信息生吞活剥地复制下来，不过重新解码很困难，并且容易造成数据丢失。”“眼镜”组长说。

“还有别的办法吗？”古小天显然对这种技术效果不满意。

“没有了。”“眼镜”组长说。

古小天拨打萧烈的电话，隐晦地把这边情况告诉萧烈。

萧烈在电话里沉默片刻：“注意搜集好相关数据资料，然后放走。”

“如果里面的内容很重要，放走合适吗？”古小天提醒。

“我们要的是大老虎，不是小苍蝇。”萧烈说，“苍蝇走了，还会回来，想抓他不难。”

十分钟后，古小天和韩冰隔着窗户，满脸遗憾地望着载有那块“石头”的客机准时起飞。

根据掌握的资料，萧烈将秘密交通员“925”在南津市的活动勾勒出一个大概轮廓：“925”在到达南津市后，首先在公共汽车站用粉笔画下联络暗号，潜伏间谍看到暗号后在树干上画下回应的记号。“925”看到回应的记号，把能够接收和存储无线信号的“石头”送到指定的无人秘密联络点。潜伏间谍在适当时间、适当距离将资料无线传输给“石头”，然后“925”将“石头”取走，携带出境。

“也就是说，潜伏间谍根本不需要出现就能传递情报。”韩冰说。

古小天说：“这种‘石头’估计接收范围能达到一百米，潜伏间谍甚至不需要知道‘石头’的具体位置就可以传输情报资料，使用起来非常安全。我们这次是遇见高手啦！”

这时，“眼镜”组长送来最新报告：“石头”中数据加密方式复杂，破译这种高级密码要花费很长时间。

古小天问：“大约需要多长时间？”

“快，几个月。慢，要几年。”“眼镜”组长说。

“几年？”古小天瞪大眼睛，“生孩子也不需要这么长时间。”

“眼镜”组长无言以对。

萧烈说：“敌人敢使用这种传输方式，说明敌人对这套加密技术很自信，应该不会很容易破译。”

古小天想了想，问：“这东西他们拿去是怎么破译的？”

“应该有一套专用破译程序。”“眼镜”组长说。

“把‘石头’里的数据输入计算机，然后用软件解码还原?”古小天问。

“眼镜”组长点头称：“是这样的。”

古小天一拍大腿：“这就好办了！交给我，我有办法。”

“什么办法?”萧烈问。

“我知道他们处理情报的计算机在哪里。”古小天说。

第九章　异国窃密

古小天一连几天没有露面，他在策划一次秘密窃取情报处理程序的行动。在这个行动计划中，韩冰将扮演重要角色。但是，这次行动危险性很大，萧烈是否会批准韩冰参加行动，他心中无数。没想到，萧烈看过他的计划，没有提出任何异议，只说两句话："很好。你去把韩冰叫来。"

韩冰调到萧烈手下以后，萧烈让她兼管机要室的工作。古小天来到机要室，韩冰不在，他就在隔壁的房间里等她，和几个小青年闲聊起来。

韩冰从卫生间出来，回到机要室，看到古小天在隔壁房间里，指着办公桌上几个不同款式的女人皮包胡侃，就好奇地站下来听。

"你们不就是想知道这几个皮包主人的爱情观吗？"古小天问。

几个小青年不住点头："是啊。请古大队长给我们讲讲。"

古小天清了清嗓子，然后认真地面对皮包进行评说："这个手提包简洁大方，喜欢它的女人，愿意为家庭和事业付出一切。你要想爱她，首先必须要学会关心她，真挚地爱护她。喜欢这个儿童式背包的女人，比较欣赏单纯友谊式的浪漫爱情，要求所爱的人懂得浪漫，并从浪漫中慢慢培植出牢固的爱情。喜欢这个休闲式背包的女人，希望过实实在在、经济状况好的生活，同时也希望有坚实可靠的爱情，排斥柏拉图式的精神恋爱。你们当中谁要是喜欢这个包的主人，最好先摸摸自己的钱包。喜欢这个大型软手提包的女人，心胸宽阔豁达，希望过轻轻松松的生活，爱孩子胜于爱丈夫。喜欢这个硬挺小巧手提包的女人，希望过一种安稳的婚姻生活而非浪漫的爱情，且思想比较守旧。如果不是真心实意想娶人家，千万不要招惹这个包的主人。"

一个小青年笑问："古大队长，你这么了解女人，怎么还没结婚啊？"

"我是独身主义者。"古小天说。

"为什么？"

"因为婚姻是个赔本买卖。"古小天说，"首先它的机会成本太高，我们形容某人得不偿失，常说他'捡了芝麻，丢了西瓜'，而结婚就是捡了一粒芝麻，却丢了一个谷仓！其次，从投资理论讲，'不能把所有的鸡蛋放在一个篮子里'，而结婚显然是违背了这一投资理论，你把所有的鸡蛋都放了进去，最后未必就能孵出小鸡来，弄不好连蛋都要打破。另外，对于美女，我虽心向往之，但决不迎娶之。"

"咳！"韩冰感到嗓子痒，站在门外轻轻咳一声。几个小青年一看到她，立刻作鸟兽散，瞬间只剩下了古小天一个人。韩冰笑笑，回到她的机要室，古小天随即跟了过来。

"韩冰，他们好像很怕你？"古小天说。

"他们一直很怕我。"韩冰说，"刚才听见你说……你是独身主义？"

"是啊，我是独身主义。"古小天说。他见韩冰盯着他看，连忙解释，"但这并不影响我追女孩子，我向往的是追求过程，而不是结果。爱美之心，人皆有之。我喜欢天下所有的美女，但我绝对不会弄一个回家供奉着。"

"你是说，你喜欢追求女孩子，但绝对不会和她们结婚？"

"Yes！"古小天十分肯定地说。

"那跟'以恋爱为名，玩弄女性'有什么区别？"

"……"古小天瞠目结舌，这个问题他还没认真考虑过。

"你到这里来有事吗？"韩冰坐下喝水。

"哦，老板让你去一趟。"古小天回过神来。

"萧副站长找我？怎么不早说！"韩冰放下水杯，跟着古小天来到萧烈的办公室。

韩冰从萧烈那里了解到，古小天刚刚制订了一个窃取"石头"解密程序的计划。原来，古小天已经掌握交通员"925"在泰国的秘密联络据点，情报在那里完成交接和解码后，再传递给美国中央情报局。

"我们的目标就是那台装有解码程序的电脑。"萧烈对韩冰说。

韩冰询问了计划的每一个细节，立刻回到办公室，着手接下来的模拟演习的准备工作。

萧烈对古小天说："这次境外执行任务，韩冰的身份很关键，稍有不慎，我们会死得很难看。"

"放心吧，我敢用脑袋担保，韩冰绝对不会是那个'内奸'。"古小天嘻嘻哈哈地说。

"但愿她不是。"萧烈说。

萧烈暗中观察韩冰已经很长时间，但要断定韩冰不是"内奸"，完全没有任何理性的依据，仅凭直觉。不过到目前为止，他的直觉还没有出过错，否则他已经死过很多回了。

"要不要告诉她'内奸'的事？"古小天问，"想在南津市国家安全局内部排查‘内奸’，必须有一个详细了解其内部情况的人。”

“如果我们这次行动能够活着回来，再说吧。”萧烈说。他们能活着回来，至少证明韩冰的确不是那个“内奸”。

泰国曼谷近郊的一栋豪华别墅内，花枝招展的时装模特尽情展示着来自世界各地的时装。这栋豪华别墅的主人是曼谷有名的富商陈家富，应邀参观这场时装秀的客人都是曼谷政界和商界的名流。这栋别墅实际上是美国中央情报局在曼谷的一个重要据点。

韩冰身穿一件高开衩的中国改良式旗袍出现在T型台上，她的模特儿步走得有模有样，行走之间，隐隐露出一双均匀有致的美腿，银灰色亮面质感的旗袍贴身裹着酥胸，将饱满完美的弧线性感地勾画出来。让韩冰以模特儿身份出现在美国中央情报局的据点里，是这个计划中古小天最喜欢的部分。

韩冰在T型台上自信而优雅地转身叉腰，让镁光灯不断地捕捉她最美的姿态。同时，她明亮美丽的双眸迅速扫了会场一圈，古小天还没有出现。

时装表演结束后，韩冰在后台缓缓卸妆，她表面上平静，心中却十分焦虑。已经过了约定的时间，古小天仍然没有出现。陈家富的这栋别墅表面上很平和，暗中却是防卫森严，没有支援，萧烈不允许她贸然行动。萧烈是这次行动的“总导演”，此时他正在距离别墅不远处的一辆汽车中进行指挥。

这时，一部银灰色新款奔驰车停在别墅门口，古小天由车上下来，他的出现在客人中间引发一阵小小的骚动。

陈家富的独子陈俊热情地向众人介绍：“这位是我的好朋友、中国大陆亿万富翁、富世集团总经理——古小天先生！”

一阵短暂的寒暄后，陈俊带领古小天来到模特休息的地方。

“今天有什么新鲜货色？”古小天低声问陈俊。

“有一个新人，不过那妞好像有点冷，不好上手。”陈俊说。

“在哪里？”古小天问。

“左边那个。”陈俊指着韩冰说。

“她是外冷内热。”古小天轻松地说，“你信不信我十分钟就能让她跟我上床？”

陈俊摇摇头。

“这里有客房吗？”古小天问。

“在二楼。”陈俊答。

“要不要再比试一次？”古小天问。

“怎么比试？”

"我们以十分钟为限，我泡这个妞，你在这些模特儿中随便选一个。看我们谁能十分钟内把她们弄到房里。超过十分钟的人输十万美金。"古小天说。

"OK，一言为定！"陈俊认为自己一定不会输，同时感觉很刺激。

韩冰坐在那里，感到一道炙热的目光正仔细打量着自己。韩冰凭着感觉扭头一瞥，看到古小天斜靠在不远处的门口，带着一贯自信的微笑，以赞许的目光注视着她。韩冰极不友善地瞪了他一眼，做出不认识这个"无聊男人"的样子。

古小天彬彬有礼地来到她面前，说："美丽的小姐，我能有幸请您共进晚餐吗?"

"对不起，我约别人啦。"韩冰说。

古小天的手在空中一挥，一大束娇艳的玫瑰花凭空地出现在他手上："您约的是它吗?"

四周发出一阵惊羡的呼声。

古小天很绅士地向韩冰奉上玫瑰花，但韩冰依旧脸色冰冷，她最讨厌男人迟到。

"或者，您等的是它?"古小天的手中不知何时又多了一个锦盒。打开锦盒，里面是一个玫瑰胸针。

四周鼓掌叫好声不断。

"哇，好棒啊！"

"好浪漫啊！"

"……"

"你不喜欢胸针?"古小天一转手，他手中的胸针变成了一条钻石项链！

又是一片叫好声。

古小天把项链展开，将项链戴到韩冰漂亮的脖子上。

"可以吗?"古小天绅士地伸出臂弯。韩冰一改冷漠的表情，微笑着一手挽住古小天的胳膊，一手抱着玫瑰花，在众人羡慕的目光中甜蜜地离开休息室。

"你怎么才来?"一出休息室，韩冰便责问古小天。

"路上塞车。"古小天答。

"那你为什么不早点出发?"

"不是没想到嘛！"

两人问答间都面含微笑，在外人看来仿佛是在说情话。

"你有什么办法上二楼?"韩冰问。二楼的书房是此次行动的目标。

"走上去喽！"古小天答。他果然搂着韩冰直奔二楼。

在楼梯口，遇到了同样挽着一个模特儿上楼的陈俊。陈俊佩服地对古小天暗暗伸出大拇指。楼梯口的两名警卫似乎对富豪间这种荒唐的游戏已经习以为常，熟视无睹地听任古小天和陈俊携女伴上楼。

韩冰在古小天耳边小声问："你是怎么做到的?"

古小天耸耸肩："很简单。我说我十分钟就能让你跟我上床，陈俊不信。我们就打赌喽!"

陈俊和古小天在房门口互相做了个暧昧的手势，各携美女进入房间。

古小天进房后立刻拿出一套陈家富别墅中侍者穿的服装。韩冰接过服装进入浴室，迅速脱下礼服，用纱布将胸缠紧，穿上侍者的服装，戴上红色小帽，又在嘴唇上粘了胡须。从外表上看，韩冰已经不再是一名光彩夺目的时装模特儿，而是一名英俊的侍者。

古小天见韩冰已经准备好，马上拿出手机给萧烈打电话："货卖出去了?"

收到古小天"准备行动"的暗语，萧烈对手下做了一个手势。三秒后，别墅中的监控系统全部被切断，取而代之的是循环播放的监控录像。

"货物已经全部出手了。"萧烈说。

收到萧烈的暗语，古小天对韩冰点点头。韩冰无声地走出房间，手里的托盘上放着三罐啤酒，朝二楼尽头的书房走去。

"喂，站住。干什么?"在通往书房的钢质安全门前，三名警卫人员叫住她。

韩冰压低嗓音："领班说大家辛苦，叫我送些酒来。"

两名警卫迎了上来："刚才已经有人送来了。"

韩冰掩饰住心里的紧张，平静地说："也许又叫了一次，刚才找的不是我。"

"只叫送酒，没叫送女人。"三个警卫嬉笑着把啤酒拿在手里，"哦，这次不同，是丹麦货。"

话音未落，三个人手中的啤酒同时自动打开，喷射出强劲的麻醉气体，三个人慢悠悠地倒在地上。

韩冰从保安口袋中搜出磁卡，在电子门锁上刷了一下，三寸厚的钢门缓缓打开。钢门内一名体格健壮的警卫，腰里别着手枪，他只看见由门缝"嗖"地滚入一道黑影，正要拔枪，黑影已到面前，他只感觉大腿微微一痛，便失去了知觉。

韩冰收起麻醉细针，直奔书房内的一台电脑，她将一部手掌大小的设备安插在电脑上，然后开启电脑，安插在电脑上的设备开始高速运转。

韩冰来到书架前，按下开关。一阵短促的电流声响过，书架从中间分开，露出钢质保险柜门。韩冰取出一大块塑胶炸药粘在保险柜上，然后反复校正角度，以确保爆炸产生的冲击波能够彻底摧毁桌上那台电脑。她炸保险柜只是幌子，因为要炸开这款保险柜至少需要半吨炸药，摧毁桌上那台装有解码程序的电脑才是最终目的。这样做是防止对手检测出电脑硬盘被复制，所以要做出电脑意外被炸坏的样子。

电脑硬盘高速拷贝完成。韩冰在塑胶炸药中插入雷管和遥控引信，关掉电脑，拔下硬盘复制设备，迅速离开书房，回到客房，换上模特儿服装，收起所有化装道具。古小天见韩冰完成全部收尾工作，他按下遥控开关迅速用两手堵住耳朵。

“轰隆”一声巨响，随之而来的是混乱和尖叫声。韩冰刚要打开房门，被古小天拦住，他先弄乱她的头发，又把她衣服扣子解开两颗，使她看起来更像刚从床上爬起来的。古小天打开门，佯装惊恐地问：“什么事？发生什么事了？”

这时，隔壁的陈俊也衣装不整地冲出来：“什么声音？”

众多警卫人员冲上楼，局面十分混乱。

“我们到外面找个安全的地方。”古小天拉着惊慌失措的陈俊冲下楼，后面跟着韩冰和另外一个模特儿。

古小天和韩冰趁乱离开别墅后不久，艾克森带着美国中央情报局专家赶到。经确认，爆炸的目标是保险柜，保险柜经受住了爆炸的冲击，保险柜内保存的情报资料、解密程序都安然无恙，艾克森暗暗松了口气。

在一片狼藉的爆炸现场，无论是艾克森，还是美国中央情报局的专家，都没有对散落的电脑碎片太在意。

萧烈携带拷贝的电脑硬盘内容火速从曼谷赶回南津市，技术专家立刻着手恢复电脑硬盘中安装的解码程序。这个程序的恢复和应用是相对简单的解码过程，但仍然需要几个小时来完成。萧烈、韩冰、古小天静静地等待电子密码破译结果。

“你们说美国中央情报局会不会更换解码程序啊？”韩冰问。如果这次突袭引起美国中央情报局警觉，更换掉解码程序，那么他们就白费力气了。

“更换解码程序是一个复杂的过程，涉及加密、解密、交通多个方面，更换过程需要几个月时间。美国人在确信程序被破译之前，应该不会轻易停止使用。”萧烈说。

“我们没有对保险柜里的原始解码程序下手，而是从安装了解码程序的电脑下手，这一点美国人应该想不到。我们炸保险柜就是要把美国人的注意力引到保险柜上，忽略我们在电脑上做手脚。”古小天说，“况且我们做得天衣无缝，美国人即使把电脑碎片都凑在一起，也只能证明电脑没有被换掉，这会让美国人更加放心。硬盘中的数据已经无法恢复，他们不会察觉到我们拷贝了硬盘上的内容。”

这时，“眼镜”组长送来最新破解的“石头”中的数据。

“大部分数据因为强行拷贝，无法解码。不过，我们还是解出其中几组。”“眼镜”组长说。

“什么内容？”古小天迫不及待。

“有关我国歼－15‘鹰隼’战斗机的研制情况。”

“眼镜”组长介绍说，从已经解码的几组资料可以看出，我国歼－15是单座双发、双V形垂尾翼、菱形进气道的纵向一体化三翼面的气动布局，主要采用前掠式机翼、翼身融合的隐身设计，武器装载在机身的武器舱和推力矢量控制技术。机体的36%由碳纤维复合材料制成，钛64约占24%，钛62占3%，钢占16%，铝合金占16%，热塑性复合材料大于1%。飞机总长22米，翼展16.7米，机高5.05米，机翼面积65.6平方米，最大起飞重量31吨。

解码资料显示，该机安装两台矢量发动机，推力196千牛。最大飞行速度为2.2马赫，最大巡航速度1.6马赫。驾驶舱采用宽角度平视显示器，可以提供水平三十度、垂直二十五度的视野。主要仪表板为四个彩色液晶多功能显示器和装在遮光罩下的一个综合操纵板。

歼－15装有相控阵天线的X波段雷达，天线装于机翼根部前缘三角区。X波段相控阵雷达具有对空、对地、对海不同的工作模式并具有地形跟随/回避能力，它能在跟踪高空超音速喷气机的同时，搜索低空的直升机目标，空空工作模式能同时跟踪二十四个目标，并能同时锁定八个重要目标和同时攻击八个目标。武器系统装配有一台30mm机炮、一百五十发炮弹，机腹武器舱内挂装四枚R－77PD中距空对空导弹，两侧武器舱各挂一枚PL－9近距格斗导弹，机翼有六个武器外挂点，载弹量大于八吨……

“我打断你一下。”古小天打断“眼镜”组长的报告，“你可以挑我能听懂的说吗？比如，结论是什么？”

“仅仅这几组数据，我们就几乎可以分析出歼－15所有关键数据。”“眼镜”组长说，“结论是：这是一起严重的泄密事件，性质十分恶劣。在研制歼－15‘鹰隼’战斗机的机构中有一个完备的潜伏间谍网。”

“马上调查这些资料是从哪里泄露出来的。”萧烈对韩冰说，“如果属于陈开迪泄密的，要继续追查他那个眼镜的信号接收器在哪里。如果是从别的部门泄露的，那就要把601所翻个底儿朝天了！”

“是！”

"还有其他内容吗?"古小天问"眼镜"。

"其余全部是音频数据,大部分数据因为强行拷贝,根本无法解码。我们只解出其中一组。"

"什么内容?"古小天迫不及待。

"内容很乱,像是窃听录音。"

"窃听录音?"

"音频数据经过特殊压缩处理,声音失真,不过音质还清晰,就是一段段经过筛选的录音。""眼镜"组长说。

"什么内容?"

"内容很乱,专业性挺强。""眼镜"组长说,"你们谁听说过'高温气冷核反应堆'?"

萧烈心不由得一沉。他虽然不懂部队的装备,但是"核反应堆"这个东西他还是知道的,它用于海军核潜艇,这说明敌人的触角已经伸到了国防141研究所。他自到南津以后,首先熟悉这里的几家国防研究所的情况,601研究所是研制飞机的,141研究所是研制核潜艇的,302研究所是研制精密导弹的。现在看来,141研究所也出现了泄密问题。他感到自己肩上的担子更重了。自从"赖文祥叛逃案"发生之后,国家安全部门大大加强了各个国防研究所的保密措施,这些情报是在之前泄露的,还是在之后泄露的呢?要是在之后泄露的,那问题可就严重了。

"从你那个组里再抽出两个人,加强对141研究所的监控。"萧烈对韩冰说。

"是!"韩冰回答。

"对于'石头'的解密内容,要严格保密。"萧烈对大家说。

"是!"大家一起回答。

根据调查,"石头"中有关歼-15"鹰隼"战斗机的资料正是陈开迪浏览过的内容。资料无疑是通过他那个眼镜泄露出去的。

第十章　香港密谋

柳如嫣与艾克森会面地点依然是在香港。美国中央情报局专家整理出柳如嫣提供的录音资料后，艾克森立刻作出约见柳如嫣的决定。他对柳如嫣的情报搜集能力佩服之至，即使他曾经最得意的“剑鱼”组织也无法与她相比。

“钱已经存入你的瑞士银行账户。”这是艾克森见到柳如嫣后的第一句话。他永远是一身不合体的西服，看上去像个不修边幅的数学老师。

“谢谢。”柳如嫣落落大方。

“我想知道你这次交给我的录音资料的来源。”艾克森说。柳如嫣交给他的录音资料声音是经过处理的，凡是涉及可能证明谈话人身份的地方都进行了遮盖处理，无法分析出消息的来源。

“这不合规矩。”柳如嫣拢了拢自己的波浪长发。

“我知道这不合规矩，但是确定消息的来源，对判断这情报的可信度非常重要。”艾克森说。

“是吗？说说看，重要到什么程度？”

艾克森知道柳如嫣是在试探他的底牌，但是为了换取情报的来源，他不得不如实相告。

艾克森介绍说，这关系到中国新型核潜艇内部是否真的已经应用了“高温气冷核反应堆技术”。高温气冷核反应堆的理论最早在二十世纪六十年代由苏联提出，六十年代后期曾经专门就此技术展开讨论，但是在当时研制这样的反应堆确实有很大技术风险，主要瓶颈在于堆体对材料的力学强度和堆内反应控制要求特别高，对堆内反应温度的掌握稍有不慎就会造成爆炸。当时苏联虽然没有上马这一项目，但是并没有放弃对这一技术的研究，每年都专门拨款。八十年代，在材料力学有了很大发展之后，苏联将研制高温气冷核反应堆列入正式计划。1986 年第一台模型出台。但是，就在其准备正式上马研制此堆的时候，苏联解体，此后这个项目就搁置了起来。

“这是美国民主的胜利，不是很好吗？”柳如嫣笑。

“本来美国是有机会接过苏联的接力棒使用这一技术的。”艾克森说，“1993年，曾经获得过苏联‘二级功勋’奖章的卡萨巴连科叛逃到美国，他携带有关于高温气冷核反应堆的重要核心机密并期望以此获得美国国籍。但是卡萨巴连科本人生活比较放荡，到美国的时候还吸毒，导致美国没有重用此人。苏联解体后，中国的许多军品研制在九十年代取得进展，很大程度上归功于引进了大量苏联专家。”

“这其中自然少不了研制高温气冷核反应堆方面的专家。”柳如嫣说，“所以中国在高温气冷核反应堆研制方面取得了突破性进展，你丝毫没有理由感到惊奇。”

“根据你提供的情报，”艾克森说，“中国新型核潜艇噪音在105～110分贝之间，水下正常航速提高到35～45节，这种潜艇的综合实力已经足以对抗美国海军‘洛杉矶’改进型，在噪音、攻击范围和自动化性能上，仍然比美国海军的‘海狼’和‘弗吉尼亚’落后，但中国新型核潜艇具有的航速和深潜能力，已经领先于美国核潜艇。”

“其实，你已经知道我给你的情报是真实的，你只是想再证实一下而已。”柳如嫣笑。

“是的，这对我非常重要。”艾克森说。

“我无法告诉你确切的情报来源。”柳如嫣说，“但我可以告诉你，这情报来自潜艇研制的最核心成员。”情报来源就是她的银行，傻瓜才会告诉买家。

艾克森点点头，柳如嫣不说，他也无法强求。

“我需要中国新型核潜艇更详细的资料，这对于我们十分重要。”艾克森说。

“那需要冒很大风险。”柳如嫣如此强调的目的是想趁机敲他一笔竹杠。情报战也是商战，能敲不敲是傻瓜。

“我们很乐意支付双倍的价钱。”艾克森很聪明。

“我会尽力而为。”柳如嫣说。实际上她早已经布置了窃取中国新型核潜艇详细资料的计划，现在该到收获的季节了。

“另外，我听说中国正在研发一种超音速3～4倍的巡航导弹。”艾克森说。

“我也有所耳闻。”柳如嫣说。负责开发这种巡航导弹的国防302所就设在南津市，她一直在关注。

“防御这些超音速3～4倍的巡航导弹，美国军队一点办法也没有。”艾克森说，“军方急于了解这方面情报，以便寻找最快捷的应对措施，但‘剑鱼’在完成‘FCS行动’时遇到障碍，我希望你能够继续完成这一计划。”

"FCS 行动?"柳如嫣想了想,"是关于 302 所的?"

"对!"

"我需要先了解'FCS 行动'的具体内容和进展情况,才能给你答复。"柳如嫣说。

"'剑鱼'会告诉你全部细节,这很重要,请你一定要接受这一委托。"艾克森说。

"我会尽力。"

"另外,我们还需要了解中国能够干扰美国的 GPS 卫星、合成孔径雷达等先进侦搜、定位、解析设备的研究情况。"

柳如嫣认真听着。对于她来说,美国人的需要就是最好的商机。柳如嫣仿佛看到一沓沓美元在向她微笑。

"几个月前,中国人成功摧毁一颗自己废弃的气象卫星,表明他们已经具备成熟的反卫星能力。"艾克森说,"他们开发的 KT-2 固体燃料火箭可以将超过 800 公斤的微型卫星送入近地轨道,而我们的分析家认为,这些微型卫星最佳的选择就是用来摧毁美国的卫星。这可能就是中国人所说的'点穴战略'吧?"

柳如嫣不打算给艾克森解释中国历史上"以弱胜强"的诸多范例,以及中国人"四两拨千斤"的思维方式。美国人只能看到表面的东西,很难理解中国文化中对弱和强的辩证认识,这毕竟是中国五千年传承下来的谋略智慧,而美国只有二百年历史。

中国近几年的军事发展动向很大程度是受到美国军事能力和政策的影响。美国在伊拉克战争和巴尔干战争中所取得的军事胜利,让中国军事战略人员看到了美国间谍卫星和导航卫星在实施精确打击过程中所发挥的重要作用,他们相信如果中国有朝一日要与美军对抗,那么它就需要一种方法来抵消美国在地球轨道上所拥有的高科技优势。中国发展这一高科技战力的目的,就是为了使美国的军用电磁通讯设备无法发挥作用,从而打破美国的科技优势。

其实,据柳如嫣所知,大陆并没有刻意隐瞒自己发展各种战力的意图。过去三年,大陆至少有 31 篇文章详细讨论如何攻击航母。大陆自主开发的全球定位技术,最明显的功效就是可以引导飞弹重新进入大气层,攻击美国的航空母舰战斗群。当今全球列强中,美国是唯一有能力从战略上威胁中国的国家,何况还有一个台湾问题。所以,大陆方面大力发展针对美国军队的武器系统,柳如嫣并不感到意外。如果大陆不这么做,她才意外呢。

"柳,你最近还得到了什么有价值的东西?"艾克森问。

"核弹!感兴趣吗?"

“说说看。”艾克森说。

“我最近得到可靠消息，中国正在研究一种代号为‘北斗之光’的新型战略核导弹，一旦成功，将把中国的战略导弹水平提高到空前高度。”

“继续。”艾克森示意。

柳如嫣告诉他，中国这种战略导弹上带有7～21个核弹头，配载核弹的多少将视它要攻击目标的密度和规模而定。而它的破坏力是前所未有的，这是因为它有两级弹头并带有若干分导高速巡航弹头。这种导弹具有太空自我防卫能力，当在太空中遇到截击时，导弹中的雷达将会告诉主电脑进行自我防卫，数秒钟内各分导弹头就会自动分离主体，按预先的卫星定位对目标进行毁灭性打击。在进入大气层前，第一级弹头将分离主体高速下冲，第二级弹头则逐渐减慢速度，进入大气层后，主弹体放出干扰弹头，第一级弹头将高速插入地下，第二级弹头会在约100米的空中爆炸，几乎同时潜地核弹也会爆炸，两者汇合的冲击波，将会是单弹头爆炸时所产生能量的5～10倍。与此同时，各分导弹头将会对各分散目标进行攻击，而且可能是生化一体的打击，从而使一枚核弹对同一目标进行三重打击。

柳如嫣含情脉脉地看着艾克森：“为这样一份重要情报，您愿意支付多少钱?”

艾克森摇头。

“哦?你不感兴趣?”柳如嫣很意外，她看着艾克森，“你要知道，‘北斗之光’导弹是中国未来太空战略的一部分，如果研制成功将对美国构成‘最为致命’的威胁，它比俄罗斯的两千多枚导弹还难防范，并更具毁灭性。如果有一枚这样的核弹飞到美国，那么半个美国都要瘫痪。你居然不感兴趣?”

“首先，没有人能够阻止中国人开发这种导弹。”艾克森说，“其次，没有人会真正使用这种武器。”

柳如嫣想一想，然后点点头：“有道理!”核子炸弹最大的威力是停在发射架上的时候。“笨蛋!”柳如嫣小声咒骂自己的疏忽，随即展示友好笑容，“好吧，这份情报不收钱，送给你，谁叫我们是老朋友呢!”

“柳，你身为台湾军情局的高级情报人员，把在大陆搜集的情报，一份拿回台湾获取巨额活动经费，一份又私自拿来与我们中央情报局交换金钱。你不怕有一天被台湾方面知道吗?”艾克森显然还对柳如嫣不肯明确告知情报来源耿耿于怀。

“怕他们知道什么?怕他们知道我无私地帮助美国盟友?”柳如嫣毫不在意地笑笑，“你们通过我，不就是想了解台湾在情报交流方面，是否对美国中央情报局有所隐瞒吗?”

艾克森无语。

“实际上我们是互利互惠。”柳如嫣说，“没有我，你也不会那么顺利拿到中国第四代战机的‘模型资料’。”

艾克森点头：“你提供的合作对于我很重要。依据上次获得的资料可以判断出，中国第四代战机的发动机和武器子系统研制工作取得突破性进展，远远超出我们的想象。”

“是吗?”

艾克森告诉她，从获得的模型资料判断，中国第四代战机与美国的F－22A隐形战斗机有某些相似之处，如内置的武器弹仓。中国的第四代战机具有出色的隐形能力，它的雷达隐形能力与美国隐形战机十分接近，而且还采取了吸波涂料来加强隐形效果。可以判断中国第四代战机将是一种全新的高性能、多用途、全天候的空优战机。飞机以重型、低成本为主导思想，以高性能、高生存力、高作战效能为设计目标，要求飞机有大推重比，非加力超音速巡航，具有很高的敏捷性和失速机动性。

“中国科技有这么先进?”

艾克森点头：“中国毕竟是世界上第三个能把人送上太空的国家。另外，我得到消息，中国近期加紧了针对美国航空母舰战斗群为目标的对舰巡航导弹的研发和系统整合工作。”

柳如嫣很有兴趣。

艾克森继续说：“这意味着，中国人一旦解决了发现和瞄准海上船只的问题，他们将能够使用非常精确和致命的巡航导弹从空中、海面和水下，发起大规模、多形式的多轴进攻。中国人的超音速反舰巡航导弹在突袭中能够规避拦截，并且压制住敌方的防空火力。可以想象，这些由高性能反舰巡航导弹发起的大规模进攻，将对美国海军力量造成毁灭性的打击。”

柳如嫣性感地眯了眯眼睛。她的理解是：有关这方面的情报会很值钱。

柳如嫣与艾克森确认了同“剑鱼”进行联络的方法后，立刻告辞。

艾克森目送柳如嫣离开，喝了口咖啡，继续看他的报纸。艾克森费尽心思在台湾军情局内部招募人员，那是因为台湾军情局几乎在所有的重要国家都有其工作据点，这些据点的建立既不通过外交途径，也不征求当事国同意，纯粹根据秘密原则自行建立，主要任务就是针对中国大陆搜集战略情报和军事情报，其渗透力之强、办事手段之秘密，连美国中央情报局都自叹弗如。

在艾克森的记忆中，美国中央情报局对中国大陆最大的胜利是在中国“文化大革命”期间取得的，这期间中国和海外使馆内部爆发了实际的“内战”，中央派遣特别安全官到各地中国大使馆去肃清叛徒、修正主义分子和中央情报局特务，在内部进行调查和撤职，这使得美国中央情报局取得意外收获，中央情报局从“文化大革命”受到伤害的人中物色目标。他们在这期间招募的中国间谍，最有价值的是一批在中国最有声望的科学家、作家和外交人士。七十年代中期，中央情报局把中国最重要的导弹科学家之一招募到手，他向中央情报局提供了有关中国核能力的最精确的情报。这一情报证明中国在发展核武器和导弹运载工具方面所取得的进展，比中央情报局分析家们原先所掌握的要大得多。中国改革开放后，高干子女一直都被中央情报局列为招募工作的重点对象。进入二十一世纪，中央情报局和联邦调查局的招募活动主要针对美国大学内的中国大陆留学生和访问学者。联邦调查局希望通过这些人了解中国政府到底对什么科技情报感兴趣。

与联邦调查局间接分析的方式相比较，艾克森更喜欢用直接对话的方式搜集情报。艾克森认为，最近二十年中国的变化过快，如果不注意按照直接对话的方式搜集情报，就难以抓住最新的动向。在艾克森的建议下，美国中央情报局的计算机系统内已经储存了一大批中国的“聊天朋友”。艾克森将中国的“聊天朋友”按照职业、政治态度、社会关系、家庭情况、性格、爱好等进行分类，以便确定哪些人可以通过公务交往随便聊天；哪些人可以通过吃吃喝喝聊到内部情报；哪些人可以通过心照不宣的办法建立情报关系。一旦中国发生重大事件，或者需要核对某项情报，艾克森就打几个电话，发几份请柬，请来主管官员或某一方面的专家，酒杯一端，随便一聊，情报就到手了。

依照艾克森的经验，要从中国人那里搞到重要情报，不能急于让对方作出回答，而要花上两三个小时，慢慢地谈。一般说来，中国人忌讳自己成为情报来源，所以要有耐心。多次会见同一人，可以产生信赖感，会搞到高质量情报。所以，在培养搜集中国情报的人员时，艾克森注重把间谍情报人员尽早派到中国，让其亲身感受中国的实况，同中国人建立亲密的朋友关系，为建立情报来源打下基础。但是即使这样，艾克森依然认为美国中央情报局搜集中国大陆情报工作与台湾军情局相比具有先天不足，中央情报局与台湾军情局合作是必需的，尤其是在需要秘密行动获取的非战略情报方面。

艾克森认为，在二十一世纪，中国的崛起可能是这个时代最大的一个事件，其中潜藏着太多不确定因素。艾克森经过长期研究认为，台湾是中国和美国在军事上冲突的潜在因素。为了发展内部经济，中共当前倾向搁置与其他国家的争议，但与台湾统一仍是中共政策主轴。尽管在国际事务上，中国避免和美国唱反调，并对美国在东亚的驻军与政治影响尽量表现出模棱两可的态度，但始终为在台海间与美国军事对抗进行着准备。中国自 1991 年起，每年的军事预算以两位数增长，其作战理论、军事训练、后勤采购和战略部署，几乎都是针对台湾而来，以期在美国或其他国家介入台海时，能够有效遏制甚至击败对方。同时，中国领导层的目光并不仅仅局限于一个台湾，中国人实际上已经采取了扩大对太平洋“两条岛屿链”进行控制的战略。这两条岛屿链包括从日本一直延伸到印度尼西亚的“内岛屿链”和“外岛屿链”。只要看一看中国人正在投入战场的武器平台的技术能力、适航能力等指标，就可以知道，这种能力超出了从军事上对付台湾所需要的范围。艾克森认为，加强对中国的情报搜集能力符合美国的长远利益。

第十一章　投其所好

柳如嫣带着艾克森布置的情报搜集提纲，从香港直接返回南津。柳如嫣当初选择在南津开办“公司”，是因为这里聚集了多家中国大陆最尖端的国防科研机构。至于“剑鱼专案”的目标集中在南津，则完全是巧合。现在看来，她是很有远见的。她这次回来，需要见好几个人，第一个要见的就是“剑鱼”。

柳如嫣和“剑鱼”会面的地点选在南津市一家大型超市的停车场。柳如嫣一早就驾车到达超市，停车场中的车很少，柳如嫣把她的红色跑车停在停车场最里面的位置，她车位旁边停着一辆货柜卡车。柳如嫣在超市里转了一圈儿，提着采购的东西回到停车场。此时，原来停在她的跑车旁边的货柜卡车已开走，停在那个位置上的是一辆黑色奔驰轿车。“奔驰”的车窗玻璃是茶色反光的，从外面无法看到里面的人。

柳如嫣戴着一个大大的凉帽和一副宽大的太阳镜，她故意把头低下，车上的人根本看不到她的脸。她打开自己跑车的后备箱，把采购的东西塞到车里。她的跑车与“奔驰”轿车相隔不足两米，车窗对着车窗。她没有看“奔驰”轿车一眼，就径直坐进了自己的车里，关上车门，戴上耳机。其实，她并不是在听随身听，而是在与“剑鱼”联络。她的跑车一侧和“奔驰”轿车对应的车窗玻璃上都有一层特殊的薄膜，这种薄膜通过一个特殊装置，可以把声音信号转换成加密的红外线进行近距离发射和接收。因为这种红外线波的传输距离非常短，所以数米以外的仪器根本无法探测到这种微弱的红外线波，更不要说窃听了。这也是“奔驰”轿车如此贴近柳如嫣跑车停靠的主要原因。

柳如嫣的耳机连接着接收器，她一边吃着爆米花，一边和黑色奔驰轿车中的“剑鱼”谈话。

“你好，我是‘鳐鱼’。”

“你好，我是‘剑鱼’。”

“我刚刚从香港过来，艾克森先生让我找你谈谈。”

“知道，我已经接到通知了。”

“艾克森让我接手‘FCS 行动’，并让你介绍有关情况。”

“‘FCS 行动’是一个窃密计划的代号，是‘剑鱼计划’的一部分，主要内容是从 302 研究所拿到精密导弹的资料。”

“艾克森说，你们在这个计划中遇到障碍，什么障碍？”

“其实也算不上什么障碍。只是因为‘赖皮’出走失败，上级命令我们暂时停止活动。”

“现在进展到什么程度？”

“要拿到 302 所精密导弹的全部资料，需要掌握三层密码，目前已经拿下掌握第一层密码的人，还有两层需要你来完成。”

“好的。谢谢你的合作。我会向艾克森先生汇报你们的成绩。”

“谢谢，再见！”接着，“剑鱼”开车离去。

柳如嫣又吃了一会儿爆米花，也开车离开了。

柳如嫣第二个要见的人是南津市经贸委副主任郝文君。

郝文君的父亲是南津市委书记，丈夫是国防 141 研究所的副所长、高级工程师，负责核潜艇研究项目，掌握重要国防科技情报。两年前，柳如嫣选中郝文君交朋友，更看重的是后一点。郝文君的丈夫李斯渊是清华大学毕业生，戴一副近视眼镜，穿一身中山装，标准的中国知识分子形象。他善良、真诚，有极强的事业心，习惯于抽象思维，喜欢严格的数理逻辑，缺乏浪漫情怀，甚至有些迂腐。在他的学科领域里，他是一个强者，他的科研成果多次受到部级嘉奖，但是和他一起生活，就像北方人吃了一冬的熬白菜，毫无滋味；就像演算一道简单的数学题，公式化、程式化。

一年前，柳如嫣为了和郝文君交朋友，没少在郝文君身上下工夫。在南津市这个中等城市里，郝文君是个很难被“糖衣炮弹”击中的官员，父亲是市委书记，丈夫事业有成，本人出类拔萃，家里什么都不缺，结果她还是被柳如嫣在她的夫妻生活的缺憾中找到了突破口。

柳如嫣深知中国官场上的“潜规则”，要想拿下那个官员，首先要拿下他的秘书。郝文君没有专职秘书，但是她每次参加活动，都会由经贸委办公室派人充当随员，时间久了，这个人就会相对固定，实际上就成了她的秘书。郝文君的秘书是个姓苏的女孩，刚结婚不久，丈夫也是机关的公务员，两个人家里都不太富裕，他们刚刚贷款买了一套房子，每月要还的贷款把他们压得喘不过气来。柳如嫣和她认识以后，委托她打听一件很简单的小事，柳如嫣一次就给了她十万元“信息费”。开始她不敢要，柳如嫣说，算借给你的，先拿去还贷款，将来什么时候发财了再还我。小苏很郑重地打了借条，把钱拿走了，一下就缓解了他们夫妻还贷的压力。从此，小苏对柳如嫣自然是有求必应。其实柳如嫣也没什么让她感到难办的事求她，不过是让她在方便的时候，请郝文君到柳如嫣的“新纪元技术咨询有限公司”视察一下。

小苏果然促成了这次“视察”。

在柳如嫣的办公室里，郝文君“碰巧”看到一些印制精美的问卷调查表，柳如嫣告诉她，这是一家美国制药公司委托他们公司承办的一项中国市场问卷调查，内容是，有多少人认为荷尔蒙对夫妻生活产生促进作用，有多少中老年夫妇需要通过辅助措施增强夫妻生活和谐，有多少人通过服用“荷尔蒙促生素”达到夫妻生活的和谐，等等。

郝文君听说，男人对女人的兴趣，主要取决于荷尔蒙分泌量的大小，她一听这种药能够帮助提高他们夫妻的生活质量，就对这项调查产生了兴趣。

柳如嫣立刻让她的秘书沈文倩拿来多份样品，让郝文君“送给朋友”试用。郝文君的脸上飞起两片红霞，半推半就收下了这些药品。

有了这些药品，郝文君的生活发生了重要的转变，夫妻生活质量大大提高，她的脸色也比往日多了些红晕。柳如嫣时不时约她出来喝喝茶，聊聊天。郝文君问她有什么事，只管说，柳如嫣总是说，没事，就是想找个谈得来的朋友说说话，整天在商场上和那些为利益奔波的人交往，特烦。于是郝文君就把柳如嫣视为知己，情同姐妹，几乎无话不谈，因此，柳如嫣进一步掌握了郝文君性格中的弱点和隐私。郝文君这个堡垒，就这样被她攻了下来。

后来柳如嫣又在不暴露自己的情况下，巧妙地安排郝文君的秘书小苏送给郝文君一款男式手机。不出柳如嫣所料，郝文君将这部手机交给自己的丈夫李斯渊使用。

实际上，柳如嫣想方设法送给李斯渊的这部手机是经过特殊设计的。为了躲避研究所严密的防窃听安全检测，手机中的窃听器平时只起到一部录音机的作用，微型硬盘能够一百个小时不间断录音，即使在手机关机状态下也能够清晰记录下周围 10 米内全部声音。因为它平时只录音，不发送任何信号，所以国防 141 研究所精密的安全保卫技术手段也无法探测到它。这个隐藏在手机里的窃听器，只有当李斯渊回家时，才会自动探测到柳如嫣设在他家附近的接收装置发出的信号，自动与接收装置连接，把微型硬盘中存储的录音内容发送出去。

自从李斯渊使用这个手机以后，141 研究所核潜艇研究的情报就源源不断地输送到了柳如嫣那里。柳如嫣的手下会对这些录音内容进行简单分类和处理。柳如嫣知道台湾根本没有能力对源于李斯渊的情报进行研判，所以她把录音资料直接交给了美国中央情报局。美国人现在需要更详细的核潜艇资料，也只有依靠柳如嫣才能得到。

·

柳如嫣坐在经常与郝文君见面的咖啡厅里，一边悠闲地喝着咖啡，一边等候郝文君的到来。

“不好意思，我迟到了。”郝文君步入咖啡厅，与柳如嫣打招呼。

“没关系，反正我时间很多。”柳如嫣笑笑。

郝文君点了一杯鲜橙汁，柳如嫣点了一杯黑咖啡。

“黑咖啡？”郝文君吃惊地看着柳如嫣，“很苦的！我记得以前你从来不喝黑咖啡的。”

“我就是想对比一下到底是我心苦，还是黑咖啡苦！”

“心苦？”郝文君不解。

“姐姐，我是不是越来越丑了？”柳如嫣问。

“丑？才没有呢！如嫣是我见过的最美丽的姑娘啦。”

“可我遇到一个男人，他根本都懒得正眼看我一下！”

郝文君笑了：“那么他一定是性取向有问题！”

“如果他真是同性恋，那么，对我的自信心打击还会小一点儿。回头我要调查一下。”柳如嫣顽皮地笑了一下。

“调查？怎么调查？头脑发昏啊！”

“姐姐放心吧，妹子还不至于傻到那个程度。这是我从国外给你带回来的药。”柳如嫣取出一个纸袋子交给郝文君。

那次郝文君“视察”柳如嫣的公司，“碰巧”看到的那个问卷调查，其实是柳如嫣专门为郝文君设计的。郝文君上钩以后，她就借口此药的市场调查结果不理想，另外中国的进口药品准入制度非常严格，美国厂家放弃了进入中国市场的计划。因此便中断了郝文君的“性福”生活。而正处于“虎狼之年”的郝文君，又进入了饥渴状态。这也正是柳如嫣所要达到的效果，为她实施下一步计划打下了坚实的基础。郝文君果然一步步走入了她设下的圈套……

柳如嫣并不经常给郝文君带药回来，只是在急于见她的时候，需要找个理由了，才会把“带药”当成借口，郝文君每次都会马上答应见面。

“多少钱？”郝文君拿出钱包。

“姐姐和我谈钱？”柳如嫣做出生气状，“你找别人去买吧，我可不是卖药的。”作势要把药收回。

郝文君连忙说：“好啦，姐姐不给钱了，以后也不给了，吃穷你！”

“没问题！”柳如嫣小声问，“这药是给姐夫用吗？”

郝文君点点头，脸颊微微一红。

柳如嫣说："那妹妹更是责无旁贷了，只要姐姐的家庭幸福，妹妹就是倾家荡产也无怨无悔！"

郝文君很感动，关切地问："妹妹有男朋友了吗？"

"没有固定的。"柳如嫣答。

"听姐姐的，将来找丈夫，一定不要找从事脑力工作的。"郝文君感慨地说。

"为什么？"

"我现在才知道，长期进行脑力活动的男人身体状况不佳，性欲不强。有时候一两个月都不要我一次。而女人在年轻时往往没有太大的性欲，可到了三十多岁以后……不过话又说回来了，我也很忙，白天累得人困马乏，回家后也就不太想做这种事了。可总是一种缺憾。唉！"

"姐姐如果觉得和姐夫在一起不开心，那就离婚算了。多简单！"柳如嫣说。

郝文君苦笑道："但是为什么一定要离婚？离婚，打破一种习惯了的平衡，我丈夫肯定受不了，而且离婚自然牵扯到父母、公婆、兄妹、儿女，非闹个天翻地覆、鸡犬不宁不可。我觉得没有必要。"

"不开心，为什么还要在一起？"

"我们毕竟是结发夫妻，我们也有过充满激情的恋爱阶段。"郝文君说，"我觉得夫妻之间是应该互相谅解的。人都有缺陷，男人也一样，我不相信这世界上真有完美的男人，既对我好，又能在各方面满足我的要求。我见过太多优秀的男人，有钱的，有才华的，有情趣的，但是他们一样有他们的缺陷。也许这世界上有别的男人更适合我，但是我觉得我的丈夫对我已经足够好了，他给了我很多爱。人不能不讲情义。他除了不够浪漫、性能力不是很强之外，我也没觉得他有哪些地方让我感到特别不满意。所以，我从不在性问题上给他难堪、找麻烦。我总是表示我满足了，总是在做爱的时候说他挺棒。所以，十几年来，他在事业上进展不算慢。人不可求全责备，我不想离开他。"

"姐姐真善良。"

"不过，他有时候真让我生气。他太理性了！表达感情的方式很可笑，只是轻轻地抚着我的手，我的肩。但我知道，这就是他表达爱意的方式。我理解了，也接受了，但又确实感到很不够。女人也是人，和男人一样，有着强烈的欲望。不怕你笑，我常常向往床上有一个强有力的又极疯狂的男子。"

柳如嫣会心一笑，低声说："说实话，我也有类似的想法，估计每个女人骨子里都有这种欲望。”两人相视大笑，隐私的话题最能拉近人与人之间的心理距离。

又说了一些女人间的悄悄话，柳如嫣从手袋里拿出一张金卡，说：“姐姐，我这里有一张卡，是一家手机专卖店的贵宾卡，第一次使用买手机可以打一折，你不是一直想给姐夫换个新手机吗？这个就送给你吧。”

“一折？那不等于白送吗？”郝文君接过卡。

“差不多。”柳如嫣说。其实，柳如嫣的真实想法是担心“白送”会引起郝文君丈夫的警觉。更重要的是一旦事情暴露，她不想自己受到牵连。如果手机是郝文君自己买的，即使以后发现什么问题，大陆反间谍机构也不会怀疑到她头上。

“真是太巧了！”郝文君说，“你姐夫的手机昨天不小心摔坏了，我今天本来打算拿去修一下，可是又让扒手偷走了，正好给他换个新的。”

柳如嫣当然不会告诉郝文君扒手是她派去的。从咖啡厅出来，柳如嫣把郝文君带到那家手机专卖店，然后推说自己有事先开车走了。郝文君一人进到店里，她向服务员小姐出示了金卡，服务员小姐立刻去请经理，说是金卡客户的业务只有经理有资格处理。服务员小姐找来了经理，经理热情地接待郝文君，同时抱歉地告诉她，由于促销活动已经接近尾声，新款高档手机已经销售一空，现在只有三种旧款手机可供选择。郝文君的丈夫原本就不时尚，郝文君在三款手机中挑选了风格最含蓄的一款。经理为表示歉意，还多送了一块手机电池给她，郝文君很高兴，她根本没有想到这是柳如嫣专门为她设下的又一个局。实际上这部手机和那部摔坏的手机一样，都是伪装的高级窃听器。

郝文君回到家，看到女儿小倩和丈夫李斯渊都在家，她这才想起是周末，把新买的手机交给丈夫，连忙下厨房烧饭。丈夫很喜欢她买的新手机，丈夫喜欢的是她这份心意。对待丈夫，郝文君无可挑剔。她也知道他是爱她的，在所有人看起来，他们的家庭幸福美满。同时她也越来越感觉到丈夫离不开她，哪怕是在一些日常生活上，他都离不开她的照顾。他生活自理能力很差，不会做饭，不会洗衣服，哪怕是叫他去买点东西也总是买不好，他唯一会做的就是知道怎么造核潜艇。有时候她也想，和这种人一起生活实在太乏味了，如果换一个人……但是马上她的心就软了。她不忍心看着这样一个爱自己的男人被抛弃后陷入困境，何况他们已经有了孩子。

吃晚饭时，丈夫随口提到，研究院又发生了泄密事故，郝文君一阵紧张。接着丈夫说，不是他们研究所，是搞隐形飞机的601研究所，但是连累研究院下属所有研究所都在搞保密清查工作。郝文君这才暗自松了口气，看来她偷偷复印丈夫公文包里资料的事情没有被发现。她希望那伙人能遵守承诺，再也不要来骚扰她。

前一阵，丈夫搞项目攻关十多天没有回家，昨天晚上回到家里就疲乏得像虚脱了一般，根本没有和妻子亲热的兴致。今天晚上，郝文君给丈夫吃了一片药，她希望丈夫能给她带来美妙的感受。然而就在她快要达到高潮时，丈夫却突然打了一个冷战，瘫在她的身上。丈夫内疚地对她说："对不起！"

"没关系，我已经很好了。"郝文君违心地说。她知道，男人的性别决定了他们永远自认为是强者，这种心理有利于他们投身于事业的竞争。如果男人对自己的本能失去自信，就会产生极度的自卑，甚至导致他精神崩溃和事业的衰败，这是她不想看到的。郝文君暗自叹了口气，这一夜她辗转反侧，难以入眠，她的脑海中不断浮现一双炙热的眼睛。那是一双日本男人的眼睛，由这双眼睛，她又联想了很多很多，她现在非常渴望他所给予她的那种满足……

第十二章　咫尺天涯

南津市女市长唐心玫初次遇见萧烈，只瞥见萧烈四分之一的背影，还是偶然通过门缝看到的。在她的印象中，对面的那套房子原来住的是一对老人。

“我们有新邻居啦？”吃早饭时，唐心玫问女儿许晓雨。

“刚搬来的，是我同学。”

“你同学？”

“他叫萧洒，是个男生。从北京转来的。”

“萧洒？这个名字挺有意思。”

这时有人敲门。唐心玫看见门外站着一个清爽的小男生。

“阿姨好！我是许晓雨的同学，我们约好一起上学。许晓雨在吗？”小男生礼貌地说。

“在！”唐心玫还没来得及回话，许晓雨嘴里叼着面包，一边背书包，一边蹿出来。

“今天走这么早？”唐心玫问女儿。

“我们要走路去学校。”许晓雨答。

“走路去？为什么？”唐心玫不解。

“减肥啊！妈妈再见！”许晓雨丢下一脸惊愕的母亲，跑下楼去。

唐心玫不是很漂亮的那种女人，但作为市长，她恐怕是全国最漂亮的女市长啦。她皮肤白皙，喜欢穿职业套装，时刻给人以端庄严肃的女强人感觉。但这只是外表，唐心玫心中的苦，只有她自己知道。如果有可能，她更愿意成为一个被人呵护的小女人。

十二年前，丈夫因犯间谍罪被捕入狱，彻底打破了唐心玫平静的生活，她不得不独自一人带着女儿离开北京，来到这个没有人知道她伤心过去的南津市。这些年，唐心玫从市长助理，到副市长，再到市长，她埋头苦干，希望用工作冲淡她的痛苦记忆。没想到，那段记忆又被香港《亚洲经济周刊》一个女记者的采访重新勾起。

这位女记者叫秦嘉珍，她拿着中国女市长协会宣传部的推荐信来到南津市，并带来了该协会秘书长的口信。唐心玫一般很少接受南津市以外媒体的采访，因为她深知媒体的经营之道。有些媒体为了扩大发行量，经常断章取义，制造新闻，随意“剪辑”被采访者的原话，导致歪曲了原意。被采访者常常有苦难言。那些话都是你说的，你总不能要求人家全文照登你的原话吧，至于怎么“剪辑”，那就是记者的事了。本市的记者一般不敢乱来，外地的记者，特别是境外的记者，你就拿他没办法了，所以才有“防火防盗防记者”一说。

如果这位秦嘉珍只是拿着女市长协会宣传部的推荐信，唐心玫就会像往常一样拒绝采访，但是秦嘉珍带来了秘书长的口信，就让她不好拒绝了。秘书长的面子还是要给的。

采访是在唐心玫的办公室内进行的。这位记者很敬业，采访提纲就有好几页，一上来就提到了唐心玫从北京来南津市的原因。唐心玫毫不客气地打断她：“我们还是先定一个原则，此次采访，只谈工作，不谈隐私。”

秦嘉珍很乖，马上表示尊重唐市长的意见。

“您刚从北京来到南津当市长助理时，有人在背后说三道四，说你是个‘空降兵’，甚至有人对此表示不屑。但是两年后，那些流言蜚语渐渐消失了，你认为，这是什么原因?”秦嘉珍问。

唐心玫笑笑：“说实话，别人在背后说我什么，我并不知道。至于为什么不说了，我也不知道。可能是他们说累了吧。”

“我看到一个材料，说是你提出的‘零资租赁’方案，解决了困扰南津多年的国有企业停工、工人下岗问题，也使这些人看到了你比家庭背景更显著的才华。这个‘零资租赁’方案，是什么内容?”

“所谓‘零资租赁’方案，就是将国有企业的厂房、设备无偿租赁给有实力、有市场的企业，条件只有一个：必须雇用原厂半数以上工人。这个方案最初曾被人指责为‘国有资产流失’，但我认为：国有资产虽然损失了租金，但是可以从税收方面得到补偿，最重要的是众多拥有熟练技能的工人不用‘下岗’再就业。同时，我将‘国有资产流失论’比喻为‘冰棍理论’，意思是，这个理论可以容忍‘国有资产的冰棍’锈掉、烂掉、化掉，却不允许有人‘咬’一口。”

“材料上说，你的方案最终被当时的市长郝迈采用。‘零资租赁’方案实施五年，为南津引进了一大批优秀的企业，使南津的税收大幅度增加，工人就业率在全省名列前茅，你也顺理成章地被任命为主管工业的副市长。”

“这也不是什么顺理成章，只是大家觉得我还能干点事而已。”

“你就任副市长后，向市委提出的第一项建议就是终止‘零资租赁’方案，改‘租’为‘卖’，让很多人瞠目结舌。你当时是怎么想的?”

“为了城市的发展。将工厂设备以‘无息贷款’形式优先卖给原承租人，但条件是买受人必须在市政府指定的工业区建成价值大于‘无息贷款’总额的新厂房，并以此作为‘无息贷款’的抵押。我之所以要这样做，是因为‘零资租赁’方案由于产权的原因，限制了企业的技术改造和设备投资，必将制约企业的后续发展。将企业设备优先卖给原承租人，并指定工业园区建厂，就是要通过这些企业家将老企业中没用的设备卖掉，添置新设备，已经有了资金积累的承租人肯定会加大工厂设备投入。‘无息贷款’可以减轻工厂经营者的资金压力，以新厂房作为抵押，目的是要将这些企业永远留在南津。”

“效果怎样?”

“由于实行‘无息贷款’和工业园区新建厂房的优惠政策，南津市所有的国有企业机器设备全部被原承租人买走，在指定工业区重新建厂，使南津的工业产值在短期内迅速增长，并步入良性循环。”

“据说，随后你又做出惊人之举：将原来位于市区的众多国有企业闲置厂房全部夷为平地，大面积种上草坪，建成一个个绿色文化休闲广场。”秦嘉珍说。

“是的。这一举措立刻招来众多非议，有人说我是‘败家子’，有人称我为‘草坪市长’。但三年后，当绿色休闲广场粗具规模，明显美化了市容和市民生活时，非议消失了。”

“当房地产开发商趋之若鹜，使绿色广场周边地价上涨了五倍时，你又被无数媒体吹捧，赞誉如潮。你被选为南津市长也成了众望所归。”

唐心玫笑笑说：“我发现你们记者就喜欢转词儿，什么‘顺理成章’，什么‘众望所归’，其实，我当选市长票数并不高，仅仅超过半数而已。”

“你准备怎么当好这个市长?”

“我当选南津市长后，向全市市民承诺，在任期内只做两件事情：一是实行强制性免费义务教育和教育保险；二是设立政府医疗保障基金。市民们正翘首以待，同时也充满善意的怀疑和担心。不过我有信心实现我的承诺。”

她们又谈了一些其他问题，双方都对这次采访表示满意。在唐心玫方面，她认为秦嘉珍很敬业，采访准备充分，几乎把她的历史研究了一遍，提出的问题也比较到位。在秦嘉珍方面，她认为唐心玫为人坦诚，思维敏捷，办事干练。

最后，唐心玫提出一条要求，稿子刊发之前，一定要给她看看。秦嘉珍痛快地答应了。

下午，实验学校放学的时候，萧洒和许晓雨结伴走出教室。刚刚来到操场上，许晓雨突然想起有东西落在教室里，她让他等一下，马上回来。萧洒就站在操场花园旁等着。

远处，几个男同学对萧洒指指点点，然后一起朝他走来。

“你就是萧洒？”为首的大个子男生问。

萧洒点头。与大个子男生相比，萧洒显得身体有点单薄。

“我警告你，离许晓雨远一点，不准你缠着她！”高大男生专横地指着萧洒说。

萧洒愣了一下，困惑地挠了挠头：“不好意思，你是谁呀？”

“我们老大你都不认识？你是不是欠揍？”旁边一个小个子男生说。

萧洒歉意地说：“不好意思，我刚转校来的。”

“新来的，以后泡妞最好先弄清楚状况。”小个子男生说，“许晓雨是我们老大喜欢的女孩，不想挨揍就离许晓雨远点！”

“你喜欢许晓雨？”萧洒问高个男生。

小个子男生抢着说：“当然，我们老大每个星期都给许晓雨写情书……”

“原来写情书的是你啊！”萧洒笑了，“你放心，许晓雨这么霸道，我可不喜欢！我不会与你争的。再见。”萧洒转身要离开。

“你敢说晓雨坏话！”高个男生突然挥拳。

萧洒轻松躲过高个男生的拳头。高个男生一击不中，再扑上来。萧洒闪身躲开。高个男生恼羞成怒，三番五次扑向萧洒，一直把萧洒逼到角落里。当高个男生再次挥拳打来时，萧洒已经无处可退，他避过高个男生的拳锋，被迫推出一掌。

高个男生“噔、噔、噔、噔”后退几步，“扑通”一屁股倒在地上，跟在高个男生身后的小伙伴一下子惊呆了，他们无法相信身材瘦小的萧洒会击倒他们老大！

“不好意思，我不是故意的，我先走了。”萧洒撒腿就跑。

许晓雨在校门口找到萧洒：“你怎么不等我？”

“我这不是在等你吗？”萧洒说。

“你怎么不在操场等我？”

“别提了，一言难尽啊！”萧洒说，“和你走在一起还真是危险。不但要被误会是你男朋友，还要冒被人打的危险。”

“怎么？被人误会是我男朋友很丢脸吗？”许晓雨叉起腰。

“是太危险！”萧洒说，“你有那么多暗恋者，我可不想蹚这浑水。”

“那你以后不要理我！”许晓雨说。

“不行，我爸说你是女孩子，要我保护你。”萧洒说，“其实你挺漂亮的，保护你也挺好的。”

“这还差不多！”许晓雨转怒为喜，“对啦，你有女朋友吗？”

“说不上是女朋友，以前有一个关系比较好的女孩子。”萧洒说。

“像咱俩现在这样？”

“不，比咱俩关系还好。”

“那么后来呢？”许晓雨问。

“后来让我爸爸知道了。”

“你爸骂你啦？”

“没有。我爸只是搬个小板凳，陪我在街边上看了一个星期的美女。”萧洒说。

“到街上看美女？”许晓雨诧异，“为什么？”

“我爸没说。”萧洒说，“不过，我想我爸是不想我成为井底之蛙吧。”

“井底之蛙？什么意思？”

“我发现大街上有很多美女比我们学校的女生漂亮。相比之下，学校只是个井。”萧洒说。

“后来呢？”许晓雨问。

“后来我就决定在大学毕业前不交女朋友。”萧洒说。

“我是问那个和你好的女孩。”许晓雨说。

“我和她还是好朋友，不过不是男女朋友那种朋友。”

“她一定很伤心。”许晓雨黯然。

唐心玫下班回家，看到女儿许晓雨乖乖地蜷在沙发里看书，十分意外。在她的印象中，女儿难得如此乖巧。

“什么书这么好看？”唐心玫问。

“语文。”

唐心玫有些吃惊。当她看清楚女儿的确是在看语文课本时，关切地问：“你没什么吧？”

“什么没什么？”许晓雨不解地问。

“你以前说语文很无聊……怎么突然转性了？”

“萧洒说，选入语文课本的文章都是经典，我现在看不出这些文章的优秀，是因为我缺少鉴赏这些文章的阅历和知识。就像一个生活在赤道上的人，永远无法理解‘刺骨寒风’的真正感受，也无法想象‘鹅毛大雪’是怎样一个景象。他说，对于语文课本上的文章，暂时不理解没关系，只要记住它，将来随着年龄和阅历的增长，就会更深刻地理解它了。我先看看他说得对不对。”许晓雨说。

唐心玫发现女儿好像很在意这个叫萧洒的小男孩说过的话：“他还说什么了？”

“他说我们在学校学习基础常识没什么用，有些知识一辈子都不会用上。”

唐心玫吓一跳，这是“知识无用论”啊！

“他说，我们不得不学习这些将来可能毫无用处的东西，是因为没有人在小时就能够确定自己将来最适合做什么，所以不得不全面储备基础知识，以应付将来可能出现的不同选择。学习这些知识，就像是利用十年的时间打磨多把钥匙。当你走过十年学习之路，来到‘创业大厦’前，你要选择一把钥匙，打开一扇你最喜欢的门。如果你手中没有钥匙，那门将永远对你关闭着。”

“他说得有道理。”唐心玫悬着的心放了下来。

“我也觉得他说得有道理。”许晓雨说，“妈，请不要打扰我，我还要准备明天的语文考试！”

“考试？”

“是！”许晓雨说，“虽然这考试没用，可是考试成绩就像电子游戏里的分数。电子游戏比的是手眼配合，考试成绩比的是记忆力和考试技巧，两者一样，没有任何实质意义。但是，这毕竟是一个大家都在玩的游戏，玩得太差劲会被人看不起的。”

“这也是那个萧洒说的？”

许晓雨看妈妈一眼，有些不耐烦。

“好啦，你准备吧，晚饭好了我叫你。”唐心玫说。

洗衣、铺床、擦地板，这是唐心玫每日必做的事情。别人都不理解，她为什么不请人来做家务，实际上是她喜欢自己做。她认为，不会做家务的女人不是真正的女人。对她来说，做家务是一种休息。

吃晚饭时，女儿许晓雨对唐心玫说：“妈，给我钱，我要去学英语。”

“学英语？为什么？”唐心玫以前曾让女儿补习英文，可女儿说：我是中国人，学英语干什么？唐心玫只得作罢。现在女儿主动要学英语，她感到奇怪。

“萧洒说，中国人学英语是中国人最可悲的行为，但我们不能不学，因为外国人超过了我们，现在我们必须学习他们的科学，然后才能打倒他们！超过他们！”许晓雨说。

唐心玫惊讶：“学好英语，超过他们？”她连忙起身拿来钱包，全部交给女儿，“需要多少？自己拿！”

“哦。”许晓雨认真地翻起妈妈的钱包。

唐心玫对这个能影响女儿的小男生产生了兴趣：“萧洒的学习成绩……是不是很好？”

“一般。”许晓雨说，“如果他考试成绩太好，他爸会揍他屁股！”

“咔！”唐心玫差一点让食物噎着。天底下哪有这样的父亲！

“是真的。”许晓雨说，“萧洒说，他爸爸规定他不读完五千本书不准恋爱，不读完一万本不准生小孩！”

“读这么多书？”唐心玫疑惑，“萧洒的爸爸都让他读些什么书？”

“萧洒说，只要是书就行，不管是黄色小说，还是马列主义。”许晓雨答。

“黄色小说？”唐心玫诧异，“怎么会这样？”

“萧洒爸爸说，读书并不是为了学习，读书是为了唤醒你心灵的记忆。当你读一本书，觉得其中的某个观点特别有道理时，这个观点实际上是你自己的，是你在心灵深处早已形成的观点，只是你自己不知道罢了。读别人的书，就是为了唤醒你自己的这份心灵记忆。”

“这观点我还是第一次听说。”唐心玫说。

“我认为很有道理。”许晓雨说，“当面对一个观点时，我会马上判断出‘对’或‘错’，那是我心灵深处早已形成的是非观念。当你在别人的书里读到自己认为‘有道理’的观点时，那么就记住它，因为那是你自己的观点，只是别人在书里把它理性地写了出来，省下了你自己整理的时间，这就是发明文字的好处！”

“这是你说的？”唐心玫吃惊地看着女儿。

“是萧洒说的。”许晓雨埋头吃饭，“不过我觉得很有道理，所以也等于是我说的。”

唐心玫发现女儿突然间长大了，令她不得不刮目相看。

女儿突然变得乖巧，让唐心玫心中充满喜悦。她从心里感谢给女儿带来变化的萧洒，同时对萧洒的父亲也充满了好奇。

晚上，当她与多日不见的网友“烈火”在网上不期而遇时，她迫不及待地与他分享着她的喜悦。

“烈火”是她三年前在网络上偶然结识的一个很有思想的男人。当时，“烈火”在她经常浏览的一个网络论坛上发了一篇题为《汉奸与狗》的帖子。“烈火”在帖子中说，从1949年至今，中国总体经历了两个阶段。第一阶段是毛泽东执政时期，第二阶段是改革开放时期。

唐心玫读罢觉得有趣，就主动给“烈火”留言，谈了谈“狼和狗的幸福观与尊严”问题。因为两人都比较理性，看待问题的观点又惊人的相似，所以他们很快成为最默契的谈话对象。

唐心玫与“烈火”交流都是通过网上留言进行，有时候也会约个时间在网上即时交谈。每天与“烈火”在网上互发留言渐渐成为唐心玫生活中不可缺少的一部分。但三年来，两人从未见面，因为唐心玫害怕见面会破坏两个人之间维系多年的这份默契美。

今天与“烈火”在网上不期而遇，唐心玫非常高兴。她给“烈火”讲了她大二时，用奖学金买下了平生第一双真正意义上的高跟鞋，6 寸细跟，黑色，鞋尖上有蝴蝶结，最令人心动的是有一根细细的带子缚在小腿上，在长裙下若隐若现，显得双腿分外修长漂亮。其实穿高跟鞋很苦，她穿着它去参加大学生艺术节，预赛、决赛、汇报演出一去三天，也并没有走很多路，回到学校后，她就用尽全身力气把它扔进了床底下最深处，今生再也没有见过它。现在她只穿矮跟鞋，同时也学会了不羡慕别人。鞋穿在自己脚上，舒服不舒服只有自己知道。

接着他们又聊起是什么推动社会进步的话题。不知不觉，已到深夜。考虑到第二天还要上班，唐心玫与“烈火”约定第二天继续讨论，便下线，洗漱准备上床休息。可是不一会儿，她感到言犹未尽，又打开电脑，但“烈火”已经下线，她便给他发了一条留言。她说：“刚跟你聊完，感到又有好多话要与你说，于是又上了线，可是你不在，只好给你留言。突然间觉得自己像刚刚初恋的中学生一样恋着你、想念着你。还好，我们素不相识，又相距遥远，否则，我一定会像个跟屁虫似的整天跟着你，不许你有思念别人的时间!”

唐心玫性格刚强，同时心底又是一个感情很细腻的女人，这种矛盾的性格注定她在现实生活中无法对一个男人敞开心扉，只能在虚拟的网络世界与“烈火”开这种无伤大雅的玩笑，因为她觉得隔着电脑屏幕，没有人再会伤害到她那颗深深隐藏起来的心。

唐心玫第二天早晨打开电脑，收到“烈火”给她回复的留言：“以后千万不要再对我用这些诱惑的词汇，我意志薄弱，我会当真的！好色是天下所有男人的恶习，男人好色大约有两种样子：一是表于形，二是藏于心。眼见国色天香的美女靠近，男人无一不是蠢蠢欲动。表于形的男人不懂得隐藏，露出一副垂涎三尺的色相，两眼死死地黏着人家，那眼光像鼻涕，甩也甩不掉。将好色藏于心的男人则是另一番恶心，看起来谈吐斯文、温文尔雅，其实心里坏水多多。装作目不斜视、面不改色，实则衣冠禽兽，像只偷腥的猫，一逮到机会就准备暗度陈仓，嘴上还称自己是正人君子。我就属于后者。”

唐心玫大笑，“烈火”的幽默让她一整天心情特好。她绝没有想到，这个让她开心的“烈火”就近在咫尺，而她还以为他远在天涯。

第十三章　诛杀计划

香港那个僻静的庭院，庭院一角的榕树下，柳如嫣安静地看着父亲一个人下围棋，她知道这是父亲思考问题的习惯。

“俞大猷副局长今后负责大陆情报工作。”柳简铭头也不抬地说。

“他懂得什么是情报？”柳如嫣表示不屑。

“你这一组今后将由俞大猷直接领导。”

“什么？”柳如嫣大吃一惊，“那个只会喊口号的‘铁杆台独’领导我？”她可不愿意把自己的小命放在一个外行手中。

“不要胡说！”柳简铭斥责女儿道。

“我说的是实情！民进党上台后，军情局一直士气低下。因为不满民进党台独倾向，已经有一大批情报官员叛逃大陆。说不定哪一天我也投大陆去！”柳如嫣负气地说。

“如果都去了大陆，那么台湾不就是台独势力的天下啦？那么台湾老百姓怎么办？”柳简铭语气幽幽地说。

柳如嫣不语。她可没有父亲那种忧国忧民的情怀。

“有人说大陆共产党独裁、残忍，可没有人说他们害怕打仗！”柳简铭说，“上个月，台湾有人提议把‘大陆事务’放到‘外交部’处理。大陆方面得到消息，立刻传话给我说，如果台湾把‘大陆事务’放到‘外交部’，大陆就把‘台湾事务’放到国防部！”

柳如嫣觉得大陆的说法有趣，忍不住笑出来。

柳简铭看了一眼女儿说：“听起来可能感觉好笑，但我知道他们是非常认真的。在原则问题上，共产党从不含糊。如果台湾宣布独立，解放军是真的会打过来的！”

柳如嫣想，如果大陆真打过来，她会第一个知道，她一定找个世界上最安全的地方先躲起来！她自然不敢把自己的想法告诉父亲。

“要想保持台海和平，最重要的有两点：一是维持现状，不搞台独；二是维持两岸军力均衡。”柳简铭忧心忡忡地说，“第一点是政治家的事，我们无能为力，我们只能在第二点做些工作。要避免台海两岸同室操戈，我们必须不惜一切代价完成毒蝎专案！”

“明白。”

“我这次过来，不是为了这些事情。”柳简铭言归正传，“如你所说，民进党上台后，军情局士气低下，因为不满民进党台独倾向，台湾一批情报官员叛逃大陆。这次开会，军情局中一些人极力主张杀一儆百，准备派杀手刺杀叛逃大陆人员。”

“这一定是那个俞大猷的馊主意！”柳如嫣说，“您没制止他们胡来？”

“该说的我都说了。”柳简铭叹了口气，显然力不从心，“他们这么做很可能会导致台湾军情局与大陆情报机构火并，我们必须阻止这种局面出现。”

“我们能怎么做？”柳如嫣问。

“你在大陆反间谍机构内不是有一个隐藏很深的线人吗？让他多注意那边的动向。”柳简铭说。

柳如嫣点头称是。她在大陆反间谍机构内收买的内线代号“黄玫瑰”，是她手中的一张王牌。

“另外，”柳简铭拿出一张名单，“这几个人都是我多年的故旧，你想办法通知他们一下吧。”

柳如嫣接过名单看起来。

“据说负责保护这些人的是‘飞龙’。”

“飞龙？”这是柳如嫣第二次听到“飞龙”这个名字，第一次是从艾克森的口中。

“这个‘飞龙’很能干，你遇到这个人一定要避开。”柳简铭说，“上次艾克森从大陆策反了一个搞武器研究的工程师，可是他还没把人弄到美国，又让大陆国家安全部门给劫回去了。可能就是‘飞龙’干的。”

艾克森这个老狐狸也有失手的时候！柳如嫣在心中幸灾乐祸。

“这个‘飞龙’真有你说的那么厉害吗？”柳如嫣对父亲和艾克森均如此高看一个从未谋面的对手，心中很不服气。

“这个‘飞龙’做事缜密，出手敏捷，神龙见首不见尾，是一个不可多得的人才。你最好不要招惹他！”柳简铭说。

柳如嫣很少听到父亲用这样的语气评价一个对手。她暗下决心：有机会一定要和这个“飞龙”较量一下，给这个“飞龙”点颜色看看，让他也见识一下我的手段！

中国江南一个小镇，一座庭院，一棵老榕树下，萧烈陪一位精神矍铄的白发老者下象棋。说是下棋，其实二人的心思都不在棋盘上。

“其实，台湾军队很怕打仗。”老者一边下棋一边说，“那些搞台独的人根本不知道战争意味着什么。大陆真的要打台湾，肯定打到全胜为止，他们要我们去拼命，战死了谁给我抚恤金？到时候台独政府都不存在了。哈哈！”

老者是台湾空军退役将军。根据台湾的说法，包括二级上将的退役将领在内，目前至少有二百四十位退役将领在大陆置产、定居，所以有“入伍领新台币，退伍换成人民币”的说法。

“那小子现在到哪里了？”老者问。那个刚刚获取新身份的军情局中校李元隆正是老者的儿子。

“他一家子很安全。没人知道他们在哪里。大陆有十三亿人，他们已汇入茫茫人海了。”萧烈说，“他说过些日子会带孩子来看您老人家。”

“好啊，回来就好啦，不用给那些搞‘台独’的人当炮灰啦！”老者说，“我早跟他说过，如果台湾真的要分裂，一定会打起来。很可惜，台湾人不相信，很多人不相信。为什么不相信呢？因为，你大陆说得太多了，你没有打。但是只要翻开中共建国五十多年的历史，就会明明白白看到，只要涉及国家的主权和领土的问题，中共一律是不惜一战。看到没有，跟印度打起来了，为的什么？领土问题。跟苏联，珍宝岛打起来了，为什么？领土问题。台湾，只要涉及领土问题，根本不会有第二种结果。所以还是早回来好，让想独立的人自己去打好啦。”

“说到台湾独立问题，我想现在台独分子中的一部分人也是可以逐渐转化的。”萧烈说，“拿破仑是科西嘉人，他的父母就是当时科西嘉独立的激进分子，拿破仑的父亲是‘科独’领袖包力的得力助手，他的母亲更是在十几岁时就献身‘科独’运动。科西嘉独立运动同法国‘大陆’派来的军队打了三个月，孤立无援，弹尽粮绝，拿破仑的母亲是在从战场上退下来的路上生的拿破仑。生于战场的拿破仑长大后到法国‘大陆’去读书，他读士官学校时秘密写信给流亡到英国的包力，表达对‘科独’的忠心。终于法国‘大陆’迎来了大革命，‘科独’的机会来了，拿破仑以‘大陆’军官的身份，跑回科西嘉当了独立军的中校。最后，‘科独’运动还是失败了。这一失败让拿破仑觉醒，他认识到，处处仰外国人鼻息的‘科独’绝不能带给科西嘉真正的独立，当包力建议勾结英国对付法国人的时候，拿破仑拒绝了。他说：‘这样做，等于把科西嘉卖给英国。这不是科西嘉的前途。’拿破仑的观点，被包力和其他的‘科独’分子所不容，他只得举家出逃，遥见自己的家被‘科独’分子烧掉，他对母亲说：‘我们不要在这块小地方上为生活忙碌了，现在的拿破仑已不再是科西嘉的拿破仑，而是世界的拿破仑了。’于是他们在法国‘大陆’扎根。十多年后，拿破仑不但做了法国‘大陆’的统治者，而且当了皇帝，他统治了大半个欧洲，当然也包括一个小小的科西嘉。二百年来，科西嘉也一直从属于法国‘大陆’，跟法国一起变为世界强国，‘科独’的梦幻早已烟消云散了。”

“那也是因为拿破仑打了败仗才促使他觉醒！台海必有一战，我不会看错的。”老者说，“拿破仑搞‘科独’，他可以举出1000个科西嘉应该独立的理由，但是，一旦有了世界性的眼光和胸襟，他就觉悟到不该以一个小岛的褊狭之见夜郎自大。可是台湾有这样的人物吗？没有！台湾问题的实质是‘美国因素’，没有‘美国因素’就没有台湾问题。就像当年没有日本的入侵就没有‘满洲国’一样。当年‘满洲国’不也是有自己的国号、政府、军队、货币吗？而且比台湾更风光，‘满洲国’还是当时‘国联’的成员呢！结果又怎样？”

萧烈笑，不得不承认老人说得有道理。

老者说：“过去，台湾一向自豪保留了许多中国传统文化的精华部分，不只在经济上创造了傲人的奇迹，甚至还为中国人找到了一条政治现代化的道路。所以当年的国民党政府曾经一度号召中国大陆应该‘经济学台北，政治学台北’，要以‘三民主义统一中国’来对抗北京的‘一国两制’统一方案。换句话说，台湾虽小，但它活得有理想、有抱负，更有志气、有朝气。民众知道凭着大家共同的努力，台湾可以赢得同胞的肯定，朋友的钦佩，敌人的尊重。但是，今天情况又是如何？整个台湾社会弥漫着一种虚无、失败、不知所措的气氛。在政治上朝野仍继续恶斗，执政者不只玩弄族群问题，甚至还在制造阶级对立。十几年来政风败坏，使得整个台湾社会丧失了道德规范，简直成了都市丛林和民主发展的反面教材。再这样发展下去，不待大陆动手，台湾自己就要沉沦了！或许新加坡资政李光耀说得对，过去如果不是大陆犯了太多的政策和路线错误，新加坡和东南亚可能根本没有发展的机会。如今中国已经基本走回正途，只要持续发展下去，台湾被边缘化恐怕只是时间迟早、速度快慢的问题。”

这时，一个仆人打扮的人端着一盘水果向萧烈和老者走来。萧烈专心盯着棋盘，与老者闲聊，似乎完全没有在意仆人的到来。就在仆人距离老者只有十步远的时候，萧烈突然掏出手枪指向仆人。

“别动！”萧烈目光依然盯着棋盘，冷冷地说。

仆人惶恐地停下脚步。

老者抬头打量来人：“你是谁？我怎么没见过你？”

来人说：“我是潘伯新招进来的工人。”

“对，是有这么回事。”老者想起来了，“我是让老潘招工人来着。”

闻此言，萧烈收起枪。

萧烈收枪的一瞬间，仆人不失时机地丢掉托盘，露出隐藏的无声手枪。就在刺客准备射击的一瞬间，知道自己上当了。他看到了萧烈的另一只手，另一支枪，“砰”的一声枪响，来人眉心中弹，直挺挺地摔倒在地上。

老者问萧烈：“你怎么知道他是刺客?”

“因为他刚才面对枪口回答问题时表现过于从容。”萧烈答。

杀手的尸体被装进袋子，抬出院子。大门外，侦查员同时制伏了负责接应杀手的两个同伙。

萧烈不知道的是，就在他辞别老者，走出大门口的一瞬间，架设在1000米外的高性能相机清晰地拍下了他的照片。

萧烈刚从小镇返回南津，古小天就来到了萧烈的办公室。

“看来消息是准确的，而且准确得出奇。”古小天说。

一个星期前，萧烈收到一封电子邮件，明确指出台湾军情局正在策划一个代号为“刺客”的“诛杀计划”，并提供了暗杀对象名单和刺杀计划的细节。这个电子邮箱是萧烈已经废弃不用的对外联络邮箱，所以当时并没有十分在意。今天发生的事情证明这封电子邮件并不是恶作剧，而且刺杀目标和时间准确得让人害怕。发件人的真实意图是什么？萧烈百思不得其解，同时有一种不祥的预感。

“下一步我们要怎么做?”古小天问。

“先专心对付敌人的‘诛杀计划’。”萧烈说，“针对敌人的‘诛杀计划’，我们的保护方案需要调整，启动应急方案。将情况通报其他参与‘保护计划’的所有单位。”

“好的，我来安排。”古小天说。

“另外，要尽快查出这次刺杀行动的指挥者。我们不能总这样被动挨打。进攻才是最好的防守。你安排人员针对台湾的‘诛杀计划’，制订一个反制行动计划。”

古小天立刻领会萧烈的意图，他提醒萧烈：“这需要报总部批准。”

“我知道。”萧烈说，“反制计划制订完成后，立即报总部。我们只是给领导提供最佳的选项。”

“我想上面会批准的。”古小天说，“所谓‘盗亦有道’，他们既然破坏规矩，我们必须还以颜色，否则他们会得寸进尺。”

“那么就早作准备。”萧烈说。

“知道。”古小天说。

第十四章　绿野仙踪

柳如嫣一手端着红酒，一手拿着拍摄于小镇的照片，喜上眉梢："我早该想到你不是普通人，只是没想到你会是'飞龙'的人。"照片上的人正是那个对她的美色无动于衷，让她搭车，还送给她五十元钱的男人。"有了你，就不怕找不到'飞龙'！"

柳如嫣曾试探着把"刺客"行动计划发到她从艾克森那里得到的"飞龙"以前曾使用过的电子邮箱，但未见任何反应。她担心这个邮箱已被"飞龙"废弃，所以她又通过另外一条渠道，把"刺客"行动计划透露给了大陆国家安全部门高层，她知道大陆国家安全部门一定会采取行动保护父亲的老友——那位退役的将军，她也知道负责保护父亲这位老友的正是那个叫"飞龙"的组织，所以她预先架设好了可以对父亲老友居住的宅院进行远距离拍照的照相机，静等刺客与"飞龙"的较量。

柳如嫣对自己的计划十分满意，把组织行刺父亲老友的详细计划泄露给大陆国家安全部门，既可以完成父亲的嘱托，又可以查到"飞龙"的线索，可谓一举两得。至于牺牲掉的那个小角色，她一点也不会觉得痛惜，因为她根本不认识那个杀手，更谈不上交情。

柳如嫣喜欢谍报工作是因为她觉得这项工作很有趣。真正的谍报术在于自律和平衡，就是掌握人的弱点，例如懒惰和恐惧，同时洞察对手所需，例如性和虚荣心。这是一门很深奥的学问，最难把握的是时机，这是任何人也无法教会的，需要自己在摸索中领悟，而柳如嫣无疑是这方面的天才。追求刺激的天性是她醉心于谍报工作的唯一原因。

大陆是一个经常令柳如嫣惊奇的地方，无论是物还是人。柳如嫣这几年一直在大陆活动，随着对大陆的了解日益加深，她对台湾独立已经不再抱任何希望。大陆做事常常令人匪夷所思，给她印象最深的是大陆武器装备独特的发展历程。大陆武器的设计能力不高，但学习、消化能力却很强。就像大陆无法编制 Windows 操作系统，却可以在这平台上做出很好的应用软件一样。大陆早期的武器都是引进苏联的装备，而大陆仿制改进的武器性能却几乎全部超过了原装。如米格-19、米格-21，都被大陆改进得面目全非，在印巴战争中都盖过了苏联的原装产品。最简单的如40火箭筒，破甲能力从180mm到280mm再到320mm，一直和苏联坦克的装甲赛跑。俄国的S-300才卖给中国没两天，中国就搞出个FT-2000来，而且往往只需要买一点样品，中国就能仿出性能更优良的装备。QW-2防空导弹，外形上与俄制SA-16几乎一模一样，重量还有所减轻，性能却丝毫不差。俄罗斯人很清楚中国人的吸收能力有多快，卖给中国人武器，必然被研究得体无完肤，所以现在学乖了，干脆提供全部技术卖个好价钱，“现代”“基洛”“SU-27”就是这样的例子。

几年前，作为坚定的反共主义者，柳如嫣经常不自觉地拿当今世界人口最多的民主国家印度与大陆进行比较。按照她在西方接受的教育，民主的印度应该比“专制”的中国大陆在各方面都优越，而事实却不是这样。以米格-29事件为例，印度空军从1988年起就嚷嚷着要自行生产一百五十架米格-29，俄罗斯方面倒是大力帮助，钱也花了不少，到1998年却一对翅膀都没造出来。连印度报纸都觉得奇怪，整天吵着要主管航空工业的部长下台以谢国人。与此同时，中国引进生产的S-27，1998年就下生产线了，中国人却不声不响。这使柳如嫣认识到：民主是国家富强的一种形态，绝对不是原因！

俄罗斯航空界巨头比施根斯在访问中国和印度后得出的结论是，中国将继美国、俄罗斯、西欧之后成为世界第四大航空工业中心。

在造船方面，中国自制六千吨级驱逐舰的发展周期只有印度同类型舰艇的二分之一，所需费用也仅为后者的70%左右，性能上却丝毫不差。中国已经成为继日本、韩国之后的第三大船舶出口国，并有超越前者的势头。这所有的一切，最终必将导致大陆在军事实力上对台湾形成压倒性优势，只是时间早晚的问题。至于所有台湾人寄予希望的美军“协防”，柳如嫣也是了解越多，越没有信心。

据柳如嫣所知，美国国防部曾在内部评估中认定，要稳定台海局势，“至少需要派出两个航母战斗群”。然而，据她了解，解放军的评估是“对台作战”要有把握应付“四个以上的”航空母舰战斗群才行，并以此为目标准备了多年。也就是说，解放军一开始就没有把台湾的军队放在眼里，他们瞄准的第一目标是美军，并准备在必要时与美军放手一搏。如果真像情报显示的那样，随着大陆整体工业生产工艺的提高，大陆即可研制出与美国人抗衡的先进武器系统。柳如嫣相信，美国人绝对不会为保护台湾与大陆开战。离开美国的庇护，台湾根本没有独立的希望，这是三岁孩子都明白的道理。因此，柳如嫣心中一片迷茫。

萧烈把车停在补习班不远处，等着接儿子萧洒放学。这个英文补习班是几个美国人办的，估计都是在美国混不下去，跑到中国淘金来了。教学质量如何不得而知，萧烈估计，这几个美国人说英语应该还不至于太糟。

补习班下课，萧洒第一个冲出学校的大门，直奔萧烈停车处，后面紧跟着许晓雨。

“爸，你带了多少钱?”萧洒问。

“你要干什么?”

“我们今天要吃西餐，实践西餐礼仪。”萧洒说。

“萧叔叔好!”许晓雨与萧烈打招呼。

“晓雨好!”萧烈回道，然后对萧洒说，“你老爸带的钱虽然不多，但请你们两个小鬼头吃西餐还够，上车吧。”

“不是请我们，是请 Lucy（露茜）。”萧洒说。

“Lucy? 为什么?”这几天萧烈总听这两个孩子谈论新来的 Lucy 老师如何漂亮、讲课如何有趣，但平白无故要请这个 Lucy 老师吃西餐，萧烈还是有点意外。

“我们和 Lucy 是好朋友。请好朋友吃饭还需要理由吗?”萧洒说。

萧烈无言以对。请好朋友吃饭是不需要理由的，尤其是这种才认识几天的“好朋友”。

“Lucy 出来了。”许晓雨和萧洒朝补习班门口挥手，“Lucy, come here!（在这里）”

顺着两个孩子的目光，萧烈看到了柳如嫣。他有些意外，美国人办的英文补习班怎么还请中国老师? 柳如嫣落落大方地朝他们走来，萧烈不得不下车以示欢迎。柳如嫣的装束淡雅可人，举止庄重矜持，可是她那对与生俱来的翦水双瞳，顾盼间百媚千娇，仿佛荡漾着无限的情意，勾魂摄魄。萧烈相信没有多少男人能抵御这双含情脉脉的明眸。

萧烈觉得此人有些眼熟，一时又想不起来在哪儿见过。萧洒给他们作了介绍，就在萧烈与她握手的时候，忽然想起来了，她曾经搭过他的车，还借过他五十元钱。

柳如嫣和两个孩子上了车，萧烈带他们去南津市最好的一家西餐馆。席间，柳如嫣一直使用英语与萧洒、许晓雨交谈，交谈的内容完全生活化，也很实用，两个孩子自然学起来朗朗上口。萧烈不否认这种潜移默化的方式是学外语的最佳途径，只是这里的西餐价格不菲，如果每天都是以这种方式学外语，萧烈的钱包还真有点难以为继。

萧洒和许晓雨去洗手间，柳如嫣与萧烈有了独处的机会。萧烈只是对她礼节性地微笑了一下，便专注地对付盘中的黑椒牛排，似乎牛排的吸引力要比柳如嫣大得多，这令柳如嫣感到十分沮丧。她无奈地轻摇秀发，动作不大，姿态却非常悦目，令她平添无限魅力，引来四周无数男人的目光。

“萧先生，我们曾经见过面的，你真的不记得我了？”柳如嫣微微眯起双眸，在眼波流转、笑意荡漾间散发出一抹妩媚的风采。

萧烈看看她，故意略表歉意地说：“感觉有点面熟，但我实在记不起来。”他不想让对方觉得，他对借钱之事记忆深刻。

“那……你借给我的五十元钱，我就不还啦！”

萧烈装作忽然想起来了，“哦”了一声：“这个世界还真是小！没想到你的英语这么好。”

“我在美国待了十几年，和美国人比，我的英语可能不是最好的，但我的汉语要比他们好很多，所以我在补习班是最受欢迎的老师。”柳如嫣的语气中透出一种发自内心的诚恳。

柳如嫣的容貌堪称人间绝色，不过萧烈认为，她对男人的真正杀伤力还是从她骨子里透出来的那股妩媚的气息。妩媚就像一种穿透力极强的光线，一缕毒性强烈的青烟，直接刺激男人的荷尔蒙骤升，使男人陷入奋不顾身、视死如归的亢奋状态。如果说，女人的温柔对男人的打击可以达到心脏的浅表层，最多到中间，那么女人的妩媚则可以穿透男人的心脏，直接进入男人的骨髓。

自从柳如嫣进入餐厅，他们这桌就吸引了无数男人的目光，其中不少还是嫉妒的目光。对于柳如嫣这种举手投足间能够把男人迷惑得忘记一切的女人，萧烈自认为还是少招惹为妙。他拣些无关紧要的话题随意与她闲聊了几句，直至萧洒和许晓雨跑回餐桌。

“爸，我们星期天和 Lucy 去郊游，好不好？”萧洒突然问。

萧烈搪塞道：“Lucy 很忙……”

“没关系，我周日刚好有时间。”柳如嫣说。萧洒和许晓雨振臂欢呼。星期天去郊游的计划就这样确定下来。

柳如嫣自从上次搭车第一眼看到萧烈，就对他产生了一种好奇感。别的男人在她面前，总是按捺不住要口若悬河地表现自己，萧烈却话语极少。柳如嫣凭借自己的天分，能轻易找到别的男人最致命的弱点。萧烈却是个例外。萧烈给她的感觉就像一座大山，岿然不动，无懈可击，他像谜一样吸引着她。因为那天她记下了萧烈的车牌号，所以她找萧烈的资料没费吹灰之力。到萧洒所在的英语补习班当兼职老师，只是她全部计划的一个序幕。

星期日，晴空万里，天高云淡，是郊游的好天气。萧烈开车把柳如嫣和两个孩子拉到南津市郊外的五牛背。五牛背是一座山，因其山势远远望去犹如五头黄牛的脊背，故得此名。

五牛背山清水秀，置身其间，如入世外桃源，令人变得无忧无虑，心情舒畅，就连平时不苟言笑的萧烈，也露出了难得一见的笑容。五牛背的每一道山沟里都有潺潺的小溪，小溪中有许多不知名的小鱼小虾，萧烈脱了鞋，同许晓雨和萧洒一起在溪水中摸鱼。两个小孩子忙得不亦乐乎，欢笑声不绝于耳。

柳如嫣没有参加他们的活动，独自坐在小溪边的大石头上，踢掉鞋子，露出晶莹如玉的一对纤足，自由惬意地浸到冰凉的溪水里去，看着萧烈和孩子们玩耍。她想象不出，“飞龙”小组的人，居然也有顽皮温柔的一面。

“Lucy，来呀！”许晓雨站在水中招呼柳如嫣。

不知是眼前的景象勾起了童年的记忆，还是受他们欢乐气氛的感染，柳如嫣挽起花布裙，雀跃地加入了捉鱼的队伍。她把乌黑柔软的秀发在头上结了个简单的发髻，用发卡固定，有小撮发丝随意散垂下来，别有一种独特放任的韵味。捉鱼弄水并没有让她狼狈不堪。由于她的加入，两个孩子格外兴奋，一时间，山谷中欢笑声此起彼伏……

中午，四人吃的就是自己捉到的小鱼，这些鲜活的山涧小鱼被萧烈用野营炊具烧成“酱焖河鱼”，这是柳如嫣有生以来吃过的最鲜美的一道菜！她实在难以想象，一次简单的野炊，萧烈居然能操办得如此有情趣。看得出，他是一个很有生活情调的男人。

柳如嫣吃东西时，神态可爱至极。她对什么都充满好奇，既有受西方教育女孩的直率，又有小女孩的纯真。从她的言谈举止可以看出，她是一个十分会享受生活的女人。

吃过了午饭，两个孩子不知疲倦地继续到小溪中玩耍，留下两个大人收拾残局。

“这是我吃过的最好吃的鱼。”柳如嫣说。

“那是因为你又累又饿又心情好的缘故。这种时候吃什么都香。”萧烈笑道。

“还因为是野炊。有人说，什么都是野的好，家花还不如野花香呢！”

萧烈没有接她的话茬儿，她忽然意识到此言有些不妥，不好意思地吐了下舌头。两个人默默地收拾垃圾。收拾停当，他们便坐在溪边的大岩石上看孩子嬉戏。

柳如嫣骗腿儿而坐，从花布裙下露出一对白玉无瑕的赤足，像两段白藕。从树影间斜照下来的阳光，为她更添几分女性优雅迷人、楚楚动人、慵懒诱人的美态。

“如果人能永远像孩子一样无忧无虑，该有多好！”柳如嫣感叹道。

“像柳小姐这样美丽的女孩，如果永远不长大，天下不知道多少男人会失望。”萧烈说。

“你说我美丽？”柳如嫣不敢相信。

“没有人告诉过你吗？”

柳如嫣双手环膝，姿态洒脱放任：“我还以为你看到的女人，都是皮囊下的脓血呢。”她引用的是一位中国佛教大师说过的话。这位大师为了使弟子不对漂亮女人产生邪念，教导弟子说，面对漂亮女人，要把她们当成自己的母亲和姐妹，要想她们的皮囊下面都是脓和血。

萧烈笑道：“我不是和尚。只有出家人才这样看女人。”

“我看你跟和尚差不多，定力特别好。”柳如嫣说。

“何以见得？”

“因为你总是刻意与我保持距离，怕我吃了你啊？”柳如嫣开朗地笑起来。

“没有啊！我只是拙于表达。”萧烈说。

“才不是呢，你是那种看重女人内涵远远超过看重女人容貌的男人。”

萧烈不得不佩服柳如嫣的洞察力。

“其实呢，如果我是男人，我才不会像你那么傻！”柳如嫣说。

“哦？”

“如果我是男人啊，我的生命里会有四个女人。”柳如嫣说，“一是斯文体贴的妻子；二是美艳温柔的情妇；三是洒脱聪慧的红颜知己；四是性感火辣的一夜情人。”

“有理想！”萧烈说。

柳如嫣望着天空憧憬说：“我会呵护并照顾我的妻子。我的妻子早晨会为我准备好领带西装，并把早餐捧到我的床头再唤我起来；晚上，她会一早准备好拖鞋、茶水、晚餐等我回来。我的妻子不会问令我头痛的问题，她会体谅我在工作上已承受了很大的压力。我则不会把工作上的事宜带回家，因为家是绝对属于我们俩的天地。”

“这样的妻子是每个男人的理想。”萧烈说。

“我的情妇必是个美丽的女子。”柳如嫣说，“她要有白得透明的皮肤、星星般闪烁的大眼睛。她偶尔会显露她的任性不羁，为我沉闷的生活带来紫色的天、翠绿的雨；更多时她会以桃红色的温柔安抚我疲惫不堪的心灵。”

“这样的美女是男人的梦想。”萧烈说。

“至于我的红颜知己嘛。”柳如嫣想了想说，“她可以是与我一起长大，如兄妹般相互关爱的好友，也可以是我青梅竹马、两小无猜的少年玩伴，还可以是我多年来相爱却不能相处的苦恋。我与她的默契尽在不言中。一个眼神、一个动作抵得过千百句废话。举手投足间的配合，近乎天衣无缝。她的洒脱使我患得患失，她的玲珑剔透令我为之心悸。相对的时候，我们不需要伪装和面具，因为我们早已熟识对方的最黑暗面；分开的时候，我们不会眷恋痴缠，皆因我们已习惯独自面对生活。她是我最真诚的朋友、最忠实的观众和最敬爱的女人。”

“痴心妄想。”萧烈说。

“但男人需要的不仅仅是女人的美丽，对吗？”柳如嫣迷人地笑。

“还好，你不是男人，否则得糟蹋多少好姑娘啊。”萧烈笑。

“人毕竟只能活一次，每个人应该选择做自己的主人，不对吗？”

萧烈无话可说。

“萧烈。”柳如嫣说。

“什么？”

“我漂亮吗？”柳如嫣问。

“这是瞎子都能看到的答案，拒绝回答。”萧烈说。

柳如嫣笑了：“你这人哄女孩子本领的最高明之处，就是令女孩子绝不会怀疑你的真诚。”

“我还真不知道我有这本事。”萧烈说。

“萧烈，”柳如嫣认真地说，“我做你的情人好吗？”

“不好。”萧烈说。

“为什么？”

“我现在情人已经够多、够烦的啦！”

柳如嫣大笑，她千方百计勾引他，但他的回答远远出乎她的意料。

“我是认真的！”柳如嫣说。

“我比你更认真。”萧烈说，“我才不会成为你游戏的对象。不过，红颜知己的职位还有空缺，有兴趣你可以试一试。”

柳如嫣大笑不止，她已经好久没有像今天这样开心地笑过了，她对萧烈的兴趣已经远远超过了情报工作本身。

“好吧，我就试一试‘红颜知己’吧。”柳如嫣说。

第十五章　痴心博士

萧烈奉命去总部汇报有关反制台湾军情局“诛杀计划”的工作安排，总部对他们前一段的工作表示满意。回南津前，杨局长把他叫去，将一份赖文祥的口供材料交给他。

“你带回去和赵炳学一起研究研究，也许对侦破601研究所的泄密案有用。”杨局长说。

萧烈回到南津，立刻把材料看了一遍。看完材料，忽然萌发了一个设想：或许可以利用这份材料查找可能暗藏在南津市国家安全局里的“内奸”。为了缩小知密范围，他只叫来了古小天，对他说：“你先看看这份材料，就在这里看。”

古小天什么也没说，认真看起来。

根据赖文祥供述，他的叛逃是为了一个叫海伦的姑娘。他第一次遇到海伦是在南津市一个酒吧，当时他三十五岁，未婚。他之所以三十五岁还没有结婚，是他在大学时代有过一次失败的初恋，让他伤了心。他偏执地认为，所有的女人都是靠不住的，与其找一个操心的女人放在家里，不如不找。他在业务上出类拔萃，生活上却有些迂腐。随着年龄的增长，他在单位里成了一个“怪人”。一个大龄青年，总会被人关心和议论，他也觉得单身的日子过于清苦，特别是在漫漫长夜里，身体内的某种躁动常常让他痛苦难熬。他对自己说，别人是穷得找不到媳妇一辈子打光棍，我的条件这么好，又何必和自己过不去呢？于是他开始张罗婚姻大事。他不习惯让别人给介绍对象，决心要自己找。他曾经登过征婚广告，条件是，一要漂亮，二要年轻（不超过二十二岁），三要大学本科学历。其他方面忽略不计。广告刊出，应征信如雪片一样飞来，大都附有照片。“漂亮”是个很难把握的东西，很多姑娘长得很丑，但是她们自认漂亮，纷纷应征。还有的年龄大大超过二十二岁，也想来碰碰运气，她们哪里知道，征婚者之所以把年龄线定得很低，是因为他认为在如今开放的年代，年龄大点的姑娘早都不“纯洁”了。几百名应征者，最后他只选出了四个进行通信联络，通了几封信之后，又都被他

“枪毙”了，原因是，有两个姑娘字写得很差，文字不通，还有很多错别字，根本不像大学本科，充其量是初中毕业。另外两个姑娘，上来就问他为什么这么大了不结婚，是不是身体有病，暗示他是性无能，让他非常生气。一场轰轰烈烈的征婚不了了之。从此，他决定改变方式。他听说酒吧是个未婚男女的集散地，便想到那里一试。那天他正在独自喝酒，突然从门外进来一个穿一身黑衣的年轻姑娘。她有一张漂亮的面孔，没有化妆，背着一个黑色的、式样极为简单的小背包。她的个子有1.70米左右，披一头齐肩的直发，一件黑色的紧身上衣，把她的上身曲线恰到好处地给凸显出来，下面是一条黑色的短裙，她的腿是裸着的，非常匀称美丽，赤脚穿着一双黑色凉鞋。她先是在门口张望了一下，然后走到赖文祥旁边一张空桌前坐下，把身后的背包解了下来，放到旁边的空椅子上，双手向两边拢了拢头发。不知道为什么，赖文祥觉得她的举止非常迷人，她的气质和形象正是他梦寐以求的那种样子。

她点了一杯干红葡萄酒，漫不经心地打量了一下酒吧中的环境。赖文祥注意到她的眼光从他的脸上掠过，但并没有停下来。他知道自己不是一个能够引起女人注意的男人，作为一个典型的南方男人，在北方女人的眼中缺乏男性的阳刚之气。赖文祥在供述中认为，正是这种自卑心理导致他走上绝路，因为他在潜意识里拼命想通过其他途径来弥补自己生理上的差距。

当时，赖文祥一直在暗中用眼睛的余光盯着她看，他越看越觉得她的气质、她的风度、她的形体都令自己着迷，所以他决定鼓起勇气试探一下。

赖文祥看到她杯中的酒快要喝完的时候，举手招呼服务生，低声嘱咐给那个女人上一份XO，同时让侍者把他印有博士头衔的名片一块送过去。这名片是他为了这次征婚特地赶印的。当她收到赠酒和名片的时候，她在服务生的指点下看看他，礼节性地点点头，示意他请到她那里坐。

赖文祥拿起杯子走了过去，她操着一口标准的北京话告诉他，她的英文名字叫海伦，是北京大学经济系毕业的本科生，父母都是北大教授，而且都是从美国回来的博士。她是北京一家美国商社的高级白领，此次到南津市是来办一件公务，住在香格里拉酒店，办完公事就返回北京，大约还能再住两三天的样子。她听说这个酒吧很有情调，想来感受一下，没想到这里的顾客果然层次很高。她这样说，让赖文祥听了很高兴，他对她的家庭背景也很中意，他想找的就是这样的“大家闺秀”。他很想和她多聊一会儿，她说她还有事，不能在这儿耽搁太久。实际上她是故意吊他的胃口。

从酒吧出来，赖文祥要开车送她，被她拒绝了，说坐计程车很方便，她不想第一次见面就上别人的车，让妈妈知道了会骂死她的。赖文祥提出，希望在她回北京之前再见一面，请她吃顿便饭给她送行。他明确表示了对她的好感，很想和她交个朋友。她犹豫了一下，并没有马上答应，只是说如果她的事情办得顺利，她会给他打电话的。他想要她的电话。她说，女孩子第一次见面就给别人留电话，太不自尊。他就没勉强，因此更加对她怀有好感。

第二天傍晚，海伦突然打来电话，声音有些急促，说她希望赖博士能到香格里拉来一下，如果他还没有吃饭的话，她希望和他一起吃顿晚饭，她有急事需要得到他的帮助。

赖文祥马上开车赶到香格里拉，他非常愿意帮助她做点事情，这样就能和她建立密切的关系，他不想与梦寐以求的姑娘失之交臂。

赖文祥来到海伦的房间，她显然是刚洗完了澡，头发还湿漉漉的，身上只裹着一件白色的大浴巾，胸口开得很低，大腿以下都赤裸着，连拖鞋也没穿，赤着脚踩在地毯上。海伦解释说，她刚刚为材料的事急出了一身汗，她觉得一身汗味迎接贵宾很不礼貌，于是连忙沐浴更衣，没想到赖博士来得这么快，所以还没来得及更衣，非常抱歉。

赖文祥说，没关系，她让他很感动，说明她没有把他当外人，催她快介绍情况。海伦就那么裹着浴巾介绍起来。

这次她是受客户委托，向南津市一家单位购买吸波材料的有关技术资料，可她现在只拿到了一半的材料，这家单位就惹上了官司，无论如何也拿不出余下的资料。但是她在离开北京时，那个美国的首席代表对她寄予厚望，如果这样回去的话，会影响她在公司的个人信誉，这使她感到非常苦恼，所以她想知道赖博士能不能在这方面帮帮忙。

赖文祥翻看了一下海伦取得的那一半资料，是关于 BD21 系列材料的，这种 BD21 系列隐形材料可以吸收 2 - 18GHz 宽频率雷达的辐射源，反射消耗达 -10dB，主要用于隐形战斗机、轰炸机、巡航导弹，这正是他的研究领域，他立刻答应帮忙。这类资料在他办公室随手可得。

海伦一听赖博士可以帮忙，显得非常高兴，脸颊飞起两片红霞。她的装束，她的神情，让赖文祥心跳加速，他知道此时如果趁机对她提出什么非分要求的话，她肯定会答应他的，但他不能那样做，那就太卑鄙了，他不能乘人之危，何况他想让她成为自己的妻子。

第二天，赖文祥将全套 BD21 资料带给海伦。海伦对他千恩万谢，这让他的虚荣心得到了极大满足。海伦赶回北京后还给他打来电话报平安，并再次向他道谢，但随后就销声匿迹了，在一个多月的时间里杳无音信，赖文祥按她留下的手机号打过去，她的手机始终关机，这让赖文祥坐立不安，受尽折磨，他知道自己已经不可救药地爱上了她。就在赖文祥开始灰心的时候，海伦突然给他打来电话，说她刚从美国回来，马上到南津市，希望他能到宾馆去看看她。赖文祥问她是不是出了什么事？她说一切都挺好的，因为他的帮助这次才能如愿以偿被公司派到美国学习，她很感激他，这次来南津市也只是希望看看他，别的没有什么。赖文祥很激动，立刻赶去宾馆。

见面时，海伦仍是一身黑色，下面穿一条黑色的紧身牛仔裤，上身穿一件宽松的黑色薄对开短式毛衣，里面套着一件圆领白 T 恤，她用一条红丝带把头发束在后边，额上还缠着一条一寸多宽的黑绸带，脸上没有一点化妆的痕迹，就那么清清爽爽的一个纯情的女孩。这副形象让赖文祥再次在心里有种发狂的感觉，他认为她很可能还是一个未经男人染指的处女。

他们一起吃了晚饭，然后又到舞厅里跳了一个多小时的慢舞，是那种非常缓慢的“情人舞”。赖文祥不会跳舞，本来不想去，她说她教他，他就痛快地答应了。只要是和她在一起，干什么他都愿意。

舞厅的灯光很暗，海伦把双手搭在赖文祥的肩膀上，在音乐伴奏下轻轻地走着慢步。跳舞的时候她只穿着一件短袖内衣，裸着两条雪白的胳膊，她的胸部经常摩擦着他的身体，这使赖文祥感到一阵阵的晕眩，再加上那种让人醉生梦死的气氛和酒精的力量，他很想留下来和她过夜，但他马上又批判了自己的这个念头。他虽然能够清楚地感觉到，只要他提出要求，她一定不会拒绝，可他不能让她为此丧失对他的尊重和好感。他要让她做他妻子的，不能这么迫不及待地想占有她的身体。他要把这份感情留到新婚之夜。

海伦说公司工作很忙，准备第二天返回北京，赖文祥恋恋不舍。海伦交给赖文祥五万元钱，说是上次那项工作奖金中的一部分。赖文祥不肯收，说有什么需要帮忙的尽管开口。海伦吞吞吐吐地说，公司还有一个关于 SM07 的项目，如果能完成这个项目她今年一定会升职。她甚至可以跟公司申请常驻南津。其他的什么都好说。

赖文祥毫不犹豫地答应帮她。SM07 是雷达吸波薄膜，可以吸收 2－18GHz 宽频率雷达的辐射源，其反射消耗达－15dB，相对吸收辐射超过 60%，主要用于军事用途，属于赖文祥的工作范围，他要获取相关资料并不难。而海伦那句“什么都好说”更是让赖文祥浮想联翩。

在随后的日子里，海伦以各种借口从赖文祥那里获取了有关中国开发研制隐形吸波材料的相关情报。赖文祥为了讨好海伦，基本上是有求必应。他认为海伦有求于他，是看得起他，是想和他建立特殊关系的一种表示，是对他的一种依赖和依恋，他不能辜负她的期望。海伦夸他身上有西班牙贵族遗风，这让他很是得意了一阵子。

两个人的关系很快升温到谈婚论嫁的程度。尽管赖文祥也一度对海伦所在公司的背景产生怀疑，但每次看到海伦兴高采烈地将从公司获得的巨额奖金存到他们的“结婚基金”账户上，他就打消了询问的念头，他知道现在想回头已经晚了。所以，当海伦提到想定居美国，并把美国中央情报局的人介绍给他的时候，他一点儿都不吃惊。为了能够完成海伦定居美国的心愿，他答应帮助美国人获得中国有关电磁反射、散射、逆散射规律研究的一体化分析软件。这种分析软件与吸波材料的研究是同步进行的，在这种软件和隐形涂料的帮助下，可以使中国设计人员相对轻松地在歼-10、苏-27的机体结构上套上一个前卫的隐形外壳，从而快速获得隐形能力。在他拿到这些材料之后，就神奇地“失踪”了。没想到，还未到达美国，他又被萧烈他们抓回来了。

古小天看完材料，马上就把他的第一感觉说了出来：“这人是不是傻呀？这个女人要的东西，恰巧都是他能接触到的，由易到难，一步步牵着他走，摆明了是早有预谋，他被人耍了都看不出来？”

“赖文祥能读到博士，估计智力上不会有太多缺陷。就是有点迂腐。”萧烈说。

“对，他不傻，是痴！一个多情种子，一个精心设计的圈套。”古小天感叹道。

“你注意到没有？”萧烈说，“在赖文祥交代的口供中，对这个海伦身上的优点描述非常详细，甚至她每次见面时的衣着都记得清清楚楚，这说明他对她用情很深。一个人出卖祖国，要么是因为金钱，要么是因为思想，要么是因为自私。赖文祥显然属于第三类，所以这个人本身没有更多值得分析的。”

“从他落入圈套的整个过程看，这个圈套的设计者水平很高，节奏把握很准。”古小天说，“尤其是第一次拿到资料后，海伦自动消失一个多月，时间拿捏十分到位，第一可以吊赖文祥的胃口，第二更是为了保护这个女人的安全，查看赖文祥的反应后，再安排下一步的动作。我敢打赌，那段时间里，这个女人根本就没有离开南津市。”

“已经调查过了，这个女人所有资料都是假的，包括名字。”萧烈说，“经赖文祥辨认，那段时间赴美国人员中根本没有这个人。这个女人在赖文祥被捕以后就消失了，没有留下任何可供查证的线索。”

“美国人一定还想把她留在国内，否则美国人不会下这么多工夫为她继续掩盖踪迹。”古小天说。

萧烈认为古小天分析得有道理。如果她已经撤回美国，美国人的确没有必要这么大费周折。

“另外，你有没有发现，赖文祥被策反的经过，与‘剑鱼’当初被策反的经过很相似？”古小天说。

“何止相似，简直就是如出一辙！”萧烈说。

“这说明，我们距离‘剑鱼’越来越近了。”古小天心情大好。

萧烈点点头："不过我想，'剑鱼'可以先放一放，今天我们重点研究一下，怎么利用这份口供，逼出那个隐藏在我们内部的'内奸'。"

"逼出'内奸'？"

"赖文祥的这份口供，是我们为了侦破601研究所泄密案从总部借阅的。"萧烈接着说，"因为涉及保密范围问题，这份口供只摘录了有关南津市的那部分。同样，这份口供在南津也只有参与侦破泄密案件的人才能看。"

"你是想利用这份口供再次对相关人员分隔观察？"古小天说。

萧烈点点头："上次601研究所的泄密案，本来准备进行分隔观察的，由于后来交给赵炳学去办了，就未能实施。这次一定要做好。"

"但这也要'内奸'对这份口供感兴趣才行。"古小天说。

"所以在送出去之前，我们要修改这份口供，在其中加一些似是而非，正常人不会太在意，又足以引起'内奸'警觉的东西。"萧烈说。

古小天明白了："这事我来办！"

"这个计划需要韩冰的配合，你找时间告诉她'内奸'的事。"萧烈说，"考察这么长时间，她那队人也可以排除在外了，以后可以放心用。"

韩冰根据萧烈的指示，在"公开资料研究中心"的隔壁，新设立了一个"秘密指挥中心"。这个"秘密指挥中心"，对南津市国家安全局的人也是保密的。"秘密指挥中心"的门口，挂着"湿地鸟类研究会"的招牌。

古小天把他的奔驰车停在"研究会"门口，潇洒地下了车，进了大门。这里他还是第一次来，刚一进门，感觉里面有一点暗，他摘下太阳镜，好奇地四处打量着。因为是旧仓库改造的，办公空间非常宽敞，同时也有一点简朴。

"设计风格不错，挺有味道的！"古小天赞叹道。

韩冰正在埋头整理桌椅，没有发现古小天的到来。听到古小天的夸奖，她有些疑惑，看看古小天，又看看空旷的房间，对古小天说："设计？我只是把蜘蛛网扫下来，再把漏雨的窟窿补上，你把这种东西也叫风格？"

古小天点头："应该算后现代……实用主义。"

"后现代，还有实用主义？我怎么从来没听说过？"

"啊，我发明的。就那么一说。"古小天说着，把密码文件箱放到桌上。

"有何贵干？"韩冰随手打开音响，播放音乐。这音乐的频率能够使潜在的窃听者无法听清他们的谈话内容。

"没什么，找个借口来看看美女，顺便拿份档案给你看。"

韩冰瞪了古小天一眼，拿过密码文件箱，她已经习惯了他的油嘴滑舌。

“密码?”韩冰问。这款密码箱有自毁装置，输入错误密码或强行开启，内置燃烧装置会烧尽箱子里的一切东西。

“你的生日，八位数。”古小天说。

韩冰输入自己的生日，密码箱打开，里面是一份情报分析报告。她越往下看，脸色越凝重。分析报告中详细罗列了台湾军情局获取的反间谍情报中有关南津特征的痕迹。作为一名侦查员，韩冰清楚这种现象的背后意味着什么。“南津市国家安全局内部有‘内奸’……”这个想法让韩冰后背一阵阵发凉。

韩冰放下文件，紧张地看着古小天：“你不是在开玩笑?”她仍不愿相信自己熟识的同事中有人会是“内奸”。

古小天耸耸肩，无言。

韩冰联想到这次萧烈舍弃南津市国家安全局指挥中心设备齐全的通信系统不用，坚持让她另设立一个秘密指挥中心，她意识到这不是恶作剧。实际上也不可能有人拿这种会掉脑袋的事情开玩笑。

“要找的这个人，有方向了吗?”她问。

“还没有，理论上说，南津市国家安全局每个人都有可能。”古小天说。

“那你为什么告诉我这些？在事情查清楚之前，我也一样有嫌疑。”

“你不是‘内奸’，已经排除了。”

“为什么?”

“如果你是‘内奸’，我们上次在泰国执行任务时，我就不可能活着回来。”古小天漫不经心地说，“如果必须需要理由，那么我们还活着就是理由。”

“那时候已经得到了有关‘内奸’的情报?”

“比那还早。”古小天说，“只是在去泰国执行任务之前，还没有足够的理由确认你不是‘内奸’。”

“那么为什么信任我?”

“感觉呀。”古小天嬉皮笑脸，“我对女人的感觉一向很准。我感觉你是一个好女孩，绝对不会是‘内奸’。老大也这么认为。所以，就赌一把啦。”

韩冰知道，在当时的情形下，古小天和萧烈是在拿命赌她不是“内奸”！她心中一阵莫名的感动。

古小天向韩冰介绍了萧烈的计划，让韩冰从机要档案阅读范围入手，通过筛选敌人获取我内部文件的详细内容，逐步缩小怀疑范围。韩冰这才明白，当初萧烈为什么安排她去管理机要档案室。对于萧烈和古小天的信任，韩冰感到心中暖洋洋的。古小天吊儿郎当的模样仿佛也没有平时那么让人讨厌了。

古小天最后特别嘱咐韩冰："严格保密。在获取确凿证据前，不能告诉任何人，包括赵局长。"

"明白。"韩冰说。

第十六章　雪山迷情

柳如嫣开车沿着预定路线兜圈儿，以便让沿途观察哨确定她是否被跟踪。今天与她接头的人物是台湾军情局在大陆反间谍机构内部安插的一张王牌，代号“黄玫瑰”，不容许出现任何差错。

柳如嫣连续兜了三圈儿，在一处公园草坪前停下，她看了一眼不远处那个留长发、面朝南吹萨克斯的男人。这个男人如果面朝南，说明柳如嫣没有被跟踪。如果面朝北，则说明她已经被跟踪了。在充满各种电子监控手段的现代社会，这种原始的指示方式往往是最安全的。

柳如嫣打开笔记本电脑，登录一个服务器设在加拿大的网络硬盘。她看下时间，然后输入她与“黄玫瑰”共享的网络硬盘密码口令，找到“黄玫瑰”一分钟前刚刚上传的文字内容，这些内容杂乱无章。她将文件中涉及的所有数字记录下来。这个隐藏暗语的文件十分钟后会被自动删除。

柳如嫣关闭电脑，她将记录下的数字全部加“6”，不进位，这是“黄玫瑰”指定的加密方式，比如：数字8加6就是4。柳如嫣将换算好的数字输入一部GPS全球定位系统，然后驾车向GPS指示的方向驶去。

“黄玫瑰”对自身安全非常小心，他不相信任何人，所谓的“接头”不过是在“黄玫瑰”指定的地点取走情报或交付现金。包括柳如嫣在内，军情局没有任何人见过“黄玫瑰”的真面目。“黄玫瑰”第一次主动与台湾军情局接触是在五年前，当时一名奉命返回台湾的军情局潜伏人员在自己的行李中发现了一封信，信的内容是以他熟悉的军情局秘密联络密码书写的，写信人自称是大陆反间谍人员，可以为台湾军情局提供情报，条件是他急需十万元人民币。写信人知道这名军情局人员真实身份，并使用这名军情局人员的密码通讯方式书写了这封信，柳如嫣判断，写信人是大陆反间谍机构的人无疑。信中传递出一个重要信息：这个军情局情报小组人员和秘密通讯方式，已经被大陆反间谍机构彻底破获，从而使柳如嫣认定，这个人非常有价值。她亲自指挥属下按照信中约定的联络方式，付给这个人十万元人民币现金，约定了以后的联系事宜。就这样，柳如嫣在大陆反间谍机构内部成功发展了一名重要间谍。

“黄玫瑰”偏爱使用的接头地点通常是公共电话亭、超市、公园长椅、市郊的电线杆，他今天选定的情报交接地点是超市的自动储物柜。柳如嫣依据 GPS 定位系统进入这家超市，随意购买一些日用品，然后来到自动储物柜前，输入“黄玫瑰”提供的第二组数字，一个储物柜打开，她取出其中的塑料袋与购买的日用品混杂在一起，提着购物袋从容走出超市。

柳如嫣回到车上，立刻驾车离开，兜了几个圈子后，在一僻静处停下。她拿出从储物柜取得的塑料袋，袋内是一部 MP3 播放机。她将 MP3 播放机与笔记本电脑连接，然后使用解密软件打开 MP3 中第二十首歌曲。“黄玫瑰”在这首歌曲中隐藏的加密信息正是她要求“黄玫瑰”搜集的有关萧烈的情况。看过萧烈的背景情报，柳如嫣大吃一惊，她原以为萧烈只是“飞龙小组”的一员，没想到萧烈居然就是“飞龙”本人！她暗赞自己好命。根据“黄玫瑰”提供的情报，萧烈因为“违纪”受到纪律处分，现在已经被剥夺“飞龙小组”的领导权。一个人受到纪律处分，通常会对上级心中不满，因此就有背叛组织的可能。于是一个大胆的计划在柳如嫣头脑中形成。

萧烈收到一封电子邮件，内容只有一句话：“想知道我是谁？到冈仁波齐山来。”萧烈一笑置之，他从来不为这种无聊的事情费神。

但当他看清发件人使用的邮箱时，他一愣，正是那个曾经准确通知他杀手行刺目标和时间的邮箱。随后，他突然接到一个登山协会朋友打来的电话：“你不是一直想登冈仁波齐山吗？现在有人负责你的机票，想来就赶紧过来，我们在拉萨等你。”

古小天坚决反对萧烈去冈仁波齐山，韩冰也认为对方在暗处，萧烈在明处，太危险。

萧烈一笑：“人家安排得井井有条，我不去岂不是让人家看不起？”

古小天说：“表面看起来这个人像是要投靠我们，但如果真是想跟我们接触，他又何必故弄玄虚？”

“可能是考验我有没有这个胆量吧。”萧烈说。

萧烈拒绝了古小天让他多带些人的建议，备齐装备，孤身一人登上飞往拉萨的航班。他丝毫没有怀疑这是一个圈套，只是对这个熟悉他爱好的人有一点好奇。

萧烈最喜欢登山探险。在他看来，培育探险精神对于一个人、一个民族都有积极意义。一个具备探险精神的人，会不断寻求新的征服目标，不断追求人生的境界和高度；相反，一个人、一个民族如果没有探险精神，就不会有什么前途。萧烈还喜欢人在山上，极目远眺，一览众山小的那种感觉。沐浴在清新的空气中，什么烦恼，什么压力，瞬间全消失了。

萧烈到了拉萨才知道，他们这个登山团队共十二人。除了他和登山协会的朋友外，其他人都是外企白领，其中为首的组织者赫然就是柳如嫣！萧烈一度认为约他见面的那个人就混杂在这些人当中，但他很快排除了这种可能，因为这六男四女中有一半人缺乏登山经验，其中包括柳如嫣。一个不会游泳的人是不会约别人在水里聊天的。难道这是一个玩笑？萧烈百思不得其解。

出发前，萧烈首先从装填背包的方法开始，向这些找刺激的高薪白领们简单介绍了一些登山的常识。

“装填背包并非将所有物品全扔入背包，而是要背得舒服，走得愉快。”萧烈说，“一般重的物品置于顶部，让背包的重心高些，这样背负者在行进过程中，腰才能挺直。另外，男女的生理结构有所不同，背包也要有区别。装包时，男人的重物放高些，因为男生的重心位置接近胸腔，女生则低些，重心位置接近腹部，重物应尽量贴紧背部，让重量高于腰。”

“这么复杂？”一个戴眼镜的男人说。

“登山是一种探险，准备过程有很多细节，包括装备、资料、天气、体力等各方面的准备。”萧烈答。

“我们都准备好了，出发吧。”一个女生自信地说。

萧烈苦笑。每一个登山者都有着共同的心理，觉得危险都是对别人来讲，对自己来讲没有危险。实际上，萧烈到此刻依然没有察觉到危险正一步步向他逼近。

萧烈察觉不到危险，是因为柳如嫣精心安排的这些人都是货真价实的外企白领，在他们身上萧烈根本察觉不到丝毫的危险气息。

柳如嫣这个登山计划的灵感来源于她偶然得知萧烈曾在登山协会当过兼职探险导游。如果一个人在登雪山的时候消失了，一定不会引起太多的怀疑。各国每年登山探险失踪的人成百上千。所以她利用电子邮件当诱饵，启动了这个精心为萧烈设计的计划，以她对萧烈的了解，萧烈一定会上钩。作为“飞龙小组”前领导人，萧烈提供的情报可以从美国人那里换来很多美金。为了确保萧烈一定会开口，柳如嫣还在考虑把萧烈抓到境外后，是否应该把他的儿子萧洒也一起带到境外去。

冈仁波齐，海拔6000多米，根本没有路，山下全是大大小小的石块，山上寒气如刀，越往山上走，越感到艰苦，空气稀薄，严重缺氧。女孩子坚持不住，纷纷退回山下大本营，只剩下柳如嫣一个女孩子还在坚持。第二天，大部分人承受不住，纷纷放弃，退回山下大本营。登山的队伍只剩下萧烈的朋友、萧烈、柳如嫣和另外两个身体素质好的还在坚持，与柳如嫣估计的完全一样，她唯一没有想到的是自己的高原反应会这样强烈。嘴唇发青变乌，连说话的力气都没有。同伴们几次劝她下山，她都微笑着摇头，这其中的苦处只有她自己知道，如果她现在退出，那么她的计划就前功尽弃了。按照她的计划，明天萧烈的朋友和另外两个人都会退出，只剩下她和萧烈在一起。届时她会出手制伏萧烈，埋伏在山上的手下会带走萧烈，伪装雪崩现场……

登山队伍在半山宿营。夜里，气温猛降到零下28℃。柳如嫣贪图方便，只携带了一条棉质睡袋，这种睡袋根本无法抵御如此严寒。

“你用这个吧。”萧烈把自己厚厚的羽绒睡袋让给她，“我野外生活经验比你丰富。”

半夜，柳如嫣裹在厚厚的羽绒睡袋中还是被冻醒了。黑暗中，她看到萧烈在棉质睡袋中蜷曲着身子，心头一热，心想他一定更冷。柳如嫣对萧烈一直怀有复杂的情感，最初她被萧烈的漠视激怒，后来被他的高深莫测吸引，现在萧烈却让柳如嫣感动。这是柳如嫣生命中出现的第一个令她感动的男人，她甚至一度考虑是否放弃这一绑架计划。但想到白天萧烈对她的态度，她还是决定要打击一下这个嚣张的男人。

白天，萧烈曾把自己的氧气袋让给她吸，她跟他开玩笑说：“你为什么对我这么好？是想泡我吗？”

萧烈笑道：“别多心，你不是我喜欢的类型。任何女人都该被男人照顾。”

这让柳如嫣的自尊心再次受伤。不过看在他把睡袋让给她的情意上，明天她会吩咐手下对萧烈客气一些。

第二天早晨，正当柳如嫣缜密思考即将实施的计划时，暴风雪突然降临登山队伍在半山的宿营地，呼啸的北风裹着大片大片的雪花铺天盖地席卷过来。有登山经验的人都知道，一旦大雪封山，随时有雪崩和迷路的危险。萧烈主张趁现在路面积雪不厚，还能看到可以作为路标的风马旗和玛尼堆，立刻下山，大家都表示同意。柳如嫣虽然心有不甘，但也只能同意大家的意见。她在心中感叹萧烈的好运，这场突如其来的暴风雪救了他。

下山的路十分难走，柳如嫣感觉时时刻刻都踏在悬崖峭壁的边缘。为防止被大风刮倒，身材纤弱的她不得不死死拽着走在前面的萧烈，也忘记了一刻钟前她还在千方百计要置他于死地。但即使这样，柳如嫣还是在一次跌倒中把脚扭伤，无法站立。

面对柳如嫣的意外受伤，每个人都保持沉默。因为每个人都知道，在这样的暴风雪中，任何人都无法把她安全背下山。带上受伤者，将意味着全军覆没。

“你们三个先下山。”萧烈说，“我带她找个避风的地方，等风雪过后，你们再来接我们。”

所有人都惊讶地看着萧烈，仿佛在问：“你疯了？”因为这样的风雪只要持续五六个小时，人就有可能冻死在山上。

“就这么决定了。”萧烈不容置疑地说。

三个人离开后，萧烈扶着柳如嫣找了个背风的地方安顿下来。

柳如嫣问：“你为什么要留下？”

萧烈淡淡地说：“你没有应对暴风雪的经验，如果把你留下，必死无疑。我留下，你至少还有一半生还的机会。”

在寒冷的条件下，温度的影响和风的影响是分不开的，两者往往同时使人失去热量，湿衣服的保温值会下降90%，所以要在寒冷的环境里生存下来的一种简单易行的办法就是保持适当的运动，但又不要出汗。

因为柳如嫣不能活动，即使萧烈帮助她采取一切可能的御寒措施，她还是几乎冻僵。萧烈只得把身体冰冷的柳如嫣抱在怀里，两人紧紧依偎着取暖。

“冷不冷？”萧烈问。

“不冷，很温暖。”柳如嫣说，“我从来没有这么温暖过。”

暴风雪越来越大，丝毫没有停歇的迹象。

柳如嫣问：“你后悔留下来陪我了吗？”

“没有。”萧烈说，“无论是谁遇到这样的困难，我都会留下来陪他。在生死关头放弃伙伴不是我的性格。要死一块死！”

萧烈无心的一句“要死一块死”，让柳如嫣莫名感动，脸颊热辣辣的，身上更是感受到了萧烈怀抱的温暖。她说：“如果今天我们死在一起，到了阴间，我一定给你当老婆。”

“我说过，你不适合我的。”萧烈开着玩笑。求生的意志对于生存至关重要。

“为什么？我不漂亮吗？”

“漂亮的女人并不一定适合当老婆。”萧烈说，“何况，我现在抱着你，一点感觉都没有。”

“感觉？你想要什么感觉？”

“像抱着火炉一样的感觉。”萧烈说。

柳如嫣笑道：“我现在也想要火炉。”

在肆虐的风雪中，柳如嫣感到很开心。她从认识萧烈以来，从未见萧烈说过这么多话。他总是幽默地逗她笑，她知道他是在以这种方式帮助她消除对死亡的恐惧。在漫长的等待过程中，她甚至想：笑着死在这个男人的怀里，埋在皑皑白雪下，也未尝不是一件浪漫的事。实际上，在漫天的暴风雪中，柳如嫣对生还已经不抱任何希望。她感到了自己的渺小与无助。

“你为什么喜欢登山?”柳如嫣问萧烈。

“登山的好处太多了，可以强筋壮骨，亲近自然，陶冶情操，扩展交流，和谐互助，开阔心胸，焕发活力，益寿延年。”萧烈说，“不过，这次除外。”

“我是在认真问你。”

“那么我就认真回答你。”萧烈说，“我喜欢登山，是因为山在那里。”

“因为山在那里。”柳如嫣对萧烈多一份了解，就多一份心惊。萧烈登山，只是因为“山在那里”。作为朋友，具有这种个性的人是很好的人选。作为敌人，萧烈无疑是一个非常可怕的敌人。

暴风雪肆虐三个小时后，在没有任何征兆下突然停了下来。柳如嫣简直不敢相信自己的眼睛。

“我们不用死啦！我们有救啦!”柳如嫣极度兴奋地拥抱着萧烈，在他脸上吻了又吻，“我好高兴啊!”

白茫茫的雾气散去，碧蓝的天空探出头来。危险过去了，萧烈也很兴奋，但他只是微笑：“不用到阴间给我当老婆了，你当然高兴。”

“别灰心，我们早晚都会死的，到时候再给你当老婆。我说话算数!”柳如嫣开心地说。

“算了吧，到时候你都是老太婆了。我们还是当红颜知己吧。”萧烈说。

柳如嫣开心地大笑。她第一次意识到：活着的感觉真好!

同伴很快上山来接应他们俩。几个男人轮番把柳如嫣背下了山。到了山下的营地，柳如嫣得到很好的照顾，萧烈则成了同伴们取笑的对象。

一个女孩说：“你真是要美人不要命啊。”

萧烈委屈地说：“没有啊。”

“那为什么你要留在山上?”

“是他们不同意把她一个人留在山上。”萧烈指着几个男士说，“他们都不肯走。当时的情况，如果大家都留下，就没有了救援人员，那样大家都会死。我只好留下来等他们回来救我。”

几个男士对萧烈的解释颇为受用。按照萧烈地说法，他们下山不是怯懦，是迫不得已，是一种救援策略。柳如嫣不得不佩服萧烈圆滑的处世手段，他在保全几个男人面子的同时，也轻易赢得了几个男人的好感，她更加确信萧烈领导的“飞龙组织”绝非等闲之辈。不过，现在对她来说这一切都已经不重要了。她下山后做的第一件事，就是打了一个电话：“取消计划。”

萧烈从拉萨回到南津，立刻把古小天叫来。

“你帮我查一下这个人。”萧烈把柳如嫣的相关资料交给古小天。

“这个人可疑?”

“这次雪山之行，她的嫌疑最大。我怀疑那封电子邮件是她发的。”萧烈说。

古小天看完资料，说：“这个女人出生在台湾，在美国接受教育，在南津市开了一家技术咨询有限公司，个人资料近乎完美，表面看不出任何疑点，你怎么怀疑到她的?”

“高明的骗局必然是由99%事实和1%的谎言构成。”萧烈说，“她出现的时间不对，太多巧合。另外，一个商人，去英语学校当什么老师?”

“你认为她是以萧洒为跳板，创造接近你的机会?”

萧烈点头：“动机是不是很可疑?”

古小天笑道：“这一行为的动机可以有很多种，基于柳如嫣至今没有向你套取情报的行为，可暂时将她的主动接近定性为‘一个女人对一个男人的爱慕’。”

“扯淡！你看我有那魅力吗?”

第十七章　公开摊牌

牛加一副部长戴着老花镜，仔细地看着手中的报告。杨先瑞局长站立在一旁。

"柳简铭希望和我们建立一个非正式沟通渠道，以避免误判形势。这件事你怎么看？"牛加一问杨先瑞。

"可能是我们前段时间打击了一批台湾潜伏间谍，他们害怕了吧？"

牛加一摇头："你不了解柳简铭，我已经跟他打了几十年的交道，他绝对不是一个胆小怕事的人。"

"或者他是想留一条后路。"

牛加一又摇头："这人很固执，他认准'三民主义'统一中国，一辈子都不会动摇的。"

"那我就想不出其他原因了。"杨先瑞说，"但不管怎样，建立一个沟通渠道，对我们只有好处，没有坏处。"

牛加一点头："我也是这么想的。可我想不通，对方为什么点名要萧烈作为联络人？"

"我也想不通。"杨先瑞说，"要不我们换一个人？"

牛加一摆手："既然老柳让他女儿出面当联络人，实际上是把女儿留在大陆当人质，说明他很有诚意，我们也不好显得太小气。你通知萧烈了吗？"

"我已经电话通知他了，相关资料马上发给他。"杨先瑞说。

"'TS'近期情况怎么样？"

"赵炳学对'TS'运转情况主要提出两个问题，一是上下机构设置不对口，'TS'打破原有的业务处室设置，谋求通过内部整合发挥一加一大于二的战斗力，但是上级指导机关没有相应整合，上面还是有一大堆'婆婆'管着，'TS'的工作效率受到很大限制。"杨先瑞说。

牛加一点头："是有这个问题，要想办法协调一下。第二点呢？"

"第二点是干部职级待遇问题。"杨局长说，"赵炳学认为'TS'已经定为一级战斗单位，但是在干部待遇上一直还执行三类局标准。他认为让干部做技师的工作，却拿学徒的待遇，显然不公平，也不利于调动干部工作积极性。”

牛加一笑道：“这可不是我们能解决的问题，涉及到多个部门复杂的审批程序。”

“这个赵炳学说，如果再不大幅提高干部待遇，那么‘精干内行’的人才逐渐流失，留下的都是‘对党绝对忠诚’的啦。”

“‘精干内行，对党绝对忠诚’是我们这支队伍最基本的要求，人才一定要留住。”牛副部长说，“‘TS’干部职级待遇问题，你找有关部门协调一下，拿出个意见来。”

“是。”

“我让他们对国家安全机关机构改革的方向提点建议，他们怎么说?”牛加一问。

“赵炳学提出撤销省厅业务指导机构，或者让省厅业务处成为实战单位。他认为，一个没有实战经验的省厅业务处室，根本没有资格指导基层实战单位。”杨先瑞说。

牛加一点头：“萧烈怎么说?”

“萧烈也建议撤销省厅，然后根据地域工作重点，模仿军队在全国成立几个大侦查情报区，在行政省内成立3~5个地方中心局，跨行政区划指挥侦查工作，搞大侦查。”杨先瑞说。

“别看这两个人工作方式不同，但在撤销省厅机关这一点上，两人倒是不谋而合。”牛加一笑说，“前一段时间我看到萧烈搞的一份针对台湾‘诛杀计划’的反制行动计划，不错，很有前瞻性。听说他最近又弄了个什么‘图书馆计划’?”

“是的。”杨先瑞说，“萧烈策划的这个‘图书馆计划’是一个科学文化技术研究与判断体系。现在信息分为三类：一是公开信息，如：报刊、书籍、电视、专利资料等；二是半公开信息，如：未公开发表的论文、企业内部工艺等；三是秘密信息，如：军工技术、间谍活动等。萧烈的这个以公开和半公开资料研究为主要内容的‘图书馆计划’，可用民间的名义做很多我们不方便去做的事情。”

牛加一说：“理念不错，可不知道能否经受实践的考验。希望我退休前可以看到这个计划结果实。这家伙满脑子都是鬼点子！就让他去与老柳的宝贝女儿周旋吧。”

在南津“蓝玫瑰酒吧”的一个角落里，柳如嫣端着酒杯，杏眸半睁，懒懒地看着坐在她面前的男人。这已是今晚第四个向她搭讪的男人了，她要等待的男人还没有到，但她并不着急，因为不是对方迟到，而是她早到。她早到了半个小时，目的只是想看看对方是否也会提前到达。早到的原因会有很多，其中也包含了她急于和他见面。她看看表，还有五分钟，看来他是不想提前。她要等的这个人是萧烈。

从西藏回来以后，萧烈一直没有和她联系，似乎对她没有一丝多余的热情，这完全出乎她的预料。按照常理，她掌握着大量萧烈希望知道的秘密，他应该积极讨好她才对。尽管她再次失算，但她心中没有丝毫挫折感，反而有些窃喜。萧烈总是在有意无意间反复证明，他就是她心中倾慕的那个男人。

夜色为柳如嫣平添了一份成熟女人慵懒而华贵的色彩。她发现一道火热的目光注视着她，顺着目光望去，一个男人正在对她献媚地微笑。他的目光很热烈，并充满自信，仿佛正在用眼睛剥她的衣服。她忽然产生了一个奇怪想法：不知道萧烈什么时候才会对我流露出这种眼神。

萧烈是柳如嫣有生以来遇到的第一个不对她痴迷的男人，这个男人沉稳如山，心胸如海，深不可测，令她有“无从下手”的感觉。她以前从未遇到过这样的男人，这个男人成了她一个解不开的心结。以前，她曾暗下决心：一定要让萧烈拜倒在她的石榴裙下，然后再甩掉他！她要享受那种追逐的乐趣。但是那场暴风雪改变了一切，她现在还记得被埋在雪中的感觉：全身的热气往外冒，身体很快变得冰冷发硬，觉得身轻如烟，向遥远、空旷的黑暗中四散飘去……如果没有萧烈，她必死无疑。

从西藏回来后，她知道萧烈已经开始怀疑她了，因为他一直没有给她打电话，而且她察觉到自己被跟踪。萧烈对她产生怀疑，在她意料之中。如果换成她，她也会怀疑。于是，她干脆来个直接面对。通过她的父亲和中国国家安全机构上层人员打招呼，双方坐下来谈。于是便有了今天她和萧烈的约会。

萧烈几乎是卡着秒针的钟点，按时出现在柳如嫣面前的。他在柳如嫣对面坐下，柳如嫣笑盈盈地看着他。

“我没迟到吧？”萧烈问。

“没有。是我早到。”柳如嫣说，“我已经为你要好了咖啡。”

“晚上喝咖啡会失眠的。”

“我就是想让你失眠，好有时间想我。”柳如嫣粲然一笑，补充道，“不是作为女人，而是作为对手。”

萧烈沉稳地喝了一口咖啡：“你早知道我的身份？”

柳如嫣点点头。

“从什么时候开始知道的?”

柳如嫣摇摇头:“这不能告诉你。”

“你去当外语教师就是为了接近我吧?”萧烈问。

柳如嫣再次点头。她点头的样子很优雅，让人看了觉得是一种美的享受。

“登山是一个圈套?”萧烈继续问。

柳如嫣继续点头。

“是暴风雪救了我?”萧烈问。

“是。”柳如嫣说。

“为什么中止计划?”萧烈知道她一定还有备用方案。

“因为没有你，我早就冻死在山上了。”柳如嫣甜甜地笑，“对于我来说，你不再是对手，而是救命恩人。”

萧烈苦笑:“看来人真应该常做好事。”

“好人有好报。”柳如嫣笑，“偶尔遇到盲人，我也会领着他过马路。不过，你将来会后悔的。”

“后悔什么?”萧烈问。

“后悔救了我。”柳如嫣答。

萧烈笑道:“像你这么美丽的女人，纵然你是我的敌人，冻死了也很可惜。何况我们没有什么深仇大恨。我想，任何一个男人都不会因为救你而后悔。”

“我并不是你喜欢的那种类型的女人。”柳如嫣说。

“欣赏也是一种喜欢。”萧烈说，“恋爱结婚就像吃饭店，你点的菜一定是你喜欢吃的，可是等菜上了桌，你还是忍不住看看别人的盘子。当然，看完了别人的盘子，还得吃自己的饭。这是男人的通病。”

“你是我见过的最诚实的骗子。”柳如嫣说。

“那么我们这些最诚实的骗子或许可以诚实地交流一些情况。”萧烈说。

“你真是‘飞龙’?”柳如嫣突然问。

“如假包换。”萧烈说。

“美国人对你很感兴趣，有关你的情报很值钱。”柳如嫣说。

“我对‘剑鱼专案’也很有兴趣。”

“‘剑鱼专案’?”

“是的，或许我们可以多交流交流。”萧烈说。

柳如嫣转了转眼珠说:“可以。如果你娶我，我就把我知道的一切都告诉你。”

“有这种好事？”萧烈笑道。他自然不会把柳如嫣的话当真。作为对手，他们之间永远不可能有真话，有的只是尔虞我诈。

“那天，当我意识到自己不能走下山的时候，我真的绝望了。当时我想，如果有人愿意背我下山，我就嫁给他。”柳如嫣说，“你在那一刻想到什么？”

“我在想，如果我死了，我儿子怎么办？所以我必须活着，为了儿子，为了我自己，也为了所有人。”萧烈说。

“可是你还是冒险留下来陪我，其实你心里是喜欢我的，只是你不愿意承认罢了，对不对？”柳如嫣自信地说。

萧烈发现这是一个根本不需要他答案的问题，他就用微笑作答。

柳如嫣说：“虽然我们立场不同，各为其主，但这并不影响我们成为朋友，对吗？”

“对。”萧烈点头。这是一个永远不会错的答案。

这就是萧烈和柳如嫣第一次工作会面。

萧烈把有关柳如嫣和她父亲柳简铭的背景资料交给古小天：“总部通报的材料说柳如嫣在美国受过训练。会面时，她跟我提到美国人对‘飞龙小组’感兴趣，这说明她跟美国人走得很近。你查一下她跟艾克森有什么联系。”

“好的，我马上安排。”古小天说。

“这个女人做事常常出人意料，不按常规出牌。我刚对她产生怀疑，她就主动站了出来，把劣势变为优势，做得非常漂亮。你得多下些工夫。”

“我明白。”古小天说。

“她这次因为雪山之行露出马脚，所以就请她老子出面与我们上层沟通，摆出‘与人无害’的姿态，让我们放松警惕，这个女人很不简单！跟她斗，我们还缺少优势。”

“其实，我们有优势。”古小天说。

“哦？”

“依我来看，我们最大的优势是这个柳如嫣对你有点好感。”古小天说，“或许我们可以利用这点从她嘴里多套一些情报。如果能把她拉过来……”萧烈瞪了古小天一眼，古小天立刻识趣地闭上嘴巴。

在利用别人弱点方面，萧烈不是一个不择手段的人，他有自己的原则。萧烈认为，利用别人的贪婪，那叫智慧；利用别人的善良，那叫卑鄙。柳如嫣从不掩饰对他的好感，这一点萧烈当然知道。但是萧烈并不想利用这一点。

在情报战中，女性最善于巧妙地套取情报，她们根本不用化装，只要是个楚楚动人的美女，不管在哪里都会受到热烈欢迎。漂亮的女性总能够让原本对国家忠诚的男性变得心猿意马。柳如嫣无疑是其中最具有杀伤力的那一种。这种女人，还是少招惹为妙！

“你说她会不会是‘剑鱼专案’的成员?”古小天还惦记着牛副部长“选将”的事，他希望萧烈能够胜出。

“这个女人背景复杂，与台湾军情局、美国中央情报局都能扯上关系，如果明天有人告诉我她是‘剑鱼专案’的成员，我一点都不会吃惊。”萧烈说。

“我们才不会这么好运气。”古小天笑，“这么大的鱼，哪有自己主动往网里钻的?”

“这个女人胆大心细，而且对自己的智慧相当自负，越是大家都认为不可能的事情，她越会去做。还有比大家都认为不可能更安全的吗?”萧烈说。

古小天点头表示同意：“不过，她一定会有所防范，恐怕很难拿到证据。”

“既然她把我们当傻瓜，我们就配合一下。”萧烈说，“让韩冰的人在明处，盯紧一点，不用怕暴露。我们盯得越紧，她就会越谨慎，会营造种种假象掩盖自己的真实目的，而真正的线索就在她给我们展示的假象下面。你派人在暗处记录下她的生活规律。”

古小天明白了：“顺着她这条线索或许能跟‘剑鱼专案’扯上关系!”

萧烈点头：“看她后面还有什么精彩的表演。”

第十八章　杀人灭口

萧烈的主要目标是“剑鱼”，柳如嫣的突然出现，严重干扰了萧烈的视线。柳如嫣是否是“剑鱼专案”的成员？她和“剑鱼”之间到底是什么关系？“赖文祥叛逃案”和“陈开迪泄密案”以及141研究所的泄密案，是否与她有关？还有那个“925”交通员，是否也与她有瓜葛？虽然她的公开身份是台湾军情局的人，可从她提到“飞龙”这一点上，她应该与中央情报局也有联系。说不定她就是一个双重间谍，假如她真的脚踏两只船，那么她就会与“925”也有联系，601研究所的泄密案和141研究所的泄密案，就都跟她有联系啦！

想到这里，萧烈不由得有些兴奋。毕竟柳如嫣已经暴露在明处，总比那个躲在暗处的“剑鱼”好对付些。

韩冰给他打来电话：“老板，该出发了。”

“好的。”萧烈起身下楼。

韩冰刚到萧烈身边工作的时候，叫他“萧副站长”，后来她发现古小天他们都叫他“老板”，她也就随大流叫“老板”，开始还有点不习惯，渐渐地也就习惯了。

韩冰最初调到萧烈手下时，心中十分不情愿，因为她隐约听说此人的个性太强，在个性太强的领导手下听差，会不开心。但接触时间长了，她发现萧烈并不是个难以相处的人。他平时总是比别人早半小时到办公室，当别人准点来上班的时候，他已经把办公室的开水都打好了，卫生也收拾完了。他这个人不仅心细，而且总是习惯性地为别人着想。他从不发牢骚，只是埋头做自己的事情，甚至对漂亮女人也不多加注意。在她看来，萧烈表面上平易近人，骨子里又相当骄傲，他从不做什么刻意巴结上司的事情，也不会当面表现他对上级领导的尊敬，从而显得他非常超脱。他知足者常乐的心态，以及偶尔闪现出的傲视一切的神情，构成了他独特的个性魅力。韩冰被萧烈的这种个性所吸引。

韩冰从不掩饰自己对成熟男人的好感，她认为，成熟的男人做事稳健，学识渊博，心胸宽广，不像年轻小伙子那样毛头毛脑，让女人缺乏信赖与依赖感，也缺乏可以靠在他们肩头上诉说衷肠的魅力。她的这种取向常常被女伴们讥讽有“恋父情结”，但是她毫不介意，她就是对同龄的小伙子提不起兴趣，尤其是古小天这种又矮又丑的男人，更难入她的“法眼”。她才不在乎他是否腰缠万贯。在她的概念里，幸福与金钱根本就是完全不同的两回事。

萧烈来到停车场，只有韩冰在那里等他。

“赵局长呢？”萧烈问。

“赵局长先带人去港口了。”韩冰说。

根据“TS”工作站的要求，北京方面同意将赖文祥押解到南津进行审讯，今天到港。在601研究所“陈开迪泄密案”断了线索之后，萧烈一直主张将赖文祥押解南津市进行审讯，其一是策划赖文祥叛逃的海伦一直没有找到，其二是那个撞倒陈开迪的女人也下落不明，其三是赖文祥和陈开迪同在一家研究所工作，他们二人之间是否会有什么联系？萧烈希望能够并案调查。还有一点，萧烈没有明说，他想通过赖文祥来追查南津市国家安全系统的“内奸”。虽然不一定能在赖文祥身上找到线索，起码会给对方造成一种心理上的压力，迫使对方出错。

根据萧烈的安排，赖文祥是经水路秘密押回南津的，所以交接工作要在港口进行。

“特勤队也去了吧？”萧烈问韩冰。

“已经去了。是古大队长亲自安排的。”

轮船将要停靠的那个码头几年前被一家私营企业收购，他们借口港区内经常丢东西，便组织了一支几十人的保安队，不许任何部门插手港口事务。因为这家公司的后台很硬，平时连公安机关的账都不买，国家安全局也曾碰过几次钉子，赵炳学今天想顺便教训他们一下。

萧烈对赵炳学的强硬作风早有耳闻。赵炳学还是处长时，他带领部下执行“接哨”任务，因为在火车站附近违章停车，一名新上岗的交警要扣他的执照罚他的款。赵炳学出示国家安全机关的证件，交警还是坚持要扣要罚。赵炳学把交警骗到车后面，趁交警不注意硬把交警塞进后备箱里，然后让手下把车开到荒郊野外才把他放下来。据说这个交警徒步走了二十多公里，才搭上返回城市的汽车。从此再没有交警敢刁难国家安全局的车辆。赵炳学虽然因此事受到批评，还作了检讨，他却因此成为南津市国家安全局的传奇人物。

萧烈和韩冰赶到港口附近与赵炳学会合。赵炳学坐在侦查车中，盯着监视器，看上去像一位电影导演。

“开始！”赵炳学下令。

一辆黑色轿车，缓缓地驶向码头入口。车内人员向门口盘查的保安人员出示国家安全机关的“侦查证”。年轻的保安人员手持国家安全部颁发的“侦查证”反复观看，显然以前不曾见过。这时一名满脸横肉的保安头目走过来：“什么事？”

“他们是国家安全局的。”年轻保安说。

保安头目拿过“侦查证”看了一眼：“国家安全局的了不起？没有老板的手谕，你就是公安局的也别想进码头！”在他看来，公安局要比国家安全局更有权力。

轿车内的侦查员笑了笑：“你看清这是什么证件了吗？”

“看清了。”

“你知道国家规定，持有这种‘侦查证’的人享有优先通行、优先使用交通和通讯工具的权力吗？”侦查员和蔼可亲地问。

“别说这些没用的！没有公司的通行证，你就是天王老子来了，也别想从这里过！”保安头目横眉怒目。

“你影响国家安全机关工作，我可以拘留你。”侦查员和颜悦色。

“拘留我？”保安头目仿佛听到天大的笑话，“来人啊！”

随着保安头目的一声叫喊，“呼啦啦”围上来二三十名手持棍棒的码头保安。

壮大了声势的保安头目更加猖狂：“拘留我？来呀，你来拘留我呀。”

赵炳学通过监视器观察着大门口发生的这一幕。

“人家都主动要求拘留他了，你们还等什么？”赵炳学对特勤队队长说。

“特勤队，上！”特勤队长下达命令。他的部下一直整装待发。

一辆厢式货车风驰电掣冲进码头大门，一队手持冲锋枪的特勤队员从车内鱼贯而出，将手拿棍棒的保安人员团团围住。面对这些头戴钢盔、身穿防弹衣的特勤队员，众保安吓蒙了，纷纷扔下手中的棍棒。

一直态度和蔼的侦查员从小轿车上下来：“你们都被拘留了。拘留证过会儿补给你们。”

二三十名码头保安被带走，但特勤队依然留在码头上。

“有人要替这些人求情，就说我不在！”赵炳学吩咐说，“共产党的天下，还反了他们！”

赵炳学带人进入码头，为接收赖文祥做准备。萧烈通过水路押解赖文祥的方案完全出乎他预料，相信也完全在敌人的意料之外。

赵炳学在码头上布置好警戒线后，让孙克俭与押送赖文祥的人员联系。

不久，文质彬彬的赖文祥由两名押解人员陪同，从一艘货船上走下舷梯。孙克俭与押解人员办理交接手续，特勤队员带赖文祥上车，准备送往秘密羁押点。就在赖文祥即将上车的一瞬间，突然脑浆崩裂，一头栽倒地上。

“有狙击手!”有人叫道，码头上顿时乱作一团。

特勤队员立即卧倒在地，准备还击。但是狙击手只打了一枪，让人无法判断他藏在哪里。

萧烈从赖文祥中弹的角度判断，狙击手应该是隐藏在对面码头的一条客轮上，他立即命令特勤队员包围了那条客轮。但是，这条船上有上百个舱室，要想找到一个隐藏的枪手，实在太难了。要想找到一把枪，更是难上加难。

搜查的结果可想而知。

赖文祥的被杀，对于刚刚成立不久的“TS”工作站来说，无疑是一个沉重的打击。萧烈之所以安排从海上押送赖文祥，就是担心走常规通道会出危险，没想到敌人这么猖狂，连狙击手都用上了。看来还真是遇到了强悍的对手。

赵炳学对在南津市发生这样的事情百思不得其解，工作站在地下会议室召开“碰头会”时，他显得十分郁闷：“我就奇怪了，押送赖文祥的路线是严格保密的，杀手是怎么知道的?难道是我们当中有人泄密?”

萧烈则显得相对平静，他声音低沉地检讨说：“可能是我的工作有疏漏，让敌人得到了消息。我的意见，不要急于做结论，大家分头找找原因再说。”

主持会议的宋国勋政委认为萧烈说得有道理，于是宣布散会。

走出地下会议室，萧烈乘专用电梯回到他在顶楼的办公室。韩冰和古小天随后也跟了进来。

“这次押解赖文祥的路线和时间，有多少人知道?”萧烈问古小天。

古小天将一张打印的名单摆在萧烈面前：“一共十五人。这是名单。”

韩冰好奇地瞟了一眼名单，自己的名字也在上面。

古小天解释说：“参加这次行动的人，大多数是几小时前才得到通知，像特勤队，并不知道押解的是什么人。只有这十五个人知道详细安排。”

“看来，你上次做的那份引诱“内奸”警觉的材料发挥了作用。”

韩冰一想到自己熟识的同事中有隐藏的“内奸”，就感到后背一阵阵发凉。

“当然，也不排除存在巧合的可能。”萧烈沉思说，“我本来是想把赖文祥当诱饵，没想到，敌人会这么急于杀赖文祥。”

“赖文祥是诱饵？”韩冰大为惊异。

“也有把‘赖文祥案’和‘陈开迪案’并案调查的想法。”萧烈说。

“实际上，赖文祥并不知道更多情况。”古小天说，“如果只是为了审讯，我们不一定非要把赖文祥押解回南津，在哪里审不一样？”

萧烈沉思道：“敌人铤而走险杀掉赖文祥，说明他活着将直接威胁到一个重要目标。你们说，这个目标是什么呢？”

古小天说：“如果策划赖文祥叛逃的人还在南津市，那么，赖文祥的回来，一定会让他们紧张。”

“问题是，敌人冒这么大的风险来杀人灭口，有那个必要吗？那个策划赖文祥叛逃的人完全可以一走了之嘛！”韩冰说。

“韩冰的这个问题提得很好。”萧烈说，“即便不是保护那个策划赖文祥叛逃的人，那么也是在保护一个暂时不能一走了之的人。而且这个人对他们来说一定很重要。”

“有道理。”古小天说，“这个人会是谁呢？”

“大家一起动动脑筋。”萧烈说。

柳如嫣紧急约见“剑鱼”，地点仍然是在上次见面的那个大型超市的停车场，仍然是在汽车里通过红外线波进行交谈。

柳如嫣一上来就用严厉的口气指责“剑鱼”：“你是怎么搞的？为什么不请示就大开杀戒？”

“剑鱼”反问：“情报不是你转来的吗？”

“我把情报转给你，是想让你了解情况，及时做好防范准备，并没有让你去杀人！”

“剑鱼”解释说：“情况紧急，来不及请示。”

柳如嫣仍然火气冲冲：“什么情况那么紧急？你知道这样做的后果吗？赖文祥一死，给我们提供情报的人很可能就要暴露！你以为这种情报是那么容易得来的？”

“剑鱼”也毫不示弱：“你还想不想完成‘FCS 行动’了？我要保护的就是已经拿到第一层密码的人！”

柳如嫣稍微缓和了一下口气：“就没有别的办法了吗？你又不是不知道中国人的办事习惯，一死人，案件就升级了，会受到各级领导的重视。”

“剑鱼”仍然振振有词：“人已经死了，他们再重视也没用了。这就是杀人灭口的意义所在。”

柳如嫣语气又强硬起来：“你的人安全了，我的人危险了！”

“剑鱼”语气更强硬：“我希望你摆正自己的位置。‘FCS 行动’需要我们共同去完成，这个时候，你还分什么你的我的！”

柳如嫣口气软下来：“对不起，是我用词不当，我的意思是，向我们提供赖文祥行踪的情报关系很重要，是艾克森先生十分看重的人物，一旦他暴露了，对我们是个重大损失。”

“剑鱼”也放低了声调：“那就看艾克森先生想要什么了。如果他放弃‘FCS 行动’，那么我会给你让路。”

柳如嫣叹口气说：“好了，我们不要争了，艾克森先生什么都想要。以后我们都谨慎行事吧。我还有别的事，先走一步。”然后发动她的汽车，离开超市停车场。

“剑鱼”见她的汽车渐渐远去，用不屑的口吻说：“小样！”

他们坐在汽车里“会面”，谁也看不见谁。双方都戴着宽大的墨镜，别人也看不清他们的脸。

赖文祥的被杀，令上级感到震惊，对“TS”工作站进行严肃批评。萧烈主动承担责任，请求上级处分。一个新成立的、被上级寄予厚望的单位，竟然出了这么大的事故，牛加一副部长和杨先瑞局长都很恼火，牛加一决定，给予萧烈严重警告处分，并要求他“停职反省”。

宋国勋政委主持召开“TS”工作站中层以上干部会议，宣读了上级对萧烈的处分和“停职反省”决定。

“这没有道理嘛！”赵炳学为萧烈鸣不平，“我也是这次活动的组织者和参与者，要处分就都处分，要停职就都停职！”

宋政委解释说：“赖文祥死了，杀手跑了，总要有人承担负责嘛！”

萧烈坦然地笑笑说：“是我坚持要把赖文祥押回南津来审讯的，押解路线也是我拟定的，再说，赵局长还兼管着南津市国家安全局的工作，要是都停职反省，那不是没人干活了吗？所以啊，这个缸还是我来顶吧。”

古小天没心没肺地说：“反正萧副站长也不是第一次受处分，第一次被停职，这一阵子他挺累的，歇一歇也好。”

宋国勋和赵炳学都用惊奇的目光看着古小天。把古小天看得心里直发毛：“萧副站长，我说得不对吗？”

萧烈没有接他的话茬，认真地对大家说：“我会认真反省自己的错误。有什么问题，我会向宋政委和赵局长汇报的。古小天以后有什么事情直接向赵局长汇报。”

“别，别。”赵炳学说，“我建议，你们那边的工作暂时由古大队长牵头，有事向宋政委汇报。我估计萧副站长停职时间也不会太长。”

宋政委说：“我同意赵局长的意见，就这么办吧。”

第十九章　家有芳邻

“停职反省”，顾名思义就是不用上班了。萧烈不上班，最高兴的是他的儿子萧洒。平时萧烈一忙，儿子就要连续几顿或者几天吃方便面，现在萧烈不忙了，就在家里大展厨艺，这是让萧洒高兴的重要原因。

周末，萧洒所在的班级组织郊游，学生自愿报名参加。萧洒回家问爸爸是否报名，萧烈说：“这是你来南津市后第一次参加班级组织的集体活动，一定要参加。”

出发前，萧烈一边帮儿子收拾着背包，一边与儿子闲聊：“你们班有多少人报名参加郊游？”

“还不到一半，大部分家长怕出意外，不让去。”萧洒答。

萧烈心里笑，这就是独生子女政策的直接后果。萧烈一向支持儿子参加集体活动，他认为这对孩子成长有利。

萧烈了解到，这次郊游活动的内容很丰富：周六下午出发，晚间露营，开篝火晚会，周日下午返回。他认为这是一次很不错的活动，应该会在孩子心中留下深刻的印象。

“把创可贴和常用药品带上。”萧烈对儿子说，“最近学习怎么样？”

“不好，上次文言文考试不及格。”

“什么原因？”

“不愿意学，背起来还拗口。”

“背经典古文，就好像是在脑袋中装金矿石，这些经典古文对现在的你是沉重的负担。但当你长大后需要时，这些金矿石就会变成金子！”萧烈说。

“如果将来不需要呢？”萧洒问。

“那么它就是烂石头。”萧烈答，“可是当需要时，如果没有这些长期积累的金矿石，那么你永远提炼不出闪亮的黄金。”

“就是有备无患喽。”

“完全正确。”萧烈说，“你现在学习识字和计算就像人学习走路一样，是人必须具备的基本要素，就像不要问人为什么要直立行走，而不是爬。学基础知识时也不要问为什么。人直立行走是为了把手解放出来使用工具，而知识就是工具，识字和计算就是用来驾驭知识工具的‘手’。当然，等过几年你打好了基础，我会告诉你想象力比知识更重要。读书是为了激发我们的想象力，如果让读书抑制了想象力，那么就是读死书。等你上大学时，你要熟悉你的专业，因为创造力需要专门知识，但 60 ~ 80 分足够，不要了解太详细，过于专业化会蒙上你心灵的眼睛。”

“老爸，你好像有一点自相矛盾吧?”

“不矛盾。”萧烈说，“简单归纳起来就是：小时候学基础知识不要问为什么，长大后要多问为什么。我解释清楚了吗?”

“差不多吧。”萧洒笑道。

“最近有没有陌生人同许晓雨接触?”萧烈问。

萧洒想了想：“没有。”

萧烈交给萧洒一部有拍照功能的手机，“如果有陌生人同许晓雨接触，拍下来拿给我。上课要关机，不准把号码告诉别人。”

“知道。”萧洒嬉笑着摆弄手机，“爸，你为什么这么关心许晓雨？是不是想泡许晓雨的妈妈?”

萧烈一愣。现在的小孩一个个人小鬼大，真不知道脑袋里都装了些什么。

“别瞎说!”他拍了儿子脑袋一下，“我只是觉得她没有爸爸在身边，怪可怜的。你也要多关心她，注意保护她不被人伤害。”

对于独身多年的唐心玫来说，家庭生活主要内容就是和女儿在一起吃饭、说话、逛街。她已经习惯了下班之后女儿在家里等她的情景，女儿会甜甜地叫一声：“妈，你回来了!”或者说：“妈，我饿了!”每当这个时候，她不管多累，都会立即换上家居衣服，围上围裙，钻进厨房忙碌起来，而且身上全是劲儿，怎么也用不完。

每逢周末，她会给女儿改善一下伙食，专门为女儿做几个她拿手的好菜。但是，这个周末，女儿去参加郊游了，家里一下显得冷清起来。本来她不同意女儿去郊游的，就因为女儿说，萧洒的爸爸认为，参加这种集体活动对孩子成长有利，她马上就答应女儿报名了。

唐心玫送走女儿，独自出去逛了一会儿菜市场，回到家，忽然感觉有些累，便歪在沙发上睡了一会儿，醒来已是晚上。她感觉头有些沉，四肢很轻，像是感冒了。胡乱吞下几粒药片，希望能睡个好觉。

夜半时分，外面下起雨来，并伴着雷声。唐心玫从小就害怕打雷，如今虽然身为市长，但在这方面却丝毫没有长进，可雷声偏偏响个不停，每响一声雷，她都心里一紧。她孤单单地躺在床上，又患上了感冒，感觉自己很可怜，连个心疼自己的男人也没有。

窗外亮起一道闪电，不知怎么，她忽然由闪电联想起“烈火”——那个名为“烈火”的网友，于是她翻身下床，打开电脑，查看“烈火”是否在线。

“烈火”刚好在线，她心中一阵狂喜：好啦，有他在，再响的雷也不害怕啦！

她告诉他，她感冒了，正在吃药。“烈火”说，感冒不用吃药，吃药一星期痊愈，不吃药七天痊愈。结果是一样的。感冒药只能缓解症状，治标不治本。

她告诉他，她害怕打雷。他笑她一定做了亏心事。她说，一个人在家，冷冷清清，感觉自己很可怜。他问，女儿哪去了？怎么没在家陪你？她说，女儿郊游去了。他说，他儿子也郊游去了，他也是一个人在家。还开玩笑说，他们同病相怜。

唐心玫心中突然有个奇怪的想法，问他：“你那里下雨吗？”

“下雨。”

“打雷吗？”

“很响。”

唐心玫忍不住问他：“你住在哪个城市？”在此之前，他们从不谈自己的个人信息，这是多年以来的默契。

“南津市。”

唐心玫心中一阵狂喜，她几乎已经猜到他是谁了，接着又问：“你儿子在实验中学读书？”

“是。”

唐心玫难以置信地张大嘴巴：“你儿子不会叫‘萧洒’吧？”

“你怎么知道？我不记得以前曾经跟你说过。”

唐心玫又惊又喜，不知如何是好。

“烈火”问：“你怎么了？”

唐心玫答：“太不可思议啦！”

“什么不可思议？”

唐心玫说：“你打开房门。”

“开门？做什么？”

唐心玫催促道：“快去开门吧。”

“我现在就去。”

唐心玫站起身，来到房门前，先对镜子整理一下自己居家便服和头发，又稳定一下自己的情绪，然后打开门。

这时，对面的房门打开，萧烈探出头来。唐心玫看见他，他也看见唐心玫。萧烈似乎愣了一下，他打量着唐心玫。唐心玫穿一身粉色的分解式睡衣，抱着双臂，任由他上下打量。

“不会这么巧吧？”萧烈似乎难以置信地说。

唐心玫不置可否地耸耸肩。

“我们以前多次擦肩而过，只是互相点点头，连正式的招呼都没打过。”萧烈说。

唐心玫微笑道：“现在我们正式认识一下吧，我叫唐心玫。”说着向他伸出手。

“我叫萧烈。”萧烈向前迈了两步，去握她的手。就在这时，一阵风吹来，他的房门“咔嗒”一声关上了，在他与唐心玫握手的瞬间，他整个人突然僵住了，他想起一个问题——没带钥匙。

唐心玫从萧烈的表情和装束上自然猜到了问题所在，笑问：“你不会是故意的吧？”

萧烈显得有些尴尬：“我只是客观上与风配合默契，潜意识里也可能有犯罪的故意。”

唐心玫笑起来。多年的网上交往，她已经习惯了萧烈的说话方式，她对他没有丝毫的陌生感，仿佛多年的老朋友。

“进来吧。正好一起喝杯茶。”唐心玫把萧烈让进她的房内。

萧烈还是第一次走进唐心玫的家。他站在客厅里打量了一下，房间布置得很朴素，也温馨，一看就知道主妇是个很有情调的人。空气中弥漫着女人的气息，这是他的房间中最缺少的东西。

唐心玫说：“请坐。”然后忙着去沏茶。

萧烈说：“唐市长，你就别忙了，深更半夜的喝茶，还能睡着觉吗？”

唐心玫觉得有道理：“要不，喝点酒？总得喝点什么。”

“那就喝点红酒吧。”

“好的。”唐心玫倒了两杯酒，递给萧烈一杯。

“为什么干杯呢？”萧烈问。

“为惊雷。如果没有惊雷，我就不会半夜醒来，就不会上网找你，就不会与你相见。”

“有道理。”萧烈和她碰杯，呷了一口酒，对唐心玫说，“唐市长，你为惊雷，我为清风。如果不是我在和你握手时，清风关上了我的门，也许我永远没有勇气走进你唐心玫市长的家门。”

“清风”是唐心玫的网名，他巧妙地把唐心玫的网名和真名用来讲述一件事情，让唐心玫感到很开心。

“你还是叫我‘清风’吧。‘唐市长’这三个字从你的嘴里说出来，我感到有些滑稽。”

“那是我说得少了，以后天天说，你就习惯了。”

“以前我们在楼道里擦肩而过，你怎么不和我打招呼?”

“因为你不认识我，主动和市长打招呼，有巴结领导之嫌。”萧烈说。

“对了，我还没问过你，你在哪里工作?”

“我在省公安厅十八处。”这是萧烈的多个掩护身份之一。

唐心玫一愣，显然出乎她的意料。

“怎么?”萧烈静静观察唐心玫的反应。

“没什么。”唐心玫笑笑，“难怪你思维敏捷，并且懂得政府事务。”

“以前在网上胡说八道，让你见笑了。如果知道‘清风’就是大名鼎鼎的唐市长，我就不会班门弄斧了。”萧烈打起哈哈。

“哪里，以你的见识和能力，如果来干市长，说不定比我干得还好。”

“唐市长谦虚。”

这次网友的意外相见，让唐心玫十分兴奋，窗外的雷声还在响，但是她不再恐惧，就连感冒似乎也在见到萧烈的那一瞬间完全好了。

他们又喝了很多酒，又说了很多话。由于他们在此之前已经有长达三年的网上交流，因此像是一对神交已久的老朋友，对于唐心玫来说，虽然在现实中是初次与“烈火”见面，但她一点没有陌生感。她也没把自己当市长，在这位让她心仪的“省公安厅”干部面前，她只想当一回女人。她曾经多次想象过“烈火”是个什么样的人，见面之后她发现，居然与她的想象相差无几，形象几乎可以重叠。她也多次想象过“烈火”身上会散发出一种什么样的气息，现在他近在咫尺，她闻到他身上的气息居然与她想象的完全一样！她被他那种雄性荷尔蒙的气息所陶醉，如果他对她提出亲密接触的要求，她会毫不犹豫地答应他。可是他没有，他的定力极强，难道他是柳下惠?她相信他不是，唯一的解释就是，他不敢轻易向女市长示爱。此刻，她真希望自己什么也不是。而她的身份是不可能瞬间改变的，一想到这里，她就有点泄气。泄气之后，她的心情开始平静，听着窗外的雨声，一阵困意袭来，她对他说：“听雨的感觉真好。借你的肩膀用五分钟。”

萧烈慷慨地说：“没问题。”

大约靠了不到五分钟，她就沉沉地睡着了。

萧烈看着唐心玫的睡态，心中涌起一阵怜意。通过网上聊天的方式，萧烈可以大体把握唐心玫的内心世界，她是一个外强内柔的女人。表面看上去她心高气傲，实际上她的内心非常脆弱，她非常需要一个男人的坚实的肩膀靠一靠。自从她的丈夫背叛她之后，她就一直是一个人顶着这个家。以她的身份和地位，别的男人很难走近她，更难走进她的心。她的内心一定很苦，却又无处述说，“烈火”适时地出现了，为她的精神生活增添了一抹亮色。她对“烈火”充满信任和依恋，已经视他为知己，不然她也不会初次见面就表现得这么亲切自然，甚至会把她的一切交付于他。

能够和这样一个有姿色、有品位、有情调的女人在风雨之夜相处一室，真是天地之造化。她靠在他的肩头，发出了轻轻的鼾声。他可以闻到她身上散发的那种芬芳的气息，甚至可以看见她睡衣领口处那深深的乳沟，他的心不由得一阵悸动，身体的某个部位也发生了强烈的生理反应。但是，他尽力克制着自己。他这样做，倒不是因为她是市长，而是因为她是“剑鱼”的前妻。他必须保持清醒的头脑，以便从她的周围及时发现“剑鱼”的行踪。赖文祥被杀，他坚信是“剑鱼”所为。他能感觉得到，“剑鱼”就在他和唐心玫的附近。为了准确把握住机会，他决定在唐心玫面前“现身”，与她进行正面接触，以取得她的信任和帮助。

第二天早晨，唐心玫在一道刺眼的阳光中醒来，是客厅的窗帘没有拉严，强烈的阳光从那道缝隙中射进来，正好照在她的脸上。这一觉她睡得很踏实，在她的记忆中，很久没有睡得这么沉了。睁开眼睛，她才发现是枕在萧烈的大腿上，两手还抱着他的胳膊。她慌忙坐起来，一时没反应过来是怎么回事。有点惶惑，有点羞涩。

“你醒啦？是不是阳光把你照醒的？”萧烈说，“我本来想去把窗帘拉上的，可是动不了身，我一动，你就会醒。”

唐心玫渐渐清醒过来，回想起昨天晚上发生的事，不好意思地笑笑：“你就一直坐在这里？”

“你睡得好吗？”

唐心玫点点头：“你一定没睡好吧？”

“我睡觉比较浅。”萧烈笑。

“昨天晚上，我们好像谈了很多话，是吧？”唐心玫拢了拢蓬乱的头发。

“是。”

“我最后说了什么？”

“你说，听雨的感觉真好。还说，借我的肩膀用五分钟。”

“然后我就睡着了？”

“这要问你自己。”

唐心玫调皮地一笑：“你是一个很不错的枕头。这一觉睡得真香！很久没有睡得这么香啦!”

“看来我要去注册一个‘烈火’牌枕头的商标了。”

“你还准备到处推销你的枕头啊!”唐心玫忽然觉得此话带有醋意，就不好意思地笑笑，钻进卫生间里去了。她为萧烈找来新牙刷和新毛巾，对他说，“你洗漱吧，我去做早餐。”

不一会儿，丰盛的早餐端上餐桌。这是她十多年来第一次为男人做早餐。

吃饭的时候，萧烈装作很郑重地对她说：“你千万不要对别人提起昨晚的事情。不然我会被人笑死!”

“为什么?”她想起昨晚把萧烈当枕头，心中充满歉意和甜蜜。

“你想啊。我一个大男人，和一个女人几乎是相拥着睡了一夜，结果什么也没发生。别人会怎么想?”

“当然夸你是柳下惠啦。”唐心玫笑。

“可大家都认为柳下惠是残疾人。可我不是。”

唐心玫大笑。女市长的房里突然多出一个大男人，而且不是残疾人，居然一夜相安无事，她也觉得不可思议。不过她感到很开心。走到窗前向外望了一眼，雨后的天空很蓝，阳光灿烂无比。她感到屋里有个男人的生活十分美好。

因为萧烈没有外衣可以穿，只能在唐心玫家里等待儿子郊游回来。这一天，两个人聊了很多，令萧烈对唐心玫的政治抱负有了更多了解。

萧烈是一个很好的听众，他仔细聆听了唐心玫整顿医疗机构的思路。

唐心玫十分赞同萧烈的意见。唐心玫又和萧烈讨论了她草拟的南津市“新农村发展纲要”。她认为“新农村建设”核心是转变农民的思想，所以“新农村建设”应该从改变农民的生活环境和生活习惯入手。

唐心玫的“新农村发展纲要”计划从道路、供电、自来水、排污和垃圾处理、公共交通、信息高速路等六个方面引导农村规划，逐步实现有序聚居。在道路交通方面，唐心玫首先要把沥青公路修到每一个行政村，同时将公交线路延伸到这些村，将城镇与农村连在一起。第一步，以大的聚居村落为中心，由政府免费提供水泥、管线，鼓励村民自己动手改善村庄道路，铺设自来水管道、排污管道、垃圾处理设施。同时，政府出资改善农村电网，做到大的农村聚居区电价与城市相同，鼓励电话网、有线电视网向农村延伸，并以大的聚居村落为中心扩展规划整齐的新聚居点，政策性引导散居村民逐步聚居。唐心玫预计这计划需要二十年时间，她还预计连接农村的公交车会多年亏损。不过她相信，只要她在任期内将路修好，公交车运行好，电网改造好，大的村落建设好，在惯性作用下，她的“新农村建设”蓝图一定会实现。

“还记得我上任之初承诺要做两件事情吗?”唐心玫问。

“记得，免费教育和医疗保障。”萧烈答。

“现在强制性免费义务教育工作已经展开，政府无偿向九年义务教育的学生提供书本、文具，并免费为贫困乡村的学生提供食宿。”

“这个我知道。南津市免费义务教育使用的书本，你是让司法局的监狱印刷厂印的。”

“那是为了节省开支。”唐心玫说。

“监狱里的犯人有事做，印刷的课本质量还好，一举两得。”

“义务教育部分实施免费教育不难，财政压力也很小。难点是延伸部分，免费高等教育的部分，这事我一个小市长说了不算。”

“高等教育部分可以试一试市政府教育保险。”萧烈说。

“市政府教育保险?”

“教育保险是利用家长望子成龙的心理，让每一个学生从入学时起，家长每学期自愿交纳一定数额的教育保险费用。参加教育保险的学生，考上大学后的学杂费全部由教育保险基金支付，考上重点大学的学生每月还可以得到教育保险基金额外提供的生活费。”萧烈说。

“这个主意好!”

“关键是要说服家长每学期自愿交纳一定数额的教育保险费用。让人家掏钱可不是一件容易事。”

“大概需要交多少?”唐心玫关心老百姓的经济承受力。

萧烈佩服唐心玫的胆识和雷厉风行的工作作风。唐心玫对萧烈的睿智更是印象深刻，动了挖人才的心思。

“你干脆到市政府来工作吧，帮帮我，怎么样?”

萧烈笑着说:“你希望失去一个朋友，多一个能干的下属?”

唐心玫认真地想了想，笑道:“你怎么不说，你不肯失去一个朋友，多了一个上司?”

这一天，两个人聊得非常开心。萧烈深刻了解到唐心玫是一个真心要为百姓做点事情的好官。

第二十章　登堂入室

柳如嫣坐在咖啡厅里悠闲地品着咖啡，萧烈派来监视她的一男一女两名特工就坐在不远处。透过落地窗，柳如嫣可以看到国防302研究所的大门。人们通常对习以为常的东西视而不见，她经常到这间咖啡厅来，目的就是为了麻痹跟踪人员，同时也是为实施“FCS行动”找灵感。

“FCS行动”的目标是国防302研究所最新型导弹的核心数据资料。这些绝密资料的保密措施十分严密，资料存储在绝密电脑服务器中，具有反拷贝功能，即使有资格浏览这些资料的内部研究人员，也必须通过三个环节分别输入密码才能在指定电脑终端看这些资料。这第一层密码是服务器登录密码，由机要室负责。第二层密码由负责审核浏览人员资格的资料室主任保管。第三层密码属于浏览人员的身份密码。在这个保密体系中，第一，第二层的人有密码，但没有浏览资料的身份资格，第三层密码属于有浏览资格的高级研究人员，但是这些研究人员没有前两层密码也无法看到资料，而且这些资料只能浏览，无法拷贝。所以，在一般人看来，这几乎是个无法完成的任务。在“剑鱼”小组遇到挫折之后，艾克森只得把这个“无法完成任务的任务”交给柳如嫣，因为他知道，柳如嫣成功窃取隐形飞机资料的601研究所，也有类似保密体制。尽管他不知道柳如嫣是怎么做到的，但他相信柳如嫣一定能完成这个任务。

柳如嫣离开咖啡厅，两名跟踪人员也跟了出来。几天来，这两个人一直形影不离地跟着她，而且跟得很紧，毫不顾忌她这个被跟踪者的感受。柳如嫣错误地认为，萧烈派来跟踪她的人太不专业了！她决定在和萧烈见面的时候，向他提出“抗议”。可是她等了三个星期，萧烈一直没有主动邀请她，这完全出乎她的预料。发生了赖文祥被杀这么大的事情，他也不来问问情况？

自从知道了萧烈身份，柳如嫣一直在不断搜集有关萧烈的资料，她想知道萧烈淡然的外表下面到底是怎样的一个男人。根据资料显示，萧烈的妻子章云梅是在十年前的一次意外事故中去世的。她花费了很多时间，终于弄明白这次“意外事故”原来是场暗杀行动。一个杀手在刺杀萧烈时，章云梅用身体挡住了杀手射出的子弹。这个杀手竟然是美国中央情报局的一名间谍私下雇用的。她判断，这个美国间谍就是“剑鱼”。萧烈对妻子的感情很深，妻子死后，他一直不近女色，他的一个重要生活内容就是要抓“剑鱼”报仇。

柳如嫣以往看情报资料都非常理性，萧烈的资料让她动情，她几乎含着眼泪看完这些资料的。萧烈是个感情专一的男人，她能够清晰感受到萧烈对妻子深沉的爱。

曾经被别人认为是铁石心肠的柳如嫣，在经过这么多年打打杀杀之后，终于为一个男人动心了。她清楚地知道她对萧烈的爱慕注定是不会有结果的。爱情，还有许多其他的重要因素，不只是单纯的欣赏或心动这样简单。

想到萧烈，柳如嫣突然涌出很想见见他的念头。不知道萧烈发现她躺在他的床上会是什么表情？这个想法令她开心地大笑起来。

古小天根据外勤人员的报告，在秘密指挥中心将柳如嫣一天的行程列了一个图表，以便于分析。

“停职反省”的萧烈在家里闲着难受，就信步来到秘密指挥中心。他看了看古小天摆弄的图表：“她这一上午都做了什么？”

“喝咖啡。”古小天说，“在302研究所附近的一家咖啡馆喝咖啡。”他特别强调“302研究所”。

这时，外勤人员报告：“目标乘出租车在金海花园下车，进入8号楼2单元603室。”

“金海花园？”古小天挠挠头，“这个地址听上去怎么好像很熟悉？”

萧烈听到古小天自言自语，放下手中的卷宗，平静地说：“那是我家。”

“噢，对，是你家。”古小天想起来，“她怎么会有你家钥匙？”

“萧洒身上有钥匙，碰巧她又教萧洒英语。”萧烈站起身说，“找辆车送我回去。我的车今天借给邻居了。”

“好，我马上安排。”古小天说，“她去你家是什么意思？”

“示威。”萧烈说。

萧烈回到金海花园，下车，上楼。站在自己家门口，先敲了敲门：“可以进来吗？”

“进来吧。”柳如嫣在里面说。

萧烈打开房门。

柳如嫣站在卫生间门口，穿着萧烈过大的浴袍，长发垂在身后滴着水，弄湿了地板。在阳光照映下，原本不透明的浴袍也稍稍看得到玲珑的曲线。

萧烈敢打赌，她除浴袍外，什么也没穿！

柳如嫣一边擦干头发，一边说："我想洗澡，可是担心我家已经被人安装了监视探头，所以借你的浴室用一下。"

"没关系，欢迎你常来，只要你觉得方便。"萧烈说，"需要喝点什么？"他暗示她是客人。

"咖啡，谢谢。"

萧烈冲了两杯咖啡，端到客厅。柳如嫣坐在沙发上弄头发。萧烈不得不承认，纵然是不合体的浴袍也遮盖不住她美好的身材。浴袍开衩处露着诱人的长腿，领口露出一片雪白柔嫩的肩膀，把女性优雅迷人的风姿表露无遗。

"谢谢！"柳如嫣用毛巾裹好头发，赤脚蜷在沙发上喝咖啡，"你在研究'洋务运动'？"

萧烈瞥了一眼他昨晚随手丢在茶几上的书，说："随便看看。"

"大陆改革开放三十年，与清朝的'洋务运动'的确有很多相似之处。"柳如嫣说。

"哦？你研究过？"萧烈说。寻找让对方感兴趣的话题是情报人员一项基本训练，柳如嫣无疑是优等生。

"随便看看。"柳如嫣说。她很清楚萧烈这样的男人对思想苍白的女人不会有任何兴趣。

柳如嫣说："在中日甲午战争前，清政府搞了近三十年的'洋务运动'。两广总督张之洞为了抵制洋铁进口，开工兴建的汉阳铁厂设备先进，拥有三千多工人。生产的铁除了供应本国外，还出口到美日等国。李鸿章在天津成立电报总局，架设电线总长度达到一万多里，连厦门、台湾之间都架设了海底电缆。左宗棠创办兰州织呢局，是中国近代纺织工业的鼻祖。"

柳如嫣说："如果说大陆改革开放三十年后，一些人就感觉良好、踌躇满志的话，那么'洋务运动'三十年后中日的实力对比就更值得骄傲了，当时清政府的岁入是日本岁入的1.5倍！可现在大陆的经济距离日本还有好大一段距离。"

萧烈知道她下一步就要把矛头指向中国共产党执政了，这是标准的心理战术教程。

"我查过中日甲午战争前后的历史数据，发现当时不但中国的财力不逊于日本，中国的军力也不逊于日本！"柳如嫣说，"在军事上，清朝的海军舰队大小舰船共计八十多艘，居当时世界第四位。1890年时，北洋海军两千吨位以上的战舰有七艘，共两万七千多吨；而日本海军两千吨位以上的战舰仅有五艘，共一万七千多吨。即使不能说清朝的军力强于日本，也决不能说清朝的军力弱于日本。"

萧烈笑了笑，说："接下来你会问，中国为什么在经济、军事实力都不亚于日本的时候输掉了甲午战争，而且输得那么惨？我们不输在经济实力，不输在军事装备，更不输在爱国热情。我们输在哪里？标准答案是：我们输在制度腐败。对吗？"

"咳咳咳……"柳如嫣被咖啡呛得不停咳嗽。萧烈说出了她正想说的话！

柳如嫣止住咳，接过萧烈递来的纸巾擦了擦手："你是我肚子里的蛔虫？"

萧烈笑着摇头："标准的'心战'八股文，任何人都会做。"

"我只是在阐述一个事实：大陆这几年发展很快，但并没有自己吹嘘的什么'盛世'那么了不得！"柳如嫣说。

"不错！"萧烈说，"我赞同你的看法，大陆在经济上取得的这点成绩实在没什么值得吹嘘的。至于什么'盛世'说法，纯粹自欺欺人，谁见过国家都没有统一的'盛世'？"

柳如嫣十分意外，没想到萧烈会赞同她的观点。

"我也告诉你一个事实。"萧烈说，"其实，中国共产党值得吹嘘的不是发展了几天经济，而是它让中国人找到了成为强者的自信。"

萧烈说："无论是日本人，还是西方人，他们只尊重强者。强者包含三重意思：第一，你必须有实力；第二，你必须证明你有实力；第三，你必须让别人明白，你有勇气和决心在必要时使用你的实力。三者缺一不可。所以，在西方的价值体系中，中华民族的重生不是从今天开始，而是从半个多世纪前的朝鲜战争开始。朝鲜战争使中国从一百年面对世界列强不自信的精神状态中摆脱出来，第一次赢得与列强平起平坐的话语权。如果没有朝鲜战争，中国在世界民族之林中的资格就得不到证明，中国仍会被广泛认为是由愚民所组成的三流国家。因为日本根本上是被美国和苏联击败的，中国共产党 1949 年的胜利只是以国民党军队为坐标，这在美国人那里不算数。任何民族走向复兴，首先是精神的复兴，朝鲜战争为中华民族的复兴提供了最有力的精神支持。朝鲜战争改变了中国的位置，也改变了中国人在西方人眼里的固有形象。在他们眼里，中国人不再是温顺、可爱、可奴役的羊，而变成了可与他们一争长短、危险的狼。一百多年来，只有中国共产党做到了这一点。今天发展经济，只是这种精神的延续。"

柳如嫣歪头想了想，说："我承认当初共产党比国民党得人心，所以共产党得到天下，国民党败退台湾。但今天这个依靠禁锢思想维持专制统治的共产党政权，恐怕不是当初选择它的人们愿意看到的。"

萧烈笑："你所说的'禁锢思想'，我们称为'统一思想'，但我们要统一的是党内的思想，不是人民的思想。任何一个政治家都知道，如果我们不鼓励人民去自由地思想及提出新意见，我们社会虽然可能显得平静，但事实上将完全停顿。而一个政党如果不能统一思想，距离散伙就不远了。从逻辑上说，你在故意混淆概念。”

柳如嫣毫不在意地一笑，辩论本来就是一个不断设置概念陷阱的过程，被识破了也没什么难为情的。

萧烈继续说：“至于你所说的‘专制统治’。曾经有人这样比喻，他把中国和美国比作两条船，各有三十个座位，美国这条船上只有二十五位乘客，而中国这条船上却有一百二十位乘客。有一百二十位乘客的船，是该优先关切乘客的安全，还是乘客的自由和民主呢？如果其中有一帮家伙打着民主和自由的旗号，一会儿要这样，一会儿不要那样，时不时向船长发难，使超载的这条船不仅航行困难，而且有倾覆的危险。这时候，如果你是大多数安分守己乘客中的一员，如果船长为维护多数乘客的生存权，果断将几个为首分子扔下海去，你会不会暗自庆幸呢？”

柳如嫣大笑：“比喻得好！很有说服力！不过，现在这条船上已经有越来越多的乘客不安分守己了。你应该知道美国中央情报局《十条诫令》吧？”

萧烈当然知道，《十条诫令》是美国中央情报局针对中国秘密情报活动制定的一项长期指导方针，其用于颠覆中国的方法十分阴损。

《十条诫令》中称：第一，尽量用物质来引诱和败坏中国的青年，鼓励他们藐视、鄙视、进一步公开反对他们原来所受的思想教育，特别是共产主义教育。替他们制造对色情奔放的兴趣和机会，进而鼓励他们进行性的滥交。让他们不以肤浅、虚荣为羞耻。要毁掉他们的刻苦耐劳精神。第二，尽一切可能做好传播工作，包括电影、书籍、电视、无线电波和新式的宗教传播。只要中国人向往美国人的衣、食、住、行、娱乐和教育的方式，就成功了一半。第三，一定要把中国青年的注意力，从以政府为中心的传统引开来。让他们的头脑集中于：体育表演、色情书籍、享乐、游戏、犯罪性的电影以及宗教迷信。第四，时常制造一些事让中国人民公开讨论。这样就在他们的潜意识中种下了分裂的种子。特别要在中国的少数民族里找好机会，分裂他们的地区，分裂他们的民族，分裂他们的感情，在他们之间制造新仇旧恨。第五，要不断制造消息，丑化他们的领导。西方的记者应该找机会采访他们，然后组织他们自己的言辞来攻击他们自己。第六，在任何情况下都要宣扬民主。一有机会，不管是大型小型，有形无形，都要抓紧发动民主运动。无论在什么场合，什么情况下，西方人都要不断对他们（政府）要求民主和人权。只要西方每一个人都不断地说同样的话，他们的人民就一定会相信西方人说的是真理。抓住一个人是一个人，占住一个地盘是一个地盘……

柳如嫣说：“我在大陆看到的是，美国人的这些战略正在一步步实现。按照现在这样发展下去，你认为大陆的共产党政权还能撑多久？”

“美国人这点小伎俩，可以蒙蔽部分人一时，不能蒙蔽中国人一世。如果中国人这点辨别阴谋的智慧都没有，中国根本不会有五千多年的历史。”萧烈不以为然地说，“要阴谋诡计，我们老祖宗都玩了几千年了。我们这些不肖子孙再怎么不堪，还不至于连美国人这么粗浅的阴谋都看不出来吧？”

……

萧烈与柳如嫣的辩论持续了一个下午。

“不与你说了。”柳如嫣伸了一个长长的懒腰，“我饿啦！”

柳如嫣素面朝天，淡雅可人，她无论任何一个表情，均能令人目眩神醉。即使萧烈与她是敌对立场，但仍忍不住有种赏心悦目的感觉。

“你请我吃饭！”柳如嫣说。

“我为什么要请你？”萧烈问。

“我陪你聊了一下午，当然是你请我啦。”柳如嫣说。

明明是她登堂入室，现在却理直气壮地说成是她陪他聊天，这是什么逻辑？不过，萧烈很快放弃与之争辩的想法。依照他的经验，和女人讲道理是愚蠢的。女人不讲理。

柳如嫣征用萧烈的卧室，快速换上自己的衣服。她知道男人在没有所图的情况下，通常对等待女人没有什么耐心。

“好啦，我们走吧！”柳如嫣站在萧烈面前，撩起一头如瀑布般的长发，用长梳将头发利落地盘在头顶，“好看吗？”

“人？还是头发？”萧烈问。

柳如嫣一时气结。

萧烈连忙说：“都好看。”

柳如嫣这才满意地点点头，“不错！好的开端。”

萧烈莫名其妙：“什么好的开端？”

“爱上一个女人的前兆，就是发现她的美丽。”柳如嫣小声说。

萧烈发现自己又一次落入她的语言圈套。

“快走吧，我要饿晕了。”柳如嫣很自然地挽起萧烈的手臂，“你的人跟那么紧，害得我中午都没有吃饱。”

“下次我提醒他们注意保持距离。”萧烈说。他们一起走进电梯。

“那两个跟踪我的人技术很专业，可似乎错过了与目标保持距离这一课，总在我视线内晃悠，看得人家心烦。”

“跟踪？我想你误会了。”萧烈早准备好说辞，“他们是我派去暗中保护你安全的。”

“哦——”柳如嫣做出恍然大悟状，“保护？”

“对，保护。”萧烈说。

“这么说我还要感谢你啦？”

“大家都这么熟了，不用太客气。”萧烈说。有时候要赖也是工作的一部分。

“你都被停职了，还这么尽责，佩服！佩服！其实你想知道什么可以直接问我，何必费这么大周折，大家都这么熟了。”柳如嫣说。白痴才会相信他的说辞。

“直接问你，怕你为难。”萧烈说，“何况，你会说吗？”

“你没有问，怎么知道我不会说？”柳如嫣又问道。

“那么我问了？”

“问吧！”

“为什么刻意接近我？”萧烈问。

“最初是为了钱，后来是为了一个梦。”柳如嫣说。

“梦？”

“一个永远无法实现的梦。”

“你认识艾克森？”萧烈问。

“我在美国受训，他是我的老师。你们的档案里没有记载？”

萧烈摇头。

柳如嫣做出很受伤的样子：“原来我这么不被重视！”

“作为一颗新星，你刚刚被重视。”萧烈说。

“谢谢！”柳如嫣说。

“你认识‘剑鱼’吧？”萧烈突然问。

“听说过，但没见过面。”柳如嫣淡淡地说，“你认识他？”

萧烈点点头：“我和他有点私人恩怨。他是杀害我妻子的幕后主使。”

柳如嫣很惊讶：“原来那个人就是他！”

萧烈无言。

第二十一章　离奇遇袭

萧烈和柳如嫣来到楼下，萧烈掏出唐心玫的车钥匙，遥控打开车锁。

“你换车了?”柳如嫣问。

“没有。一个朋友今天下乡，临时跟我换车用。”萧烈为柳如嫣打开车门。

“我来开车。”柳如嫣说，“我喜欢开车。”

萧烈只得把车钥匙交给她，自己坐到副驾驶位置上。

柳如嫣刚要发动汽车，又停了下来。

“我有个问题一直想问你，”她盯着萧烈的眼睛，“你为什么从不试图利用我对你的好感?”

“我最讨厌被人利用。我想，你也不会喜欢。”萧烈说。

“哈哈哈……”柳如嫣开朗地大笑，“我是不喜欢被别人利用。但，说不定，我喜欢被你利用呢?”

柳如嫣轻快地驾车驶出小区，她今天心情特别好。

“你请我吃顿大餐，”柳如嫣突然很开心地说，“或许我能帮你抓住‘剑鱼’!”

“成交!”萧烈毫不犹豫。

柳如嫣车技娴熟，姿态洒脱。萧烈估计这是她在美国接受强化训练的结果。

当车驶入一处僻静路段时，萧烈突然心生警觉。

“后面有辆面包车一直跟着我们。”萧烈说。

柳如嫣诧异地望向萧烈：“我以为那是你的人。”

这时，迎面驶来一辆满载沙砾的卡车。萧烈注意到后面的面包车放慢了车速。

“小心前面卡车!”萧烈提醒柳如嫣。

柳如嫣顿时警醒，在卡车突然变道向她撞过来前的一瞬间，她猛地刹车、倒车、甩头，干净利落地避开了卡车的致命撞击。卡车撞到了路旁的大树上。这时，后面的面包车逼近，拦住萧烈和柳如嫣的退路，七八个手持砍刀的蒙面歹徒从车上跳下，朝萧烈和柳如嫣乘坐的小轿车冲来。

“砍死那个女的!”歹徒喊着。

“留在车里，锁上车门。”萧烈对柳如嫣说。他离开汽车，面对来势汹汹的歹徒，他活动了一下脖子和腕关节。

萧烈突然一拳打在冲在最前面的那个歹徒的脸上。萧烈不等他反应过来，上前一步，抓住他的脖子和持刀的手臂，右膝狠狠撞向他的小腹，夺下他手中的砍刀。整个动作一气呵成，没有一点拖泥带水。

“咔嚓!”萧烈挥刀架开另一歹徒劈来的刀，抬脚直取对方胸口，把对方踢飞到三米以外。他避过砍向他的另一把刀，转身回肘，他的刀由腋下刺出，直接刺进歹徒的左肋，“噗!”歹徒栽倒在地。他拔出刀，闪电般冲向另外一个歹徒，身形一闪，刀从对手颈动脉划过，鲜血飞溅……

搏击讲究的是快、狠、准，讲究以最简单、最直接的方式将对手击倒。搏击高手要具有敏锐的洞察力，能准确估计对手攻击的方向和力度，萧烈无疑是高手中的高手，每一个歹徒都无法抵挡他的攻击，他通常是一招，最多两招就放倒对方，转瞬间只剩下两名歹徒还站着。眼前情形让柳如嫣看得心惊肉跳，她无法想象萧烈究竟还隐藏了多少实力，她的资料中没有提到萧烈这么能打。

这时，一名歹徒突然从怀里掏出一支枪。萧烈飞快转身，果断地将手中的长刀大力掷出。歹徒的枪还没有举起来，萧烈掷出的长刀已经穿透了他的胸膛。最后一名歹徒抓住萧烈手无寸铁的机会，疯狂地挥刀扑向萧烈。萧烈闪身避过刀锋，赤手空拳抓住其前臂，蹲身贴入其腋下，以肩膀猛烈抗击其肘部，“嘎巴”，歹徒手臂骨折，长刀落地。萧烈猛然瞥见远处的楼顶闪了一下白光，他立刻意识到那是狙击步枪瞄准镜在太阳下的反光。这时，柳如嫣正兴高采烈打开车门，从车里出来。

“小心!”萧烈用力将手中受伤的歹徒推到柳如嫣身前。

“啪嚓!”狙击步枪子弹穿透歹徒的身体，击碎汽车的玻璃。

萧烈一个箭步抓住吓了一跳的柳如嫣，闪身躲到旁边一棵大树后面，“噗!”一颗子弹射在树干边缘，木屑四射。

树干勉强能够遮住一个人的身体，萧烈背贴树身，两手搂着柳如嫣的腰，把她紧贴身上，以免她身形暴露在狙击手的视线内。狙击步枪显然加装了消音器，几乎没有听到枪声。

在无法判断狙击手下一步动作的情况下，他们只能以静制动，否则很容易成为狙击手的靶子。柳如嫣俯在萧烈肩头，一股淡淡的男人的体味笼罩着她。刹那间，一阵轻微的晕眩和轻飘飘的舒服感袭来，令她无法思想。

萧烈一边留意四周的动静，一边发出求援信号。大约狙击手无法打中他们，就没再开枪。他们在默默地等待援兵。

萧烈这还是第一次与柳如嫣如此近距离接触，他能感受到对她的酥胸的挤压，但这决不是“乘人之危”。她仰起脸来看他，她的面部轮廓极美，皮肤白里透出粉红，有如冰雪般晶莹，充满青春的生命力。萧烈认为，柳如嫣最动人心弦的地方不是她的美貌，而是她神色和气质的千变万化。有时媚态十足，万种风情；有时又如清纯少女；有时高雅孤傲；有时又温柔婉转，体贴入微。和她在一起，男人的每一刻都会有不同的新鲜感受。这样一个绝色美女，却选择了间谍这个充满危险的职业，真是造化弄人。

十分钟后，当韩冰带领援兵赶到现场，狙击手已经无影无踪了。

萧烈把韩冰叫到办公室，她负责审讯受伤歹徒工作。

“没有查出是谁要杀柳如嫣?”萧烈问。

“对方计划很周密，那些歹徒都是从外地雇来的，只知道来南津市砍人，根本不知道砍的人是谁。”韩冰说。

“领头的也不知道?”萧烈问。

“领头的就是还没掏出枪就被你钉在地上的那个人。”韩冰说。

“难怪他有枪，原来他是头儿。”萧烈说。

“我一直想不通，歹徒既然有枪，为什么不用枪，而用刀行凶?”韩冰说。

“制造假象。”萧烈说，“他们最初是想制造车祸。用刀行凶是备用方案，使之看起来像流氓滋事。至于用枪，恐怕是他们最后万不得已的选择。毕竟涉及枪械，会招来很多麻烦。”

韩冰点头。

“这件事先放一放。”萧烈说，“不用我们操心，会有人比我们更想知道袭击事件的幕后主使人。”既然歹徒袭击的目标是柳如嫣，依照柳如嫣的个性，她必然不会善罢甘休，而这正是摸清她实力的最佳时机。

因为对昨天的袭击事件放心不下，萧烈一早就来到秘密指挥中心，古小天把一个厚厚的文件夹交给萧烈：“老板，这是柳如嫣昨晚到现在的所有活动记录。柳如嫣绝非等闲之辈，她动用了一个庞大的间谍网调查这次袭击事件!”

萧烈翻看文件夹中的资料，主要是一些通话记录和电子邮件记录，从昨天到现在，柳如嫣共与境内外十一个人进行联系，布置调查袭击事件幕后主使。从语气看，除了其与父亲柳简铭通话时语气恭敬，对其他人完全是命令，显然她职务不低。

“我已经让人同时跟进这些线索。”古小天说。

萧烈摆摆手：“不必投入太多人力，稍微留意一下就行，否则就上她当了。”

“你说这是她的圈套？”古小天不解。

“半真半假。”萧烈说，“依照她的个性，她可能很生气，但绝对没有到丧失理智的地步。她明知道我们‘关注’她的一切行动，她却在这时抛出了这么一份诱人的名单，用意何在？我跟你打赌，这份名单至少有一半以上不是间谍，只是用来扰乱视线的‘木偶’。”

古小天擦擦额头的汗：“这个女人太狡猾了！”

“她是艾克森的学生，想不狡猾都难。”萧烈说，“昨天她还说可以帮我抓‘剑鱼’。”

“那太好啦！”

“说说而已，别当真！”萧烈说，“不过，她十有八九与‘剑鱼’有联系。”

“为什么？”

“因为我没有说过‘剑鱼’已经入境，而她显然知道‘剑鱼’潜伏在国内，所以说会帮我抓住他。”萧烈说，“另外，她应该与那个‘内奸’也有联系。”

“真的？”古小天和韩冰都是一震。这太重要了！

“昨天，她无意中提到我被停职的事。她的消息怎么这么灵通？”

“那她真的是一条大鱼。”古小天说。

萧烈点头：“我怀疑她是‘剑鱼专案’的骨干。‘剑鱼’由艾克森指挥，而柳如嫣恰巧又是艾克森的学生，她很可能是双重间谍，和‘剑鱼’联系紧密……”

韩冰说：“现在有一个问题，是谁要杀她？”

古小天说：“说不定是要杀我们老板呢！”

萧烈纠正他说：“我听到那帮杀手喊，砍那个女的。应该矛头是指向她的。”

“砍那个女的？”古小天说，“老板，你敢肯定他们说的那个女的，就是柳如嫣？”

萧烈忽然一拍脑袋：“是啊！我们开的是唐心玫的车，杀手很可能只认车，不认人。”

韩冰大惑不解：“可他们为什么要杀唐市长呢？如果只是一帮混混要杀唐市长还可以理解，那个狙击手的出现，就让这个案子更复杂了。”

“对，那个狙击手一定是杀死赖文祥的那个家伙。”古小天说，“难道唐心玫和赖文祥案也有关系？”

萧烈摇摇头：“以我对唐心玫的了解，她不会卷入这个间谍案之中。即便杀手真的想杀唐心玫，那么，想杀她的人也不会是柳如嫣的人。结论只有一个，是‘剑鱼’所为。可是‘剑鱼’为什么要杀他的前妻呢？是因为恨她，还是为了保护什么人？”

韩冰和古小天互相看看，都摇摇头。

萧烈果断地说：“从现在开始，你们要加强对唐心玫的保护。”

古小天有些为难地说：“老板，保护唐心玫的工作是不是交给公安部门？她是市长，我们的人又不能公开身份，说不定会被别人误解……”

“糊涂！”萧烈说，“这么重要的案子，能和公安部门说吗？如果不说，他们知道从哪个方向预防敌人？再说了，保护唐心玫的目的，不仅仅是要保证她的安全，还是为了抓‘剑鱼’！”

古小天不好意思地笑笑，不吭声了。

韩冰问：“老板，唐市长知道自己的处境吗？”

“暂时还不知道。她的车我送去修了，没告诉她是怎么坏的。”

“我不理解，作为市长，她有专车有司机，她为什么还要自己开车？”古小天问。

“我也这样问过她。她说，除了必须用专车用司机的场合，她都喜欢自己开车。一个很重要的原因，市政府车队的司机都是男的，有些时候不方便。”

“那就暂时让我给她开车吧。”韩冰说。

“这倒是个好主意。”萧烈说，“让我跟她商量一下。”

萧烈以省公安厅十八处处长的名义和唐心玫谈了为她提供保护的问题，唐心玫的第一个反应就是：“是不是有人想杀我？”

谈话是在唐心玫的办公室里进行，萧烈不想让她知道更多，便搪塞道：“事情没有那么严重，根据上级的指示，我们对所有重要领导干部都要以不同方式提供保护。”

“我属于重要领导干部？”

“当然，你是一市之长啊！”

“那就别找什么女司机了，就派你来给我开车算了！”

“我倒是想啊，恐怕领导不会批准。省长的司机也没这么高规格啊！”

“你看着办吧。不过下班时间我不能用司机，否则影响不好。”

萧烈只好答应，但提醒她，最近几天，下班以后最好不要到处乱走。

“我已经把司机带来了，让她上来和你见个面吧。”萧烈对唐心玫说。

“你的工作效率真高！”唐心玫说。

萧烈把韩冰介绍给唐心玫，他就告辞了。因为他有事要和古小天商量，所以把古小天也带了来，不过没让他露面。

萧烈回到车上，古小天一边开车一边继续和他谈工作。

古小天说：“我按照计划，与李元隆在台湾军情局内的旧部进行了接触，从他们提供的情报看，台湾军情局的人对‘剑鱼专案’颇有微词，他们很可能已经改组了‘剑鱼专案’的领导层。”

萧烈沉思道：“这么说来，柳如嫣的地位可能更重要。”

古小天说：“另外，李元隆的旧部说，他老婆与台湾亲友通过电话，我担心他的行踪会被台湾方面侦查到。”

萧烈心头一颤：“这个情况很重要，应该立刻向总部报告。”

第二十二章　以牙还牙

台湾军情局中校李元隆和老婆孩子回到大陆以后，本来应该好好过几年隐居的日子，安度余生，但是他那位曾经当过歌女的漂亮太太，实在过不惯那种沉闷的生活，再加上她对丈夫的工作性质不是很了解，整天闹着要出去走走，美其名曰：要看看祖国的大好河山。因为当初丈夫哄她回大陆，对她最大的一个诱惑就是，台湾那个弹丸之地已经被她走遍了，她要看看中国大陆到底有多大。

李元隆中校终于拗不过太太的软缠硬磨，最后答应陪她一同游览祖国的名山大川。但是他坚决不同意带上孩子。他侥幸地想，中国这么大，天下谁识君？结果事情最后还是坏在了他的太太身上。

在四川峨眉山，李元隆中校的太太看到了金顶佛光，一高兴，就给她在台湾的亲属打了个电话，结果就被台湾军情局的人盯上了。从四川一直跟到北京。

李元隆不知道他已成为台湾军情局“诛杀计划”的重点刺杀对象。台湾军情局准备在北京对他进行刺杀，目的就要“杀一儆百”。

李元隆夫妻到达北京以后，在汽车租赁公司租了一辆车。上午游览了北京市容，中午到欧罗巴高级餐厅就餐。吃完饭，李元隆和太太像年轻恋人一样，携手走出餐厅。丈夫身材魁梧，肩膀宽阔，风度翩翩。妻子身材娇小，美丽动人，真可谓“郎才女貌”，引来不少路人的目光。

他们走向租赁的汽车，丈夫使用遥控器开锁，打开车门，把他夫人送入车内，然后坐在驾驶员的座位上。他转动钥匙，发动汽车。突然，一声爆炸，轿车被炸毁，金属碎片四处乱飞。爆炸声 3 公里以外都可以听到。李元隆和夫人以及三个无辜的路人死于非命。

北京是中国的首善之区，发生如此惨烈的汽车爆炸事件，影响极大。再加上死的又是不久前刚从台湾回来的军情局人员，此案引起各方面重视。一份有关李元隆夫妻被杀案的报告送到了国家安全部牛加一副部长的办公桌上。

杨先瑞局长向牛加一副部长汇报最新的调查情况："证据表明，炸弹已安放了约十二小时，由灵敏的装置控制；这个装置允许轿车发动和驾驶八次，然后才启动水银开关，引爆三公斤重的G4炸弹。炸弹藏在汽车挡泥板后面，贴近油箱。死者中，除了台湾军情局中校李元隆和他夫人，还包括三名路过的群众。"

牛加一"啪"的一声将手中的文件摔在桌子上："萧烈呢？萧烈在哪里？"

"萧烈还在南津。"杨先瑞回答。

"让他来，马上让他来！"牛加一说。

萧烈接到北京的命令，迅速搭乘最近一班飞机抵达北京，立刻被接到牛加一副部长办公室。

"知道我找你干什么吗？"牛加一直奔主题。

"不知道。"萧烈平静地说。

"总部已经批准你对台湾'诛杀计划'的反制行动计划，你有多大把握？"

"从台湾军情局执行'诛杀计划'开始，我们就开始监视负责实施该计划的台湾军情局副局长俞大猷的行踪，他的一举一动，从日常安排到生活习惯，均有详细的记录。"萧烈说。

"从现在起，你全权负责反制计划。"牛加一说。

"但我还在停职期间……"萧烈说。

"即刻恢复你的职务，'飞龙小组'暂时归你指挥。你不要再跟我讨价还价！

"是。"萧烈说。

针对台湾军情局"诛杀计划"的反制计划由萧烈领导"飞龙小组"实施，目标就是台湾军情局负责实施"诛杀计划"的副局长俞大猷。萧烈把这次行动代号命名为"杀鸡儆猴"。

萧烈认为，"报复"不是目的，只有把"信息"准确地传达给对方才是目的，所以选择报复对象和报复方式非常重要，既要让对方感觉到痛，又不能让对方精神错乱，还要让对方感到害怕。于是，萧烈把报复目标选定俞大猷，刺杀地点选定台北。他要让台湾所有决策者意识到，在台湾没有任何地方是安全的，所以不要轻易玩火！

一部分突击队员装扮成日本游客先期进入台湾，三名突击队员手持伪造的日本护照从三家汽车租赁公司租用了两辆面包车和一辆轿车。其中一名突击队员还驾车去俞大猷的寓所附近进行了侦查。

俞大猷和他的妻子、儿女居住在一幢乳白色两层别墅内，四周有高达2米的围墙，配备了专门的警卫人员。戒备虽然森严，但在“飞龙小组”面前，易如探囊取物。

深夜，一份密电传到萧烈手中，电文只有短短的一句话：“俞大猷明天凌晨四时将自台湾飞往一秘密地点，三时赴机场。”

萧烈手中拿着电报，他知道时机到了。俞大猷将赴国外执行一次重要使命，行前必然与其他领导人进行磋商。在他起程前的二小时内，极有可能在自己的家中滞留，与家人告别，此时正值凌晨，是行刺的最好时机。于是，萧烈下达了最后的行动命令，“飞龙小组”精悍的突击队出发了。

凌晨一时左右，一艘没有任何标志的轮船在漆黑夜色的掩护下向台湾的海岸线靠近。当台湾的海岸线隐约可见时，轮船停了下来，一艘小艇从船舷的一侧悄然滑入水面，迅速地驶向预定的登陆地点。小艇抵达沙滩，二十名全副武装的“飞龙小组”突击队员从艇上一跃而起，三名早已潜伏在此的突击队员立即上前接应。片刻间，突击队员们换上了台湾军队的制服，钻进租来的三辆汽车中，朝台北风驰电掣般地驶去。

凌晨一时三十分，俞大猷寓所外，从汽车里鱼贯而下一队人马，迅速向别墅的大门逼近。在突击队员全部到位之后，狙击手散开，电子战小组实施电子干扰，使整个地区的所有电子通讯设备失灵。九名头戴风帽，只露着两只眼睛的突击队员无声无息地打开大门，冲入俞大猷别墅院内，用装有消音器的冲锋枪击毙了看门人，随即向楼内冲去。楼内值班的两名警卫人员发觉外面有情况，但还没有来得及作出反应，便被冲进楼内的突击队员击毙。

俞大猷一向警惕性很高，他听到楼下有异常声响，立即摸起手枪，推上子弹，快速冲出房门，“砰！砰！砰！”向冲上楼梯的突击队员开枪，可惜他的反应还是慢了半拍，在他开枪同时，冲在最前面的突击队员也开了枪。他没有打中突击队员，却被突击队员的冲锋枪打成马蜂窝。

俞大猷的妻子听到枪声，冲出卧室，只见俞大猷的尸体蜷曲在楼梯拐角处，几支乌黑的枪口同时指向她。俞大猷的妻子刹那间似乎明白了一切，她默默地闭上眼睛，等待着炙热的子弹射入自己的身体。然而，枪声并没有响起。根据萧烈的命令，突击队员不得伤害俞大猷的家属。俞大猷的女儿、儿子被集中到母亲身边。

一名突击队员检查完俞大猷的尸体，确认其已经死亡后。突击队员们迅速退出这栋楼房，同在别墅外担任警戒任务的其他队员会合，登上汽车飞驰离去。半小时后，突击队抵达海滩，登上等候在那里的高速摩托艇，飞快地消失在茫茫的大海中。

柳如嫣听到俞大猷在台北家中被枪杀的消息，第一个想到的人就是萧烈，因为俞大猷出事的时间，正是萧烈离开南津“出差”的这段日子。

俞大猷被枪杀，家人却安然无恙，枪杀地点选在他台北家中，这背后所传递的信息令人不寒而栗，所以当柳如嫣的父亲柳简铭提出终止“诛杀计划”时，没有人反对，即使最激进分子也清楚地认识到，这个“诛杀计划”是一个根本没有赢家的游戏。何况这个计划的始作俑者已经用性命证明了自己是多么愚蠢。

柳简铭对“诛杀计划”总结时说：“他最大的失误是不该在北京搞爆炸。”

俞大猷被杀，“诛杀计划”终止，可是追查枪杀俞大猷主谋的任务又落到柳简铭的肩上。虽然每个人都知道事情最后可能不了了之，军情局却不得不做做样子，这毕竟事关台湾军情局的颜面。副局长被杀，不做点什么，面子上过不去，但同时又不能让大陆的国家安全机关误以为台方要采取报复手段。怎么样才能不引起对方误判呢？正当柳简铭为难之际，柳如嫣主动请缨，柳简铭丝毫没有察觉出女儿隐藏的私心。

第二十三章　化险为夷

柳如嫣静静地坐在她经常与萧烈见面的咖啡馆里，胳膊撑在桌子上，漂亮的纤手抵着下颏，如果不是清风拂着她的刘海飘动，远远看去，就像一尊美丽的雕像。

萧烈坐在工作车里，通过望远镜看到这个画面，心中不由得感叹：她真的很美！

“她最近有什么异常情况?”萧烈向守在他旁边的古小天问道。

“没有发现什么异常。”古小天说，“我已经安排人对她近期行为进行分析，还没有结论。”

“她的‘交联’活动一定隐藏在大家都习以为常的行为中。”萧烈说。

“她一是喜欢买衣服，二是喜欢泡酒吧，三是给她送花的人多。”古小天说。

“那么就从这三方面入手。”萧烈说。

“是。”

“到和她见面的时间了，准备吧。”萧烈说。

旁边过来人帮萧烈在衣服下面安装麦克风，萧烈每次与柳如嫣见面会谈内容都要录下来。萧烈能够搜集到有关柳如嫣的资料不多，最有用的资料是，她开办的“新纪元技术咨询有限公司”还从事着产业间谍勾当。或许这只是一种掩护，但她帮助日本人从德国人那里窃取 GZ 发动机资料和帮助美国一家汽车公司对付日本公司这两个案例，给萧烈留下了深刻的印象，从中可以窥见她思维的轨迹。

当时，德国人和日本人都在开发一种 GZ 汽车发动机。据说德国人的试验已经接近成功，只是还有一点小问题需要解决。日本人想得到这款发动机技术，并想知道问题出在哪里。但是他们费了很大力气，也没能从这家德国公司内部搞到样机的有关资料。后经人介绍，日本人找到柳如嫣的技术咨询公司。

这项任务有两个关键点：一是要搞到 GZ 发动机的样机。二是要摸清对方究竟遇到了什么技术难题。柳如嫣认为，这家德国公司在实验中报废的发动机肯定会卖给某个废品公司，于是她通过德国一家汽车修理厂出面，以需要发动机零件的名义，高价买下了一大批报废发动机，其中就有实验中报废的 GZ 发动机样机。接着，柳如嫣租下了这家德国公司门口的一家餐馆，以最好的食物和最优惠的价格吸引这家公司的技术人员就餐。这些技术人员在餐桌上的高谈阔论都被一字不漏地录制下来交给日本人。日本人组织技术精英分析这些录音资料，终于获得了 GZ 发动机的详细资料和数据，并知道了 GZ 发动机的“毛病”出在哪里，他们立即组织人员攻关，很快找到一种石墨新产品，解决了 GZ 发动机外壳震痕的技术难题，抢在德国人前面研制成功 GZ 发动机，赚了一大笔！

化学和汽车生产这两个工业部门，能否保守经营秘密，直接关系企业的生死兴衰。汽车业每年被盗的秘密约价值三百亿美元，外加几十条人命。汽车业从偷盗秘密得到的收益与投入的比例是 5∶1，是一个很大的产业间谍市场。柳如嫣显然是其中最杰出的玩火者。

萧烈印象深刻的另一个案例，是柳如嫣帮助美国人对付日本人。美国一家汽车企业对日本卡车占领原属于他们的货运汽车市场很愤怒，想打击一下这家日本公司，而这家日本公司正是刚与柳如嫣合作过窃取 GZ 发动机的那家公司。她利用以前与这家日本公司合作过的便利条件，收买了该日本公司一名心怀不满的检验员，要他在检验时，悄悄用一些类似螺丝垫圈的超微定时电子干扰器，替换下卡车电脑控制器旁边的螺丝垫圈。这批汽车运抵美国加州后，果然屡屡出现故障，但是飞抵美国的日本专家费尽心机也查不出原因，导致这家日本公司产品信誉扫地，美国公司又重新占领了货运汽车市场。

萧烈分析了柳如嫣窃取情报的惯用手法，发现她有一个改不掉的思维习惯：她喜欢迂回，迂回到别人都想不到的地方下手。思维习惯是由人的性格决定的，一旦形成，难以改变。那么她在南津是怎么做的呢？

技术人员为萧烈调试好麦克风：“可以出发了。”

萧烈来到与柳如嫣相约见面的咖啡馆，在她对面坐下。

柳如嫣仔细端详了一下萧烈：“看来台湾的太阳还没有把你晒黑。”

对于这种隐含圈套的陈述，标准回答方式应当是不置可否，保持沉默。

“诛杀计划已经停止。”柳如嫣说。

“那么我们的反制计划也可以取消了。”萧烈答。

柳如嫣又讲了军情局为保全面子，需要走走过场的计划，希望大陆方面不要误判。萧烈表示可以理解。

柳如嫣“扑哧”一笑，千娇百媚：“好啦，我们的工作谈完了，现在谈点别的吧?”

“最近治安不好，你要多小心。”萧烈含蓄地说。

“你增派了那么多人‘保护’我，几个蟊贼有什么可担心的？不过还是要感谢你。”柳如嫣甜甜地答。

“应该做的。大家都这么熟了。”萧烈说。为了逼迫柳如嫣使用秘密指挥渠道，萧烈让古小天增加了明处对她进行监视的人员数量。

萧烈在那次突击行动中表现出的杀伤力令柳如嫣惊叹不已。这个先后救了她两次命的男人，显然不像表面看上去那么温文尔雅，让她有一种深不可测，同时又怦然心动的感觉。她第一次对自己能否顺利完成任务产生怀疑。

“你一定在想：她身份已经暴露了，还赖在这里做什么?”柳如嫣说。

萧烈没有回答。

“其实，我在实施一项计划。”柳如嫣说。

“哦？什么计划?”

“迷死你的计划。”

萧烈微微一笑：“这种死法不算太糟。”

柳如嫣眨了眨美丽的大眼睛：“如果我们不是对手，你会爱上我吗?”

“会！一定会!”萧烈信誓旦旦。对于这种毫无边际的假设，没有理由不顺情说好话。

“我好感动!”柳如嫣做陶醉状，“看在你发自肺腑的分儿上，就送你一个见面礼吧!”她拿出手机，面带微笑地摆弄着。

“你在做什么?”萧烈不解。

“给你发短信啊。”柳如嫣说。

“短信?”两个人面对面还用发什么短信!

“一个小游戏。”柳如嫣把编写的短信发给萧烈，“这是经过加密的信息。如果你能及时破译出这封密函，或许你还来得及救你的朋友。”

“我朋友?”这时萧烈的手机收到了短信，是一些杂乱无章的文字，“不是恶作剧?”

柳如嫣开心一笑：“随你怎么想。”

“关于什么的?”萧烈说。

柳如嫣歪头想了想说：“袭击事件。”

对于那次袭击事件，柳如嫣一直耿耿于怀。今天心情好，她决定跟萧烈开个小玩笑。

“再给点友情提示吧。”萧烈需要尽可能多的信息。

柳如嫣转了转漂亮的眼珠，说：“好吧！友情提示：密钥是三个汉字。不能再多了！再多就不好玩啦!”

萧烈离开咖啡馆后，立刻把这封加密信息转给古小天。这种人命关天的事，她还想着好玩！他打电话给古小天，说明情况，指示他“立刻让技术小组进行破译”。

“这会不会只是个恶作剧?”古小天也有同样的疑惑，“如果是正经事，她为什么不直接告诉你?”

“这种事宁可信其有，不可信其无。她做事虽然有些荒诞不经，但我感觉这次不像恶作剧。”萧烈想了想，“你说得也有道理。她如果有正事，一定不会弄个太复杂的东西！你通知技术小组，不要把问题想太复杂，从最简单的方法着手破译。另外，她的手机里一定装有加密软件，否则她不可能几分钟时间编出这样一封密函。以后要多注意她的手机。”

萧烈回到办公室，古小天已经等在那里。

十分钟后，技术小组“眼镜”组长打电话报告：密函破译出来啦，密钥是“我爱你”。

“噗——”古小天口中的茶水喷了一地。他十分钦佩柳如嫣的直白。

“把破译的内容发我手机上。”萧烈说。

萧烈很快就收到了“眼镜”组长发来的密函文本。萧烈越看表情越凝重。

“今天星期几?”萧烈问。

“星期六，怎么了?”古小天问。

萧烈取出手枪，检查弹夹：“他们要杀的人是唐心玫，时间就是这周。”

“他们是谁?”

“上次袭击柳如嫣的人。”萧烈把枪套挂在身上，“上次是因为唐心玫临时换车，杀手错把柳如嫣当成了唐心玫。看来被我们猜对了。”

“柳如嫣密函里就告诉你这个?”

萧烈点点头。他拿出手机拨通唐心玫的手机：“你现在哪里?”

“在新玛特商场，刚买完东西，正准备回家呢。”唐心玫说。

“你的司机在哪里?”

“我让她去帮我办件事，就在附近。”

“你哪儿也不要去，在商场等我。”萧烈说。放下电话，萧烈从抽屉里拿出一部掌上电脑，对古小天说，“我会用这个与你联系。你立刻召集行动小组‘备勤’。通知韩冰提高警惕。”

“明白!”古小天拿起电话开始布置。

“剑鱼”开着黑色“奔驰”来到新玛特商场停车场，在一个靠边的车位上停下来，但是他并没有下车。他今天不是来买东西的，而是来看“热闹”

的。一场谋杀大戏就要在这里上演，他要亲眼看看他的前妻唐心玫将怎样走完她最后的人生旅程。

在别人的眼里，唐心玫是光彩照人的女市长，在“剑鱼”的眼里，唐心玫永远是“孩子她妈”。长期以来，他对唐心玫的爱和恨，是一直交织在一起的。当年，他们都在国家部委工作，因为不在一个单位，彼此并不认识。在一次校友集会上，经同学介绍他们相识了，此后，当时还叫许汉斌的“剑鱼”对唐心玫发动了强大的追求攻势。

许汉斌比唐心玫大六岁，高四届，许汉斌常借“校友”、“学兄”之名，邀请唐心玫参加各种活动，介绍她认识一些他认为有必要认识的人。许汉斌出身农民家庭，不知道出身高干家庭的唐心玫在国家机关的人脉关系远比他广泛，有一次，他认为一个领导对唐心玫非常重要，执意要让唐心玫去认识一下，见面时，许汉斌刚要给她介绍，唐心玫甜甜地叫了一声“叔叔，你好”，惊得许汉斌目瞪口呆。从此再不敢轻易给她介绍什么人认识。

不过，最后他还是用他的狡黠，精心设计了许多让唐心玫“惊喜”的事件，把唐心玫追到了手。只是已经把他累得精疲力竭，就像参加了一场马拉松比赛，虽然拿到了名次，却已累得吐了血。

结婚以后，许汉斌身上的那些农民特点渐渐暴露出来，有些习气简直让唐心玫无法容忍，争吵便成了这个家庭的“保留节目”。这时候，唐心玫表现出来的那种“居高不下”的气势也让许汉斌无法容忍。特别是在他们的女儿出生以后，传统观念很重的许汉斌更是凉心，他认为，就是因为唐心玫的“强势”导致了他们没能生个“接户口本儿的”男孩。许汉斌的这种观念，被唐心玫讥笑为“农民意识”。农民家庭出身的人大都有一种与生俱来的自卑感，最怕被人讥为“农民”。于是，夫妻间的“世界大战”终于爆发，已经闹到了分居的程度。就在这时，许汉斌经艾克森介绍，认识了热情奔放的美国姑娘珠丽，一步步走进艾克森布下的陷阱，并为自己带来了牢狱之灾。

尽管许汉斌与唐心玫曾经有过水火难容的家庭矛盾，但他们毕竟夫妻一场，更何况，她是他们女儿的母亲。许汉斌逃到美国以后，受西方观念的影响，他的思想也发生了很大变化，女儿的身份已不再低于儿子，而且女儿是他留在这个世界上的唯一骨血，那种血浓于水的情感，让他无法舍弃女儿，同时也无法不对前妻有所牵挂。他来到南津市以后，很快就找到了唐心玫的住处，他经常在前妻和女儿经过的地方，远远地看她们一眼。如果不是唐心玫的存在将威胁到他的情报网的安全，他是绝对不会做出刺杀前妻的决定的。

活在当下，是他多年来信奉的人生哲学。前妻已经成为过去时，狠狠心，过去的就让它过去吧！他已经做好打算，将来要把女儿接到美国，让她读美国最好的学校，让她过美国最好的生活。只要把女儿的一切安排好，前妻在地下也是会原谅他的。

一个年轻女人提着从商店里买的东西朝“剑鱼”的“奔驰”汽车走来，她戴着宽大的墨镜，别人看不清她的脸，但“剑鱼”一看便知她是“毒蝎”。

“都安排好了?”“毒蝎”刚一上车，“剑鱼”就急切地问。

“好了。你就等着看好戏吧!”

就在这时，一辆“城市猎人”越野车快速开进停车场，萧烈从车上下来，一边打手机，一边匆匆向新玛特商场走去。

“剑鱼”认出了萧烈，惊叹一声：“不好!”

“毒蝎”问：“怎么了?”

“剑鱼”说：“他们可能发现了我们的行动。”

“那怎么办？让弟兄们撤吧!”

“不行，来不及了，就看他们的运气了。”

“我们呢？在这里等结果?”

“对。就是整个商场炸飞了，也与我们无关。”

萧烈赶到商场的四楼，唐心玫正在女性内衣区里慢慢转悠。内衣区顾客相对较少，成对的情侣在挑选情趣内衣，三两结伴而行的少女唧唧喳喳评估内衣穿在自己身上的效果。如果不是有四五名单独的男性顾客在一向少有男性光临的性感内衣区里四处张望，萧烈也嗅不到危险的气息。

唐心玫抬头看到萧烈，刚要打招呼，萧烈微笑着伸开双臂把她拥在怀里。唐心玫一惊，矜持的天性让她想要挣扎。萧烈在她耳边说：“有危险！一会儿尽量靠墙行走，站在一些体形比较高大肥胖人的身边，尽量避免处在周围空旷的环境下，注意对面及侧面有奇怪行为的人。”

唐心玫乖乖地点头。她从萧烈严肃的神情中已经感觉到他不是和她开玩笑。

“如果听到枪声或有人倒地的声音，不要尖叫，继续跟着我的脚步走。”萧烈放开唐心玫，但左手依然揽着她的腰。

萧烈估计商场里人多，杀手使用大口径武器的可能性不大，应当是使用小口径微声手枪，所以他一边用身体为唐心玫挡住可能出现的远程子弹路线，一边小心地通过柜台和货架来遮挡自己，拥着唐心玫缓步走出内衣区。他右手口袋里手枪已经上膛。令他感到高兴的是，他已经看到了韩冰就在离他们不远的地方，显然她已经接到古小天的通知，她一直把手插在衣服里，随时可以拔枪射击。

唐心玫被萧烈揽在怀中，能感受到腰间他大手传来的热量，还能闻到他淡淡的男性气息。他身上的男性气息曾让她一阵阵迷醉，但是现在，她已经没有心思去体味这一切了。

萧烈从衣服口袋里拿出一副眼镜戴上。他拥着唐心玫，像热恋中的情侣，对四周商品指指点点，在看似不经意的左顾右盼中，通过眼镜拍下了嫌疑人的照片，同时发送到古小天的掌上电脑中。

“小心。”萧烈提醒唐心玫注意脚边的自动电梯。

到达商场一层，萧烈缓缓放开唐心玫的腰，握住枪柄，打开保险。

在腰被松开的一瞬间，唐心玫突然感到有些失落。十年的独身生活，唐心玫几乎把男女之间的感受忘记了，今天萧烈亲昵的举动，让她内心深处产生了一种对男性抚慰的渴望。她希望他的手永远都不要松开，因为那只温暖的手重新给了她久违的感受。

萧烈带着唐心玫走向停车场。在即将到达唐心玫汽车的时候，萧烈突然转向，拉着唐心玫快步走向不远处他的汽车。

跟在他们后面的人显然没有预料到萧烈的这一举动，短暂惊愕后立刻有了行动。

萧烈在察觉到对方以包围态势向这边靠拢的一瞬间，就知道对方要动手了。

“趴下！”萧烈突然搂着唐心玫半蹲在一辆汽车后面。

“噗！噗！噗！”微弱的子弹射击声，伴随着汽车玻璃破碎的声音在他们的周围响起。他们及时躲开了对方第一轮射击。

唐心玫双手抱头，惊惶地问：“怎么回事？”

萧烈笑笑：“有几个人要杀你！”

“为什么？”

“有机会你自己问他们吧。”

萧烈镇定自若的神情，让唐心玫的心里踏实许多。

萧烈拿出掌上电脑，一边查看上面的资料，一边通过别在领子上的麦克与狙击手通话：“幸亏你们及时赶到，否则靠我自己对付这几个家伙还真有点费力。好的，右侧三点钟位置是我的。预备！”

萧烈背靠汽车蹲好，一手持枪，一手拿着掌上电脑：“倒计时开始！三、二、一！”萧烈突然起身，瞄准右侧三点钟位置的杀手开枪射击，“砰！砰！”

与此同时，停车场四周枪声响成一片，但马上又归于寂静。古小天派来的狙击手几乎在萧烈开枪的同时，各自射杀了自己负责的目标。

古小天指挥突击队员从街道对面的车辆里出来，向停车场靠拢。

不一会儿，头戴面罩的古小天手拿爆炸装置跑过来：“老板，你猜对啦！他们在唐市长的车上安装了这个东西。引信已经拆了，给唐市长留个纪念吧。”

“啪！”萧烈在他的脑袋上拍了一巴掌，“有拿这东西作纪念的吗？拿走！”

“别，我要！”唐心玫从古小天手中接过炸弹，“它会时刻提醒我是谁救了我！”

古小天看到萧烈左臂衬衫有血迹渗出，关心地问：“老板！你受伤了？”

“没事，只是擦破点皮。”萧烈说，“那家伙反应够快的，如果不是我抢先开枪，倒下的就是我啦。”

“去医院包扎一下吧。”古小天说。

“不用，我自己处理一下就可以了。”萧烈说，“只是可惜这件衬衫啦，我挺喜欢这款式。”

“还是上医院看看吧。”古小天仍不放心。

“你什么时候变得婆婆妈妈的！你负责善后工作，我走了。”萧烈携唐心玫上了他的车。

等萧烈的“城市猎人”离开以后，“剑鱼”也开着他的“奔驰”离开了。刺杀行动的再次失败，对于“剑鱼”来说，不知是喜还是忧。他的心情很复杂。看来是老天不想让唐心玫死，那就留着她吧。国家安全机关已经对她加强了保护措施，他不想在她这里再冒险，只有另外想办法保护情报系统的安全了。

萧烈手臂有伤，其实不影响开车，唐心玫为了表示她对萧烈关怀，坚持要求她来开车。看她专心开车的样子，仿佛刚才的枪战不曾发生过。作为一个没有受过专业训练的女人，萧烈不得不承认，唐心玫拥有超乎常人的冷静。

“你怎么知道我车上有炸弹？”唐心玫笑着问。

“猜的。”萧烈说，“如果不是顾忌商场里的监控镜头，他们在商场有很多杀你的机会。估计他们是想不露痕迹地用炸弹除掉你。”

“所以你故意把他们引到停车场？”

“商场里人多，流弹很容易造成误伤。”萧烈说，“而且他们如果不开枪，很难确定哪些人是杀手。我只是想把他们带到一个人少的地方。停车场只是方案之一。最理想的方案，是把他们引到一个死胡同里，然后抓活的。”

“他们都死了吗？”

“应该都死了。”萧烈说，“杀手有枪，如果不能做到一枪毙命，垂死挣扎时很危险。所以狙击手都是射脑袋。”

商场距离唐心玫居住的住宅小区很近，他们驾车很快回到家。

唐心玫停好车，说：“到我家吧，我给你处理一下伤口，我学过急救。”

上楼时，萧烈抢着帮助唐心玫拿东西，走在前面。他身上那股淡淡的男性气息轻轻擦过唐心玫身边，她真的喜欢这种味道和感觉。看着他结实浑厚的背影，还有他牛仔裤下紧绷的两座圆鼓鼓的山丘，唐心玫突然感到自己的血液从全身各处蹿到头部，让她感到一阵头晕目眩，面红耳赤。她担心被萧烈发现自己的异样，连忙低下头，令自己赶快恢复常态。原来，不只是男人看见女人的身体会产生变化，女人也会有相同的反应。幸好萧烈没有回头，不然可就糟了。待心神慢慢恢复平静后，唐心玫不禁在心里问：自己今天是怎么了？是体内荷尔蒙分泌异常吗？还是排卵期快到了？要不，怎会心思全绕在萧烈身上，还想着他的屁股……

回到家里，唐心玫拿出一个急救箱。

“把上衣脱了。”她对萧烈说。

“你家里怎么会备有急救箱？”萧烈脱下衬衫。唐心玫拼命叫自己镇定，但一颗心还是不听使唤地狂跳。

“上次感冒，想在家里备一个常用药的家庭小药箱，结果我没跟秘书说明白，她就给我弄了这么一个大家伙。”唐心玫一边准备药品，一边说。这一刻，她心里有股莫名的幸福感。“现在给伤口消毒，会很疼，你忍一下。”唐心玫有条不紊地为萧烈清理伤口，手法很专业。

“在哪里学的包扎？”萧烈问。

“红十字会。”唐心玫说，“我年轻的时候曾经是志愿者。”

“你现在也不老啊。”

“女儿都上中学啦！还不老？”唐心玫温柔地为他的伤口缠上绷带。两个人挨得非常近，能够感觉到彼此的呼吸。

不知为什么，萧烈突然感觉眼前的这个女人和自己平时熟悉的唐心玫有所不同，她的眼角眉梢充满了风情，撩拨耳边长发的小动作充满妩媚成熟的风韵。尤其是在她低头的瞬间，那深深的乳沟令他呼吸有些困难！

萧烈表面勉强保持平静，他只希望唐心玫没有察觉到他身体上的剧烈生理变化。唐心玫轻轻系好绷带，包扎工作算是完成，但她没有移开，她的头依然紧挨着萧烈的头，空气中弥漫着诱人的气息。两个脑袋逐渐靠近，最后缓缓地碰在一起。唐心玫低着头，脸上洋溢着浅浅的微笑。他们都知道接下来会发生什么，却没有人愿意阻挡它的发生。

就在这时，响起开锁的声音。孩子回来了！

第二十四章 半张名片

柳如嫣有两辆红色跑车，车型一样，牌号也一样，因为她把车放在不同的地方，一般人很难发现她还有一辆“克隆车”。第二天，柳如嫣一早就来到她的“新纪元技术咨询有限公司”，然后在经理办公室内与沈文倩换了衣服，沈文倩戴着和她一样的凉帽和墨镜，乘电梯下到地下车库，开上柳如嫣的红色跑车把监视人员引开了。柳如嫣随后从另一个通道溜出办公大楼，打车来到她藏车的地点，开上她的装有红外波设备的跑车，来到大型超市的停车场，“剑鱼”的黑色“奔驰”已经停在那里了。

“那天的袭击事件是怎么回事?”柳如嫣刚把车停稳，就迫不及待地问道，口气极为严厉。

“对不起，那天是个误会。”“剑鱼”说。

“什么误会？你到底想杀谁?”

“那辆车的主人。”

“你真要杀你的前妻?”

“你怎么知道她是我前妻?”“剑鱼”十分意外。

“我知道的要比你想象中的多得多!”柳如嫣冷笑。

“是的。她威胁到我们一个关系人的安全。”

“什么人这么重要，连你女儿的母亲都不放过?”

“对不起，你无权知道这个人是谁。”

“我不是跟你说过，不要动不动就杀人吗？你为什么不请示?”

“情况紧急……”

“你能不能来点新鲜的花样？不要老用一种借口!”

“真的是情况紧急。”

“那你情况再紧急，也要摸清情况吧？我怀疑你是要杀我!”

“你有权怀疑，我会向艾克森先生解释清楚的。”

“你解释什么？你差点要了我的命!”

“我再次表示道歉。不过我不明白，你怎么和萧烈搞到一起去了?”

“这是我的工作，你无权过问。不过那天亏了他在，不然我现在就不能来这里了。”

“嘿嘿，看来他是你的福星啊！”

“你的刺杀计划还要继续吗？”柳如嫣当然不会告诉他，正是她破坏了他的第二次刺杀行动。她是一个有仇必报的人！

“已经连续两次失手，为了不影响‘FCS 行动’，只能暂时放一放啦。”

“你就拿‘FCS’说事吧！”柳如嫣冷嘲热讽。

“剑鱼”一听这话显得有些着急：“我可以为我的工作失误道歉，但我决不允许别人拿我的工作精神取笑。你要知道，唐心玫毕竟是我的前妻，是我女儿的母亲，我要作出这样的决定，并不容易！如果你能设身处地地替我想想，你就不会说出这么没人性的话了！”

柳如嫣冷笑一声，她想说：“你有人性，连前妻都杀，居然跟我奢谈人性！可笑！”但她没有刺激他，而是淡淡地说：“我会向上司汇报你的敬业精神和对组织的忠诚。再见！”然后开车离去。路上，她给沈文倩发了一个暗号。等她回到公司时，沈文倩随后也到了。

“没有露破绽吧？”柳如嫣问。

“没有。我是按着你说的路线走的。应该不会看出问题。”

自从柳如嫣告诉艾克森她已与“飞龙”公开接触之后，艾克森就不敢再在公开场合与她见面了。他不想让“飞龙”知道，柳如嫣这个台湾军情局特工还有一个中情局的背景。柳如嫣要求与他见面，他便把见面地点安排在美国驻香港领事馆的密室内。

柳如嫣向艾克森简单汇报了关于“FCS 行动”三部分协作行动的推演情况，艾克森很高兴，他不得不佩服柳如嫣的谍报才华和协调能力。一个几乎瘫痪的“FCS 行动”，在她手中居然这么快就起死回生，而且组织得近乎完美。

“柳，你很优秀，我真希望你能成为我的部下！”艾克森感叹道。

“谢谢夸奖！”柳如嫣微笑，“你对这个计划还满意吗？”

“满意！”艾克森说。

“那么我们就谈谈价钱吧。”柳如嫣说。

“你要多少钱？”

“二百万美元。”柳如嫣说。

“二百万！”艾克森惊叫，“柳，太贵啦！”

“贵吗？”柳如嫣歪头想一想，妩媚地一笑，“我记得在以色列和阿拉伯人的中东战争中，以色列因为通过间谍获取了阿拉伯人装备的米格－23 的雷达数据，在空战中曾创下64：0的空战纪录，阿拉伯人的飞机根本不敢升空，以色列人轻松赢得战争，对吗？”

“对。”艾克森说。

“核心数据对于现代战争的重大意义我们彼此都很清楚，我就不多说啦。”柳如嫣说，“二百万美元还不到一架战斗机价格的十分之一！”柳如嫣断定艾克森把近乎夭折的“FCS行动”交到她手上，一是因为“FCS行动”对美国人很重要，二是因为他已经无计可施。她如果不趁此机会狠敲艾克森一笔，那么她才是傻瓜！

作为“剑鱼专案”重要组成部分，“FCS行动”源于美国海军学院进行的一场模拟战争。当时八名美国海军将军，大约四十名美国海军舰长，以及一大批参谋人员，分成两个小组，一方代表美国海军的王牌第七舰队，另一方代表中国武装力量。开战的时间被确定在2015年，开战的原因是中国在某一件事情上对美国构成了挑衅，迫使美国第七舰队开往中国沿海进行巡逻。

演习一开始，中国人民解放军的反卫星武器系统就使美军的瞄准设施失灵，中国军队在岸上和水下部署的精确制导巡航导弹和太空武器系统增强了解放军的战斗力，第七舰队的航空母舰根本无法最大限度地靠近中国，解放军发射的导弹击沉了多艘美国水面舰艇，并使第七舰队的航空母舰在还没有来得及启动防御设施之前就陷于瘫痪。美军第七舰队最终被中国军队击败。这场模拟战争的结果，使美国军官和政策专家大吃一惊。

中国正在研制的三种反舰导弹中，美国人最关注的是一项被称为“航母杀手”的弹道导弹研制计划，如果说其他两种类型反舰导弹还可以用于其他国家的战争中，“航母杀手”似乎是一项专门针对美国航母战斗群制订的导弹研制计划。对于美国人来说，这种精确制导中程导弹的直接威胁，远远大于中国的新型反卫星武器。美国想帮助台湾抵御中国的进攻计划，需要把超过半数的航母战斗群派遣到台海地区，航母战斗群是美国保护台湾的武力基础，而这款被称为“航母杀手”的弹道导弹，是中国对付美国航母战斗群最重要的战略武器之一，无疑能有效阻止美军向该地区迅速部署军事力量。美国急切需要知道这种新型终端自动寻的导弹使用的主动雷达、光学混合制导系统以及红外制导系统的核心数据，以便使美军能够击落这种弹道导弹，有效削弱中国军队打击美国航母战斗群的能力。于是，美国中央情报局制定了这个以窃取该核心数据为目标的“FCS行动”。柳如嫣十分清楚“FCS行动”对美国人的重要性。

“好吧！就二百万美元。”艾克森不得不妥协，“但这超出了我的权限，我需要等待批准。”

“没关系，我可以等。”柳如嫣微笑，“不过，‘FCS 行动’已经展开，你的上级要尽快批准才行，否则可能会丧失机会。”柳如嫣的潜台词是：不要以为中情局直接参与了这一行动你就可以胡乱杀价，我才是完成“FCS 行动”的关键，而不是你费尽心机维护的那个“毒蝎”！

“好的。一星期内给你答复。”艾克森当然听得出弦外音，他也承认柳如嫣说的是实情。

以弹道导弹攻击航空母舰是几十年前苏联人提出的构想，但由于技术原因，弹道导弹误差较大，长期以来只适合攻击固定目标，对航母这样的活动目标基本不构成威胁。但如果中国人真的解决了中程弹道导弹末端精确制导问题，那么将是美国噩梦的开始，美国的航空母舰就会成为海上漂浮的活棺材。所以“FCS 行动”成败直接关系到美国的根本利益！这也是他不惜出高价购买柳如嫣这份情报的根本原因。

“另外，我这个计划可能需要‘剑鱼’的协助。”柳如嫣说。

“其实，‘剑鱼’已经在协助执行你的‘FCS 行动’计划了。”艾克森说，“现在负责实施‘FCS 行动’第一部分的就是‘剑鱼’。”

“我知道。”柳如嫣说，“我所说的协助，是指他不要给我添乱。”

“什么意思?”

“‘剑鱼’最近的活动太张狂，居然要杀女市长。”

艾克森不以为然：“这说明他对组织忠诚，同时也许会干扰‘飞龙’的视线，起到声东击西的效果。”

柳如嫣笑道：“怪不得他那么张狂，原来是得到了你的支持!”

“好的，我会告诉他尽量收敛一些。”艾克森说，“但是关系到他的生死存亡问题，你还是得理解他的有些行为。中国人不是喜欢讲‘理解万岁’吗? 哈哈!”

柳如嫣洒脱地一笑：“只要他有所收敛，我就很满意啦!”

柳如嫣离开领事馆以后，艾克森又把柳如嫣负责的“FCS 行动”的最后实施方案从头到尾推演了一遍，仍没有发现任何破绽，堪称完美！尽管柳如嫣要的价钱高了一些，但与“FCS 行动”目标的重要性相比，艾克森认为值得。

中国大规模军力建设中，最让美国头痛的一个问题就是非对称武器发展计划。中国有精心计划、考虑周全的发展非对称武器的战略，比如网络战、反太空能力、非常复杂的弹道和巡航导弹项目以及水下作战能力。中国的电磁武器也是美国人需要应付的几种非对称作战武器之一。这种电磁脉冲武器可以像核爆炸一样产生类似能量束摧毁电子通讯网络。中国人很清楚美国人在作战时极度依靠通信网络。所以，不管是电磁武器，还是反卫星武器，一旦中国人在这一领域能力提高，美国人就会处于极端劣势。“剑鱼计划”就是在这样的背景下制订的。

艾克森作为中国情报问题专家，当之无愧成为“剑鱼计划”的制订者和指挥者。因为需要得到台湾军情局的支持，所以在台湾方面，按照台湾的习惯，被称为“剑鱼专案”。

二十世纪以来，美国在亚洲打过三仗：对日本战争、朝鲜战争、越南战争。对日战争中，美国和中国是盟友，结果美国赢了。朝鲜战争和越南战争中美国和中国是对头，结果美国表面上一平一输，实际是都输了，而且输得一次比一次惨。

二十世纪初，欧洲人曾假设：如果在几千名日本军官组织指挥下，训练出一支数十万人的中国军队，一定能横扫欧洲，征服世界！这就是“黄祸论”的由来。因为欧洲人看到中国底层劳动人民吃苦耐劳的品性，尤其是他们忍受痛苦的程度，远远超过欧洲人。当然，这种情况并未出现，因为中国人拒绝了日本的领导。

如果说中国的抗日战争是在美国和苏联的帮助下惨胜，那么在朝鲜战争中，没有海军，没有“神风敢死队”的中国军队，在后勤得不到保障、弹药粮食只能打一星期的情况下，靠着两条腿，忍着饥饿，扛着寒冷，从鸭绿江打到三八线，甚至一度攻克汉城，这就是神话。

曾经让艾克森最困惑的是：抗日战争中被日本军队打得屁滚尿流的国民党军队，在投降了中国共产党后，却在朝鲜战争中把美军打得屁滚尿流。同样是中国人，甚至同样是前国民党军队的原班人马，为何在相隔不过几年的两场战争中有天壤之别?

艾克森找到的答案是：只要中国人被很好地组织起来，就不可战胜。所以，要让中国不成为美国的噩梦，美国必须推翻中国的一党集权统治，在中国实行多党制。艾克森认为，中国人只有成为一盘散沙，对世界才是最安全的。

萧烈下班回家。他刚把车停在楼下，就接到古小天使用加密号码打来的电话。

“柳如嫣从香港回来了。”古小天说，“她以购物的名义去香港期间，在美国驻香港领事馆内逗留近两个小时。”

“她见了什么人?”萧烈锁好车上楼。

“这一点我们不掌握。”古小天说。

“她在去香港前有异常举动吗?”萧烈问。

"她去过一个酒吧，出来开车的时候曾经反复做出'测梢'动作，然后把车停在一家渔具店旁，大约五分钟后又开走了，没有与任何人接触。"

"她有没有发现被跟踪？"

"应该没有。"古小天说，"我们是通过道路监控系统对她的汽车进行定位，跟踪人员距离她很远。"

"她在酒吧接触过什么人？"萧烈拿出钥匙开门。

"她在酒吧里接触的人很多，我们都有秘密拍照取证，要不要立刻对这些人进行调查？"

"不用了。以她的狡猾，不可能这么容易留下线索。被她牵着鼻子走会很被动。"萧烈来到卫生间，他需要方便一下，"她回来后有什么举动？"他打开卫生间的门，一下子愣住了。

"她去你家了。"古小天在电话里说。

萧烈挂掉电话。他已经看到了，而且知道她在洗澡。

"对不起！"萧烈关上卫生间门。

不一会儿，柳如嫣从卫生间出来，身上穿着他的大浴袍，脸红得像熟透的番茄。

萧烈连忙解释："抱歉！我以为浴室里没人，门没锁。刚好我在打电话，没听见水声，所以……"

"你看到了吗？"柳如嫣问。

"呃……这个……"萧烈摸摸鼻子，"你想听真话？还是假话？"

柳如嫣不语，低垂着头，突然在萧烈的脚面上跺了一脚。

"哇！你谋杀啊？"萧烈痛得哇哇大叫："我真不是故意的！我保证以后进浴室前一定会先敲门，OK？"

"OK！"柳如嫣一改刚才娇羞模样，洒脱地在沙发上坐下，拿起一个苹果狠狠咬了一口，"反正我早晚是你的人，看就看了吧！"

"什么叫你早晚是我的人？"萧烈顾不上脚痛，"不是看过你的身体就得娶你吧？那我得看过全部才能决定。"

"你……"柳如嫣再次涨红了脸。

萧烈瞥见沙发上有一个女包，应该是柳如嫣的。

"好啦，不气你啦。我请你吃饭，算是赔罪，可以吗？"萧烈说。

"这还差不多！"

"你快换衣服吧，我饿了。"

"好的，你等我五分钟。"柳如嫣转身进屋换衣服。

"记得把门锁上。"萧烈说。

"讨厌！"

萧烈听到柳如嫣锁门的声音，便一个箭步来到皮包前，迅速打开皮包检查里面的物品。

“你准备吃点什么?”萧烈故意大声喊。

“听你的。”柳如嫣在屋里答。

柳如嫣的皮包中除了手机和一些女人用的东西，还有两盒巧克力，这引起萧烈的注意。根据调查资料，柳如嫣应该是不喜欢吃巧克力的。萧烈发现这两盒巧克力都被打开过，都是少了左上角的第二颗。

“我们晚上吃川菜怎么样?”萧烈喊。

“好的，但不能太辣啊。”柳如嫣答。

萧烈发现皮包的底角有半张淡黄色的名片，内容已经残缺不全，看不出什么，应该是废弃物。萧烈注意到这半张名片纸质比普通名片厚一些，他在撕裂处还发现一个凹陷痕迹。他把这半张名片装进自己的口袋，又继续检查其他物品。

“对啦，上次的事谢谢你。”萧烈喊。

“什么事?”

“你救了唐心玫一命啊。”

“那是你救的，与我无关。”柳如嫣“哧哧”地笑，“他差点把我杀掉，就冲这一点，我也要坏坏他的好事，这条死鱼!”

萧烈一怔：“是‘剑鱼’要杀唐心玫?”

“是啊。我没告诉你吗?”

“没有。”

“那是我忘记了。”柳如嫣说。

“‘剑鱼’要杀唐心玫?唐心玫是他女儿的母亲啊！这怎么可能?”

“那就不知道了。我们不是一个系统的。”柳如嫣说。

萧烈飞快地把她的东西收拾好。

“我们可以走啦。”柳如嫣从屋里出来。

“走吧。”萧烈早已远远站在将要出门的位置上。

柳如嫣拎起皮包，亲热地挽上萧烈的胳膊。

第二十五章　特殊项链

萧烈下班时，想到最近不安全，就开车到英语补习班接萧洒和许晓雨放学。前几天，在萧烈和唐心玫那干柴烈火的激情即将燃烧的时刻，忽然被一双儿女打断，两人都有些遗憾，但彼此的关系已经发生本质转变，只是双方都没有明说，依然保持着那份含蓄和默契。

“晓雨妈妈有工作，晓雨到咱家吃晚饭、做作业。”他一边开车一边对坐在前面的儿子说。

“太好了！”两个孩子欢呼。

回到小区，停好车，萧烈从车后备箱拿菜，两个孩子先跑上楼。

萧洒冲进自己的房间，拿起一把没有刃的塑料小刀，一跃而起，对悬挂在房间中央的一个皮球，“刷刷刷”飞快地劈了三刀，然后才放下书包。

“你做什么？”跟在他身后的许晓雨十分好奇。

“没什么，我爸规定我每次从球下面经过都要练习一遍‘自卫术’。”萧洒说。

“自卫？刺皮球怎么自卫？”许晓雨不解。

“你不懂。这个皮球是以1.80米大人身高设计的，皮球是脑袋，这是颈动脉，这里是心脏，这是肝脏，这是肾脏。”萧洒虚空比画着。

许晓雨一头雾水。

萧洒见她不能理解，便把她拖到一幅人体解剖图画前，“你看这个，时间久了你就能把皮球想象成一个人了。”

许晓雨若有所悟：“你教我好不好？”

“女生学这些做什么？”

“我学会了就不怕被人欺负了。你教我嘛！”许晓雨央求道。

“好好好，我教你。”萧洒承受不住她软磨硬泡，“胸口是太阳神经丛，用锥形拳，不需要太大力气，打中了很痛，会丧失反抗能力。”

“会不会昏过去？”许晓雨一边揣摩着一边问。

“不会。晕过去要用手掌砍颈动脉：在你脖子右侧。”

许晓雨摸索着自己的颈动脉，“砍这里会晕？”

“你不信？要不要试一试？”

“好哇！”许晓雨跃跃欲试，“你要轻一点。”许晓雨坐到床上，摆好姿势，闭上眼睛。

萧洒举起手掌，正要砍下去，萧烈走进来，连忙喝住他：“你干什么？”

萧洒忙说：“是她让我砍的，她不相信能砍晕。”

许晓雨也为萧洒开脱：“叔叔，我们闹着玩的。”

“玩什么不好？玩这么危险的游戏？他下手没有轻重，以后不准再胡闹，记住没有？”

“记住了。”萧洒说。

“你们现在做作业，我去做饭。做完作业可以看电视。”

“耶！”两个孩子高兴得跳起来。

唐心玫参加市委书记召开的一个例行会议，没有她什么事，会议结束后，她立刻赶回家。刚才开会的时候，她收到女儿许晓雨发给她的短信：“我在萧洒家，今天吃饺子。”女儿有了吃饭的地方，她可以不必匆忙回家给女儿做饭了，但她还是想赶回去感受一下四个人一起吃饺子的“家庭气氛”。

自从她与萧烈的友情从虚拟的网络空间走进现实，她有了一个好邻居，女儿则多了一个吃饭的地方。

对于萧烈，唐心玫有一点依赖，甚至还有一点点情欲……她自己也说不清为什么会突然变得这样。她十分留恋那天在商场里自己的腰完全被揽在萧烈那温暖而坚定的手掌里的感觉。她还喜欢他在她耳边悄声说话的声音，低沉而柔和，却能穿透她的心。至于那天她为萧烈包扎伤口时，两人之间的亲昵和冲动，事后他们都没有再提，仿佛从未发生过一样。但是最近两天，长期清心寡欲的她，竟然连续做起了色情的梦，男主角形象有点模糊，她认为他一定是萧烈，她希望是萧烈，愿意是萧烈。每次她从“性福”的梦中醒来，看见只有自己躺在床上，心中略有一点失落，不过她坚信，这个梦一定会变为现实。

唐心玫回到家，换上家居衣服，并对着镜子拢了拢头发，敲开对面房门，冲着来开门的萧烈笑道：“又来了一个‘蹭饭’的，欢不欢迎？”

“欢迎。”萧烈热情地把唐心玫让进屋。

大家一起动手包饺子，有说有笑，唐心玫十分喜欢这种氛围。两个孩子与其说是在包饺子，不如说是在“玩”饺子。不过倒也其乐融融。唐心玫想，难怪女儿最近几天开始不喜欢在家吃饭，想必她已经无法忍受只有两个人吃饭的冷清。

吃过饺子，两个小家伙看电视，唐心玫和萧烈一边收拾残局，一边聊天。和萧烈聊天，是唐心玫最喜欢的事情之一。她会在聊天中产生愉快和惊喜，乃至得到工作上的帮助。

唐心玫告诉萧烈，那次新玛特商场枪击事件之后，有人开始争论警察在闹市区开枪是否妥当的问题。她作为枪击事件的亲历者，感触良多。她认为，中国的那些法学家常常舍本逐末，弄出一些得不偿失的框框，令人齿寒。

南津市以前有一个案例：一个偷盗摩托车的贼骑车逃跑时被车主看到，叫了辆小货车去追，结果贼慌不择路，被另外一辆过路车撞伤，窃贼居然向失主索要医药费，最后还得到法院的支持！唐心玫对这件事一直耿耿于怀。捉贼的过程中，总是免不了打斗，但现在的法律法规认为贼也有人权，贼虽然偷了东西，但罪不该打。也就是说，你捉贼，贼动手打你，你可以保护自己，但不可以打贼，尤其是不能打伤了贼，否则就要赔钱，这是什么道理！难道抓贼就要一路喊着“站住，不许跑”，试图把贼劝进公安局吗？唐心玫认为现在这种“矫枉过正”的法律条款已经严重侵蚀了社会的正义感。这种现状，显然不是她一个小市长可以改变的，不过她还是想做些事情维护社会正义的价值取向。

她打算发起设立一个“见义勇为基金”，鼓励“见义勇为”行为，树立崇尚正义的社会风气。“见义勇为”者的赔偿金等同于乘飞机死亡的保险赔付。子女免费读书，每个直系家属可以得到低保。建立“勇士公墓”，集中埋葬“见义勇为”的英雄。“见义勇为”者，不允许单位将其下岗，如果受伤，应该按照工伤待遇并且正常退休，领取全额工资，并保障其后续医疗费用。和“见义勇为”受伤者结婚，可解决城镇户口和工作问题。“见义勇为”者奖励经济适用房一套，如果致残者，免费赠送代步残疾人专用车并承担维修和燃料费用。

萧烈十分赞同唐心玫的想法，法制和精神建设必须是相辅相成的，精神不能代替扎实的法制建设，法制也不能代替精神，没有一种精神底蕴的法律制度是不可想象的。

唐心玫还和萧烈深入讨论了民主政治的问题。萧烈是唐心玫认识的人当中唯一能与她深入谈论这种枯燥问题的人。

萧烈说，从世界范围，尤其是亚洲的民主发展历史看，民主选举未必是最佳选择，民主评议或许是个不错的替代方案。

唐心玫从没听说过民主政治中有“民主评议”，她让萧烈详细解释一下。

萧烈举例说，“民主评议”就是选民不直接选举市长、县长。市长、县长由上级任命，任期过半时，全体选民给市长、县长打分，及格的继续留任，不及格的换人。与民主选举是殊途同归，更多了些秩序。

萧烈说，在民主政治中，选民和政客的关系就像是顾客与产品生产厂家的关系。

民主选举，像是生产厂家的经理由顾客选举产生，经理选举时处处考虑顾客的需求，让多数顾客满意为第一位，至于产品质量和前瞻性倒在其次。顾客的消费观念由不成熟到成熟，生产厂家经理由追求眼前利益到树立百年老店的转变，必然要经历几十年的混乱期。这是商品经济式民主政治的代价，问题是：中国有几十年可以挥霍吗？

民主评议，更像是计划经济。生产厂家的经理由上级任命，经理根据顾客需求开发产品，生产出的产品由顾客打分，不及格就换一个经理来经营。

唐心玫认为萧烈“民主评议式”的民主政治模式，像是有计划的商品经济。

接着他们又大谈政府组织形式的改革方向。萧烈认为，行政官员就是一个职业，与职业经理人没有本质区别，行政官员理应有职业操守，并领取与其付出的智慧相适应的薪金。

萧烈大胆预测：将来中国的政府工作人员会由两部分组成，一部分是行政公务员，另一部分是行政官员。行政官员实行任期制，上级行政官员直接任命下级行政官员，任期届满自动解聘，行政官员原来做什么工作还回去做什么工作，这种官员任命体制可以最大限度确保政令畅通。政府的行政公务员则实行终身雇用，无过错不得开除，是组成政府机构的基石，如果说高薪聘任的官员是政府机构的头脑，那么实行终身雇用制的公务员就是政府机构的四肢，头脑可以经常更换，四肢根据头脑指令做事。同时，中国共产党的组织部门可以通过取得公务员资格审查权力的方式，掌握政府行政的社会主义大方向。

萧烈的这些宏论，让唐心玫听了十分兴奋。她有一个规模很小的智囊团，她很想让萧烈参与其中。

“那可不行。我的这些东西只能私下闲聊，上不得台面的。嗨，市长同志，我们可不可以谈点别的？”

“谈什么？”唐心玫问。

“比如，风花雪月什么的。”

唐心玫大笑。

“上次弄坏了你的车，一直想跟你道歉，又怕显得生分。”

“这样很好，你救了我的命，我也不用向你道谢啦！”唐心玫笑。

“你知道是什么人要杀你吗?”萧烈把话题引到正题。

“不知道。”

“你怎么也不问问，我是怎么知道有人要杀你的?”萧烈说。

“你想告诉我的，自然会告诉我。你不告诉我，自然有你的理由，我也不想知道。我能感觉到你是真心为我好，就足够了。”唐心玫说。

唐心玫的话令萧烈有些感动。尽管她始终没有涉及萧烈工作上的事，但萧烈隐约觉得她似乎已经察觉到什么。

“如果你出事，谁是最大的受益人?”萧烈问，“或者，你正在做的事当中，有没有触动什么人的利益?”

萧烈认为，“剑鱼”要杀唐心玫一定有什么特殊原因，不会单单是为了争夺孩子的抚养权。他们围绕“谁要杀她”这个问题讨论了很久，一直没有结果。

“噢，差点忘啦!”萧烈从口袋里拿出了一个淡红色的绒布盒，“送你的。”

这突如其来的举动让唐心玫有些惊喜。她看看盒子，再看看萧烈，强作镇定。

“里面该不会是求婚钻戒吧?”她表面上说得轻松，其实内心十分紧张。

“向市长求婚?”萧烈摇摇头。

唐心玫有些失望：“那是什么?”

“打开看看就知道了。”萧烈说。

唐心玫心中充满疑惑，既然不是求婚戒指，那会是什么呢?她小心翼翼地打开了绒布盒，里面是一条星形项链。项链的设计高雅大方，在灯光下隐隐散发着幽蓝色的光泽。

“哇!好漂亮的项链!”唐心玫叫道。

“喜欢吗?”

“喜欢。”

“你戴上看看。”

“好。”唐心玫喜滋滋地要把项链戴上，但是没有镜子，她很难自己将环扣扣上。

“我帮你戴吧!”萧烈看出她的难处，接过项链，把身子挪近她。他轻柔地将她一头柔亮的长发拢至右胸前，露出白皙光洁的颈背，手指灵巧地替她扣上项链。

当萧烈的手不经意地滑过她的颈项时，唐心玫的心跳几乎为之停止；当他的胸膛慢慢地倚近她时，她顷刻忘了呼吸；当他的鼻息轻拂过她的耳际时，她的神魂为他而醉。还好，他很快便替她戴好项链，挪回原来的距离，否则她不是靠在他身上，就是滑落到地板上。

“好看吗？”她努力掩饰自己的紧张。

“美女戴什么首饰都好看。”萧烈微笑。

“胡说！”唐心玫红了脸，“我都已经是美女的妈妈啦！”

虽说如此，唐心玫心中对萧烈的赞美还是窃喜。

“今天是什么特别的日子？为什么送我这么贵重的礼物？”唐心玫问。

“不是礼物。”萧烈说，“这是一个追踪器。你遇到危险时就按这里。”萧烈为唐心玫示范，“这样我很快就会找到你。”

“哦。”唐心玫尽量不流露出自己心中的失望。

第二十六章　弄假成真

“剑鱼”为什么要杀唐心玫？这个问题一直困扰着萧烈和他的那些部下。

萧烈猜测，刺杀唐心玫应该是美国中央情报局作出的决定，不是“剑鱼”的个人行为，但中情局为什么要杀唐心玫呢？唯一合乎逻辑的答案应该是，唐心玫无意中危及中情局一个重要潜伏间谍的安全，所以中情局要清除她这个威胁。但是唐心玫作为一个市长，怎样做才会对潜伏间谍构成威胁呢？

萧烈把唐心玫正在处理的、可能会引起利益冲突的事务一件一件罗列出来，最后选出他认为最有可能让间谍组织作出反应的三个卷宗摆在桌子中间。他对这三个卷宗反复衡量，仍无法确定哪个更可疑一些。

这时，古小天敲门进来，交给萧烈一份报告。

“你来得正好！”萧烈说，“你帮我判断一下，这三个人，在唐心玫刺杀案中，哪一个嫌疑最大？”

古小天拿过卷宗简单看了看，挑出一卷，说：“这个！”

“为什么不是另外两个？”

古小天指着另外两个卷宗中的一个说：“这个人的事已经到纪委了，如果他要杀唐心玫，只能算是报复杀人，对间谍组织没意义，‘剑鱼’他们不会干这种出力不讨好的事。”古小天又指另一个卷宗，“这个人只是个贪财的财务人员，职务低，接触机密机会有限，不应该是间谍组织感兴趣的目标，更不应该是间谍组织下血本保护的对象。”他指着挑出来的那个卷宗，“只有这个辛闻，刚从南津市副市长升迁到省政府副秘书长，职务高，有很好的情报来源，唐心玫刚刚发现了一些他在南津期间以权谋私的蛛丝马迹……”

“不错！杀了唐心玫灭口，就可以保住这颗棋子的职位！”萧烈拍拍古小天的肩膀，“你太聪明啦！”

古小天晃了晃头说：“事不关己，方知所以；事已关己，则乱自己！”

“什么意思啊?”

“老板，不是我说你，就因为你太关心她了，所以这么简单的道理都看不出来！恋爱中的男人智商最低啊！这是你说的!”

“什么乱七八糟的！去把韩冰叫来。”萧烈说。

“要做什么?”古小天看着萧烈胸有成竹的模样，知道他一定在策划什么大事。

“检验一下台湾军情局与美国中央情报局合作的紧密程度。”萧烈笑，“顺便看看你猜得对不对。”

在把这个诱饵放出去之前，萧烈先和宋国勋政委、赵炳学局长开了一个“碰头会”，将他以追查新玛特商场枪击案后台为名的计划简单说了一下，鉴于辛闻职务敏感，此案的知密范围很小，只有七人。对此，宋国勋和赵炳学均未提出异议。

萧烈和赵炳学分工不同，一个管情报，一个管侦查，有些时候，他们的业务也会产生交叉，每逢遇到这种情况，萧烈总是主动与赵炳学交换意见，让赵炳学很感动。特别是在侦破 601 研究所“陈开迪泄密案”时，萧烈给予赵炳学很大帮助，却从来不说自己的贡献，让赵炳学常常感到心虚，怕被别人说他贪天功为已有，只要有机会他都要说萧烈功劳，弄得萧烈都不好意思了，和他开玩笑说：“你都快变成祥林嫂了，以后不要再提了。”

本来的竞争对手，现在却成了朋友。不过，暗地里，他们还是在较劲，谁也不甘心落后。

诱饵放出以后，萧烈给唐心玫打了一个电话，问她晚上是否有事，如果没事，希望她把晚上的时间留给他。唐心玫几乎没有犹豫就答应了。

柳如嫣在公司办公室收到“黄玫瑰”的电子邮件。这封标题为“3C”的邮件中没有文字，只有一幅黄玫瑰图案，这是她与“黄玫瑰”约定在紧急情况下使用的联络方法。

柳如嫣起身离开自己的办公室，来到职员的办公区，她以自己的电脑出现故障作托词，借用一名职员的电脑登录加拿大一家提供网络硬盘服务的网站，输入她与“黄玫瑰”共同约定的密码，从上面下载了一篇短文。她把这篇短文的每句话标点符号前的第三个字挑出来按顺序排列，再将这些挑出来的字按照每隔一个字挑出一个字的规则，先从前向后挑出第一个字，再从后往前挑出第二个字，再从前向后挑出第三个字……依次类推，最后组成了“黄玫瑰”编写的真正密文：省政府副秘书长辛闻被怀疑为台湾或美国间谍，调查即将展开。

辛闻？柳如嫣只知道这个人与台湾军情局没有什么瓜葛。他应该是中情局方面的人吧？一想到中情局和艾克森，柳如嫣就仿佛看到一沓沓美元在对她微笑。她把这条信息转给了“剑鱼”，没想到引起了“剑鱼”一阵慌乱……

本来唐心玫晚上有个活动，接到萧烈的电话，她便把那个活动推掉了，对于她来说，没有什么事比她和萧烈的事更重要了。她甚至没有问萧烈要找她干什么。就是什么不干，和他说话聊天也是好的。

吃过晚饭，唐心玫对女儿说，她要和萧烈叔叔谈工作，让她到萧烈叔叔家和萧洒一起写作业，支走女儿，平时很少喷香水的她，又在身上喷了一点她最喜欢的香气很淡的香水。接着传来敲门声。

“你女儿说你要和我谈工作？”萧烈说。

“我说的不对吗？难道让我跟她说，你要和我谈……别的？”

“我是觉得，你越和他们说正经的，他们就越不往正经处想。现在的孩子，你拿他们简直没办法。”萧烈诡异地笑道，“你猜你女儿和我儿子怎么说？”

“她会怎么说？”

“她说，我妈妈要和你爸爸谈恋爱！”

“她真这么说的？”唐心玫大吃一惊。

“你看，我骗你干什么？”

“这个死丫头！”唐心玫一下脸就红了，“看我不打她的屁股！”

“好啦，好啦，是我找你谈，不是你找我谈，行了吧？”

唐心玫嗔笑道：“这还差不多。坐下说。”两人开了一阵无伤大雅的玩笑，把唐心玫的思路又往感情的方向调动了几分，她以为萧烈今天要跟她谈情感问题，脸上不由得有些烫。落座以后，她郑重地向萧烈提出，以后不准叫她唐市长，或者叫她的网名“清风”，或者叫她的名字“心玫”。

“在大庭广众之下叫你‘清风’、‘心玫’？那成什么体统？”萧烈大叫起来，“我今天是在办公室给你打电话呀！”

“那好，咱们说定了，在外面，叫官称，在家里，叫名字。”

“没问题，你说吧，你喜欢我叫你什么？‘清风’还是‘心玫’？”

唐心玫想了一下说：“叫网名，缥缈了些，还是叫‘心玫’吧。”

“好的，就叫心玫。”萧烈摆开谈话的架势，“心玫，今天我想请你谈谈辛闻，那个省政府的副秘书长……”

唐心玫一听，张大了吃惊的嘴巴：“真的要谈工作啊？”脸上露出失望的神情。

萧烈看出了她的失望，安慰她说：“别的事以后有的是时间谈，辛闻的事比较急。这关系到刺杀你的案件能不能破的问题。”

“不会是辛闻要杀我吧？”

“不一定是他要杀你，也许是想保护他的人要杀你。”

“他是黑社会？”

“可能比黑社会还黑。”

“那是什么？”

“你先说说辛闻的情况，我们想从中找出他背后的黑手。”

唐心玫想了想说：“辛闻这个人，工作能力比较强，野心也比较大。当然，也可以说是雄心，换个说法，就是官迷。”

“官迷？”

“他曾经是南津市最年轻的处级干部，但是在市科委主任的位置上，再往上走，难度很大。他认为，如今的官场，想进步，更多的不是靠政绩，而是靠背景，靠关系。他一没有背景，二没有关系，要想找背景，攀关系，就必须要有钱。可是他没有钱，业务经费是有数的，不能乱花。上哪里搞钱呢？他有他的办法。据说他搞了不少钱，并用这些钱打通了上面一些人，比如省组织部的一些人和省领导的秘书，很多秘书就是‘二首长’，他们的能量很大，可以呼风唤雨。上次市里换届，他居然通过省里的关系，当上了副市长。”

“据说你发现了一些他的问题？”

“是的。他在南津市的六个副市长当中排在最后一名，当市长的可能微乎其微。于是他开始活动到省政府当副秘书长。这期间，他的问题慢慢暴露出来。有人向我反映，他向国外工业间谍提供技术情报。”

“什么技术情报？”

“好像是关于中国发展质子交换膜燃料电池方面的。这种技术问题我不大懂，他当科委主任的时候，从一个下属单位借阅了一份这方面材料。最近有人揭发说，他是把材料拿去卖钱了。”

“什么人揭发的？”

“是匿名，我正在核实这件事。”

“你为什么不向国家安全机关报告？”

“我不知道这种事归谁管。好像不涉及国家安全问题吧？”

“那要看他是和什么人联系了。有些工业间谍，也是军事间谍。”

“对呀，我怎么没想到这一点？我觉得他是领导干部，应该由纪委管。”

“你掌握的这些材料，可能威胁到他的安全或者是他的联系人的安全，所以他们要杀你灭口。看来问题比我们想象的要严重。”

他们正说着，萧烈接到古小天的电话：“老板，辛闻死了。”

"辛闻死了？这么快！"萧烈十分诧异。

"十五分钟前，辛闻在监视人员眼前被卡车撞死，卡车司机乘坐出租车逃逸。"古小天说。

"你现在什么位置？"

"车祸现场。"

"通知韩冰，半小时后在指挥中心碰头。"

"是！"

萧烈对唐心玫说："我去一下。最近南津市比较乱，你除了上下班，就不要到处走了。两个孩子，我会安排人保护他们。"

唐心玫关切地说："萧烈，你自己也要多加小心。"

萧烈说："我没事，一般人三个五个都近不了我的身。"

唐心玫一直把他送到门口，然后又在窗口看他。萧烈抬头看见她，向她招招手，开车离去。

一路上，萧烈把车开得飞快，根本不管红灯绿灯。到达指挥中心时，古小天和韩冰等人已经到了。

通过古小天和韩冰的汇报，萧烈已基本弄清了事件的大概脉络。辛闻出差傍晚回到南津市，但他没有直接回家，而是来到南津宾馆住下，然后打电话告诉妻子，他明天才能到家。晚饭后，一个女人往他的房间打电话，约他五分钟后到宾馆斜对面的超市门口会面，然后就挂了。辛闻提前两分钟下楼，在横穿马路时，被一辆疾驰而来的卡车撞死，肇事司机趁着夜色，搭乘一辆出租车逃逸。现已查明，肇事卡车和出租车都是一小时前报案丢失的，五分钟前，有人在城西发现了被人遗弃的被盗出租车，一组已经派人去弃车现场取证，其他线索正在调查中。

萧烈问："那个电话是从哪儿打的？"

韩冰说："刚刚接到二组的报告，电话是从距离宾馆很远的一个电话亭打来的。据测算，就是乘车，五分钟内根本无法到达超市门口，很显然，那个电话只是想把辛闻从宾馆里调出来，打电话的女人并不真想和他见面。"

"检查辛闻的手机。"萧烈说，"此前肯定有人给他打电话或者发短信，约他谈事，不然他不会不回家。"

"二组正在查。"韩冰说。

"估计不会有什么结果。"古小天说，"既然敌人知道我们已经注意辛闻了，就不会用容易暴露自己的电话与他联系。"

"那个给辛闻打电话的女人会是谁呢？"韩冰说。

很显然，辛闻一死，这条线索又断了。大家的神情有些凝重，指挥中心的气氛有点沉闷。

“我犯了个严重的错误！”萧烈沉思许久，用拳头擂了一下桌子说，“虽然我认为自己的假设很合理，却没有为这个假设做足够的准备。忽视了一个问题：如果我们的假设是对的，敌人会怎么做！”

古小天明白萧烈的意思，却也是没办法的事情。对辛闻的调查，仅仅是从唐心玫遇袭事件中推理出的一个假设，目的是分隔观察国家安全系统的“内奸”，特别是对辛闻这个级别的领导干部，不可能因为一个推理就立案侦查。何况韩冰和她的队员开始也只是走走形式，敲山震虎而已，没想到真把“老虎”震出来了！

“谁能想到一猜就中啊！”古小天说，“辛闻之死，我们起码有两点收获，一是证明我们对辛闻的侦查方向是正确的。二是对‘内奸’的分隔观察再次缩小了范围，从上次的十五人，缩小为七人。”

“从放出诱饵，到辛闻被杀，还不到四十八小时，到底哪路神仙，有这么高的效率？”韩冰说。

“而且，他们做得干净利落，够专业水准！”

萧烈陷入沉思。辛闻一案，到底是台湾军情局干的，还是美国中央情报局干的呢？

从柳如嫣得知萧烈被停职这一点来看，她和“内奸”有联系。而赖文祥被杀，肯定也是“内奸”传递的消息。赖文祥被杀，出现了一个狙击手。此后在刺杀柳如嫣的现场，也出现了狙击手，同时还出现了大卡车。辛闻被杀，虽然没有出现狙击手，但也是大卡车。如果开车不能撞死辛闻，狙击手出现也不是不可能的。

萧烈在黑板上写了几个人名，画了几条线：

赖文祥——狙击手
柳如嫣——狙击手、卡车
唐心玫——枪手、炸弹
辛闻——卡车

从这个示意图上来看，四起刺杀案件，两起成功，两起未遂。两起未遂暗杀，实际上都是针对唐心玫的。在袭击柳如嫣的案件中，同时出现的狙击手和卡车，又分别出现在“赖文祥案”和“辛闻案”中。这样看来，这四起案件可能都是“剑鱼”干的。

“如果有两个狙击手呢？”古小天首先提出疑问。

“两次出现卡车，也不能确定就是一个团伙干的。”韩冰说。

萧烈点点头，表示同意他们的观点，接着又在黑板上画开了：

“内奸”——“剑鱼”——中情局——赖文祥被杀

“内奸”——“剑鱼”——中情局——辛闻被杀

“内奸”——柳如嫣——军情局——萧烈停职

“剑鱼”——中情局——刺杀柳如嫣（唐心玫）未遂

“剑鱼”——中情局——刺杀唐心玫未遂

萧烈说：“从这个示意图来看，‘内奸’与中情局和军情局都有联系。由此可见，‘剑鱼专案’真的实现了中情局和军情局的合作。柳如嫣肯定是‘剑鱼专案’的重要成员，说不定还会是新任负责人！”

古小天对着黑板思考片刻，一拍脑袋，吩咐手下：“马上把柳如嫣四十八小时内的监控资料都给我调出来！”

“你们怀疑是柳如嫣杀了辛闻？”韩冰很意外。到目前为止，还没有任何事情能把柳如嫣和辛闻这条线索扯到一起，何况柳如嫣一直处于被监视状态下，“我们没有发现任何可疑人员与她接触。”

“老板，有一个问题我想不明白。”古小天说，“上次你和柳如嫣遭遇袭击，谁能证明刺杀目标不是柳如嫣，而是唐心玫？”

“你怀疑她演‘苦肉计’？”萧烈问。接着他摇摇头，“柳如嫣躲避卡车撞击和狙击手枪击时的惊慌神情不像是装出来的。如果是装出来的，那她将是这个世界上最好的演员。”

“老板，我也有一个问题想不明白。”韩冰说，“别的车照样可以撞死人，为什么他们非要用卡车？”

萧烈和古小天互相看看，这一点，他们都没想过。

“也许是卡车力量大吧？”古小天说。

“或者，对他们来说，偷卡车更容易得手？”萧烈说，“要把这一条线也查一查。”

一组负责调查被盗出租车的人员报告，在被遗弃的出租车上没有发现可疑线索，车上的痕迹全部被处理掉了。汽车将被拖回工作站暂时封存，有待近一步勘察。

这时，有关柳如嫣两天来的监控资料全部送到。古小天把人员分组，交叉对比审查。

资料显示，柳如嫣曾收到一封标题为“3C”的邮件，只有一张黄玫瑰图片，没有其他内容。再就是按时上下班，没有离开公司和住处。

“实际上我们忽略了一个人。”萧烈说。

“谁？”

“出租车司机。”萧烈说，“现在的出租车都装有视频和定位系统，没人会冒险偷一辆出租车当作案工具，尤其还是用来逃逸的。除非偷盗者自己能准确把握好报警的时间差。”

“你怀疑出租车司机是他们一伙的?”古小天说，“但这不合情理，如果出租车司机是他们一伙的，他们应该尽可能避免他被卷进来，他们可以盗用其他车辆，如私家车，这样更安全。”

“一种可能是他们自作聪明，让我们像你刚才说的那样想。另一种可能是事发突然，他们仓促应变，考虑不周。否则无法解释，他们怎么会偷一辆出租车参与刺杀行动。”

“有道理!”古小天立刻调来出租车司机的情况。出租车司机叫田伟，他自称车是在上厕所时被盗的。在他报案汽车丢失以后，他一直在街上找车。

“监视这个田伟，暂时先不要动他。”萧烈说。

“明白。我去安排。”古小天说，然后离开了。

萧烈一边思索一边对韩冰说：这个事件的逻辑链条应该是这样的：刺杀唐心玫是为了保护辛闻，由于两次刺杀都没能得手——姑且把刺杀柳如嫣当作是‘误会’——敌人在发现辛闻即将暴露的情况下，转而刺杀辛闻，保护一个比辛闻更重要的人。”

“这个人一定和辛闻关系密切，很容易被怀疑。”韩冰说，“其实他们只要把那个人撤走，没有必要冒险大开杀戒啊?”

萧烈突然站起来说：“那个人一定有不能离开的理由!”

韩冰眼睛一亮：“他一定有很重要的任务没有完成。会不会是‘剑鱼专案’!”

“很有可能。”萧烈说，“你马上派人调查辛闻身边所有的可疑人员！同时要盯紧柳如嫣，我感觉她正在谋划什么。”

“好的。”韩冰说。

“还有，马上把出租车还给田伟，以免引起他的怀疑。另外，明天找专家问一下，质子交换膜燃料电池，在军事上有什么用途。”

“是!”

第二十七章　桃色深渊

柳如嫣坐在酒吧里悠闲地品着红酒，萧烈派来监视她的一男一女两名特工坐在不远处，像影子一样跟随着她，萧烈并没有因为她看着“眼晕”就特别照顾她。时间一长，柳如嫣渐渐习惯了这种被人“明着跟踪”的工作方式，一想到要在大陆反间谍人员眼皮下与自己的部下接头，柳如嫣就有一种莫名的兴奋。其实，她这段时间真正用心做的事情只有一件：就是要在141研究所内部储存秘密资料的电脑上安装一个小发射器，以获取中国核潜艇研发详细数据资料。

要在141研究所这种安保工作极其严格的研究单位的涉密电脑上安装一个微型发射器，并非易事。首先，141研究所的涉密电脑定期进行安全检查，发射器很容易被发现。其次，研究所的核心部分都进行了无线电屏蔽，信号根本无法发射出来。最后，还有让谁去实施的问题，这也是最难的一个环节，所以柳如嫣决定起用141研究所副所长李斯渊的妻子郝文君。

实施计划的人员问题解决了，剩下的事情就简单了。只要在电脑键盘中装个存储器，就可以有效解决电脑定期安检的问题，因为电脑安检主要是检查电脑主机，很少有人会注意到电脑键盘。另外，存储器附属的发射装置平时并不工作，只有收到指令才会发射传输数据，这样就可以有效避开141研究所日常的无线信号安检侦测。至于研究所核心部分无线电物理屏蔽问题，比较简单，在物理屏蔽区内部安装一个定时接收器，就可以解决。

经过长时间的经营，柳如嫣对引诱郝文君就范信心十足。

酒吧服务生给柳如嫣送来一杯酒，说是一位先生请她的，并附上一张精美名片。

柳如嫣道了声“谢谢”，在接过酒的同时，装作漫不经心地接过了名片。其实，这张名片就是她今天在等的东西。跟踪人员只注意她做了什么，和什么人有接触，并没注意这个细节，还以为是她自己要的酒呢。

柳如嫣离开酒吧，驾驶她的红色跑车在马路上兜了几圈，确信暂时甩掉了跟踪她的车辆，便将跑车停在一个僻静处，拿出她在酒吧收到的精美名片，将名片的一角撕开，从中取出一枚纸一样薄的芯片，放入一个微型 SD 卡形状的读卡器内，然后将该卡插到手机上。手机屏幕上出现大量计划实施内容。

柳如嫣得意地笑了。她在手机上输入密码，启动芯片防盗自毁程序。在输入密码错误或卸载芯片的情形下，芯片都会自动销毁存储的全部内容。利用“名片”接收情报，是柳如嫣最得意的情报传递发明之一。

看在钱的分上，柳如嫣决定再辛苦一点，提前实施“FCS 行动”——从 302 研究所窃取精密导弹资料。

其实，柳如嫣决定提前实施窃取核潜艇研发资料行动和“FCS 行动”，主要是因为萧烈。面对萧烈这样的对手，她越来越缺少自信，甚至萌生了隐退的想法。完成这次任务，再赚上一笔，或许真的该离开中国了。不过，在离开之前，希望能够给萧烈留下最美好的印象，不至于马上忘记她。她知道“剑鱼”对于萧烈的特殊意义。她决定在完成“FCS 行动”后，就把“剑鱼”交给萧烈。

郝文君满面春风地走进宾馆电梯，期待着与“情人”高见泽的幽会，她感到自己现在已经无法离开他了。他能给她带来前所未有的快感，使她激动，使她疯狂，使她感到作为女人的幸福。

郝文君认识高见泽，是从他那双会“发电”的眼睛开始的。她第一次感受到这双眼睛，是在日本三木公司举办的签约答谢宴会上。

郝文君本来不想参加此类应酬，但她作为南津市经贸委副主任，兼这次引进技术谈判的首席谈判代表，不得不出席。

南津市希尔顿饭店富丽堂皇，郝文君的到来，更使这里蓬荜生辉。她穿了一件宝石蓝连衣裙，而不是谈判时穿的银灰色职业套装。她那丰腴的身姿，白皙端庄的面孔，如黑缎般的披肩烫发，衬托出成熟女人特有的韵味，同时也隐含着一种雍容华贵、傲视群芳的气质。这位年近四十岁的职业女性，在谈判中表现出的高超技巧和专业水平，不仅让中方人员赞不绝口，也让日方人员佩服得五体投地。

这次技术引进谈判开始并不顺利，日本三木公司态度强硬，不肯做出丝毫让步。为了挫一挫日本人的狂傲，郝文君故意采取冷处理，暂停谈判，把日本人晾起来，同时与一家韩国公司接触。尽管这家韩国公司的技术没有日本公司先进，价格也差不多，但她有意安排韩国公司的谈判代表与日本公司的代表住同一家宾馆。这样一来，日本公司果然坐不住了，第二轮谈判一开始就主动降价五十万美元。郝文君把日本公司的降价幅度反馈给韩国公司，回头又用韩国公司比日本公司还低四十万美元的价格，迫使日本公司再降六十万美元。经过一番较量，感觉价格水分挤得差不多了，郝文君这才决定与日本人签合同。价格比企业的最好预期低很多。

宴会的气氛十分融洽。在酒精的作用下，彼此都很兴奋，说了很多热情洋溢的废话，一切都显得非常和谐。在宴会的过程中，郝文君感觉到有一双充满热情和诱惑的眼睛一直注视着她。她已经多年不曾感觉到这样的目光了，这目光使她想起年轻的时候。郝文君佯装不经意地循着那目光望去，发现又是那个叫高见泽的日本公司中文翻译。此人身高 1.80 米，体形匀称，走起路来有种说不出的优雅与高贵。高见泽在初次遇到郝文君后，就一直用这种热烈的目光注视着她。郝文君从他毫不掩饰的目光中读到了让她害怕和惊喜的内容。不可否认，郝文君喜欢这种被注视的感觉。女人在心里总是在期盼着这样的目光。

宴会结束，郝文君又被日本公司代表邀请去 KTV 唱歌，直到凌晨一点钟才结束。从 KTV 出来，高见泽毛遂自荐，请求郝文君能够允许他开车送她回家。郝文君望着那双传神的眼睛，心中不由一阵悸动，竟含混地答应了。

一路上，高见泽幽默的谈吐赢得郝文君的好感。郝文君从交谈中得知，高见泽祖父是一个韩国铁路工程师，当年曾随侵华日军在东北修建铁路，祖母是一个随军歌妓，战后他们随战败日军撤回日本。他的父亲在读大学时与一个台湾女留学生相识，毕业后结婚生下他。因为父母都会说中国话，所以他的中国话也说得很好，对中国的国情也比较了解。郝文君听人说过，混血儿聪明，长得也漂亮，今天在高见泽身上得到了证实。这样想着，就情不自禁地用欣赏的目光多看了他几眼。可能是她的目光给他传递了错误的信息，使得他也不停地回看她。

途中，汽车在一个路口遇上红灯，郝文君坐在副驾驶席上静静地盯着信号灯。突然，高见泽一把抓过她的手，紧握着不放。

郝文君心中一阵狂跳："你……你这是干什么？"

高见泽盯着她结结巴巴地说："郝主任，自从我认识你以后，我的心就像要碎了。你不知道我……有多么仰慕你……我爱你！"

郝文君的脸一阵发烧："可……可我……我已经结……结婚了……"

"我知道，夫人。可我就是控制不住要爱你。"

"这是不可能的，这是绝对不可能的……"

"这个世界上没有什么事情是不可能的。我爱你，我什么都不在乎！"他一边说一边用力将郝文君拉进怀里，紧紧抱住她，吻她唇。

郝文君害怕极了，她想大声喊，想用力抽出身子打他一个耳光，但她却什么都没做。她已经很多年没有体会到这样的激情了，这种火热的吻不是一个丈夫能给予妻子的。

突然，信号灯变绿，后面汽车的喇叭声让郝文君惊醒，一种犯罪的感觉令她猛地推开高见泽，低着头说："你太不像话了！"

"对不起，我是情不自禁。"高见泽坐直了身子，开动汽车。

一路上两人都没有说话。离郝文君的住处还有一小段距离的时候，高见泽突然把车停到路边，郝文君准备开门下车。高见泽又抓住她的手，他的力量很大，郝文君痛得差点喊出来。但当她回头看到他那热烈的目光时，她的心猛烈地颤抖起来，无力地叫道："你不要这样！"

高见泽期期艾艾地说："我明天就回日本了，以后不知道能不能再见到你……"

郝文君迟疑了。她在为将要失去这双热烈的眼睛感到失落。高见泽不失时机地用力将她拉进怀里，疾风暴雨般的亲吻，让郝文君感到一阵阵晕眩。高见泽降下她的电动椅背，掀起她的裙裾，隔着丝袜亲吻起她的大腿。郝文君感到手足无措，浑身酥软。

"啊！不！不可以！"郝文君内心在激烈地反抗，手脚却什么都没有做，她的手无力地垂了下来。一切就那么顺理成章地发生了……

郝文君的身体像触电一样颤抖起来，好似喝醉了酒，又好似在做梦，模模糊糊的，分不清东西南北。这种飘逸的感觉简直无法用语言来形容。就像一只风筝在随风飘舞，一直飘进云彩里。突然，一股强有力的热流射入她的体内。同时，一种舒心的感觉也从她体内的深处传遍全身。高见泽让她达到了前所未有的高潮……

郝文君从车上下来，匆匆回到公寓，怕被人看见她那被撕破的丝袜以及顺着大腿流下来的液体。她开门进家，直奔浴室。望着镜中绯红的面颊，她深深感到对不起丈夫。唯一让她释然的就是，高见泽马上要回日本，她与他永生不会再见面了，只当是做了一场玫瑰梦。

郝文君不知道，她的这场"梦"实际上是柳如嫣为她"量身定做"的。为了确保"美男计"的成功，柳如嫣可谓不惜血本。从男主角的物色，到每个细节的设计，柳如嫣事必躬亲。如郝文君的情绪波动与排卵期的关系，乃至排卵期的时间，她都了如指掌。心理学家认为，女性在排卵期会觉得"男性化"的面孔更有魅力，在经期则青睐"女性化"的面孔，而女性在排卵期内更容易接受男人的性要求。柳如嫣为了让郝文君就范，她耗费了大量心血，目的是为了更高的回报。

时隔一个月，郝文君应邀参加一个外商举办的聚会，意外地又见到了高见泽。她到达酒店就感觉到身后有一道她熟悉的炙热的目光。转过身，果然看到高见泽站在不远处注视着她。她略显惊愕，高见泽却像往常一样，礼节性地微笑了一下，并没有特别的表情。她也礼节性地报以微笑，并迅速恢复了平静。

当晚，郝文君喝得有点多，后来高见泽邀请她跳舞，她还是晕乎乎的。高见泽一手握着她的手，一手扶着她的腰，时不时做一些很难被人发觉的小动作，或捏一下她的腰，或摸一下她的臀，显然这是一种爱抚，搞得她阵阵耳热心跳，心旌飘摇。

在柔情的舞曲和昏暗的灯光下，高见泽用一种温柔的目光看着她，嘴角带着笑。郝文君注意到他笑起来很迷人。高见泽告诉她，他已经向公司申请常驻中国，他的办公室就在楼上。他到中国来就是为了她。

郝文君说："你不应该回来。"

高见泽说："我爱你，我不能不回来。你放心，我不会破坏你的家庭。我对你的爱是无私的，我永远不会成为你的负担。"

高见泽的表白，让郝文君心里涌出一阵阵的暖流，随着缠绵的乐曲，她感到了陶醉和愉悦。在灯光昏暗的角落里，高见泽把手移动到郝文君的臀部，再没有离开。他的手隔着薄薄的裙子轻柔地抚摩她丰满的臀，使她的身体一阵阵酥痒难耐。原本她就是个十分敏感的女人，轻微的温柔会让她的身体产生强烈的反应。在昏暗中，她情不自禁地在他的耳边发出一声呻吟，高见泽听见了这声对他的抚摩的回应，就大胆地拉起她的手，离开舞池，来到他楼上的办公室。

进门之后，高见泽没有开灯，两人站在黑暗中拥吻。在接吻的同时，高见泽温柔地脱下她的衣裙。郝文君激动得喘不过气来，黑暗中的激情把她烧得浑身发热，她失去了理智，没有了思想，只是身体和情欲。在高见泽那张大办公桌上，他们陷入了疯狂……

接下来的日子，与高见泽幽会成为郝文君生活中最渴望的时光。高见泽在情欲方面给她带来的快感是她丈夫李斯渊从来没给过她的，而像她这种年龄的女人，一旦有了性觉醒，便不能控制自己的欲望了。她好像走火入魔似的，只要同高见泽相处在一起，她心中的欲火就会熊熊燃烧。

有一天，郝文君和高见泽在温泉宾馆幽会，三个男人无声无息打开房门溜了进来，其中一人手里还拿着摄像机。郝文君一声尖叫，急忙推开高见泽，拉起被单遮蔽赤裸的身体。

一个戴墨镜的男人"啪啪"鼓起掌来，说："好精彩的表演，如果制成光盘卖，销路一定非常好！"

高见泽惊恐万分，对戴墨镜的男人说："洪哥，你放过我吧，我父亲欠你的钱我一定还。"

"是吗？"洪哥摘下墨镜，伸出手来，"拿来吧。"

高见泽面露难色："再，再宽限我几天。"

"没有钱可以，我台湾朋友要的东西呢？"洪哥说。

"没，没有搞到。"高见泽垂下头，"偷中国核潜艇资料是要坐牢的，我不敢。"

"那么你就敢欠我钱不还喽？"洪哥对两个手下使眼色。两个打手立刻上前对高见泽拳打脚踢。

高见泽在忍受殴打的同时仍不忘用身体护住郝文君，让她免遭拳脚，他的眼中对她流露出深深的歉意。通过他们之间的对话，郝文君弄清了事情的原委。原来，高见泽父亲在世时借过一笔高利贷，如今债主上门要儿子替老子还账，否则就要将高见泽剁成肉块。那笔数目巨大的债务也可用实物偿还，她丈夫办公室里的资料就可以。

郝文君眼看着自己喜欢的男人被打得遍体鳞伤，情急之下，她喊出了至今仍然让她后怕的一句话："别打了，我给你们资料！"

"不要！"高见泽大叫，"不关你的事！"

高见泽的阻拦换来打手们更猛烈的毒打。高见泽无私的维护让郝文君从心底感动，她勇敢地挡住打手的拳头。她说："我会给你们那些资料的。"

洪哥一伙走后，郝文君为高见泽清理伤口。高见泽告诉她，为偿还父亲欠下的高利贷，洪哥逼他为台湾情报机构工作，用情报换钱偿还高利贷，他不肯，结果连累了她。高见泽劝她千万不要为洪哥做事，太危险。高见泽充满爱意的抱怨让她心中暖暖的，更坚定了她帮他还清高利贷的决心。更何况获取核潜艇资料对她只是举手之劳，她丈夫经常会把资料带回家来加班。

不久，郝文君用从丈夫公文包里搞到的核潜艇资料，帮高见泽偿还了一半高利贷。高见泽感激涕零，对她倍加呵护，令她感到无比幸福。实际上，她从丈夫公文包里拿到的核潜艇资料，只是一般性参考资料，没有多少情报价值。柳如嫣的这个圈套，只是她迈出走向深渊的第一步。

郝文君满面春风地走进宾馆电梯，她几乎每天都在期待着与"情人"高见泽的幽会。然而，天天见面是不可能的，毕竟，他们都有自己的工作和应酬，客观条件不允许。

有一天，高见泽对她说，有人把性生活的频率分为不同的时段："小说月报"、"半月谈"、"每周一歌"、"南津日报"，问她希望什么频率，她当即表示，"每周一歌"比较好。从此，只要没有特殊情况，他们都会"每周一歌"。

在"情人"高见泽的身边，郝文君才觉得自己是个"纯粹的女人"。女人生来就是要被男人爱的，这种爱包括精神的和肉体的。如果说她和丈夫李斯渊的爱有什么遗憾的话，那就是，丈夫给予她的更多是精神上的爱，肉体上则逊色很多。她和丈夫结婚多年，竟然不知道女人的高潮是什么状态，误以为身体“舒服”一下就是高潮了。直到有了高见泽之后，她才恍然大悟：原来女人的高潮不仅仅是“舒服”，而是腾云驾雾，如仙如幻，是身如触电，浑身酥软……

进入那种状态，她完全不能控制身体和表情，只能任由本能地展示。她觉得自己在高见泽面前，就像一个荡妇。开始她还有点不好意思，高见泽安慰她说，这就对了，这才是“纯粹的女人”。她还是第一次听到“纯粹的女人”这个说法。

高见泽告诉她，男人最喜欢的女人应该是这样的：堂上是贵妇，床上是荡妇。她就是这种“男人最喜欢的女人”。得到这样的评价，她不再为自己在床上的放荡感到难为情，反而增添了自信。高见泽不仅让她快乐，而且让她自信。能给女人快乐和自信的男人，岂能不被女人爱得死去活来？

在爱的滋润下，郝文君觉得自己好像年轻了许多，脸上的皮肤也有了光泽，眼睛也比往日有了神采。常常有人向她咨询她用的是什么牌子的化妆品，她就随口胡诌一个，她想说最好的化妆品是“爱”，是“睡觉”，但是没敢说出口。

爱的海洋会淹死男人，更容易淹死女人。恋爱中的女人，智商比男人还低。郝文君为她的爱付出的代价是丈夫单位的那些她并不看重的资料，她也不去想她这样做会带来什么后果，只想尽自己的力量去帮助“情人”，使他脱离苦海，斗志昂扬地一同进入水乳交融、如仙如幻的境界……

郝文君走出电梯，朝高见泽预订的房间走去。她期待着每次进入房间时那个充满激情的长吻，随后开始他们的“每周一歌”。

走近房门，郝文君隐约听到房间里有争吵声。

“不可以！绝对不可以！我不会让她再去冒险的。”是高见泽的声音。

“你要想清楚，你欠公司的钱还有一半没有还清。”是洪哥的声音。

郝文君自从上次把丈夫提包里的资料复印交给洪哥，这个人就再没有出现过。而且这个人很守信用地把照片底版都给了她。

“钱我会想办法。”高见泽底气不足地说。

“想办法？办法我已经替你想好了……”洪哥说。

“不行！绝对不行！我绝不会让她受到伤害。”高见泽说。

“这对她没有任何危险。只要她替我做了这件事，你欠公司的债务一笔勾销，而且这里的钱还都是你们的。”洪哥说。

“我不要你们的钱！”高见泽态度很坚决。

“我说你这人怎么死心眼儿呢？我都说了，这件事对她没有任何危险。否则你就还钱！马上还！”

郝文君推开房门。屋内两人立刻停止争吵。

“你要我做什么？”郝文君看着洪哥身旁打开的公文箱，里面应该有几十万块钱。

“很简单。”洪哥说，“你把你丈夫办公室的电脑键盘带出来，交给我，十分钟后再送回去。”

“就这些？”郝文君问。

“就这些。”洪哥说。

高见泽喊：“不要答应他！他们会在键盘上做手脚。”

郝文君问洪哥：“是这样吗？”

洪哥说：“你最好不要知道那么多。”

“为什么找我？”郝文君问。

“研究所的办公区很难进，你丈夫的办公室更难进，特别是短时间内频繁进出。”洪哥说。

郝文君不得不承认他找对人了。她进出丈夫李斯渊的办公室从来畅通无阻。

“我答应你。”郝文君说。

“不！不行！太危险！”高见泽说。

看到高见泽发自内心的焦急神情，郝文君更加坚信自己的决定是值得的。她对洪哥说：“但我有几个条件。”

“请讲。”

“第一，他欠的高利贷一笔勾销，你们不能再找他麻烦。”

“这个当然，在江湖上混，我们最讲信誉。”洪哥说。

“第二，将来不管发生什么事情，都不能牵涉到我。”

“没问题。除了我们三个，再没有人会知道这件事。”

“第三，钱要增加一倍。”郝文君指着箱子说。

“这个……”洪哥犹豫。

“你刚才说，只有我可以自由进出那里的办公室。那么我就应该值这个价钱。”郝文君说。

“好吧。”洪哥答应下来，“这里是三十万。事成之后再给你三十万。”

第二天，郝文君按照洪哥安排，以探望丈夫李斯渊为由进入办公区，并趁人不备把她丈夫的电脑键盘偷换出来。洪哥的手下在里面安装了一个小装置后，她又把键盘换了回去。

整个计划实施与柳如嫣的设想没有丝毫偏差。如果没有萧烈这个深不可测的人在一旁虎视眈眈，柳如嫣觉得自己真是一个天才。这次的成功，让她多少找回了一点自信。

第二十八章　加密手机

辛闻被杀以后，萧烈就把韩冰从唐心玫的身边调了回来，这倒不是他认为唐心玫已经没有危险了，而是他这边事情太多，不能缺少韩冰这个得力的助手。他给唐心玫调换了一名男特工当司机。唐心玫自从亲身经历了那次险情，也不再固执地拒绝给她配男司机了。

韩冰主要负责调查辛闻身边可疑人员的工作，同时负责协调与南津市国家安全局的关系，忙得焦头烂额。古小天来到她办公室，她头也不抬地说："自己找地方坐，别把材料弄乱了。"

古小天环视一周，满屋子都是照片和档案袋，他找了个空一点的桌子坐下。

"这些事务性工作可以找下面人来做，你没必要亲自动手啊。"古小天说。

"找谁做?"韩冰一边忙碌着一边说，"辛闻这案子拖得所有人都在外面跑，整个大队只剩下我一个闲人，我不做谁做?"

"进展如何?"古小天随手拿起桌上一个卷宗翻着。

"我们调查了那个出租车司机田伟，没有发现他与辛闻有电话联系。"

"他的车出现在我们侦查视线内，不会仅仅是巧合。"古小天说。

"我们对他也只进行了外围调查，还没搞清他与辛闻的真实关系。"韩冰说。

"只要盯着他，总能找到线索。"古小天鼓励说。

"辛闻身边可疑人员的调查工作更是毫无头绪，因为工作关系，他平时接触人员十分复杂，三教九流，哪一行的都有！我正在给这些人按照亲疏远近和可疑程度分类。你面前的就是重点对象。"

"难怪这堆卷宗最少。"古小天又换了一个卷宗随手翻看。这是一个女人的卷宗，他忍不住多看几眼，漂亮！

"你找我有什么事?"韩冰问。

古小天放下美女卷宗："我们又发现有人给柳如嫣送那种牌子的巧克

力了。”

“是萧站长发现的那种？”韩冰问。

萧烈在柳如嫣皮包里发现两盒相同牌子的巧克力，都是少了左上角的第二颗，这引起他的高度怀疑，他让古小天注意监视给柳如嫣送这种牌子巧克力的人。

“我们没有发现送巧克力的人，也没能把巧克力截下来检查。是花店的人代送的。”古小天说，“我拟定了个方案，缺人，想找你协助。”

韩冰摊开双手：“你看我还有空帮你吗？”

“是啊，我已经看到了。你都让蚊子叮了，哪有空闲给我挠痒痒？”古小天无奈地耸耸肩，“好啦，不耽误你工作，我走了。”

“不送！”

古小天刚走出几步，突然又停下来。他脑海中闪过那个美女的照片。他回身找出刚才看过的卷宗，取出照片，仔细端详：“这个人我好像在哪里见到过！”

卷宗登记表上写着这个美女的简要情况——

姓名：秦嘉珍。职业：香港《亚洲经济周刊》记者。古小天对这两项都没有印象。他到底在哪里见过这个女人呢？坐下来闭上眼睛，冥思苦想。

“怎么啦？”韩冰凑过来看了一眼，“挺漂亮的。又动心啦？不过她是我们的重点对象，身份可疑，你还是不要招惹她为妙。”

“我绝对见过这个女人！”古小天肯定地说，“但我想不起是在什么地方见过的。”

“不会吧？你古大公子出了名的‘大花眼’！”

“‘大花眼’？什么意思？”

“对美女过目不忘啊！除非你见到的不是美女本人。”韩冰挖苦道。

“对！不是美女本人，是画像！”古小天一拍脑袋，“是赖文祥提供的拼图画像！”

“那个叫‘海伦’的女人？”韩冰立刻放下手头工作，拿过照片仔细端详。

“这照片与赖文祥提供的海伦头像拼图差异很大。”古小天说，“海伦是长发，秦嘉珍头发是盘起的。秦嘉珍戴眼镜，海伦没戴眼镜。如果把这些都去掉，你再看看。”

韩冰仔细看了一会儿，说：“是有几分相似。”

这是一个重大发现！两人立刻向萧烈报告。

“秦嘉珍与海伦面庞有点像，但是气质完全不同。”韩冰说。

“你怎么看？”萧烈问古小天。

“我认为秦嘉珍和海伦就是同一个人。”古小天说，“这种受过训练的千面狐狸，只要她愿意，她可以变幻无数种形态。能辨认出长得‘像’，已经足够了。”

“老板，你让查的质子交换膜燃料电池，在军事上有广泛的用途。”韩冰说，“这种技术可以延长潜艇在水下逗留的时间。南津市有一家工厂就生产这种电池。”

“这就对了。”萧烈看着手中的海伦肖像拼图和秦嘉珍的照片，微微一笑，“‘剑鱼’大开杀戒，很可能就是为了保护她！”

“美国中央情报局下大本钱维护的间谍，一定不会是无足轻重的小角色。”古小天说。

萧烈点点头说：“这个人一定肩负着重要任务。会是什么任务呢？”

“秦嘉珍现在就在南津。”韩冰说，“我们查到，明天上午她对唐心玫市长有一个专访。”

“记者，不错的掩护身份。”萧烈准备请唐心玫帮他一个忙，立刻拨通了唐心玫的电话。“唐市长，你好，我是萧烈……”根据他们的约定，萧烈凡是称呼她职务，一定是在公众场合，她也会“公事公办”。

“萧处长，什么事？”

“你认识一个叫秦嘉珍的香港女记者吗？”

“认识。”唐心玫说，“《亚洲经济周刊》的记者，以前采访过我。你认识她？”

“不认识，所以找你帮忙。”

“她明天又要来采访我。”唐心玫说。

“我知道，就是想找你核实一下。具体情况就不在电话里说了，晚上回家告诉你……”

秦嘉珍对唐心玫的采访一直持续到中午。采访过程中，唐心玫有问必答，非常配合，秦嘉珍十分满意。

中午，唐心玫坚持要宴请秦嘉珍和陪同人员。席间，唐心玫非常热情，对秦嘉珍说：“上次你的那篇稿子，写得很好，省长和省委书记都看了，专门给我打电话，说了很多鼓励的话。中央政策研究室的一个处长，看了这篇文章，还约我写篇论文，准备收入到他们正在编辑的一本书里去。所以，我今天必须要请你吃饭，以表谢意。”

市政府宣传办的一个陪同人员立即“溜缝儿”说：“我们唐市长很少专门请记者吃饭的，我在宣传办工作好几年了，这还是第一次。”

秦嘉珍听了这番话，自然很受用。

唐心玫接听了一个电话，但没说几句话，手机就没电了，“糟糕，没带备用电池。小方，把你的手机给我用用。”

小方一摸兜，抱歉地说：“市长，我的手机没在身上。上午采访，我怕打扰你们，就把手机放在办公室了。”

唐心玫很自然地对坐在她旁边的秦嘉珍说：“秦记者，可以用一下你的手机吗？”

“当然可以。”秦嘉珍把自己的手机拿给她。

唐心玫接过手机，打了回去：“王局长，刚才我的手机没电了，这是一个朋友的手机……”

秦嘉珍和小方都安静下来，等她打电话。

“你怎么能这么办事！”唐心玫不悦地对着电话说。她忽然意识到有客人在，对秦嘉珍做了个抱歉的手势，一边训斥电话那端的人，一边拿着电话走出包房。在走廊拐角处，她把秦嘉珍的手机塞给萧烈，并从萧烈手中接过一部外观一模一样的手机。

萧烈拿着手机下楼，钻进等在饭店楼下的一部面包车。

秦嘉珍等了近十分钟，还不见唐心玫回来。她借口去卫生间，走出包房搜寻唐心玫，见唐心玫仍站在走廊的角落里打电话。唐心玫也看到她，对她友好地摆了摆手。秦嘉珍没有发现任何可疑迹象。她回到包房，拿出另一部手机拨打自己的号码，果然是“在通话中”，她放下心来。

停在楼下的工作车上，“眼镜”组长把一个比米粒还小的装置安装在秦嘉珍手机的电路板上，并改写了秦嘉珍手机的程序，植入“裸体木马”。

“别忘记修改通话时间。”萧烈提醒。

“明白。刚才的未接电话也已经植入。”

萧烈拿着手机上楼，在拐角处与唐心玫再次交换手机。

唐心玫拿着手机回到包房。

“对不起，秦记者。这个王局长办事总是不得力，年纪不小了，办事还是毛手毛脚的，一句话叮嘱不到，就能给你捅个娄子。要不是他舅舅是副省长，我早就把他撤掉了！”唐心玫抱怨道，把手机还给秦嘉珍，“谢谢。你们香港不存在这种现象吧？”一切做得亲切得体，滴水不漏。

萧烈坐在面包车里，盯着监视器，他非常佩服唐心玫良好的心理素质和演戏的天分。忽然，他想起那个在北京西单图书大厦弄坏陈开迪眼镜的女人，会不会是秦嘉珍呢？他让古小天立即派人把秦嘉珍的照片拿给陈开迪看看。陈开迪看过之后当即否定，不是她。他再次强调，那个女人的嘴角上有颗美人痣。

萧烈说：“这说明，还有一个女人没有被我们发现。大家以后要注意长美人痣的女人。”

古小天说：“如果那颗美人痣是假的呢？”

韩冰“扑哧”笑起来。

古小天说：“你笑什么？这年头，什么没有假的，就连处女膜都有假的。”

萧烈严肃地斥责他：“不要胡说八道！”

古小天这才意识到，此话在女人面前说出来显得不妥，伸出长长的舌头做了个“鬼脸”。

技术人员对秦嘉珍手机情况的技术分析很快完成，报告交到韩冰手中。面对报告中一串串晦涩的技术词汇，韩冰不知所云，一筹莫展。

古小天走进来。韩冰忙把手中的报告交给他。

古小天随手翻看几页报告内容，又看看韩冰，问：“你看不懂？”

韩冰红着脸点点头。

“我也看不懂！”古小天说。

韩冰如释重负：“原来你也不是什么都知道啊！”

“‘眼镜’呢？”古小天大声问周围的人。

立刻有人跑去找“眼镜”。

“‘闻道有先后，术业有专攻’，看不懂也不用脸红成这样呀！”古小天调侃韩冰说。

“谁有你那么厚脸皮！”韩冰反唇相讥。

“眼镜”跑到古小天跟前：“头儿，你找我？”

古小天晃着手里的报告：“我跟你说多少回了？别把骗女孩子那套用在工作上……”古小天的嘴巴被“眼镜”用面包堵住。

“求你啦……小声点。”“眼镜”的眼睛不住往韩冰身上瞟。

古小天看看紧张的“眼镜”，又看看韩冰。他明白了，韩冰又多了一个爱慕者！古小天咬了一口面包：“味道不错，是在对面店买的？”“眼镜”点头。古小天看了一眼他们的食品，问道：“你们这几天就吃这个？”

“还有泡面、榨菜和香肠。”“眼镜”说。

“方便面泡着不好吃，要煮才筋道。一会儿去买两个电磁炉，再买几个煮面的锅，从业务费里支出。没办法让大家吃好，但一定要让大家吃饱。”

“谢谢头儿！”

古小天晃一晃手中的报告：“给你三分钟时间，把它给我讲清楚。”

“一分钟就够了。”“眼镜”说，“秦嘉珍使用的这款‘摩罗’牌手机，外形与普通款‘摩罗’手机相同，实际上是一部改装的掌上电脑，内存硬盘接口采用特殊技术，不易拆卸、复原，虽然有大量信息储存在手机内，可是我们无法拷贝和解码，所以仍在想办法。不过，我们发现存储的信息中多次提到一个‘FCS’的英文缩写。”

“就这些?”古小天问。

“就这些。”“眼镜”答。

“啪!”古小天用手中厚厚的技术分析报告在“眼镜”的头上敲了一下。

“眼镜”乖巧地缩脖跑开了。

古小天回头问韩冰：“听懂了?”

“FCS是什么意思?”韩冰认真地问。

“这个你得问秦嘉珍。”古小天说。

秦嘉珍的出现，似乎让侦破工作出现了一丝转机。但是仍有很多问题无法破解。她到底是不是策划赖文祥叛逃的“海伦”? 那个打电话把辛闻从宾馆里叫出来的女人是不是她? 假如她真是间谍，她隶属于柳如嫣，还是“剑鱼”? 下一步她还会和什么人联系?

韩冰给萧烈送来了相对详细的资料，但也只有百十来字。

秦嘉珍，香港人，中英混血儿，少女时代在香港受过良好的教育，二十岁与一名美国外交官结婚，移居美国，两年后离婚。生性好冒险，五年前以香港《亚洲经济周刊》记者身份进入内地，经常到南津市活动。

“只有这些?”萧烈显然对这份报告不太满意。

“目前只有这些。”韩冰说，“根据这几天的观察，这个秦嘉珍社会关系网十分庞大，工作风格也很大胆。”

“假如她就是海伦，她以海伦的身份在南津出现后，还敢以秦嘉珍的身份继续在南津活动，已经证明她胆子够大。”萧烈说，“这可能就是她的个性。”

“我们也发现她有粗枝大叶的毛病。例如：她从唐心玫市长手中拿回手机后，也没有对手机进行仔细检查，让我们白白设置了那么多防检措施。另外，手法也不够细致，我们发现，她从一名关系人手中得到一份内部资料后，就随意放在她的旅行箱里，没有任何防范措施。我都搞不懂这个女人到底是天才，还是白痴!”古小天说。

“很多天才的另一方面就是白痴。”萧烈说，“有天赋的人常常不守规矩，守规矩的人通常碌碌无为，事物就是这么矛盾。勇于突破常规的间谍能够开创新局面，同时也会留下很多致命破绽，这在间谍历史上屡见不鲜。佐尔格就是这样一个人。”

佐尔格是一个以德国记者身份在日本活动的苏联间谍，他获取了德国进攻苏联的准确情报，被称为“天才间谍”，但他不遵守秘密工作纪律，被日本反间谍机构发现，判处死刑。

“对这个女人不要盯太紧，免得打草惊蛇。我们要设法弄清，她到底肩负着什么使命？”萧烈说。

“我明白，我们现在对她基本是‘散养’。”古小天说。

萧烈把一大叠卷宗推给古小天：“你看一下这些东西。”

“这是什么？”古小天问。

“照片和录像资料。”萧烈说，“我让他们把柳如嫣的图像资料汇集在一起，进行了比较。”萧烈拿起那张从柳如嫣皮包里取得的半截名片，“我在录像中发现，她在酒吧里经常会收到名片之类的东西。”

“你怀疑他们用卡片传递情报？”

萧烈把手中小半截名片上的凹槽痕迹指给古小天看。

古小天看了又看，想了想，情不自禁赞叹道：“太有才啦！”也不知是夸萧烈，还是柳如嫣。

萧烈说：“从图像资料看，给柳如嫣递送卡片的都是酒吧的服务生，这一点与利用花店职员送巧克力如出一辙。”一个人的思维定式很难改变。

“有道理！我们要怎么做？”古小天问。

“柳如嫣选择酒吧进行交联应该是随机性的，你也从这卷宗里随便挑两家酒吧租下来，服务生换上我们的人。”

“明白。”

“给柳如嫣送巧克力的人有线索吗？”萧烈问。

“送巧克力的人反侦查意识很强，从不固定委托一个花店。这几天我向韩冰借了些人，集中力量监控柳如嫣公司周围所有的花店……”这时古小天手机响起来，他接听电话，“好！我马上到！”古小天收起手机，“花店那边有动静啦！”

第二十九章　送花奇遇

古小天面前摆着一大束红玫瑰。韩冰斯文地坐在他对面吃着精致的小点心。自从圆满完成对辛闻身边可疑人员的排查工作，韩冰一队人就被古小天借来协助他追查“巧克力案”了。按照分工，韩冰一队负责跟踪送巧克力的人，古小天负责截住巧克力进行检查。韩冰的手下轻松锁定了送巧克力的男人，所以她索性跑来看古小天表演。

古小天选择的这家商务音乐餐厅位于写字楼的一层，柳如嫣的公司在十二层，餐厅前是进入写字楼的必经之路。古小天坐在音乐餐厅邻街的位置，漫不经心地嚼着花生米，他在等对面发出信号。

平时喜欢说笑的古小天今天显得沉默寡言，看上去甚至有点冷峻。韩冰认为这才是真实的古小天，他平时的油嘴滑舌和暴发户嘴脸只是一种伪装。刚才一粒花生米掉在地上，古小天立刻捡起来，很自然地剥去外皮，塞进嘴里。细节最能反映一个人的真性情，也最难伪装。

古小天的手机响起，他马上接听：“过来了？是穿白色衣服的那个姑娘吗？好，我看到了。”古小天放下电话，拿起桌子上的玫瑰花。

古小天走出音乐餐厅，迎面正好遇上送花的那个女孩：“小妹妹，你是给柳小姐送花吗？”

女孩看了看手中的纸条儿，回答道：“是啊。”

“小妹妹，求你帮我把这束花也送给柳小姐，好吗？”古小天装出一副可怜相，“我本来打算自己送的，可到了楼下，我实在鼓不起勇气上去了。”说着硬塞给女孩五十元钱。

“好吧，我帮你送。”女孩收起钱，愉快地答应。

“柳小姐喜欢吃巧克力吗？”古小天仿佛刚刚看到女孩手中的巧克力。他从女孩手中拿过巧克力看了看。

女孩身后一个行人突然把玻璃鱼缸掉在地上，发出一声爆响，女孩下意识地一回头，古小天趁机调换了巧克力。待女孩回过头来，古小天把掉包的巧克力交到她手上，说：“小妹妹，你等我一下，我也去买一盒巧克力，我不能让这家伙把我比下去！我马上回来！”古小天离开。

女孩看在古小天出手阔绰的分儿上，一边站在街角等他，一边笑他傻得可爱。

古小天转过街角，立刻钻进技术侦查车里。“眼镜”着手对巧克力进行扫描，果然在左上角第二颗的巧克力中发现有芯片。

古小天立刻与萧烈通话：“老板，你猜对了，有东西，内容还不知道，正在进行拷贝。知道了。”

技术人员很快完成拷贝，将巧克力包装复原。

古小天拿起早已经准备好的另一个牌子巧克力，回到送花女孩儿身边，趁帮女孩调整花束的机会，再次将检查过的巧克力换了回去。他对女孩点头哈腰，千恩万谢。直到女孩进了写字楼，古小天才长出一口气，走回音乐餐厅。老远他就看到一个油头粉面、一身名牌的小伙子坐在他的位置上，以拙劣的方式与韩冰搭讪。韩冰则笑盈盈地看着他表演。

“小姐，你的气质真好！请你喝一杯怎么样？”“油粉”故作多情地说。

古小天大步走过去，拍拍“油粉”的肩膀：“这是我的位置。”

“你是谁？”“油粉”用傲慢的眼神上下打量古小天。

“她的男人！”古小天说。

“她的男人？”“油粉”大感意外，没把古小天放在眼里，转向韩冰道，“哈！漂亮的小姐，你该换个男人了，不要跟这种没品位的老男人厮混在一起，那是没有前途的。这店就是我家的……我家光在南津就有五间餐饮连锁店，欢迎你常来，我给你一张贵宾卡，可以免单……”

古小天最恨别人说他没品位了。他脱下西装外套，扔在椅背上。“油粉”见他摩拳擦掌，眼冒凶光，不禁浑身发抖。

“喂！你想做什么？君子动口不动手，你别乱来呀！”“油粉”迅速跳开，离他足足有三步远。

这时，“油粉”的两个同伴走过来。他见来了帮手，立刻又神气活现：“你想打架？本少爷奉陪！”

“油粉”的同伴出其不意推搡古小天，差点儿把他推倒。韩冰站起身想要帮他。

“你给我坐下！”古小天很爷们儿地对韩冰说，“这是男人间的事。”

此时古小天身上散发出的那股男子汉的气势，让韩冰心头一震！她乖巧地坐下，观看即将上演的一场混战。在韩冰看来，“油粉”和他的同伴根本没有受过正规搏击训练，完全是泼皮式打法。古小天也好不到哪里，招式生硬，进攻缺少爆发力，防守漏洞百出，也就初级入门水平。但他凭着一股狠劲儿，一对三居然还能占上风！

这场混战最后以“油粉”和同伴跪地告饶结束。

“妈的！老子的女人你也敢碰！滚！”古小天又踹了一脚跪在地上的“油粉”。三个败将连忙逃跑。古小天揉了一下青肿的颧骨，痛得龇牙咧嘴。

韩冰温柔地为古小天拿着衣服，拉着他的胳膊：“我们走吧。”

这时，餐厅经理带着保安闻讯赶来，见到古小天一愣，忙打招呼：“古老板！”

古小天对他点点头，说：“老刘，不好意思，打扰你客人吃饭了，这餐算我的，我请客，这里人人有份儿！”

餐厅围观的客人见古小天如此大气，立刻有人带头鼓起掌来。

古小天笑容可掬向众人致意：“大家吃好喝好！”携韩冰离开。

古小天和韩冰来到萧烈办公室。萧烈看见古小天鼻青脸肿，笑问：“又和谁打架了？”

“小流氓。”

“谁赢了？”

古小天挺了挺胸膛：“当然是我！”

“对手够差劲的。”萧烈说。

“什么差劲呀？我一人打仨！”古小天说。

“英雄救美？”

“你怎么知道？”古小天看看韩冰。

“否则你没这么大勇气。”萧烈说，“芯片内容复制完整吗？”

“芯片内容都复制下来了，但是解码工作进展非常不顺利！”古小天说。

“意料之中。”萧烈说，“破译密码从来不是一件简单的事。送巧克力的人找到了？”

“找到了。”韩冰说，“他叫高见泽，日籍的中日韩混血儿，在南津开了一家销售机器设备的公司。”

“下一步我们要怎么做？”古小天问。

“暂时‘养’起来！”萧烈说。只要找到人，事情就好办啦。“当务之急，我们先要拔除内部的钉子！”

“拔钉子？从哪儿动手？”古小天问。

“我想拿那个出租车司机田伟做点文章。”这个计划萧烈已经策划很久了。

“田伟？”韩冰不解，“我们还没有拿到他任何证据，怎么做文章？”

“我判断田伟只是一个跑龙套的角色，盯着他也没有太大意义，不如利用一下。”萧烈说，“我们可以把他描绘成侦破辛闻被杀案的关键。”

“编假情报？”古小天心领神会。

“只要内奸相信是真的就可以了。”萧烈说。

第三十章　引蛇出洞

最近一段时间，赵炳学非常苦恼，主要原因是，在南津市国家安全管辖的范围内，连续发生了多起恶性案件，其发案密度和恶劣程度，均属史无前例。他作为南津市国家安全局局长，压力可想而知。

如果说赖文祥的被杀还可以找由头搪塞的话，那么，唐心玫市长被袭和辛闻副秘书长的被杀，就怎么也找不到为自己辩解的理由了。尽管安全系统内部的人知道“事出有因”，并无责怪之意，但是普通老百姓就不那么好说话了。他们不知道哪些案子归国家安全局管，哪些案子归公安局管，他们只知道省政府副秘书长被撞死了，市长差点儿被人用枪打死，南津市的日子不太平，一时间搞得风声鹤唳、草木皆兵。到了晚上，街上的行人稀稀拉拉，家家户户闭门不出。人们通常会把社会治安问题归结到公安局头上，所以公安局的人挨了不少臭骂。公安局长不甘心代人受过，见了赵炳学，气就不打一处来，冷言冷语地说：“老赵啊，你们每天都在干什么呀？不会是整天喝着茶水看报纸吧？”

赵炳学无言以对，恨不得找个老鼠洞钻进去。

由于思想压力大，睡眠质量每况愈下。晚上休息不好，白天的精神就不振，精神不振，脑袋的反应就慢，逻辑思维能力就差，这样一来，常常是一个逻辑链推着推着就断了，想到后面忘记了前面。

为了发挥集体的智慧，赵炳学把办公室主任孙克俭和技术室沈家辉找来，请他们帮助出出主意。他们两个跟他时间最长，对他的工作思路比较熟悉，另外，有些事情也不便扩大知密范围。

赵炳学对孙克俭和沈家辉说，他老婆对他说，他最近的头发白了不少，都是被案子愁的。

孙克俭说：“看来这次真是碰上了强劲的对手。”

赵炳学感叹：“601 泄密案，先是找不到泄密的途径，后来在萧烈副站长的帮助下，好不容易抓到了泄密人，给他配眼镜的人却死了。好不容易从辛闻这里找到一点线索，结果他又被卡车撞死了。我从事反间谍工作这么多年，从来没有这么窝囊过。我最近经常在想：到底是自己老了，还是间谍越来越聪明了？”

沈家辉说：“从我们技术部门来看，现在间谍手段越来越新，所用的设备，科技含量也是越来越高。有些新玩意儿，不要说我们没见过，甚至连听都没听说过。实在不好对付啊！”

这时，韩冰给赵炳学送来一份报告，看见孙克俭和沈家辉，并不避讳他们，对赵炳学说：“赵局长，萧副站长建议对出租车司机田伟进行侦控，因为这个行动需要动用安全局的力量，他建议由你来担任总指挥。”

赵炳学迅速看完行动报告，高兴地说：“很好，我同意。”并在报告上签了字，“你去布置吧。”

“好的。”

韩冰离开以后，赵炳学的精神大振，对孙克俭和沈家辉说：“看来，我是有点老了。萧烈这个人点子就是多。”

韩冰拿到赵炳学签字的审批表，立刻展开对田伟监控工作。在这次监控行动中，除了韩冰的下属直接参与行动外，南津局方面只有决策者赵炳学、办公室主任孙克俭和技术室主任沈家辉事先知道这次监控行动的真正目标。为了给“内奸”较多的时间通风报信，这次行动以准备工作复杂为由，决定在两天后开始实施。

柳如嫣收到“黄玫瑰”的信息，再次与“剑鱼”在超市停车场“会面”。他们仍然是各自坐在自己的汽车里，通过车窗上的红外线波进行交谈。柳如嫣在来这里之前，还是采用上次的办法，让沈文倩扮她引开跟踪人员，然后她再驾驶“克隆车”赴约。

“田伟是什么人？”柳如嫣开门见山地问。

“怎么，他出事了？”

“‘飞龙’马上要调查他。”

“他是我的人。如果他被捕，可能会影响到‘FCS 行动’的实施。”

“你们是怎么搞的，每一次出事都是大事！”

“剑鱼”无奈地叹了口气：“你以为我愿意出事啊？今年也不知怎么了，运气特别不好。”

“你什么意思啊？还不如直接说，是我给你们带来了倒霉运。”

“这是你说的，不是我说的。”

“好啦，我没时间和你扯皮，你说吧，你准备怎么办？”

“为了‘FCS 行动’，只能让田伟消失。”

“这样一来，我的情报关系就很危险了。赖文祥和辛闻的被杀，都是这个渠道出来的消息，‘飞龙’不会没有警觉。要是再把田伟做掉，我的情报关系即使不暴露，也会受到重点怀疑。”

“这就要由你来权衡利弊了。舍不得孩子打不着狼。你要想保护这个情报关系，就要做好放弃‘FCS 行动’的准备。”

柳如嫣沉默不语，迟迟拿不定主意。她是为“FCS”而来的，如果不能完成这个任务，不仅个人声誉受到影响，二百万美金的酬金也打了水漂。至于“黄玫瑰”，说他有危险，只是一种假设，未必真的就会被“飞龙”抓到。退一万步说，就是真的被“飞龙”抓到了，那他也算“人尽其才，物尽其用”了。

最后，柳如嫣打定主意，再冒一次险，使用一次“黄玫瑰”的情报。但是她警告“剑鱼”：“这一次，绝对不准再出纰漏！”

田伟驾驶出租车在南津市的街道上行驶，有关他的影像资料，实时出现在南津市国家安全局指挥中心的大屏幕上。工作人员根据田伟的行车路线，不断切换道路监控系统的视频信号，并将情况随时通报给后面跟踪的车辆。

“情况怎么样？”赵炳学来到指挥中心。

“目标刚才接到一个可疑电话，目前正朝火车站方向行进。”韩冰说。

“什么电话？”赵炳学问。

“打电话的人使用了电子变音装置，像是组织联络电话。”韩冰说。

韩冰示意工作人员放电话录音，于是他听到了如下的对话：

“是公共汽车公司吗？”是伪装的声音。

“不是，我是婚庆租车公司。”是田伟声音。

“说话方便吗？”

“方便。”田伟说。

“你四舅病了，1410，还在老地方。”

“知道啦。”电话挂断。

赵炳学皱眉头：“1410？老地方？”

“我们现在还不知道具体指什么。”韩冰说。

“这足以证明这个人有问题，干得不错！”赵炳学说，“他说四舅病了，那是示警！让外勤那些小伙子机灵一点，发现异常就把人扣下，千万不能让他跑了！”

“是。”调度人员立刻将赵炳学的指示传达下去。

指挥中心大屏幕显示田伟在火车站停车，进入购票大厅。

“连接火车站监控系统。”调度人员说。

大屏幕上显示火车站购票大厅图像。田伟在窗口买票。

“查他买了什么票。”赵炳学说。

调度人员立刻通知外勤人员进行查证。

五分钟后，调度人员通报：“目标购买了一张14∶10、目的地北京的火车票。”

“14∶10？”韩冰查阅资料，“这是一趟途经南津的列车，在南津站停车五分钟。”

“看来1410是指时间。”赵炳学看看时钟，“列车马上进站，目标下一步就该带我们去‘老地方’啦。”

“跟踪人员失去目标，请求支持。”调度人员通报。

“什么？”赵炳学跳起来，“怎么搞的！”

工作人员通过火车站监控系统搜寻目标。

“目标通过第三候车室。”工作人员报告。

“快！让他们贴上去！列车很快就开啦！”赵炳学敦促。

调度人员立刻将赵炳学的命令通报外勤人员。外勤人员迅速向第三候车室靠拢。

赵炳学看看时钟：“时间来不及了，让他们抄近路。”

“第一候车室距离近一些，可以从第一候车室进站。”调度人员通报外勤人员。

外勤人员掉转方向进入第一候车室。

“喂，交钱！”外勤人员受到候车室一个中年男人的阻拦。

“我们在执行任务。”外勤人员向中年男人出示侦查证。

中年男人拿过侦查证看了看，不屑地撇了撇嘴：“这个证不好使。我们实行个人承包制，不交钱，谁也别想从这里过去！”

为首的特工薛磊看了看时间，忍气吞声地掏出一百元钱交给中年男人：“不用找了。我们走！”

“你什么意思？”中年男人蛮横地拦住薛磊，“就显你有钱是不是？狂什么？”他把钱塞到薛磊手中，“我还不要你的钱了！回去回去，这里不准过！”

又有几个候车室工作人员围拢上来，吵吵嚷嚷地为同伙助阵，薛磊等人试图强行通过，立刻遭到阻拦，双方纠缠在一起。

赵炳学盯着大屏幕上混乱的画面，恼怒地大骂：“这个薛磊，怎么这么窝囊！”

调度人员将赵炳学的话通报过去。薛磊立刻一记重拳把与他纠缠的那名中年男人打倒在地。其他几个人见组长动手，也迅速出手，制伏了其他人，并将其双手扭到背后，用塑料扣紧紧绑住。被薛磊制伏的中年男人趴在地上大吵大闹，薛磊一只手抓起他的头发，另一只手猛地卸掉他的下颌骨。只听“咔吧”一声，中年男人便不再叫了。薛磊凌厉的目光从其他几个还在挣扎的车站人员脸上扫过，他们立刻畏惧地闭上嘴。

“你们两个留下看住他们，其他人跟我来！”薛磊说。

当薛磊等人急匆匆跑上站台，列车已经开动，他们只能目送列车徐徐前行。

薛磊沮丧地向指挥中心报告：“我们没赶上车，跟丢了！再重复一遍，我们跟丢了！”

赵炳学站在指挥中心大骂：“笨蛋！一群笨蛋！成事不足，败事有余！把那几个拦路的王八蛋都给我抓回来，现在南津市怎么还有这么多法盲？拘留！全部拘留！”

“呼叫第二组。”韩冰指挥调度人员，“命令第二组行动，务必抢在列车前面到达下一站！”

“第二组，呼叫第二组。”调度人员。

“第二组收到。”

调度人员把韩冰的命令简要复述一遍。第二组立刻飞车驶上高速公路。

第二组的三辆车在高速公路上与列车赛跑。驶下高速后一路闯红灯。终于抢在列车前面到达火车站，成功登上列车。闻讯后，指挥中心一片欢呼。韩冰长长出了口气。

赵炳学满意地笑了：“这几个小伙子还不错！”

第二组人员在车厢中发现田伟的踪迹，他正靠在车窗旁打盹。跟踪人员不留痕迹地分布在车厢两端和他座位附近，用眼睛的余光监视着田伟。

列车经过半个多小时的行驶，即将进入下一站，田伟仍然靠在座椅上打盹。列车减速，刹车制动令车厢剧烈震动。由于惯性，靠在座位上的田伟重重地一头栽倒在面前的茶几上。跟踪人员发现情况不对，立刻上前查看。

“田伟死了！”

韩冰脸色苍白地将一张纸条交给萧烈。萧烈不动声色地看完，然后烧掉。

监控人员发现，田伟被杀的前一天，柳如嫣的电子邮箱收到一张黄玫瑰图片，与辛闻被撞死前她收到的那张黄玫瑰图片一模一样。对图片进行技术检验，没有发现隐藏的缩微点。侦查员注意到，柳如嫣在收到黄玫瑰图片后不久，利用别人的电脑登录了一家服务器设在加拿大的提供网络硬盘服务的网站，从上面下载了一篇文章。技术人员从她浏览过的这篇署名“3C”的文章中，破译出了韩冰计划秘密逮捕审讯田伟的内容！

更重要的发现是：技术人员通过黑客技术入侵这家网站，获取了上传那篇文章的时间和 IP 地址。IP 地址显示，上传密码文章的电脑属于赵炳学！

经法医检查，田伟死于一种贝类毒素混合物。这种混合物 1 ~2 分钟就会在血液中发生作用。最强壮的心肌也只能再工作五分钟，之后会发生大面积心肌梗死，看起来就像自然死亡。如果死者当天食用过贝类食物，那么，什么毒素也检测不出来。

“十分高明的谋杀！”古小天说，“田伟这么个小角色，他们为什么急着杀他？”

“应该是要保护辛闻谋杀案背后的那个人。”萧烈说，“敌人连续三次使用同一个渠道发出的情报，已经犯了大忌。我想敌人这么做，一定是迫不得已。他们不会一点没有警觉。”

“我们下一步要怎么做？”韩冰问。

“加强对已经发现线索的监控，另外，可以把这里的情况向总部汇报了。”萧烈说。

“包括内奸的内容？”

“是的。”萧烈说。

为了保密，萧烈亲自将报告送到总部。牛加一副部长看完报告，脸色铁青。

“这么大的事，你为什么现在才报告？”牛加一质问萧烈。

“没有证据。”萧烈说。

“不是没有证据，是你小心眼儿！”牛加一说，“你怕别人说你在背后搞小动作，你在意你那点名声！”

萧烈无语。在这老狐狸面前，他还是少说话为妙。

“你说！现在怎么办？”牛加一问。

萧烈沉默，心想：这哪里是我能决定的事？该你操心才对。

“问你呢！”牛加一追问道。

萧烈只好硬着头皮回答：“我认为首先要稳住敌人。我们三次试探痕迹太明显，可能会引起敌人警觉。”

“怎么稳？”

“苦肉计。不过，这就要委屈老赵啦。”萧烈说。

“委屈？他一点都不委屈！”牛加一说，“你怎么能肯定赵炳学就不是那个内奸？我看他嫌疑最大！”

萧烈笑道：“虽然表面上三个人都有嫌疑，但我了解老赵，他工作方法上有些霸道，可他不是变节投敌的那种人。另外，老赵干了这么多年侦查工作，他不会不知道上网会留下尾巴。您能相信老赵连这点反侦查意识都没有吗？”

“他就是蠢！”牛加一说。

萧烈知道牛副部长是生赵炳学的气，在他管理下的南津国家安全局，居然会有人被敌人策反。

“内奸使用老赵的电脑进行联络，恰恰成为证明老赵不是内奸的最有力证据。”萧烈说。

牛加一点头表示同意：“另外两个人你打算怎么查？”

“我准备从钱的角度入手……”萧烈详细向牛副部长介绍了他准备的侦查方案。

“可以，就照你的方法办！”牛加一说。

萧烈顺便又报告了柳如嫣的一些情况，最后问：“对这个柳如嫣，我们应该把握怎样的分寸？”

牛加一想了想说：“对柳如嫣，我们要从大局出发，把眼光放远一些。只要她不做太出格的事，就不要管她。免得让柳简铭说咱们小气！”

第三十一章　走马上任

萧烈还没有回到南津市，任命他为“TS”工作站站长的命令就已经到达。同时到达的还有让赵炳学去北京参加研讨会的通知。

萧烈走马上任后主要做了两件事：第一件是按照“情报人员少接触绝密资料，反间谍人员多接触绝密资料，后勤人员不接触绝密资料”的原则，重新划分秘密文件的传阅范围。萧烈的解释说，进攻性情报人员直接与敌人面对面交锋，风险较大。反间谍人员只有尽可能多地掌握各种间谍资料，才能从中挖掘潜伏间谍的蛛丝马迹，但要严格限制反间谍人员与敏感人物接触，这既是保护反间谍秘密，也是保护反间谍人员本身。第二件是重申必须严格区分“敌我矛盾和人民内部矛盾”，国家安全机关的侦查手段只能用于对敌斗争，不能用于党内斗争。实际上，萧烈暗中还做了第三件事：秘密组建了一个以韩冰为首的“五人小组”负责清查“内奸”的工作。

“秦嘉珍最近有什么动静?”萧烈把韩冰和古小天叫到办公室。

“我们对秦嘉珍的手机实施监控后，主要对通话人身份和通话内容进行核查分析，但至今没有发现什么有价值的线索。”韩冰说。

“稍微有点常识的间谍都不会在电话里讲重要事情，这很正常。”萧烈说。

“这个秦嘉珍社会关系十分复杂，虽然从她接触过的人员中筛选可疑人员几乎不可能，但我们还是发现了一个可疑现象。”韩冰说。

“哦？什么现象?”

“她使用手机的蓝牙功能传输加密信息。”韩冰说。

“有没有破译信息?”萧烈问。

“还没有。技术人员说，她使用的是一种电子加密指令，这些指令由杂乱无章的文字组成，输入密钥，简易程序就会自动剔除无用的文字，显示出译文。这是一种很简单的加密方式，但是难点在密钥上。”

“什么密钥?”

“一种‘只用一次’的密钥。”韩冰说，“破译人员说，秦嘉珍使用的密钥是一组三十二位的英文字母和数字组合，代表完全不同的解码顺序，每组密钥用后就废弃。这种‘只用一次’的密钥，如果不是双方各自拥有彼此相同的密钥手册，根本无法从其规律性破译出这些密码。”

“既然这么保密，‘925’的‘石头’为什么不用这种方法加密?”古小天问。

“这种加密方法也有缺陷。”韩冰说，“一是只能用于文字加密，不能用于图形、音频加密。二是只能用于双方单线联系，不能兼容第三方。由此可以推断，秦嘉珍与这个人应该是单线联系。”

“还有什么发现?”萧烈问。

“尽管信息内容无法破译，技术人员却发现，她的加密信息中有一组英文字母反复出现。”韩冰说。

“什么字母?”

“‘FCS’。”

“又是‘FCS’！上次在她的手机中不是也发现了这组字母吗?”

“是的。”韩冰说，“另外还发现，秦嘉珍使用加密蓝牙技术很可能是和柳如嫣进行联系。”

“哦?”这是一个非常重要的线索，足以影响案件的侦查方向。

“我们对柳如嫣和秦嘉珍的监控记录进行了比对。结果发现，虽然她们从未有过直接接触，但秦嘉珍三次利用手机蓝牙功能传递加密信息时，恰巧柳如嫣都处于同一区域。”

“三次?”

“是的。”韩冰说，“这种使用手机蓝牙功能的接头联络方式十分隐蔽，远距离很难截获。如果不是我们事先在秦嘉珍手机上做了手脚，她们就是在我们眼皮下传递情报，我们也发现不了。”

萧烈皱起眉头：“你们还记得‘925’携带的那块‘石头’中的内容吗?”

“记得，是关于歼－15战斗机的内容，已经认定是由601研究所的陈开迪泄露出去的。”古小天说。

“我一直在想这个问题。”萧烈说，“陈开迪与赖文祥同属一家研究所，赖文祥是‘剑鱼’这条线策反的，陈开迪泄露的资料又出现在疑似艾克森交通员的手中。”

“这说明，导致陈开迪泄密的间谍和策划赖文祥叛逃的间谍同属于‘剑鱼’组织。”古小天说。

萧烈摇摇头：“这正是我想不通的地方。‘剑鱼’的人策动赖文祥叛逃，是为了从赖文祥那里获取情报。如果你是‘剑鱼’，你在601研究所有一个从陈开迪那里获取情报的渠道，你还会策动赖文祥叛逃吗?”

古小天想一想：“不会。如果那样做，601研究所会重新检查安全机制，令陈开迪增加暴露的危险。”

“我一直在研究‘剑鱼’从事间谍活动的手法。”萧烈说，“一个人会在潜意识里把他自己的弱点当成所有人的弱点。结合‘剑鱼’被策反的经过，我认为‘剑鱼’的活动应该会围绕着‘色诱’和‘胁迫’做文章。他自己栽在‘色’字上，他最有把握的手法就是物色跟他同一类的人，然后从‘色’字入手进行策反。”

“没错，赖文祥的案子就是一个很好的例证。”古小天说，“导致陈开迪泄密的间谍和‘剑鱼’应该分属两个不同的组织，因为陈开迪这条线上的人要比‘剑鱼’高明许多。”

“如果我的推断没错，操纵陈开迪的间谍应该是台湾军情局的人，也就是说，和柳如嫣是一伙的。”萧烈说，“但是柳如嫣这条线的情报，怎么会出现在艾克森的交通员手中呢?‘剑鱼’和柳如嫣分属美国中央情报局和台湾军情局，按道理，这两个组织互不隶属，情报合作不应该这么紧密。即使柳如嫣因为‘剑鱼专案’与‘剑鱼’合作，也不可能使用‘剑鱼’组织的交通渠道，由此可见，柳如嫣无疑是一个双重间谍!”

“这不奇怪，我们以前就怀疑过她是双重间谍。”古小天说。

“还有就是，如果秦嘉珍就是海伦，她应该隶属于‘剑鱼’。现在柳如嫣和她联络，说明她们之间有合作。‘剑鱼’不惜代价维护秦嘉珍，说明她很重要，一定要盯紧她!”

“秦嘉珍正在与302研究所的机要室副主任赵福顺打得火热。”

“好，兔子撞到树桩上啦!”

秦嘉珍认识赵福顺是在一个朋友的生日聚会上。这个聚会是她刻意安排的“色诱”赵福顺的第一步。赵福顺四十多岁，年龄不算大，但头发已经出现斑白，以她的职业习惯判断，这通常是忧郁引起的。目光呆滞、混浊，表明此人已经心灰意冷；眉毛倒挂，眼角皱纹丛生，说明他一生屡遭挫折；而他那双在女人身上滴溜乱转的眼睛，表明他还是一个色鬼。对于秦嘉珍来说，征服这样一个男人，并不困难。而这个人头脑中的东西正是“FCS行动”不可缺少的一环，即获取精密导弹核心数据的第二层密码。第一层密码已经被她拿下了。

秦嘉珍出生于香港，父亲是香港人，母亲是英国人，她作为中英混血儿，不仅长得漂亮，而且身上还有一种超凡脱俗的特别气质，这也是那个“情痴”赖文祥一眼就看中她，并被她迷惑的重要原因。

她生性喜欢冒险，从小就喜欢玩有刺激的游戏，她投身间谍这一行，既不是为了钱，也不是为了什么理想和信念，就是因为喜欢。在她的眼中，间谍工作是一种高尚的富有挑战性的职业。她的这种“不安分”的细胞使她难以忍受固定的、一成不变的夫妻生活，她更不愿意为了生孩子、带孩子把自己拴在家里。对她来说，家就是一所限制她人身自由的“监狱”，她要“冲出牢笼”，像一只小鸟，在自由的天空飞翔。在美国定居期间，她加入中央情报局，后来以香港《亚洲经济周刊》记者的掩护身份进入内地活动，代号为“毒蝎”，隶属于“剑鱼”系统。她先后物色收买了辛闻和赖文祥，并成功将赖文祥策反叛逃，遗憾的是，这两个人都在迫不得已的情况下被“剑鱼”派人暗杀了，不过这也说明了她的重要。本来她是可以在赖文祥被捕和辛闻暴露的情况下一走了之，可是“剑鱼”不让她走，因为还有“FCS行动”没有结束，而她正是“FCS 行动”的骨干。根据组织的安排，完成“FCS 行动”计划，她就可以暂时离开中国，到东南亚或者地中海去度假了，在那些充满浪漫气息的地方，不知又会上演怎样的浪漫故事。

秦嘉珍认为自己是一个将来会被写入世界间谍史的出色间谍，她获取情报的法宝不仅是自己的姿色，更是她的聪慧。她能够准确无误地了解一个男人的感情兴奋点和身体敏感区。只要她愿意，她能使任何一个男人向她吐露机密。在她看来，这就是一种床笫和头脑之间的游戏。对某些男人是先上床，然后再猛攻其头脑；对另一些男人顺序则相反。

秦嘉珍十分了解像赵福顺这种男人的心理：人到中年，碌碌无为，拖家带口，升迁无望，面对平凡琐碎的工作，常感厌烦，焦虑不安，总是幻想什么时候有个艳遇，找个情人，刺激刺激，放松放松。她略施小计，就会很快让他们成为她的感情奴隶，欣然投入她布下的温情陷阱。他们会为她着迷，为她不惜牺牲自己的事业、家庭，甚至生命。尤其是对于赵福顺这样的人，她更有自信。她相信赵福顺会成为第二个赖文祥。

在那次朋友的生日聚会上，秦嘉珍很自然地就和赵福顺“混”熟了。为了博取赵福顺的同情，她故意发了很多人生感慨。浪迹天涯，漂泊不定，茫茫人海，知己难求，流露出楚楚可怜的孤独神情。她说，她非常羡慕赵先生，事业有成，工作稳定，旱涝保收。赵福顺则安慰她说，孤独是一种人生境界，不是什么人都可以享受到孤独的，只有受过高等教育、追求高级精神生活的人才会有孤独感，所以那是一种“高贵的孤独”。

赵福顺的这一观点，是秦嘉珍从没听说过的，不由得对这个相貌普通的“书呆子”多了一层了解。二人谈得非常投缘，彼此都有“相见恨晚”之感。当她主动向赵福顺索要手机号码时，赵福顺显得有些受宠若惊。秦嘉珍知道国防研究所的有关规定，机要人员与境外人员接触必须报告。她半开玩笑地问赵福顺："赵先生，和我在一起喝茶，你要向组织报告吗？"

"你是香港记者吗？我不知道啊！我为什么要报告？"赵福顺幽默地答。

秦嘉珍知道鱼儿已经上钩了。赵福顺已经为自己找好了和她接触的理由，这也是男人向女人献殷勤的最好方式。

第二天，秦嘉珍就收到一束赵福顺送来的红玫瑰花和一张请柬，邀请她共进午餐。在秦嘉珍看来，赵福顺正在一步步走进她设下的圈套。经过几次单独交往，秦嘉珍认为时机基本成熟，于是邀请赵福顺去她的住处，理由是她病了，一个孤独人生病，就感到更加孤单了。赵福顺接到电话，立即买了东西去看她。

秦嘉珍不知道，她和赵福顺的交往，全部在韩冰小组的监控之中。她更不会想到，赵福顺实际上是萧烈布置的"猎兔行动"中的第七号"树桩"。这个"猎兔行动"的本意就是"守株待兔"，从"赖文祥叛逃"案发生后，就开始在南津的各国防研究所部署多个"树桩"，就等着"兔子"来撞了。

柳如嫣来到与部下约定会面的酒吧，坐在吧台前，给自己要了杯酒。她的出现不可避免地吸引了不少男人追逐的目光，她对这些男人毫无兴趣，她的心中只有萧烈。

柳如嫣很喜欢和萧烈在一起的感觉：甜甜的、酸酸的，总之是一种发自内心的愉悦。她发现自己现在每次与萧烈在一起的时候，心脏都会乱跳，以前她并没有这种感觉。她时常会想起他，不知为什么就是想他。她知道和他在一起是不会有结果的，甚至知道他可能并不爱她。可就是没办法不想他，有时甚至深夜想他想得无法入睡，他让她魂牵梦绕……

柳如嫣知道萧烈一定不会有这种感觉的。她的出现，只是萧烈生命中的"100+1=101"；而对于她来说，萧烈的出现，在她的生命中是"0+1=1"。这个算式是她自己发明的，她有时觉得自己真的很傻，但她又愿意自己就是这样傻。

"FCS 行动"目前进展顺利，艾克森已经把一百万美元汇入柳如嫣指定的账户，拿到数据资料后，艾克森会付给她余下的一百万美元。奇怪的是，柳如嫣并没有自己预计的那么开心。她现在只想早一点完成"FCS 行动"，早点离开大陆。或许时间和空间能让她快些忘记萧烈。

在柳如嫣看来，美国人现在为"FCS 行动"搞得焦头烂额，完全是自作自受！

美国人本来有很好的机会影响大陆军力发展方向，但是美国人的肤浅让他们错过了这个千载难逢的机会。三十年前，中国为了经济改革快速发展，曾经大幅度削减军事力量。当时中国被迫下马的项目，就包括现在已经批量生产的 FJ10 战斗机项目以及目前进入试车阶段的 FJ14 战斗机项目。另外，1983 年中国停止了设计已五年的航母计划，停止了 DF5A 导弹的研制。这些举动无疑是向当时国际社会，特别是向美国表示，中国十分愿意和平发展，甚至可以完全放弃武力争斗。

这是一个多么好的机会啊！可以说是上帝恩赐给美国的机会。美国此时如果拿出 30% 的诚意来认真对待中国大陆的这种策略，紧紧地把中国拉入北约，不但可以完全摆脱在亚洲军事部署基地过于复杂、兵力分散、树敌过多的被动局面，而且可以在亚洲大陆永远地站稳脚跟，逼迫俄国进一步退缩。

令人惋惜的是，美国当时的做法恰恰相反。美国人在得到当时中国最新的三种军事装备情报后，就认为已经得到了中国当时全部的军事科技。美国和中国在 FJ8B 战机计划、M1985 装甲车“美洲之虎”计划、DD21 护卫舰计划刚刚开始合作不久，便迫不及待开始准备对中国进行完全的“美国意识形态”演化，即所谓“北京之春”运动。这几乎与美国在东欧前社会主义国家采取的行动同步。但是，美国人忘记了“中国人 = 智慧”这一历史经验。中国人可以预先判断和猜测出西方人所要做出的远期规划，一贯含蓄的表面背后隐藏着十分凶猛的内在，这是中国人的特性。

如今的中国，从渤海到南海，遍布中国海军全新设计的军舰，新设计的 ES11 正在进入实体建造阶段。而且中国海军二十一世纪最大的突破并非在舰艇方面，而是在被多数人忽视的“鱼雷武器”方面。中国自 1999 年自行研制成功声波 + 尾流制导的 B 型鱼雷后，对于美国舰队来说，实际就等于淘汰了第七舰队四个级别多达二十一艘战舰。美国人现在才意识到中国海军的危险性，“亡羊补牢”为时已晚！

此刻，就在距离柳如嫣不远的一间小屋子里，萧烈正通过监控设备监视着柳如嫣的一举一动。

“怎么还没有人和她接触？”古小天通过监视器审视着整个酒吧的情形。他为了买下这个酒吧，花了不少钱，等拿下柳如嫣后，他要做的第一件事就是赶紧把这个酒吧卖掉。

“估计她等的人快到了。”萧烈说。柳如嫣在二十分钟内看过三次表，这是约定时间临近的下意识动作。

“目标出现了！”一名侦查员闯进来。

“哪个？”古小天急切地问。

“戴帽子这个。”侦查员在监视器画面上找到那个人，“刚才他为柳如嫣点了一杯酒，还附上一张名片。我们刚才对名片进行扫描，发现其中藏有芯片，芯片内存储着大量加密信息。技术人员正在按原定计划对芯片内容进行复制，大约还需要三分钟。”

“让调酒师接电话，多磨蹭一会儿。”古小天说。

“是。”侦查员离开。

古小天对萧烈说：“老板，我越来越佩服你了，这么隐蔽的传递手法都能让你发现！”

“我是随便猜的。”萧烈说。

坐在酒吧角落里的中年男人见调酒师磨磨蹭蹭讲了很久电话，终于将酒交给服务生。他亲眼看着服务生将酒和名片交给柳如嫣后，立刻起身，低着头离开酒吧。

“跟着他！”古小天用对讲机说。

“收到。”

柳如嫣喝尽杯中酒，离开酒吧，开车到一家自动洗车店。进入洗车通道后，柳如嫣坐在车里浏览了名片中隐藏芯片的内容，芯片中记载着中国核潜艇项目的详细资料。有了它，柳如嫣又可以找艾克森换钱了。事实证明，她在郝文君身上的长期投资非常值得，现在终于有了高额回报。

柳如嫣登录网络，熟练地检查自己的银行账户，清点了上面的数字后，她开心地笑了。对于她来说，现在只有钱才是最真实的。夜路走多了，难免遇到鬼。她已经告诉父亲，完成“FCS 行动”后，准备离开大陆一段时间。她父亲原本就不赞成她进入这一行，现在她主动离开，父亲当然求之不得，毫不犹豫就批准了。可她心底还有些许不舍。这一离开，不知多久才能见到萧烈。她很想知道萧烈在心里是否真的喜欢过她。于是她作出一个大胆的决定，“绑架”萧烈！上一次，她想把他绑架到境外，因天气突变未能遂愿。这次，她要把他“绑架”到她的闺房里去，应该不会太难。

第三十二章 遭遇暗算

柳如嫣约萧烈到一家“迪吧”见面。萧烈虽不喜欢“迪吧”的环境，但他不得不承认，柳如嫣挑选这样的地方“接头”很实用，至少不用担心被人看清本来面目。

“迪吧”永远是昏暗的灯光，混乱的人群。萧烈在跟踪人员的指引下，来到柳如嫣的座位坐下。此刻，柳如嫣正和那个上次被古小天扁过的“油粉”跳舞。萧烈奇怪，她怎么会和这种油头粉面的人玩到一起？他拿起面前的酒杯，邻近的跟踪人员暗示，那就是柳如嫣的杯子。

根据跟踪人员的报告，十分钟前，“油粉”趁柳如嫣不注意，在她酒杯中滴入一些不明液体。萧烈用玻璃滴管吸了一些酒杯中的酒，不露声色交给侦查员拿去化验。

萧烈望向舞池中的柳如嫣，与此同时，柳如嫣也看到了他。她在眼波流转和笑意荡漾间散发着妩媚。她娇笑着伸出纤指，毫不留情地将那个“油粉”推开，轻轻解开白色外套，在众多男人贪婪的目光中旋了个身，让外套的衣摆随着自己的舞动而大展开来。

“油粉”着迷似的伸手想抓她，却被她的长指甲缓缓从手上划过！

她看着他手背上的血痕，笑得更迷人。她将纤长的手指放在自己的红唇边，在呻吟般的歌声中，她伸出舌头舔了舔自己的指尖，缓缓将手指含进嘴里。舞池四周霎时传来一阵阵叹息。

她指尖在男人目不转睛的注视下缓缓移动，拂过雪白的颈项，摸向完美的锁骨，然后，绕到脑后，拆下自己的发髻。刹那间，如瀑布般的发丝倾泻而下，在空气中划出一道美丽的弧！

她身旁的男人也越聚越多，她轻轻推开一个个想亲近她的男人，趁势瞥了萧烈一眼。见萧烈正目不转睛地盯着她，她挑衅地仰起下颏，向他抛去一个挑逗的飞眼，妩媚的微笑越发醉人。

伴随着宛若呻吟的慢板舞曲，柳如嫣自然而柔媚地摆动着曲线惹火的身躯，踩着随性恣意的舞步，挥洒她天生的狐媚，优雅的气质。柳如嫣凝视萧烈，随手抓过那个“油粉”贴着他的身躯舞动。

“油粉”当然不会放过机会，他伸手扣住柳如嫣的蛮腰，将她拉近，紧紧贴在她的身上。柳如嫣笑笑，无疑给“油粉”莫大的鼓舞。“油粉”肆无忌惮地伸手扣紧柳如嫣挺翘的臀，往自己的胯间推挤。柳如嫣没有反抗，只是一直瞟着不远处的萧烈。

在舞曲高昂的尾声节奏中，“油粉”的动作越发下流，一时间吹哨声、叫好声在“迪吧”中轰然响起！

柳如嫣冷眼注视着“油粉”，在舞曲乍停的那一刻，她毫不留情地推开他：“下流！”

“油粉”一时间没反应过来，惊愕地看着她，不敢置信：“你……我……”

柳如嫣离开舞池，撩了撩头发，眉毛轻轻一挑，睨一眼沉默的萧烈。萧烈不得不承认，柳如嫣的眼睛可以杀人。

“油粉”紧跟在柳如嫣身后，见萧烈占了他们的位置，忙上前说：“这是我的位置。”

“不好意思，我喝多了，找不到自己的座位。我坐坐就走。”萧烈说。

“油粉”不愿在佳人面前与一个醉鬼计较。他陪柳如嫣坐下，拿过萧烈面前柳如嫣的酒杯，劝她喝酒。

柳如嫣优雅地端起酒杯，刚要喝，萧烈伸手拦住。柳如嫣扭头看看萧烈，见他微微摇头，就明白了什么意思。那“油粉”咬牙切齿地盯着萧烈，显然是恨萧烈坏了他的好事。柳如嫣“哗”地把酒泼到“油粉”的脸上，“啪！”一个耳光打得又快又狠！萧烈怀疑柳如嫣专门练过打耳光。换成他，也不可能比她打得更好。

“油粉”捂着脸愣在那里。柳如嫣狠狠地瞪了他一眼，拉起萧烈走出舞厅。萧烈的耳根终于得到清净。

“我漂亮吗？”柳如嫣媚眼如丝。

萧烈感觉柳如嫣眼神不对：“那杯酒你喝了多少？”

“这么多！”柳如嫣抱着萧烈的胳膊，用手比量着。

“我送你去医院。”

“不！你送我回家。”柳如嫣说，“那不是毒药，去医院也没用。”

萧烈想想也对。已经过去了这么长时间，酒里的药早已经进入她的血液了。

萧烈开车，柳如嫣坐在副驾驶位置，穿着高跟鞋的修长美腿大部分暴露在外面。

“麻烦你把水递给我。”萧烈指了指她前面的那瓶矿泉水，他有点渴。

柳如嫣拿起矿泉水，灵巧地拧开盖，自己先喝一口，然后递给萧烈。萧烈一口气喝了大半瓶。想当初，泥塘里的水他都喝过，她这点小伎俩捉弄不了他。

柳如嫣接过萧烈喝剩的矿泉水，又喝了一口，突然咯咯地笑起来："我们这样算不算啵过了？"

萧烈被她的奇思妙想逗得一乐，差一点撞上隔离绿化带。

柳如嫣盯着手里的矿泉水说："我喝了你的口水，反正都间接过了，不如直接点吧。"她竟然探过身子，慢慢地靠近他。

"喂！我开车呢，危险！你的衣服是低胸的，全看见了……"萧烈向后躲了一下。

"你那么关心我，就不要看呗，干吗还死盯着不放？"柳如嫣的纤指轻轻滑过萧烈的下颏，来到他的喉结，感觉他咽了咽口水，她笑了出来，淘气的指尖再度顺着曲线而下，在他的锁骨上绕了绕……挑逗地刮过他的胸口，在上面转了转，又缓缓往下摩挲……她仰起头狐媚地对他粲然一笑！

萧烈深吸一口气，说："你如果不想死于车祸，就赶快把手拿开。"

"平时没见你这么胆小！"柳如嫣重新坐好，开心地笑，妩媚的样子更加迷人。

萧烈很绅士地一直送柳如嫣到公寓门口。

"不进来喝杯咖啡吗？"柳如嫣发出邀请。

"改天吧。"萧烈说。柳如嫣在车上把头发盘了起来，露出娇柔的脖子，那雪白的肌肤配上乌黑发丝，在柔和的灯光下，看了不由让人心跳加快。

"你不想知道怎么抓鱼吗？"柳如嫣脉脉含情，"我最近记性很差，改天可能就忘记了。"

"那就打扰了。"萧烈当然不能放过这个机会，他义无反顾进入柳如嫣的公寓。

柳如嫣的公寓装饰很简洁，但充满女性的温馨。

"你是第一个进入这房间的男人。"柳如嫣说。

"不胜荣幸。"萧烈答。根据监视记录，最近几个月的确没有男人进入柳如嫣的公寓。不过，以前的事他就不知道了。

"我来帮你煮咖啡。"柳如嫣说。

"不要，晚上喝太多咖啡睡不着觉，水就行了。"萧烈说。他只想立刻知道怎么样才能找到"剑鱼"。

"饮料在冰箱里，你自己选吧。我感觉有一点晕。"柳如嫣坐在沙发上，手撑着自己脑袋。

"要我给你拿一瓶吗？"

“可乐，谢谢！”柳如嫣说。听到萧烈走向厨房的脚步声，她的身子突然一软，趴在沙发上，原本很平静的呼吸也开始急促起来。她夹紧双腿，暗自呻吟一声，身体不安地扭动起来。

“王八蛋！你等着！”她在心里咒骂那个对她下药的男人。自己聪明一世，居然中了这个道貌岸然伪君子的手段！

听到萧烈关上冰箱门。柳如嫣吃力地翻转身子，让自己平躺着，努力平抑自己的呼吸。

当萧烈拿着可乐出现在她面前时，她已经停止了呻吟和扭动，微微侧身，用手撑着自己的头，修长的美腿交叠平伸，嘴角带着一丝微笑，微合的眼眸流露出懒洋洋的味道，整个人显得非常妩媚。

萧烈感到一股困意袭来，眼睛有一点涩，他认为是自己晚睡的缘故。他在柳如嫣对面坐下：“可以告诉我答案了吗？”

“喝完可乐就告诉你。”

萧烈认为这个要求不算过分，然而很快他知道自己错了。浓重的睡意让萧烈警觉，却为时已晚。他四肢没有一点力气，动弹不得。他立刻想到车上那瓶水，柳如嫣动过两次水，显然她是在第一次喝水时就下了药，至于第二次喝水，只是为了让他安心，不产生怀疑。

此刻，萧烈感到眼皮有千斤之重，他咬紧牙关，不让自己眼帘合起，因为他深知自己此刻只要眼帘一合起来，便立刻要被那无边的黑暗吞没，他以无比坚忍的意志与信心挣扎着。

突然，一条人影在他面前出现了。他双目虽然睁得大大的，却有一种视而不见的感觉。只朦胧看见这人影缓缓走了过来，至于这人影是男是女，他全都看不清。

“你已经累了，正需要安静地休息，知道吗？你还是好好睡吧！你还是好好睡吧！”是女子的声音。语音是那么甜蜜，那么温柔。

那声音又道：“听话，睡吧！你正在度假。一个你很喜欢的地方，很安全。一场安静而舒适的睡眠，可以使你立刻充满活力。”

温柔的语调有如催眠曲一般，再也抵挡不住这奇异的催眠魔力，萧烈的眼帘忍不住渐渐垂下了……薄薄的两片眼皮，此刻犹如千斤巨闸，萧烈集中了全身每一分精神与力量，方能支持着不让它完全落下。

那美妙的声音继续缓缓说道：“睡吧……睡吧……不要挣扎了，多一分挣扎，只是多一分痛苦，此刻唯有睡眠，才能令你得到欢乐。”

萧烈的精神已到了崩溃的边缘，几乎无法集中，身子开始有些摇晃。

那声音更加温柔：“睡吧……睡吧……药力是无法抵抗的，只要你睡下，你就会和你最想念的人在一起，快乐无比。”

“小梅！儿子！”萧烈心头一跳，像是被人抽了一鞭。他拼命集中精神告诉自己，“我不能睡！不能睡……儿子需要我。我不会睡，绝不会睡的……”他马上开始催眠自己，“我正从一场舒适睡眠中醒来，我的精神旺盛已极，我从未喝下过任何迷药，天气非常的宜人，我正在度假！我正在做自己最爱做的事。我此刻要的只是活动……活动……活动……”

萧烈本已眯成一线的眼帘竟然缓缓张开！他突然听见宁静的屋子里传来一阵醉人的呻吟声，低头一看，发现小梅满脸通红地呻吟着，身躯开始扭动，双手紧紧抱住他抚摸着……

清晨，萧烈从睡梦中醒来。他梦见了妻子小梅，一个仿佛真实的梦，他甚至可以清晰记得他与妻子接触的感觉……

这不是我的床！萧烈“腾”地从床上坐起来，旋即他记起来了，这一切都是柳如嫣搞的鬼。

萧烈环视四周，没错，这是柳如嫣的公寓。柳如嫣呢？屋内没有柳如嫣的踪影，枕边放着几张纸。

第一张纸上写着：“我承认，是我算计了你。你是我见过的意志最坚强的人。以自我催眠对付催眠，亏你想得出来！如果你已经原谅我，就给我打电话吧。”

第二张纸上写着：“如果你给我打电话，我就告诉你‘剑鱼’的下个目标。你真的很棒！”

第三张纸上写着：“‘剑鱼’目前就在南津。我信誉良好吧？”

萧烈很困惑。他穿好衣服，看到衣服里的录音设备运转状态良好，他松了一口气，录音应该可以帮助回忆他昨晚的记忆里是否遗漏了什么。

萧烈用柳如嫣准备好的新毛巾和牙刷简单洗漱了一下，他估计柳如嫣此刻正通过远程系统监视着他，因为他发现她的电脑开着。

萧烈对着镜子擦干脸，他突然发现镜子的影像中有一块小纸片，在抽水马桶旁边一个很不起眼的地方，如果不是从镜子映射的角度，很难发现。萧烈把小纸片捡起来看看，然后小心翼翼地收好。

萧烈刚走出柳如嫣公寓的大楼，古小天就迎了上来。从昨晚接到跟踪人员的报告，他就一直守在这里。

“老板，你再不出来，我就要带人冲进去啦！”古小天说，“柳如嫣昨晚酒里下药的化验结果出来了，是麦角酸二乙基酰胺，简称LSD，是一种无色无味的液体，属于半合成的生物碱类物质，是目前威力最强大的一种‘春药’，现在人们对它的药理作用还不十分清楚，但可以肯定的是，服用它能激发出爆炸式的性欲。它会使人的心理发生巨大的变化，一个坚定的淑女会在片刻变为一个荡妇!”

“柳如嫣在什么地方?”萧烈走向自己的汽车。

“她一大早就去了公司，神采飞扬，心情很不错的样子。”古小天说。

萧烈打开车门，拿出昨天喝剩的水，交给古小天：“化验一下这里面混了什么?”

“怎么?你也被下药了?”古小天吃了一惊。然后，小声问：“咱们损失大吗?”

萧烈“哼”了一声，没有回答。

这时，韩冰通过加密线路打电话给萧烈：“‘925’又出现了。”“925”就是上次那个取走“石头”的交通员。

“什么时候到的?”

“昨天。我们是今天早晨才从监控录像中发现的。”韩冰说，“事先没有任何消息。”

“我们马上到!”

第三十三章　神秘信号

萧烈和古小天开车来到设在城南的秘密指挥中心时，韩冰已经等在那里。

"'925'有什么举动？"萧烈问。

韩冰把一张照片摆在萧烈面前："我们今天早晨在公共汽车站的站牌上发现一个用粉笔画的'X'符号，位置与上次相同，根据监控录像记录，'925'是昨天中午时分画上去的。"

"采取了什么措施？"萧烈问。

"我们已经在公共汽车站和上次出现'△'符号的大树附近架设了隐蔽摄像机，二十四小时对这两处地方实施监控。"韩冰答。

"'925'现在哪里？"萧烈问。

"他参加了一个旅行团在南津四周游览。"古小天说。

"这次带'石头'了吗？"

"他随身带着那个皮包，石头应该在里面。"韩冰说。

"有没有发现什么可疑？"萧烈问。

"没有。"韩冰犹豫了一下又说，"但我觉得有一点不正常。"

"哪里不正常？"

"我们在上次出现'△'符号的大树附近架设的隐蔽摄像机，没拍摄到嫌疑人，倒是拍摄到'925'昨天下午两次去查看，是不是不正常？"

萧烈沉思片刻，问："'925'今天去那里查看了吗？"

"没有，他今天跟旅游团走了。"古小天答。

"敌人已经取得了联系。"萧烈从椅子上站起来，来到地图前，"'925'昨天都走过什么地方？"

韩冰在地图上指给萧烈看："这里，这里，还有这里。"

"立刻派人沿着这几条路线寻找粉笔标记的特殊符号。"萧烈说。

"你是说敌人变换了标记指示地点？"韩冰将信将疑。

萧烈点头："狡兔三窟，这是潜伏间谍保护自己最常用的手段。"

古小天和韩冰立刻布置人员进行搜索。半小时后，韩冰报告：在一个路灯根部发现用粉笔标记的“◇”符号，且痕迹很新，刚画上去没多久。

“老板，你怎么知道他们已经取得了联系？”古小天问。

“很简单。”萧烈说，“如果你是专职交通员，没与关系人取得联系，你能有闲心去游览吗？”

傍晚，“925”来到湖滨公园散步，趁没人注意时，从容地将一块“石头”放在一处长椅下，然后离开。

“925”的一举一动，都被坐在车里的萧烈和古小天通过监视器看得一清二楚。

“这家伙好像特别钟爱公园和长椅。”古小天说。

“他们可能认为，在城市中只有公园长椅下的石头最不惹人注意。”

“有道理。”

“你的人都准备好了吗？”萧烈问。

“技术小组已经到位，负责追踪的人马上就到位。”古小天说，“据测算，这‘石头’无线传输最佳距离不应超过100米，我估计敌人会在马路对面发送信号。”古小天指给萧烈看，“我把探测设备都布置在那一带了。”

萧烈同意古小天的分析，同时叮嘱：“敌人开车来的可能性比较大，这样便于迅速撤离。”

“放心吧，我安排了四辆负责跟踪的车辆。”古小天说。

华灯初上，古小天和萧烈无聊地坐在车里等待。

古小天看了看表，有些不耐烦：“这么久了还没动静，那群小子搞出来的东西到底管不管用？我们去看看吧？”

萧烈点头，他对古小天手下临时拼凑起来的侦控设备也不是很有信心。

两人从汽车上下来，来到不远处一部厢式货车旁。古小天依照约定敲了敲车门。车门打开，古小天和萧烈迅速上车，在堆满了各种电子设备的狭小空间中坐下。

古小天凑到“眼镜”组长身旁问：“你弄的这些东西怎么到现在一点动静也没有？”

“眼镜”白了古小天一眼：“我说头儿，这块‘石头’至少价值一百万美元，我设计的这套接收设备，当然没法和它比了，既不精密，也无法接收数据，但探测个位置应该不成问题。”

“那怎么还没有动静？”古小天问。

“有两种可能，一是敌人信号发射时间太短，没超过两秒，设备反应时间不足。二是敌人还没出现。”

“废话!”古小天的鼻子差一点让“眼镜”气歪了。

“不过，我认为第一种可能基本不存在。我测算过，理论上‘石头’每秒钟接收数据的能力不超过二兆，虽然四兆可以存储很多内容，但是相对‘石头’的设计存储能力来说，四兆只是九牛一毛。用‘石头’接收四兆的内容，就好比用导弹打蚊子，根本是大材小用。综上所述，敌人发射数据的时间肯定在两秒以上。”

“真啰嗦!”古小天说，“你直接告诉我，敌人还没来不就得了。”

“这样回答不科学，没有排除……”

“滴”一声响打断了“眼镜”的话，他侧目紧紧盯着屏幕。“滴”又一声响。伴随着声音仪器屏幕上的小红点还跳动了一下。

“出现了!”“眼镜”扑到仪器前，全神贯注地盯着屏幕。

车厢内气氛一下子紧张起来。

“方位，右前方60米，两点钟位置。”“眼镜”报告。

隐藏在厢式货车顶部的摄像头锁定两点钟位置。屏幕上显示出一排服装精品专卖店。

“他妈的!”古小天咒骂敌人狡猾，“到底是哪一间?”

“眼镜”苦着脸说:“头儿，我缺少对比参数。这种情况下，必须反复测试，进行自我比照，才能确定信号源，可是我们缺少小型设备，总不能把车开进店里吧?”

萧烈说:“从信号误差范围看，哪些店可能性最大?”

“眼镜”对信号进行分析后说:“帕莱特、欧蒂丝、歌斯迪尔、奴丹。”

萧烈皱了皱眉头:“这些好像都是女装店?”

经萧烈一说，古小天也意识到这个问题:“是啊，都是女装店。”

萧烈拿过麦克风发令:“呼叫6号!”

韩冰立刻回答:“6号收到，请指示。”

“你把追踪器打开带在身上，戴上‘眼镜’，去对面的帕莱特时装店，逛一圈。下一步行动听指示。”

“是。”韩冰把一个追踪器装进口袋里，戴上眼镜式摄像机，在腰上绑好转发器，“6号请求试音。”

车厢中，技术小组立刻开启设备，仪器屏幕上出现韩冰眼镜式摄像机拍摄的画面和追踪器工作信号。

“OK!”

韩冰习惯性地摸了摸耳朵，以确定耳道式接收器没有松动，然后下车，朝帕莱特时装店走去。

萧烈对古小天说：“你从奴丹开始。”

“你让我逛女人用品店？”古小天吃惊地张大嘴巴。

萧烈解释说：“第一，你可以说是给女朋友买衣服。第二，这里是高级专卖店，我们中间只有你看上去像有钱人。第三，你不想让敌人跑了吧？”

古小天二话没说，戴上眼镜式摄像机和追踪器就下了车。

韩冰走进帕莱特时装店，按照萧烈的指示四处随便逛逛。“眼镜”将韩冰身上追踪器发出的信号与截获的信号认真进行比对后，摇摇头。

“去隔壁的欧蒂丝女装店。”萧烈指挥韩冰。

韩冰立刻走出帕莱特，来到欧蒂丝。

古小天走进奴丹妇女用品店，导购小姐很热情地迎上来问：“先生，您需要点什么？”

古小天随口说：“什么也不需要，我只是随便看看。”

导购小姐提醒道：“先生，这可是妇女用品专卖店啊！”

古小天白了导购小姐一眼，不耐烦地回了一句：“我知道，我也是妇女用品！”

“眼镜”将古小天身上追踪器发出的信号与截获的信号进行比对后，又摇摇头。

“到隔壁去。”萧烈对古小天说。

古小天离开奴丹妇女用品店，进入歌斯迪尔。

“眼镜”将古小天和韩冰身上追踪器发出的信号与截获的信号反复进行比对：“就在这两个店中的一个。”“眼镜”反复比对仍无法确定，有些急躁。

萧烈安慰说：“不要着急，慢慢来。”

“眼镜”想了想说：“这种发射设备体积不会很小。为保证数据传输质量，通常应该保持不移动。”

萧烈拿过麦克风：“6号向左，3号向右，注意手里拿包的人。”

古小天和韩冰依照萧烈的指示移动。

“眼镜”说：“信号源就在他们旁边！”

萧烈对麦克风说：“环视四周。”

店内的画面传输到荧屏上，韩冰周围根本没有其他人，古小天左边没人，右边也没人，只有一试衣间。

“试衣间！”萧烈说，“6号去隔壁，3号为6号选件衣服。”

韩冰来到歌斯迪尔。

萧烈说：“让6号去试衣服。”

古小天拉过韩冰：“你怎么才来？看我给你选的这两套衣服怎么样？小

姐，可以试一试吗？”

导购小姐说：“不好意思，先生。试衣间正在使用，请您稍等好吗？”

指挥车厢内一片低声欢呼。目标终于找到了！

“盯好他。”萧烈轻松地对古小天和韩冰说。

古小天和韩冰在试衣间外等候。

“信号消失。”“眼镜”报告。

不一会儿，试衣间打开门，从里面走出一个漂亮的姑娘，手里还拎了一个中型皮包。古小天和韩冰同时从两个不同的角度清晰地拍下了她的面部特写镜头。原来她是沈文倩。

“请把这件衣服给我包上。”沈文倩对导购小姐说。

古小天示意韩冰进试衣间。沈文倩付款离开。

古小天问导购小姐：“她是你们老顾客吗？”

“是啊，她经常来买衣服。”导购小姐说。

“你知道她姓什么吗？”古小天问。

导购小姐摇头。

古小天连忙追出去。他从口袋里掏出一百元钱，追上沈文倩说：“小姐，你钱掉了！”

沈文倩回头，看看古小天手中的钱，又看看自己的皮包，说：“钱不是我的。”

“噢，那可能是我的。”古小天把钱揣口袋里，掏出名片递上，“这是我的名片，希望能和你交个朋友。”

沈文倩礼节性接过古小天的名片，以为是遇到一个大胆的爱慕者，她莞尔一笑。

“能给我你的电话吗？”古小天色迷迷地说。

“我会打电话给你的。”沈文倩敷衍道，然后拦了辆出租车，上车离开。跟踪人员迅速驾车跟上。

古小天拿出电话打给跟踪人员：“我已经把微型芯片粘在她衣服上，你们不用跟那么紧。”

跟踪人员立刻打开接收仪器，一个红色亮点在屏幕上闪烁。

沈文倩坐在出租车上，瞥了一眼古小天给她的名片，顺手丢到车窗外。

古小天目送跟踪的车辆消失在视线外，他回到时装店。这时韩冰正从试衣间出来，向他投来询问的目光，古小天没有理会她的目光，却上下仔细打量起她，口中啧啧不已。韩冰上身是一件纯白的真丝衬衣，虽然是不透明的，但轻薄而贴身，勾勒出胸部饱满的曲线。下身是一条紫色及膝窄裙，从细腰到圆润的臀部，展现出优美的弧度，映衬修长的双腿更加迷人，脚上穿黑色细带的高跟凉鞋，裸露出玉雕般的白嫩脚趾，青春健美中透着典雅。这是他第一次看到韩冰穿裙子，简直美若天仙。

古小天对导购小姐说："就照这个款式，给我再拿一套。"

"不要！"韩冰连忙制止，她小声说，"这里衣服很贵！"

古小天也低声说："没关系，可以从老板的化装费里出。"

古小天拎着给韩冰买的衣服兴高采烈地回到萧烈的车里，萧烈对他说："这衣服的费用从你的化装费里出。"

古小天马上意识到，自己刚才跟韩冰说话时忘记关掉麦克风了。"我出就我出！"被逼无奈，古小天只得豪爽地说。

"你刚才把谁的名片给她了？"萧烈问。

"没看，不知道谁的。"古小天说，"这种东西我口袋里一抓一大把！"

第三十四章　更改数据

“石头”的解码工作进展顺利。技术小组解码后，将资料全部移交情报分析组。情报分析组经过通宵的紧张工作，终于在凌晨完成了分析报告。

情报组长汇报说：“情报来源主要分两部分，一部分是图文资料，另一部分是窃听录音，与上次发现的相同，经过特殊压缩处理，声音已经失真。从内容上看，这些情报资料都是关于潜艇的。”

“潜艇？”古小天看了韩冰一眼。

“国防141研究所！”韩冰说。

萧烈翻看分析报告，说：“这份情报太重要，绝不能让‘925’带出境！”

“你不怕打草惊蛇吗？”古小天小声问萧烈。

“没什么可怕的。我们是在与敌人斗智，也是在斗狠。”萧烈说，“大不了‘一拍两散’！我们没什么可损失的。”

第二天清晨，“925”来到湖边公园，做出晨练的样子，朝放着“石头”的长椅靠近。

萧烈和古小天坐在汽车里，远远地注视着“925”。

“他会上当吗？”古小天问。

“那就要看老大妈的表演啦。”萧烈说。

“925”在长椅四周转悠，没办法靠近长椅，因为有两位六十多岁的老大妈正坐在长椅上打毛衣。他有些着急，又不好直接过去拿“石头”，只盼望这两位老大妈能早一点离开，他好取走东西。

这时，一位胖大妈手中的毛线团掉到地上，滚到长椅下面。胖大妈弯腰去捡线团。“这里怎么还有碎石头？”她从长椅下捡出三块石头。

“925”立刻紧张起来。

“现在有些人就是不讲公德，到处乱扔垃圾。”瘦大妈说。

“我去把这石头扔垃圾箱里。”胖大妈说。

“925”的心一下子放了下来，一会儿只要把东西从垃圾箱捡回来就可以了。

“不用。”瘦大妈说，“石头又没有污染，丢到湖里就可以了。”

“也对。”

还没等“925”作出任何反应，“扑通!”“扑通!”胖大妈已经将石头全部抛进了湖里。

“那边还有石头，我们去捡起来吧。”瘦大妈说，“这些人真是不讲公德!”

两位老大妈起身离开长椅，沿着湖边捡石头抛进湖里。

“925”伫立在长椅旁，望着水中的层层涟漪，呆若木鸡。

“925”打捞“石头”未果，只得垂头丧气离开南津。他一走，韩冰立刻带人来到国防141研究所，查找泄密源头。党委书记和研究所保卫部门负责人看了资料、听了录音，无法判断其内容和价值，认为还是得找专家来。于是，他们秘密找来核潜艇研究项目人李斯渊，让他帮助判断这些资料和录音的泄密渠道。

李斯渊听了一阵经过声音失真处理的录音资料，惊讶地张大嘴巴：“这个人是我啊!”

韩冰马上向萧烈报告情况，萧烈立即派古小天带领技术人员前来增援。

根据李斯渊对被窃听录音内容发生时场景的回忆，技术小组排除了场所内安装窃听装置的可能。通过内容进行分析，技术小组认定，李斯渊是主要窃听对象。对他的全身进行侦测，没有发现任何可疑信号，侦查工作陷入停顿。

“会不会是敌人已经把窃听器收回了?”“眼镜”猜测。

韩冰摇摇头：“敌人使用的不是普通无线窃听装置。”她拿出李斯渊依据被窃听录音内容回忆的一些场景图，“这两个地方我去过，属于核心保密区，墙壁由特殊材料覆盖，能够屏蔽任何无线信号，但是李斯渊在这里谈话也被窃听了，说明敌人使用的不可能是无线窃听装置。”

“那么可能是个录音装置。”“眼镜”说。

古小天说：“这个装置如影随形，应该就在李斯渊本人身上。”

技术小组再一次对李斯渊的随身物品进行彻底检查，最后将目光集中在手机上，因为这是他身上唯一在射线扫描中显示出电路板的物品。

技术小组正准备对李斯渊的手机分拆仔细检查时，古小天拦住了他们。

“先不要碰它。”古小天说，“如果是我，我一定会设置自毁装置。”

技术小组立刻对手机反复进行无损射线检查，果然发现多处可疑装置。

“眼镜”说：“头儿，你怎么猜到有自毁装置的?”

"呸!"古小天啐了一口,"这是常识!"

"眼镜"不好意思地挠挠头:"那怎么拆它?"

"我又不是专家,我怎么知道?"古小天说,"在没有把握避开这些装置之前,不碰它是最好的选择。"

"接下去我们要怎么做?"韩冰问。

"跟着它喽!"古小天说,"既然这部手机是录音装置,那么敌人一定要拿到手机里的录音内容才能达到窃听的目的。理论上,只要盯住这部手机,就能找到窃听者。"

按照古小天的意见,技术小组给李斯渊的手机加装了一个报警和精确定位装置,然后把手机还给了他,让他如往常一样工作和生活。两名侦查员携带经过伪装的探测器材,跟在李斯渊身后30米范围内。

在对李斯渊线索调查跟进的同时,有关那个沈文倩的资料也源源不断送到萧烈办公室。沈文倩,女,二十八岁,台湾人,在南津市新纪元技术咨询有限公司任高级职员……

"啪!"萧烈拍了一下卷宗,自语道,"原来是柳如嫣的手下!"

这时,古小天来到萧烈办公室,兴高采烈说:"老板,我们找到李斯渊身上窃听器的工作方式了!"

"哦?"如果对李斯渊的调查也有了进展,那就太好了。萧烈满脸放光。

"漂亮!这帮兔崽子干得实在漂亮!"古小天拿起萧烈的茶杯一饮而尽。

"你是在夸谁啊?你的人,还是敌人?"萧烈问。

"敌人啊!"古小天意识到自己刚才没把话说清楚,"这兔崽子太有才啦!方法简单,又滴水不漏!"

"是吗?"萧烈很感兴趣,"能让你古小天佩服的对手并不多啊!"

古小天说:"技术人员这几天对李斯渊身上手机进行跟踪检测,始终没有发现可疑人员与李斯渊接触。就在今天,李斯渊回家取东西时,他手机中的窃听装置突然有了异动,我们同时检测到他家附近有不明信号试图与窃听器建立数据连接,居然是无线数据传输!"

"接收装置找到了吗?"萧烈问。

"找到了,就在李斯渊家对面的出租屋内,是个无人值守装置。韩冰正在追查这条线索。"古小天说,"不过,以敌人的狡猾,估计她不会有什么收获。"

萧烈详细听了古小天的汇报,他也不得不承认在手机里加装录音装置是一个完美的方案。首先,手机本身的技术结构,就可以轻松解决窃听器的电源和天线两大技术需求。其次,安装在手机里的窃听器设定平时只录音,不发射，可以有效避开保卫部门的技术检测。第三，选在李斯渊住宅附近设立窃听器无线数据接收装置，既可以避开研究所附近的技术保卫敏感区，又可以利用住宅内活动范围小的特点稳定接收数据。构思非常巧妙！

“李斯渊手机窃听器的来源查清楚了吗？”萧烈问。

“查清啦，是李斯渊的妻子郝文君在‘星火数码’给他买的。”古小天说，“至于是买的时候已经安装了窃听器，还是后来安装的，目前还无法判断。不过，从窃听器设计安装的精密程度，‘眼镜’分析认为，应该是买手机的时候就已经安装好了，不是后来附加在手机上的。韩冰已经对出售手机的‘星火数码’展开调查。”

“‘星火数码’？这生意倒很适合掩护情报处理工作。”萧烈说。

韩冰对李斯渊家附近那个出租屋情况进行了调查，租房人使用的个人资料全部是假的，线索中断。她只得将调查重点集中在“星火数码”老板孙阳身上。韩冰曾问过郝文君，为什么到这家商铺买手机。郝文君的回答是：这家店在搞打折促销，价格便宜。韩冰据此认为，郝文君买手机是随机性的，窃听器不可能在买手机的时候就已经安装好了，调查重点不应该放在卖手机的人身上。但“眼镜”坚持认为，在手机里安装如此精密的窃听装置，只有在专业实验室里才能做到，不可能是后安装上去的。古小天对“眼镜”的专业水准毫不怀疑。韩冰只得答应古小天，对“星火数码”开展秘密调查。

“星火数码”老板孙阳的身份背景资料无懈可击，初步调查没有发现什么疑点。就在韩冰为下一步的调查选择方向时候，孙阳的一个举动引起她的怀疑。

韩冰在开车跟踪孙阳时意外发现，孙阳在行进过程中，突然来了一个“U”形大转弯，然后又把车停在路旁四处张望，这是标准的摆脱跟踪技术，虽然用得有些生硬，但他明显受过反跟踪训练！

“立刻呼叫二组增派人手，对孙阳进行跟踪。”韩冰对她的助手说，她预感到孙阳将有所动作。

孙阳在街上绕了几个圈，经过多次“测梢”、“甩梢”动作后，然后开车朝着李斯渊家的方向驶去，最终在李斯渊家对面那个出租屋楼下的路旁停下。但他停车后一直没有下车。韩冰立刻联系古小天。

古小天说：“我就在你身后右侧50米的楼上，你的人可以撤了。”他的部下已经接手监视工作。

韩冰把车停在距离目标一条街的地方，徒步来到古小天设立的监视据点，敲门进入。

“目标在做什么?”韩冰看到孙阳的车还停在原处。

“无线拷贝数据。”古小天答，“李斯渊手机中窃听器的数据传输到出租屋内的无人值守接收机上，孙阳再无线拷贝到自己的设备里。全过程不用出现在犯罪现场。”

“天衣无缝！这回真长见识了。”韩冰说。

“自从发现出租屋内有多重警报装置，我就断定，他们还是无线传输那一套!”

“你们在做什么?”

“给他制造一点传输障碍，让他不得不去出租屋查看一下。”古小天说，“不在现场？他想得美！我要将他人赃俱获!”

但过了一会儿，孙阳并没有按照古小天预期的那样进入出租屋查找故障。他在反复调试还是无法接收数据后，选择了驾车离开。

望着孙阳驾车离开的背影，韩冰惋惜地对古小天说：“你猜错啦!”

“可能他今天忘记带钥匙了吧?”古小天挠挠头，“估计他明天还会来。”

韩冰和古小天回到指挥中心，将情况向萧烈作了详细汇报。萧烈听完，思考片刻，说：“孙阳无疑是‘李斯渊窃听案’的关键人物。这次截获的那部分图文资料，是从什么途径传出去的呢?”

韩冰说：“我们在141研究所反复调查，仍没有查出泄露的途径。”

古小天说：“这与601研究所的情况有些相似。发现了泄密源头，却找不到泄密的嫌疑人。”

“你们检测信号了吗?”萧烈在纸上画了一个图表。

“检测了，研究所四周没有任何可疑信号存在。”古小天说。

“屏蔽区内的信号也检测了吗?”萧烈问。

古小天笑道：“屏蔽区内的信号又传不出来，检测它干什么？再说，研究所会定期检测……”他突然打住话头，抓过萧烈刚画好的图表看了看，一拍脑袋，“我明白了，这群王八蛋！我现在就去布置!”

韩冰莫名其妙地跟着古小天离开萧烈办公室，来到停车场。

“你明白什么啦?”她坐上副驾驶的位置。

“储存，不工作，接到指令后才开始无线传输。”古小天一边驾车朝141研究所方向行驶，一边呼叫“眼镜”带领技术小组向141研究所集合。

韩冰听得还是一头雾水。古小天见状只得详细解释：“从目前情况分析，窃取141研究所潜艇图文资料和李斯渊录音的应该是同一伙人。”

韩冰点头：“这一点毋庸置疑，否则这两种资料也不会同时出现。”

“李斯渊手机里窃听器的工作原理是平时只存储录音，不发射信号，所以研究所的日常安全检测发现不了它。”古小天说，“这个窃听器只有在收到无线指令后，才会主动连接，把数据传输出去。既然窃取141研究所潜艇图文资料和李斯渊录音的是同一伙人……”

“那么他们采取的很可能是同一种方法！”韩冰终于明白了。

早晨的太阳刚刚升起，一名看上去很老实的清洁工人进入141研究所核心部门打扫卫生，楼层的各办公室房门紧锁，并设有多个闭路电视探头。这个清洁工人仅负责清扫走廊、卫生间等公共部分，并不进入办公室打扫卫生。当他清扫到李斯渊办公的那个楼层时，他按下了工具包中的一个按钮。

在核心办公区的一间屋子里，韩冰、古小天、“眼镜”等几个人横七竖八睡着。突然，桌子上的仪器荧屏出现一个红点，并发出“滴”一声提示音。

“发现信号！”值班人员说。

韩冰、古小天等人一骨碌爬起来，紧盯着仪器。

“滴”，仪器又发出一声提示音。

“锁定它！”“眼镜”指挥值班人员。

“目标已锁定。”值班人员说。

“闭路信号切过来。”“眼镜”说。

“信号切入完成。”值班人员答道。

监视器屏幕上出现那个外表忠厚的清洁工影像。

“我越来越佩服咱们老板啦！”古小天盯着监视器屏幕说。

“再让我排查一百遍，我也不会怀疑到这个连办公室都没有资格进入的清洁工身上。”韩冰感慨地说。

“眼镜”说：“这个信号很弱，即使这栋楼没有屏蔽，在外围也无法接收到信号。”

“信号源锁定！”技术人员报告。

清洁工离开后，古小天等人进入李斯渊的办公室，在李斯渊电脑的键盘中发现了一个记录装置。

“这个装置可以将李斯渊在电脑上阅读的资料全部记录下来。”“眼镜”说，“它平时只记录，不传输，只有在收到外部无线指令的情况下才会进行资料传输，且传输距离有限。”

通过对清洁工进行监控，发现清洁工当天将无线传输设备交给了高见泽。

韩冰和古小天来到萧烈办公室。萧烈听完汇报，只是淡淡地应了一声，没有任何喜悦，甚至没有任何表情。

韩冰和古小天对望了一眼。古小天暗暗伸出大拇指，小声说：“这就是大将风范!”

“敌人在李斯渊的电脑键盘上做手脚，利用清洁工避开技术防范接收资料，清洁工将资料带给高见泽，高见泽根据资料的大小，将资料芯片藏在名片或者巧克力中交给柳如嫣。典型的柳如嫣杰作!”萧烈看着手里的卷宗，“那个沈文倩这几天有什么动静?”

“她被柳如嫣派到上海出差，目前还没有发现异常举动。”韩冰答。

萧烈放下手里的卷宗：“141 研究所的泄密案，毫无疑问，是柳如嫣一手策划的。只是这几天，我有个问题一直没有想通。”

“什么问题?”

“柳如嫣为什么会使用原始录音传递情报? 尽管对录音采用了一些处理手段，但还是很容易暴露情报来源，以柳如嫣的聪明才智，怎么会犯如此低级的致命错误?”

“这个很好解释。”韩冰说，“因为她的手下中根本没人有能力把李斯渊的声音转化成文字情报。”

“哦? 为什么?”

“科学这东西，失之毫厘，谬以千里。”韩冰说，“我为李斯渊做笔录时，一字之差性质全变了，还是李斯渊及时指出来才避免了错误。我估计柳如嫣也是迫不得已才冒险使用原始录音剪辑传递情报。”

萧烈认为韩冰分析有道理。

这时，韩冰的一个手下匆匆来到萧烈办公室。

“沈文倩跑啦!”

“跑了?”韩冰十分意外，“我们的监控方案没有问题啊! 怎么跑的?”

“她昨天到上海出差，今天突然登上飞香港的飞机，并以个人理由给公司发了辞职信。”

“我们太大意啦!”韩冰说，“我自认为很小心，问题出在哪里呢?”

萧烈想了想，对韩冰说：“你去把沈文倩接头那天，柳如嫣的监控记录拿给我。”

韩冰很快拿来柳如嫣的监控记录。

萧烈和古小天拿着监控记录，沿着柳如嫣当天走过的路线，现场走了一遍。记录显示，沈文倩接头那段时间，柳如嫣也出现在那家女装专卖店附近。在湖边一个酒楼上，萧烈和古小天从柳如嫣当天坐过的位置望去，正好可以看到那一排女装专卖店。

“这个女人太可怕啦!”古小天说。

很显然，沈文倩接头期间，柳如嫣一直跟在沈文倩身后。

“我们要不要马上抓人?”古小天请示。

萧烈摇摇头：“先盯着，有逃跑迹象再抓捕。柳如嫣苦心经营的间谍网，在没有察觉到真正的危险之前，是不会轻易放弃的。沈文倩只是一个小卒子，她的暴露只说明我们盯住了‘925’。柳如嫣应该不会想到我们已经破译了美国人的密码。”

第三十五章　对等交易

郝文君和高见泽又到了“每周一歌”的时间，他们约好在温泉宾馆的房间里见面。两人见了面，像往日一样，先是一阵长吻，然后高见泽就三下五除二，把郝文君剥了个精光，郝文君尽量迎合着他。但是高见泽敏感地察觉到，郝文君今天有什么心事。经过这么长时间的交往，高见泽已经对郝文君在床上每个阶段的不同神情和身体反应了如指掌，今天她有些反常，显然没有全身心投入，往日在进入佳境时，她会闭着眼睛细心享受，今天她却睁着眼睛在看他，本该在此时波浪起伏的身体，现在竟像一潭死水。他停止运动，关切地问：“亲爱的，你怎么了？”

“没什么。”郝文君说。她不想影响他的情绪，想尽力地迎合他，满足他，可是，快感这种东西是装不出来的，她无法掩饰自己对他们之间的关系即将走到尽头的担心。

“亲爱的，你到底怎么了？”高见泽追问道，“到底发生了什么事？”

“他们来找我了……”

“谁来找你了？”

“南津市国家安全局的人。”

高见泽听到这个消息，半天没有说话。但是郝文君能够感觉到这个消息对他的打击很大，一个明显的标志就是，他插入她体内的那个硬邦邦的物件儿，忽然之间就像个泄了气的皮球，软下去了。

“对不起，亲爱的。”郝文君抱歉地说。

高见泽从她身上滑下来，满脸愁云地问：“他们什么时候找你的？”

“昨天。”

“为什么找你？”

“他们问我给我丈夫买的手机在哪儿买的。”

“你怎么说的？”

“我说是商家打折促销时在‘星火数码’买的。”

“他们还问了什么？”

“没问别的。”

高见泽如释重负地出了一口粗气，安慰她道：“不用担心，一个手机，不会出什么大麻烦的。”

郝文君忧心忡忡地说：“我是觉得，我丈夫一定出什么事了，他这几天情绪很不好。我担心，南津市国家安全局一定发现了什么问题。不然他们不会来查手机的事。要是他们发现了电脑键盘里面藏有什么东西，我丈夫就完了。”

“不会的。你丈夫什么也不知道，他会说是别人装的，永远也怀疑不到你。”

“洪哥肯出那么多钱，他们到底装了什么东西？”

“我也不知道。”

“亲爱的，你告诉我，你到底是什么人？是不是和洪哥他们是一伙的？”

高见泽抱着她，安慰她说：“亲爱的，不要胡思乱想了，我怎么会和他们是一伙的？你到底担心什么？”

郝文君伤感地说：“我担心我们的好日子到头了。”

“看你说的。你要是喜欢永远和我在一起，那咱们就一起远走高飞吧？”

郝文君摇摇头。她可以一直和高见泽偷欢，却不能和他私奔。在南津市，有太多太多的东西她割舍不下。

郝文君与高见泽会面的照片，很快被送到了萧烈那里。

韩冰解释说：“女的叫郝文君，是市经贸委副主任，其父是市委郝书记，丈夫是141研究所副所长李斯渊。这个男的就是高见泽。侦查员已经证实，在酒吧里给柳如嫣送酒送名片的就是这个人，给柳如嫣送花送巧克力的也是这个人，141研究所的清洁工在获得电子情报以后，上交的也是这个人。”

“查清他们之间是什么关系了吗？”萧烈审视着那些照片问道。

古小天说：“目前还不清楚，从监控记录分析，应该是情人关系。”

“看来，只要控制住这个人，就能堵住核潜艇机密资料外泄渠道。”萧烈说。

韩冰说：“我们是在监控高见泽时发现郝文君这条线索的。另外，我对郝文君的通话记录进行甄别时，发现她与柳如嫣也有联系。”她把一份郝文君与柳如嫣的通话记录交给萧烈。

“郝文君与高见泽关系密切，与柳如嫣也相识，但她却提供出孙阳这条线索。有点意思！”萧烈说。

“这或许说明郝文君是被利用，还不是其组织成员。或者他们是两条线上的。”韩冰说。

“不错。”萧烈完全同意韩冰的观点，“柳如嫣不把策反重点放在李斯渊身上，而是采用迂回战术主攻李斯渊的妻子郝文君，这是她典型风格，孙阳也很可能是她在李斯渊身上布置的第二条线。毕竟李斯渊的职位完全值得她这么做。”

“601 研究所的‘陈开迪泄密案’会不会也是这种性质?”韩冰说。

“我曾经怀疑那个把陈开迪眼镜弄坏的女人是沈文倩，但是沈文倩的脸上也没有美人痣。”萧烈说。

“我说过，那个美人痣可能是假的。”古小天说。

萧烈示意他打住：“好了，不要往下说了。再说下去又该下道了。”

古小天不好意思地笑笑。

“查‘内奸’的事有无进展?”萧烈问韩冰。

“我们查了孙克俭和沈家辉的家庭收支情况，都很简朴，没有值得怀疑的奢华生活。不过，我们也查到一条重要线索。”

“什么线索?”

“孙克俭的母亲去世前曾患有严重肾病，他母亲没有医疗保险，也没有退休金，据说治病花了不少钱。”

萧烈沉默片刻，说：“希望我们是错的!”

萧烈接到柳如嫣的电话，她约他见面，他毫不犹豫地答应了。最近发生的事情几乎都与柳如嫣有关，而“剑鱼”则突然销声匿迹了。柳如嫣说“剑鱼”此刻就在南津，他相信不会是在骗他。

萧烈和柳如嫣会面地点是在一家以浪漫著称的西餐厅。柳如嫣穿一袭黑色及踝长裙，合体的剪裁展现她完美的曲线。今天特意把头发盘了起来，露出娇嫩的脖子。长裙的领口开得很低，丰满的乳房之间露出深深的乳沟。全身散发着高贵的性感，会让男人心动，但让男人产生的不是欲望，而是崇敬。

萧烈发现柳如嫣很会穿衣服，看似单调的色彩，只要往她身上一套，就会光彩照人。从她身上，萧烈体会出了看似平常的一句老话的真谛：要想俏，一身孝（白色）；要想妙，一身皂（黑色）。柳如嫣把这句老话发挥到了极致。萧烈感到柳如嫣今晚简直妙不可言。

“好看吗?”柳如嫣笑问萧烈。

“好看。”萧烈说。

“人，还是衣裳?”

“都好看。”

“就冲你这句话，今晚你随便点。我请客。”

“当然是你请客。要是我请客，就领你去吃大排档了。”

“真小气!”

“嗨，柳小姐，你不要忘了，我是公务员啊，在这里吃一顿饭，要花掉我一个月的工资啊!”

柳如嫣俯过身来小声说：“你们不是都吃公款吗?”

“那也吃不起这种饭店。”

“我们可以互通有无嘛，你那里有很多东西是很值钱的。”

“你看我值多少钱?”

“你? 那要看买家是谁了。”

“就你。”

“全部家产，搭上我。”

两人哈哈地笑起来。

这次会面是柳如嫣主动提出来的，这家餐厅也是她推荐的。这里的东西真是贵得吓人，一瓶红酒上千元，法国蜗牛，法国鹅肝，意大利面条，俄国鱼子酱，样样价格不菲，看得萧烈直心疼，真是富人一餐饭，穷人一年粮。再一想，反正又不是花我的钱，让有钱的老板们使劲花吧，这也是促进消费，拉动内需啊!

柳如嫣点菜的时候，萧烈暗想，这个女人真是不可思议。她举手投足落落大方，显示出一种游刃有余的悟性，说明她读过很多书。她的肢体语言非常丰富，既不会做放浪的暗示，又能将女人的韵味把握得恰如其分，说明她受过严格的训练。无疑是个很难对付的女人。她在这个时候提出会面，葫芦里到底卖的是什么药呢? 试探，还是示威? 或者二者兼而有之?

“这些天有没有想我呀?”柳如嫣点完菜，俏皮地问。

“每天都在想。”萧烈说。

“真的?”她眨眨眼睛，“是在想怎么抓我吧?”

“你说呢?”

面对萧烈的反问，柳如嫣歪头想一想，很动人的一个女孩子表情。

“狡猾!”她说。

“彼此彼此。”萧烈说。

柳如嫣单手抵住下颏，深情地看着萧烈，说：“我很喜欢和你在一起的感觉。”眼波流转间，妩媚风情流露无遗。

“你怎么会喜欢吃西餐?”萧烈岔开话题。

“我喜欢这里的环境。”她说，“你不喜欢吗?”

“环境还可以，只是不太适应这里的食物。”

"你为什么不给我打电话?"

"最近很忙。"萧烈敷衍道。

"是忙着抓我的把柄吧?"她闭一闭眼睛，非常诱惑的一个小动作。

萧烈淡淡一笑，不置可否。

柳如嫣今天约萧烈吃饭，实际上是她自己沉不住气了。回过头来，把赖文祥、辛闻、田伟三个事件串在一起，她立刻嗅到"阴谋"的味道。她预感到"黄玫瑰"已经朝不保夕，让她没有想到的是，萧烈盯住了美国人的交通员，并发现美国人发明的无线情报交接办法，她不由得大吃一惊。自从和萧烈打交道以来，她能清晰地感到自己的自信正在一点点流失。对萧烈了解越多，越感到这个人深不可测，甚至可怕。所以她决定主动出击，在事情彻底失控前，加快实施"FCS 行动"。

柳如嫣叹了口气，说:"如果大陆不对台湾文攻武吓，我们两人不会这么敌对。"她从心里不愿意面对萧烈这样一个对手。

"台湾如果不是总有些人妄想独立，没有人愿意打内战。"萧烈反驳说。

"台湾独立与否，应由台湾人民说了算，这叫民族自决权，大陆不应指手画脚。"柳如嫣说。

萧烈苦笑，这是他最不愿意触及的话题。辩论台湾人是不是中国人，就跟辩论白马是不是马一样没有意义。

"我给你讲一个政治笑话吧。"萧烈说。

"你还会讲笑话?"柳如嫣饶有兴趣，"那我倒要仔细听听。"

萧烈说，有一个南津人听说台湾要独立，理由是"台湾独立与否，应由台湾人民说了算"，他立刻作出决定，关上院子大门，正式宣布他家独立了！从此再也不受中国和南津市政府管辖，再也不纳税、服兵役，同时正式照会中国外交部，请他们立刻在北京或南津市给他安排一使馆，他将派本国大使——他老婆常驻。费用由中国政府支付，国庆节别忘了请她上天安门坐坐。同时，他还将在合适的时候访问中国，请国家主席接见一下。

他宣布独立的理由比台湾还充分。第一，他在南津的老宅是他爷爷的爷爷传下来的，他家住了那么久，当然和国土一样神圣不可侵犯。第二，他全家老小经过全民公决，已经推举他为大总统，并制定了他家的宪法。难道他家的人无权决定自己的命运吗？第三，他家将实现真正的民主政治，总统轮换、多党制，与南津市政府比起来，他家没有腐败现象，制度优良，是民主的样板，完全有资格独立。只有他家独立，才能保住这块民主阵地。第四，他家坚决与美国、日本保持最密切外交关系，他家每年挣的所有工资都将用于购买美国武器。他家感谢日本过去对他爷爷的统治，不论美国和日本做了什么事，他家都坚决支持，必要时可以为上述两国牺牲他的生命！

“扑哧!”柳如嫣笑了，她无论如何想不到萧烈会搬出这么个故事！她承认萧烈在这种不可能有赢家的辩论中占了上风。实际上，她也没想过要与萧烈辩论这种无聊的东西，她只是想找个话题而已。说来奇怪，不知为什么，她遇到萧烈后，突然羡慕起那些家庭主妇来，她们系着围裙给丈夫、孩子做饭，让他们品尝她的厨艺，吃完晚饭一家人坐在客厅里看电视，节假日带着孩子出去游玩……而在这之前，她从没有想过要嫁人。

服务员来上菜了，柳如嫣端起酒杯：“谢谢你，那么痛快就接受了我的邀请。”

萧烈和她碰杯：“或者我们还可以顺便谈谈正事?”

“好哇!”柳如嫣啜一口红酒，慢条斯理地切下一块肉，蘸了酱汁，然后送到萧烈面前，“如果你吃了它，我就告诉你‘剑鱼’在哪里。”

萧烈毫不犹豫地吃了下去。

“你不怕我在肉里放药?”柳如嫣笑道。

“以你的聪明才智和骄傲，根本不屑这么做。”萧烈说。

“我如果真聪明，又怎么会被你在相同的地方绊倒三次?”柳如嫣暗指萧烈利用赖文祥、辛闻、田伟三次诱她上钩。

柳如嫣见萧烈装糊涂，不搭话，便放下手中的餐具，站起身来到萧烈面前，二话不说便坐到他的大腿上，一手勾着他的肩膀说：“你的嘴巴沾上酱汁了。”话音未落，她已自动凑上红唇，用舌头舔去了他嘴角的酱汁。

“谢谢。”萧烈尽量保持平静。这个女人一颦一笑，气定神闲，优雅得体，可谓智慧和性感的最佳混合体。这种女人最具有杀伤力。

“喜欢吗?”柳如嫣轻笑，眼睛中极尽挑逗的魅惑。

萧烈还没来得及回答，柳如嫣再次送上红唇，小蛇般灵巧的舌头放肆地侵入他的口中……良久，才气喘吁吁地分开。她说：“我真的爱上你了。”

萧烈无言。

柳如嫣离开萧烈的怀抱，回到自己的座位：“我们做个交易吧!”

“什么交易?”

“我帮你保守一个秘密，你答应我两个条件。”

“哦?什么秘密?”萧烈淡淡地问。

“你发现了美国中央情报局的交通员，并破译了美国人的密码。”柳如嫣轻松地说。

萧烈心中“咯噔”一下，但表面依然十分平静。

柳如嫣笑道：“你一定在想，她是不是在诈我?我要不要否认?”

萧烈微笑。不知道该说什么的时候，他通常什么都不说。

柳如嫣拿出一个纸袋：“为了表示诚意，这个算是我们这笔交易的定金。”

“什么东西?”

“美国中央情报局的无线发送设备,”柳如嫣把纸袋推给萧烈,“核潜艇的资料就是它发送的,或许你们的技术部门会对它的工作原理感兴趣。”送美国人的东西,她一点都不心疼,何况她以后也不会再用它。

“那你怎么向美国人交代?”萧烈问。

柳如嫣耸耸肩:“设备出现了故障,已经销毁了。”

“你有什么条件?”萧烈收起纸袋,虽然他不喜欢被别人牵着鼻子走,但他不得不承认这是一份大礼。

“第一,除你之外,我不与任何人打交道。第二,我不会出卖我的人,你也不能逼我。”

萧烈笑道:“没问题,还有吗?”

“第三,放过孙阳,不要逮捕他。他老婆是我的好朋友,我不愿意看到他出事。”柳如嫣说。

柳如嫣能把孙阳的名字说出来,萧烈确信她不是在使诈。他如果再继续装糊涂,就显得有些做作啦。

“你怎么知道我们破译了美国人的密码?”萧烈问。

柳如嫣笑道:“你们先是发现了沈文倩,然后又找到转发器,说明你们已经掌握了资料流出的源头,而能够这么快找到源头,唯一的解释就是你们已经破解了美国人的密码,掌握了流出资料的具体内容。”

萧烈承认她分析得有道理:“你又怎么知道我们发现了转发器?”

“因为你的人为阻断信号,更改了转发器的数据,而他们忽视了更改数据同时会生成不同的识别码。”

“孙阳收到数据的识别码与你设定的识别码不同,所以向你询问原因?”

“是的。你们既然能够更改识别码,那么你们就有足够的时间锁定孙阳。”柳如嫣说。

“而这时沈文倩已经回到台北,你再想让孙阳玩金蝉脱壳已经来不及了。”萧烈说。

“是啊,像你这么聪明的人,怎么会在同一地方摔倒两次?如果不是棋差一步,我也不用如此低声下气和你做交易啦。”柳如嫣俏皮地歪头一笑,“最后一条,让你的人不要盯我太紧,给我多一点空间。另外,不要为难沈文倩。她是我的心腹,没有她做事很不方便,其中包括帮你找出‘剑鱼’。”

萧烈想了想,说:“你真要帮我抓‘剑鱼’?”

“当然。”柳如嫣爽快地说,“‘剑鱼’算这笔交易的赠品。”“剑鱼”又不是她的部下,柳如嫣乐得拿来送人情。只要不让美国人知道就行。

“在交易期间，孙阳不得离开南津市。”萧烈说。

“没问题。”柳如嫣当然理解萧烈的顾虑，“成交吗?”

“成交!”

萧烈离开西餐厅，拐过街角，来到一辆中型客车前，古小天立刻从里面为他打开车门。萧烈上车，把装有美国中央情报局无线发送设备的纸袋交给技术人员，又从衣服里摘下微型录音设备。

“柳如嫣的话你都听到了?”萧烈问古小天。

“听到了。”

“你怎么看?”

“她肯讲和是好事啊!”古小天说。

“你真信她说孙阳老婆是她好朋友的鬼话?”萧烈轻笑摇头。

“她使诈?”

“她一定在策划一个更大的阴谋，孙阳不过是她的借口。”萧烈说，“或许，让沈文倩回南津才是她的真正目的。”

“你怎么知道?”古小天问。

“这个柳如嫣很骄傲，且自认为聪明。这种人怎么会轻易服输?”萧烈说，“另外，她在提到沈文倩时刻意与抓‘剑鱼’联系在一起，显然是怕我不同意。”

古小天想了想说：“有道理。”

“让韩冰撤回她监视柳如嫣的人员。你的人继续对柳如嫣进行监视，但不要跟得太紧。给她一个我们中计的假象。”萧烈说，“另外，让‘树桩7号’盯紧秦嘉珍，这两个女人都不是省油的灯，她们凑在一起不会有什么好事!”

第三十六章　将计就计

萧烈站在一幅巨大的南津市地图前凝眸沉思。图上标示着许多只有他自己能看懂的符号，这些符号代表着目前发现的每一条线索和目标，所有的线索搅在一起像团乱麻，真相似乎伸手可及，但一时又理不出个头绪。

萧烈反复听了那天他在柳如嫣公寓被她催眠的录音，在脑海中还原了当时的事情经过。柳如嫣那天对他进行催眠的内容，听上去不是为了从他这里套取情报，而是想知道他是否真的爱过她？这个结论令他十分意外。他一直认为柳如嫣是一个很专业的谍报人员，她的这一做法显然超出了专业的范畴。另外，经过化验，柳如嫣对他使用的药物中，除了催眠药物，还有氨基丙苯成分。按照萧烈的了解，如果一个男人对女人腼腆，给他服用少量的氨基丙苯药物后，他会变得大胆而放肆，这样女人就很容易地引诱他和她上床。柳如嫣为什么要对他使用这种药物呢？那个“油粉”给她下药也是她计划的一部分？萧烈百思不得其解。

在柳如嫣卫生间找到的那个纸片，初步认定是超市自助储物柜使用的凭条，已经被焚烧去一半。显然这凭条背后隐藏着什么秘密，否则她没有必要到卫生间焚烧一张司空见惯的纸条，而不是像普通垃圾一样扔掉。萧烈多次想象柳如嫣使用超市自助储物柜时的情形：她将东西放进储物柜，然后将凭条上的储物柜开启密码告知什么人，对方打开储物柜取走东西……这是她小心翼翼烧掉一张普通凭条唯一合理的解释。

柳如嫣传递的一定是不能通过电子信号进行传递的实物。这东西会是什么呢？是情报，还是传递情报用的设备？或者是为获取情报使用的设备？或者是武器？她把东西交给谁了呢？“剑鱼”，还是秦嘉珍？或者是孙阳、高见泽？或者是别的什么人？

有件事一直让萧烈耿耿于怀，那就是自他来南津市以后，还从未和“剑鱼”交过手。当然，这样说也不准确，暗杀赖文祥，袭击柳如嫣、唐心玫，暗杀辛闻、田伟，都有“剑鱼”的气息存在，只不过出场的都是些小人物，“剑鱼”一直躲在幕后。萧烈来南津，主要是冲“剑鱼”而来，没想到中途杀出个柳如嫣，把他的计划步骤全打乱了。

柳如嫣和“剑鱼”到底是一种什么关系？她口口声声要把“剑鱼”交给萧烈，她到底是什么用心？是因为那次她差点被“剑鱼”误杀而怀恨在心，想借萧烈之手除掉他？还是因为知道萧烈对他有杀妻之仇，把他交给萧烈以博得萧烈欢心？

萧烈想得脑子疼，也没有想出一个理想的答案。

这时，古小天来到办公室：“老板，你找我？”

萧烈点点头，对他说：“从监控记录看，秦嘉珍最近在与柳如嫣联络时，多次提到‘FCS’，十分可疑，你与‘7号’联系一下，秦嘉珍近期是否有什么可疑动作。”

“好的。”古小天说。

“另外，让韩冰‘关照’一下302研究所资料室主任欧阳云飞。”萧烈说。

“这个人有嫌疑？”

“没有。”萧烈盯着大地图的各种标记说，“但我想不出，要取得302研究所的核心绝密资料，有什么办法可以绕过这个欧阳云飞。”

“你怀疑敌人的下个目标是302研究所？”

“我们现在知道，601研究所和141研究所已经被敌人渗透，他们会放过同在南津的302研究所吗？”萧烈说，“我怀疑‘FCS’很可能与302研究所有关。”

“只是猜测？”

萧烈笑一笑：“秦嘉珍盯着302研究所，勾引‘7号’，又频繁与柳如嫣勾勾搭搭，你猜她们目标还会是哪个？把这条线索通报给所有部门。”

“你拿它当诱饵？”古小天明白了萧烈的意图。通报给所有部门是为了掩人耳目，让内奸不怀疑这是个骗局。只有看到参与这件事的人多，内奸心里才会感觉安全，这样才会放心地把情报送出去。“这件事交给我来办！”古小天兴奋地说，编假情报是他的专长。

“如果能让内奸相信，破获302研究所这条线索会危及他的安全，效果或许能更好些。”萧烈提示。

“明白！不过，这样做……会不会太冒险？”古小天提醒，毕竟他们编的假情报被验证是真的已经很多次了。

“冒险是必需的。”萧烈说，“只有我们都相信是真的，‘内鬼’才不会怀疑。”

“我明白了。”

赵福顺是在萧烈部署“猎兔行动”时临时安插进302研究所的，目的就是事先布一个“树桩”，等着“兔子”来撞。没想到果然来了一只“兔子”，还是只“大兔子”——秦嘉珍。这一次，秦嘉珍没有隐瞒自己的真实身份，她在“引诱”赵福顺“上钩”以后，继续施展她的惯用手段，企图将赵福顺迷倒在她的石榴裙下，使他像赖文祥一样，乖乖地听从她的指挥。让她没想到的是，赵福顺有点心理障碍，一到关键时刻就“不行”了。赵福顺告诉她，他从来没有和妻子以外的女人有亲密接触，老是有一种负罪感，一到关键时刻就会想起老婆，一想到老婆就心里紧张，一紧张就“不行”了。秦嘉珍安慰他、开导他，让他精神放松，鼓励他说：“像你这么优秀的男人，一辈子只有一个女人，太浪费资源了。应该抓住青春的尾巴，好好潇洒潇洒。”

赵福顺被她的无微不至的体贴和爱抚所“感动”，想努力表现，结果总是不能令人满意。赵福顺抱歉地对她说：“我知道我没有你说的那么优秀，你对我这么好，让我总觉得欠了你的。你就给我个机会，让我好好报答你一下。需要我做什么，只管说。”

秦嘉珍并不急于切入正题，而是和他绕圈子：“你知道我为什么要当记者吗？”

赵福顺摇摇头。

“当记者可以到处跑，可以看到很多风景，可以认识很多人，可以品尝世界各地的风味小吃。”秦嘉珍用多情的目光看着赵福顺说，“否则我就不会认识你。”

赵福顺淡然一笑，自嘲地说：“我也是一个小吃。”

“那我也是你的小吃了？”

“不，你是我的大餐。”

秦嘉珍说：“我常常想，人生在世，到底为了什么活着？”

“想出答案了？”

“这个问题太深奥。”秦嘉珍说，“但有一点可以肯定，我不是来受苦受难的，我要享受人生。”

“那你就好好享受吧！”

“怎么享受？就靠每月的那点薪水？”

“你们记者不是还可以挣稿费吗？”

“稿费？写稿子是要熬心血的，心血熬多了会变老变丑的，女人很可怜的，风光的好日子就那么几年，脸皮一黄，无人问津，悲凉的日子就开始了。所以，得趁着年轻，多挣点外快，以备来日所需。”

“挣外快？”

“是啊！人无外快不富，马无夜草不肥。如果你也想挣，我们可以合作。”

“合作？我一无资金，二无项目，怎么合作啊！”

“你呀，死脑筋，捧着金碗要饭吃。”

“你的意思是……”

秦嘉珍送他一个媚眼儿，附在他的耳边说了句什么，赵福顺一边听一边点头。

就在这时，赵福顺的手机响了起来。“对不起……”赵福顺接电话，然后对她说：“单位有点急事，我得马上回去一下。”

“我不想让你走。”秦嘉珍娇嗲地缠着赵福顺不放。

“宝贝儿，来日方长。如果真能像你说的那样，我们不是就可以永远在一起了嘛！”

“那时你就会彻底放松了，你一定会变得很男人！”秦嘉珍说着竖起大拇指。

“好，我就盼着那一天了！”

“一言为定！”

“一言为定！”

离开秦嘉珍的公寓，赵福顺叫了一辆停在附近的出租车。秦嘉珍从窗户看见赵福顺乘车离去，得意地笑了，她相信赵福顺已经被她“拿下”了。

出租车很快汇入车流中。客车的司机是古小天。

“你怎么想起用出租车接头了？”

古小天嘿嘿一笑，没有回答。

“这么急着见面，什么事？”赵福顺问。

“老板认为，敌人近期可能要活动，问她有没有不寻常的举动？”古小天说。

“她又故技重演，拉我和她合作，将来一起过神仙一样的日子。”

“具体说了些什么？”

“她问我计算机网络的登录密码，我不知道这东西对她有什么用。我估计她是要通过其他途径验证我的身份。”

半小时后，古小天回到指挥中心，向萧烈汇报了从赵福顺那里了解到的情况。萧烈来到那张只有他自己能看懂的地图前，沉吟许久，说：“恐怕这次我们又猜对了。”

第三十七章　一场虚惊

萧洒和许晓雨放学回家，走着走着，突然许晓雨抬头向四周张望。

萧洒问她："你找什么？"

"这两天我总感觉有人在暗中盯着我。"许晓雨说。

"可能是哪个暗恋你的男生吧？"萧洒和她开玩笑。

"哼！不可以吗？"许晓雨骄傲地昂起头。

"只希望他不是变态狂。阿弥陀佛！"萧洒说。

"你不要吓我！"许晓雨有些恐怖地抓住萧洒的胳膊。

这时，一个文质彬彬戴墨镜的中年男人从萧洒和许晓雨的身边经过，在掏口袋的时候把钱包掉在了地上。

"叔叔，你的钱包掉了！"萧洒喊道，捡起钱包追了上去。

中年男人接过钱包，向他道谢。

"不用谢，这是我应该做的。"萧洒和许晓雨快乐地跑开了。

第二天，萧洒和许晓雨放学回家，在捡钱包的地方再次遇到这个文质彬彬戴墨镜的中年男人，这次他开了一辆高级轿车。

"我是专门来感谢你们的，同时还想和你们交个朋友。你们是诚实的人，我喜欢和诚实的人交朋友。我能有这个荣幸吗？"

萧洒和许晓雨第一次被当做大人一样尊重，感到非常开心。

中年男人自我介绍说，他叫曾子尧，在附近的写字楼里工作。这时曾子尧接了一个电话，然后就匆匆开车走了。在随后的日子里，曾子尧偶尔会在捡钱包的地方等萧洒和许晓雨放学，然后请他俩吃冰淇淋。他们很快成为好朋友。不过，萧洒还是忠实履行萧烈交给他的任务，暗地里用手机拍下曾子尧的照片。

唐心玫一踏进办公楼，就感觉有几十只眼睛黏在她身上。她故作不知，径直来到自己办公室。

"市长，你今天有重要外事活动吗？"女秘书睁大眼上下打量着唐心玫。

"有没有外事活动，你这个秘书不知道？还问我？"

"没有活动，那么就是今天下班有重要约会喽！"秘书暧昧地笑。

"约会？那是你们年轻人的事啦！"

"市长，这套衣服一穿，起码年轻十岁！只要你想约会，绝对不输年轻人。"

"尽管我知道是拍马屁，不过听了还是很受用。"

"真的，市长，这身衣服好漂亮！从没见你穿过，新买的？"

"以前就买了，一直没穿。"唐心玫耸耸肩，"今天心血来潮，想把自己打扮一下，这还要理由吗？"

"可你平时不爱化妆，今天你还擦了粉……"

唐心玫紧张起来："很白吗？是不是像唱戏的？会不会很滑稽？我只稍微扑了一点点。"连忙站到镜子跟前。她的房间里有一面穿衣镜。

"没有啊，我是说你这样打扮很好看。"秘书说。

唐心玫仔细照了照，才放心："你吓我一大跳。如果我真顶着一张京剧脸谱来上班，明天就该成大家的笑料啦。"

其实，唐心玫不过就是化了点淡妆而已，今天她穿了一身水色系洋装，衬托出她的皮肤白皙透明，整体给人一种清爽优雅的感觉。她所做的这一切，只是为了今晚与萧烈的"家庭聚会"。今天是周末，两家在一起吃晚饭，已经成了他们的"保留节目"。

自从那个雷雨交加的夜晚，唐心玫和萧烈从虚拟的网络世界走进现实，唐心玫似乎一下子又找回了小女人的感觉。她喜欢上了扎着围裙在厨房里照着《家庭美食 100 例》炒菜的生活。看一眼菜谱，往锅里放一种调料，居然也是一种乐趣，仿佛把她往日单调的生活炒出了味道。她愿意为自己喜欢的男人做点什么，甚至愿意做一个有点"三从四德"味道的女人。

唐心玫与萧烈在一起时，有一种发自内心的思想的愉悦。她作为一名市长，不能没有自己的思想，有思想就需要沟通、交流和理解。但是在南津市，能够和她沟通、交流的人很少，或者是因为身份和地位的差异，缺少沟通的渠道和平台，冥冥之中，她遇到了萧烈。萧烈能够与她沟通思想，能够理解她的思想。萧烈是唯一有能力又有耐心与她一起讨论"中国政治体制改革"这种枯燥话题的男人。萧烈的观点总是能让唐心玫耳目一新，印象深刻。

处理完手头的工作，唐心玫拿出手机给萧烈发了一条短信："这么长时间，有一句话，一直想对你说：因为有你，让我不再感到孤独！"

萧烈很快回复："那么晚上你买菜！"

唐心玫读后开心大笑，眉宇间荡漾着幸福。

下班后，唐心玫去超市买了很多萧烈喜欢吃的东西，这都是她平时留意记在心中的。

回到住处，唐心玫看见萧烈的车，知道萧烈和孩子们已经回来了。她拎着菜直接敲萧烈的家门。开门的是女儿许晓雨。

“呀，漂亮的唐市长回来了！”许晓雨惊奇地大叫。

唐心玫让女儿气乐了：“油嘴滑舌！跟谁学的？”

“是萧叔叔说的。”许晓雨俏皮地吐了吐舌头，一溜烟跑到房间里和萧洒玩儿去了。

“你们两个先把作业写完。”萧烈说。接过唐心玫手中的大包小裹，退后两步，上下仔细地打量她，看得她都不好意思了。

“快把东西放下吧，你也不嫌累！”唐心玫嗔道。

萧烈把食品拿进厨房，唐心玫随后跟了过来，小声对他说：“真是你说的吗？”

“说什么？”

“明知故问！”

“哦，刚才我在窗口看见你回来了，就顺口说了那么一句。”

“顺口？那就是言不由衷啦？”唐心玫今天这身衣服就是为萧烈穿的，所以特别在乎他的感觉。女为悦己者容嘛！现在她完全没有把自己当做市长，只把自己当做女人。

萧烈意识到了这一点，他放下手里的东西，认真地对她说：“心玫，你今天真的非常漂亮，非常有女人味儿。我喜欢。”

萧烈的话让唐心玫心花怒放，像小姑娘一样略带羞涩地笑了。她很想上前亲他一下，但是担心被孩子看见，忍住了。“好吧，我去换衣服，然后给你露一手。”

唐心玫换了衣服，开始下厨，萧烈要帮她洗菜，她不许他动手，让他陪她说话。萧烈就站在一旁看着她忙碌。似乎厨房永远是女人的舞台，女人在厨房里穿梭，就像鱼儿在大海里畅游，悠然、欢快、自如。厨房中的唐心玫，比在办公室发号施令的女市长看上去可爱得多。

唐心玫在忙碌的同时，东一句西一句地与萧烈闲聊。她听人说过，一个人一生要说很多话，大部分是废话。这其中很多是聊天儿时说的废话。聊天儿是人类的一项重要生活内容，聊什么不重要，重要的是和什么人聊。唐心玫现在对这句话体会得深刻了。一句可能很普通的话，从萧烈的嘴里说出来，效果就不一样，会让她感到心旷神怡。这样想着，稍微有一点走神。

“不对！不是这样切的。这样容易切到手。”萧烈上前，从背后抓着唐心玫的两只手，教她把手的姿势放正。

唐心玫的整个后背贴着他结实的胸膛，仿佛他在背后拥抱了她一样。一股热流涌上她的心头，身体内部一阵悸动。她拼命叫自己镇定，一颗心却还是不听使唤地狂跳着。这一刻，她心里有着莫名的幸福感。

吃饭的时候，唐心玫讲了许多工作中的趣事。那种琐碎，让唐心玫自己都感到温馨。

吃完饭，收拾好碗筷，两个小家伙跑去看动画片，唐心玫就和萧烈在饭桌旁继续聊天儿。孩子们进进出出，就在近前，他们不约而同地又聊起中国改革与发展的话题，开始还多少有点装模作样的意思，谈着谈着，他们的注意力就渐渐地陷了进去。

唐心玫说："中国经济高速发展了这么多年，在各方面都取得了很大进步，可是我总觉得现在好像缺少点东西，仿佛很重要的东西，可我一时又想不出是什么。"唐心玫希望萧烈能够解开自己心中的困惑。

萧烈说："一个美国将军说：'美国不怕中国军队的现代化，因为他们永远也赶不上我们。但毛泽东化的中国军队令人恐惧。'"

唐心玫豁然开朗，她就知道萧烈一定能够给出答案。萧烈的风格就是从不正面回答可能会有很多答案的问题。萧烈说得不错，美国人不怕中国实现现代化，就如同它不担心日本现代化一样，但美国害怕一个有志气的、由毛泽东精神武装起来的现代化中国。

"精神！"唐心玫发现自己在思想上已经越来越依赖萧烈了。唐心玫又跟萧烈探讨中国科技发展的布局和驱动力问题。

尽管两个人讨论的问题很严肃，可是不知为什么，唐心玫面对萧烈脑海中总是闪过那天为他包扎伤口时的情形。她不知道他有何魅力吸引了她，坦白说，他并不是英俊的男人，她能举出他很多缺点，比如：眉毛太粗，头发太短，不注重打扮。可是萧烈的出现，再度燃起她作为女人的意识，让她回到了女人的春天，像一朵含苞待放的小花，从春风中苏醒过来。他能左右她的呼吸，扰乱她的思想，甚至能勾起她的情欲，她渴望与这个男人的肌肤之亲……

唐心玫不禁心跳加速起来，感到脸上发热。她为了掩饰自己的表情，下意识地看看表："哇！这么晚啦！"

"都已经是凌晨了。"萧烈自嘲地笑笑，"别人不知道，还以为我们两个人在替中央政治局常委开会呢。"

"这叫'位卑未敢忘忧国'！"唐心玫俏皮地说。

两个人起身到隔壁一看，电视还开着，两个小家伙已经蜷在床上睡着了。

“我先回去铺床，过一会儿你帮我把晓雨抱过来，好吗?”唐心玫温柔地说。

“好。”萧烈发现唐心玫今晚真的特别漂亮，特别有女人味。

唐心玫开门回到自己家。萧烈等了几分钟，估计唐心玫差不多应该铺好床了，他正准备去抱许晓雨，突然腰间传来“滴”一声响，他立刻掏出腰间的掌上电脑，是唐心玫的警报!

萧烈从保险箱取出手枪，将掌上电脑报警程序设定为静音，蹑手蹑脚打开门。对面唐心玫的房门半掩，亮着灯，没有任何声响。掌上电脑显示追踪器没有移动，萧烈判断方位是唐心玫的卧室。

萧烈无声地闪入唐心玫家，环视四周，没有发现异常，他静静地靠近唐心玫的卧室。卧室门也是半掩的，有微弱灯光。掌上电脑显示距离追踪信号源不足10米。萧烈收好掌上电脑，握紧手中的枪，靠近卧室。通过门缝，他看到唐心玫穿着睡衣，背对着门，静静站在床边。

萧烈判断：对唐心玫的威胁应该来自窗口或门后。

萧烈当机立断，他用力撞开房门，把唐心玫扑到床上，又迅速滚到地板上。萧烈在撞开房门的一瞬间立刻判断出门后没有藏人，所以他马上将枪口对准窗户，但是窗户方向也没有人，这完全出乎萧烈的预料!他机警地巡视房间的每个角落，没有发现任何异常。原来是一场虚惊。

“你没事吧?”他问唐心玫。这时他才意识到唐心玫还被压在身下，他刚要起身，唐心玫突然伸出双臂搂住他的脖子，小蛇般灵巧的舌尖放肆地侵入他的口中……

暴风雨过后。唐心玫头发散乱，神情慵懒，嘴角挂着甜甜的微笑，安逸地躺在萧烈胸前，空气中弥漫着欢爱过后的亲昵气息。

“起来吧，孩子还在我家呢。”萧烈说。

“五分钟，再让我抱你五分钟。”唐心玫恋恋不舍地躺在萧烈怀里。

“下次不要再乱按项链了。”

“噢。”唐心玫心满意足地笑，“其实我想跟你说件正事的。忽然想起来的。”

“什么事?”

“昨天我在学校门口遇到一个人，他看到我就躲开了。”

“什么人?”萧烈立刻警觉起来。

“他的背影和走路姿态非常像我前夫许汉斌。”唐心玫说。

“这么重要的事情，你怎么才想起来告诉我?”

“我是故意忘记的。”唐心玫羞涩地笑道，“如果我早告诉你，你现在可能又在加班了。”

唐心玫的羞涩让萧烈感动，作为市长，她能放下身段主动向自己喜欢的男人示爱，一定要拿出很大勇气的。“今天那身衣服，是专门为我穿的？”

唐心玫像小姑娘似的调皮一笑：“就连我的秘书都看出来了，说我今天下班有个重要的约会。你说呢？”

清晨，萧烈来到办公室，找出一张许汉斌的原照，又把储存在他电脑里的照片全部打印出来，一张接一张贴在办公室的黑板上。这些照片都是萧洒用手机拍摄的与许晓雨有过近距离接触的人员，萧烈坚信，许汉斌就在其中。可是他把几十张照片与许汉斌的原照对照，哪个也不像。

“老板，你什么时候喜欢摄影了？”古小天来到萧烈办公室，看到他在研究满黑板的照片，和他开玩笑道。

“‘剑鱼’出现了。”萧烈从墙上扯下一张可以排除的照片。

“在哪里？”古小天忙问。

“他女儿许晓雨学校附近。”

“谁发现的？”

“唐心玫。”萧烈又从墙上扯下一张照片，“她看到一个人的背影很像许汉斌。”

“像许汉斌？还是背影？就这些？”古小天问。

“足够啦！”萧烈继续审视满墙的照片，“我一直忽略了这一点。”

“什么？”

“以‘剑鱼’的胆量，如果不是整容整到他母亲都认不出来的程度，他一定不敢回来！”萧烈说。

“既然他整了容，照片已经不能说明问题，你还在找什么？”

“眼睛。”萧烈盯着墙上的照片，“一个父亲的眼睛。”

时间一点点过去，墙上的照片一张又一张被萧烈扯下。

古小天来到韩冰办公室，叮嘱不要让任何人打扰萧烈。

中午吃饭时间，韩冰问要不要送饭进去。古小天摇头。

韩冰忍不住问：“萧站长到底在做什么？我们能不能帮忙？”

古小天摇头：“帮不了，他在找‘父亲的眼睛’。”

韩冰没听懂：“父亲的眼睛？这是什么东西？”

萧烈一整天都没有出办公室。黄昏时分，墙上只剩下曾子尧的照片。萧烈神色疲惫走出办公室。古小天和韩冰连忙迎上前。

萧烈把手中的照片和纸条交给古小天：“去把这个人找出来。”

“好的，我马上办！”古小天说。

古小天根据纸条上萧洒提供的资料，立刻派人对曾子尧进行调查。他自称在里面办公的那栋写字楼，根本没有“曾子尧”这么个人！

萧烈在办公室里等消息，获悉这个调查结果，并不意外，他认为这恰好可以证明“曾子尧”就是“剑鱼”许汉斌！如果他不是“剑鱼”，他怎么会对一个孩子说谎呢？

“韩冰已经在学校周围布置了人，如果曾子尧再出现，一定逃不了。”古小天说。

萧烈摇摇头：“让韩冰把人撤了吧，他不会再去学校了。”

“为什么？”

“他那种人，你借给他个胆子，他都不敢再冒险出现在学校附近。”萧烈看着手里的照片说，“至少我们现在已经知道了他整容后的样子。找到他是迟早的事。”

“唐心玫知道你的真实身份吗？”古小天问。

“估计猜到了。”萧烈说。

“她有什么反应？”

“什么也没说，跟以前一样。”萧烈说。

“如果唐心玫在学校门口遇到的人就是‘剑鱼’，会不会已经惊动了他？”古小天猜测。

“不能排除这种可能。”萧烈说。“剑鱼”在学校门口撞到唐心玫，正常情况下，“剑鱼”会暗中跟踪她，观察她的反应是否危及他的安全。这样一来，“剑鱼”很可能会发现萧烈在监视唐心玫，由此推断萧烈已经发现他在南津，他会先躲起来观察一下动向。

这时，韩冰打来电话报告：“发现沈文倩出现在南津市。”

“沈文倩不是跑回台湾了吗？”古小天问。

“她又使用化名从日本秘密入境。”韩冰说，“我们在‘保护’欧阳云飞时发现的。她与欧阳云飞关系密切。”

萧烈站在大地图前，望着那些图标思索良久，微笑说：“柳如嫣要动手了。”

第三十八章　替身魔影

柳如嫣约萧烈中午在一家幽雅的茶餐厅见面。这将是她的最后一搏。

柳如嫣不知道自己错在哪里，但她清楚，自己的谋划已经一败涂地。萧烈在谈笑之间就摧毁了她精心编织的谍报网，仿佛不费吹灰之力。她现在唯一的选择，就是抢在萧烈决定收网之前，完成“FCS 行动”，然后迅速撤离大陆。只希望她所做的一切能够暂时麻痹萧烈，为实施“FCS 行动”尽量拖延时间。这么多年来，她从未如此狼狈。

“FCS 行动”的前提是，必须获取进入国防 302 研究所绝密电脑服务器的三层密码。艾克森最初的方案是分别策反掌握这三层密码的三个 302 研究所工作人员，然后再设法盗取资料。欧阳云飞是同时掌握国防 302 研究所绝密导弹资料读取密钥和密码的关键人物。

柳如嫣接手“FCS 行动”后，她对欧阳云飞的个人资料进行了认真分析，毅然决定起用沈文倩对付欧阳云飞。就在即将得手的关键时刻，沈文倩意外暴露，使柳如嫣一下陷入被动局面之中。

秦嘉珍已经按计划顺利攻克赵福顺和另一个目标，取得第一部分和第二部分密码，欧阳云飞拥有的密钥和密码，成为柳如嫣“FCS 行动”的最后堡垒。

国防 302 研究所能够读取绝密资料的电脑终端设在保密资料室内，这个房间只有欧阳云飞有钥匙，电脑终端也只有欧阳云飞的电子密钥可以启动，这钥匙和电子密钥欧阳云飞从不离身。对付欧阳云飞没有沈文倩不行，因此柳如嫣不得不硬着头皮与萧烈周旋。

在柳如嫣给欧阳云飞设计的爱情故事里，欧阳云飞始终认为自己遇到沈文倩是上天安排的缘分。他们是在北京机场候机大厅候机时“认识”的，登机后又“碰巧”座位挨在一起。开始，沈文倩没有主动说话，欧阳云飞也故作矜持没有搭讪，直到美女“不小心”把咖啡翻洒在他的裤子上，两人的话才多起来。沈文倩不停地道歉，非要对方留下电话，以便她回到南津市后好赔他的裤子。欧阳云飞对裤子脏了并不在意，一条裤子就拉近他和美女的关系，他还是很高兴的。

飞机抵达南津市，欧阳云飞无论如何不肯让沈文倩赔他的裤子。沈文倩提出第二天请他吃晚餐以示赔礼，欧阳云飞愉快地答应了。那天晚上，他们聊得很开心，沈文倩靓丽的外表和渊博的知识都给欧阳云飞留下深刻的印象。当然，他并不知道这一切都是柳如嫣早已策划好的。

欧阳云飞已经结婚十二年，有一个幸福的家庭。爱人是他的大学同学，在一所大学任教，一个女儿正在上小学，一家三口生活得平静而满足，如果不是结识了楚楚动人、拥有一双美腿的沈文倩，也许他永远都会是一个幸福家庭的模范丈夫。但是自从与沈文倩有了飞行中的浪漫“邂逅”，他感觉到心中沉睡许久的激情忽然被唤醒了，一贯循规蹈矩的他开始出现了雄性荷尔蒙骚动。

欧阳云飞寻找各种借口给沈文倩打电话，两人还常用手机短信聊天，有时一聊就是几个小时。逐渐地，他们的短信内容越来越暧昧，欧阳云飞对沈文倩肉体的渴望也越来越强烈。有一天，当沈文倩打电话约他到她家吃晚饭时，欧阳云飞毫不犹豫地答应了。他预感到这次家宴将意味着什么。

柳如嫣不允许沈文倩在与欧阳云飞的谈话中涉及任何工作的事情。不谈钱、不谈工作、只谈爱情。柳如嫣把沈文倩塑造成一个为真爱苦苦挣扎的痴情女子。那晚，沈文倩如愿成为欧阳云飞的“情人”。

沈文倩暴露后，柳如嫣立刻指示她切断与欧阳云飞的所有联系，迅速离开大陆。这样做一是为了躲避萧烈的追踪；二是观察欧阳云飞的反应，可谓“欲擒故纵”。

柳如嫣来到茶餐厅时，萧烈已经坐在那里了。她在萧烈对面坐下，妩媚地一笑：“今天我会把‘剑鱼’交给你。”

“有什么条件?”

柳如嫣摇头：“这是我答应你的，与交易无关。我愿意帮你抓‘剑鱼’报仇。不过我要说明一下，我是帮你，不是帮你的组织。”

“这有什么区别吗?”萧烈没听懂。

“也许结果是相同的，但出发点大不相同。比如，我喜欢你这个人，不一定非要喜欢你的组织。”她从手袋里取出一部手机和一张纸条交给萧烈，“我约‘剑鱼’下午两点在‘华艺影院’3 号厅使用加密蓝牙方式联络。这上面有使用方法。我把联络时间设定得很长，你的人应该有足够时间锁定他。或者干脆包围小影院，把所有人都抓回去审。还有两个多小时，我们可以一起在这里等消息。”

萧烈接过东西看了看：“你想好退路了?”

柳如嫣灿烂一笑："想好了！如果走投无路，我就嫁给你！"

"你要离开？"萧烈感觉到她笑容背后的伤感。

"是啊。天下没有不散的筵席。你终究不会爱上我的，留在这里还有什么意义？"

萧烈伸手招来坐在旁边的一名特工，把东西给他："交给古队长，他知道怎么做。"实际上，古小天在外面车里能够听到他与柳如嫣的全部谈话。

"你身上有窃听器？"柳如嫣非常敏感，一下就猜到了，"你和我见面都戴这东西吗？"

萧烈默默点头。

柳如嫣心头一颤，马上掩饰道："你为什么不喜欢吃西餐？"

柳如嫣的细微心理变化，当然逃不过萧烈的眼睛。他淡淡一笑，没有接她的话题。

"你在哪里学的催眠术？"

"美国。我是催眠高手。"柳如嫣故作自豪地说。

"高手？"萧烈露出有些嘲讽的笑容。

"当然！在你这里我是第一次失手。"柳如嫣说，"不过，你的意志力太强，又受过专门训练，我虽败犹荣。"

"你用催眠术搜集情报？"萧烈问。

柳如嫣眨了眨眼睛："你真想知道？"

萧烈点点头。

"你认为我会告诉你吗？"

萧烈摇摇头。他根本没指望她会把搜集情报的手段告诉他。

"那么我偏偏要告诉你！"柳如嫣一边喝茶，一边讲述她利用催眠术搜集情报的心得。她讲得很详细，萧烈听得很认真。实际上两个人都是在拖延时间。

"你知道我为什么告诉你这些吗？"柳如嫣问。

"因为你现在的职位已经不需要用这种手段去搜集情报了。"萧烈说。

"聪明！"

这时，萧烈的电话响起，他对柳如嫣说了声"对不起"，开始接听电话。接完电话，他告诉柳如嫣，"去接头的不是'剑鱼'本人。"

"你怎么知道去接头的不是他本人？"

"是一个身材娇小的女人。身材是无法通过化装改变的。"萧烈说。

"这个老狐狸！"柳如嫣笑笑，"幸亏我在给他的信息中包含了另外一条指令，约他明天交接一样非常重要的东西，届时他一定会亲自到场。"

"你怎么知道他会亲自去？"萧烈问。

"是我让他的上级指定他去的。"柳如嫣笑。

虽然没有锁定"剑鱼"，但萧烈确定这不是柳如嫣的诡计，否则她会安排一个男人来演绎这出戏。她不可能知道他已经掌握"剑鱼"整容后的照片。无论柳如嫣目的何在，萧烈都心存感激。

"谢谢。"萧烈说。

柳如嫣歪头一笑："听起来很真诚啊!"

柳如嫣心想，如果萧烈知道了她只是利用"剑鱼"转移他视线，不知他是否还会谢她？不过，帮萧烈抓"剑鱼"报仇她是真心的，只是同时夹带了一点点私心。如果沈文倩方面一切顺利，那么明天她就可以离开这里了。

萧烈拿出两张照片，放在柳如嫣的面前："认识吗?"

柳如嫣摇摇头："我没见过这两个人。"

"不是两个人，是一个人。你应该知道的。"

"一个人?"柳如嫣拿起照片仔细端详，"真是一点都看不出来。我真的不知道他是谁。"

"哦，可以理解。你们互不信任，没有见过面也很正常。"

"你是说他是'剑鱼'?"

"正是，这是他十多年前的照片，那时他的名字叫许汉斌。这是他的近照，他现在的名字叫曾子尧。"

柳如嫣听了大吃一惊："这么说，你已经找到他，不需要我帮忙了?"

"不，我需要你的诚意。"

柳如嫣由衷地感叹："萧烈先生，你真让我恐惧。"

"是吗？我还有更让你恐惧的消息告诉你。"

"什么消息?"

"你是在等沈文倩为你窃取302所的情报吗?"萧烈淡定地问。

柳如嫣如闻晴空霹雳，一下惊呆了。

情欲这种东西就像吸毒一样，不吸的时候，不知道它究竟有多舒服，一旦吸上几回，便再也离不开了，几天不吸，就会想它。沈文倩就是欧阳云飞的"毒品"。在沈文倩"失踪"的日子里，他每天就像犯了毒瘾得不到满足一样，浑身难受，打不起精神。所以，当沈文倩消失近一个月，又以"无法忘记他"为由重返南津的时候，他像一个瘾君子突然看到毒品一样欣喜若狂。

下午，欧阳云飞早早离开办公室，驱车前往沈文倩的住处。沈文倩每次都把幽会的时间选在午后，理由是以便欧阳云飞在幽会后，能够像模范丈夫一样按正常下班时间回家。对于这个美丽又细心的女人，欧阳云飞心中充满感动。他并不知道包括幽会的时间安排在内，一切都是圈套。

欧阳云飞来到沈文倩的公寓，迎接他的是玫瑰、烛光、红酒以及沈文倩风情万种的微笑和性感无比的身体。做爱前喝一杯红酒是他们的习惯，因为沈文倩说红酒能让她亢奋。欧阳云飞接过红酒一饮而尽，迫不急待地将沈文倩揽在怀里……

激情过后，两人赤裸相拥，欧阳云飞带着满足的笑容进入梦乡，一切都发生得顺理成章，他丝毫没有怀疑今天的红酒有什么特别。

沈文倩躺在欧阳云飞的臂弯中一动不动，仔细观察着他的睡眠状况。当她确认欧阳云飞已经进入深度睡眠状态后，立即下床，披上睡衣，打开房门，一个压低帽檐的男子闪身进入屋内。男子摘掉帽子，露出一张与欧阳云飞一模一样的面孔！

男子望了望床上熟睡的欧阳云飞，与沈文倩交换一下眼神，然后迅速脱下自己的衣服，穿上欧阳云飞的服装。不一会儿，一个面容、身材、发型与欧阳云飞一模一样的“替身”走出公寓，开着欧阳云飞的汽车，朝国防302研究所驶去。

“欧阳云飞”开车来到研究所大门口，从容地按一下汽车喇叭，站岗的士兵看了看车牌和坐在车里的“欧阳云飞”，打开大门放行。“欧阳云飞”轻车熟路地把车停在办公区，来到办公楼前，拿出身份识别磁卡在读卡器上划了一下，大门应声开启。“欧阳云飞”进入办公楼，微笑着向楼内的警卫挥手打招呼。

“欧阳主任，下班怎么又回来了？”警卫问。

“忘了点东西。”“欧阳云飞”的声音也摹仿得惟妙惟肖。

“欧阳云飞”穿过大厅，来到机要办公区，在大铁门前，“欧阳云飞”将食指放到指纹识别器上。铁门内机要区警卫室的指纹识别系统将“欧阳云飞”的照片显示在电脑屏幕上，警卫通过监视器对照片和本人进行确认后，铁门打开，“欧阳云飞”径直来到他办公室门口，掏出钥匙开门进入办公室。

“欧阳云飞”进入办公室后，立刻收起笑容，来到电脑跟前打开电脑，将电子密钥插入电脑，输入三层密码，进入研究所内部网络系统的绝密资料库。研究所的终端电脑封闭了所有移动存储功能，绝密资料库也具有防拷贝功能，使每一个进入绝密资料库的电脑终端，只能浏览，不能复制。

“欧阳云飞”从皮包中取出一个6厘米宽的半透明扫描器固定在电脑屏幕上，然后快速浏览资料库中的内容。在他通过电脑屏幕浏览资料时，电脑屏幕内容全部被扫描器快速扫描，转换成数字信号存储到连接的微型硬盘中。

二十分钟后，“欧阳云飞”面带一贯的微笑，从容走出办公区，驱车回到沈文倩的住处，并迅速换下真欧阳云飞的衣服，然后离开。一切恢复平静，仿佛他这个人从来就没有出现过一样。

第三十九章　强势收官

古小天反复观看欧阳云飞进出研究所的监控录像。如果不是韩冰提醒，古小天根本看不出那个进入办公室拷贝资料的欧阳云飞是假冒的。

“你是怎么发现这个欧阳云飞是假的?”古小天问韩冰。

“这个假欧阳云飞犯了一个致命错误，他没有拿真欧阳云飞的手机。”韩冰说，“他没想到我们已经对欧阳云飞的手机进行了监听和定位。”

“他在302研究所窃密的时候，手机定位显示欧阳云飞仍然在沈文倩住处，这引起了你的怀疑?”古小天说。

韩冰点头。

“你就没想或者是欧阳云飞把手机落到公寓里了?”古小天说。

“那只是可能性之一。我先想到这个欧阳云飞可能是假的。”韩冰说。

“这的确是他的一个失误。”古小天说，“不过，他不携带欧阳云飞手机可能有他自己的考虑。他如果携带手机，接听了欧阳云飞熟人的电话，很容易露出马脚。如果长时间不接听，又容易引起别人的注意。所以，权衡利弊，他选择了不携带手机。”

“其实，他可以选择携带手机，只要把手机静音就可以解决问题。”韩冰说。

“幸亏他没有你聪明，否则这个计划就堪称完美啦。”古小天由衷赞叹，“老板判断出他们要对国防302研究所的电脑系统下手，但没猜出他们是用冒名顶替的方法窃取情报，太有创意啦!”

“窃取资料使用的三个密码分别属于302研究所的赵福顺、欧阳云飞、吴项宇，敌人显然为这次行动做足了功课。”韩冰说。

“那个戴欧阳云飞面具的人是谁?”

“孙阳。”

“怪不得柳如嫣不让抓他！我们现在还等什么?”古小天问。

“等内奸现形!”

萧烈宣布“TS”进入一级戒备，这在“TS”成立以来还是第一次。

萧烈召集所有中层干部开会。开会期间，孙克俭身上一阵阵冒冷汗。从萧烈介绍即将展开的抓捕任务不难看出，“剑鱼专案”庞大的间谍网已成瓮中之鳖，矛头直接指向了孙克俭的上线联络人。尽管联络人没有见过孙克俭，但他知道孙克俭的身份。孙克俭必须发出警报让他赶快逃走，绝对不能让他落网危及自身安全。

会议结束后，孙克俭匆匆回到办公室，锁上门，从柜子里拿出一部从来没有使用过的智能手机。这部手机是为紧急状况准备的，可以通过手机上网进行组织联系。

孙克俭刚刚向联系人发出示警信息，他听到办公室门锁有细微的声响。他机警地关掉手机，取出手机卡投入粉碎机。就在他准备拆毁手机的时候，办公室的门猛地被推开。孙克俭迅速抓起办公桌内的手枪。

“别动！”鱼贯而入的侦查员一齐将枪口瞄准孙克俭。

孙克俭环视办公室四周，他明白了，他的一举一动早已经被秘密摄像头监视，今天的会议只是一个诱饵。

萧烈在门口默默看着孙克俭。孙克俭看了看萧烈，苦苦一笑，抓起手枪。

“把枪放下！”侦查员齐声大喝。

孙克俭没有放下枪，而是缓缓地把枪口对准自己的头颅。他望着萧烈说：“我只想说两句话。”

萧烈无言。

“第一，我从来没有出卖过能够危及自己同志安全的情报。”

萧烈点头。

“第二，我这样做只是为给母亲治病。我立过两次三等功，一次二等功，可这些有什么用？没有钱，就没有医院给我母亲治病。我不想这么做的，可我实在没有别的办法啦！是残酷的现实把我逼到这一步的！”

萧烈严肃地说：“这个世界上，并不只你有母亲；生活贫困，家庭条件远不如你的人多了，让他们都来学你这个孝子？”

孙克俭泪流满面地说：“我已经走了错路，我对不起兄弟们！”然后对着自己的脑袋扣动扳机，“砰！”

一辆灰色小汽车停在南津郊外路边一棵大槐树旁，沈文倩从车里下来，走到南面约10米处的田野里，弯下腰，从袖子里抽出一根约15厘米长、3厘米粗，一头尖、一头秃的“木桩”。敏捷地把尖头插入土里，用脚踏着秃头用力踩了几下，把“木桩”插入土里，然后用脚踢了些浮土覆盖在“木桩”上，回到公路，开车离开。

沈文倩的所有活动，都被架设在一个隐蔽处的高倍望远镜看得清清楚楚，并传输到“TS”工作站秘密指挥中心。萧烈坐在大屏幕前，及时看到了这一幕。

古小天通过无线电通话器请示：“老板，抓不抓？”

萧烈指示：“先不要动她。全力以赴对付‘剑鱼’！”

“是！”

为了抓捕“剑鱼”，萧烈进行了严密的部署，把能够想到的细节都反复进行了斟酌。“剑鱼”是个心狠手辣的家伙，但是胆子比较小，越是胆小的人办事越是谨慎小心。萧烈估计，“剑鱼”和柳如嫣应该是一伙儿的，不然柳如嫣不会对他的情况那么了解；同时他们又有很深的矛盾，不然柳如嫣不会把他当“礼物”相送。这样一来，“剑鱼”对柳如嫣就不会没有防备。他会用什么手段进行防备呢？萧烈让古小天准备一支机动小分队，随时准备应付突发事件。

沈文倩把“木桩”插入地点以后，开车来到不远处的十字路口，在路口指示牌下方竖着贴了一条黄色胶带，然后开车离开。萧烈在大屏幕上看到了这个画面，自语道：“多亏没有抓她。”

时间过去了半个多小时，“剑鱼”仍然没有出现。各个监视点也没有出现任何不正常情况。萧烈指示古小天：“告诉大家，要沉住气。”

“是！”

实验学校放学了，学校门前的马路上，停了很多接孩子放学的汽车。古小天派去保护许晓雨和萧洒的两名特工，把汽车停在离学校大门口不远的地方。很快，大部分孩子被接走，汽车也少了许多。许晓雨和萧洒走了出来，这时萧洒的手机响了，他看了一眼电话号码，然后接听。电话里一个急促的声音说：“萧洒，王老师找你有急事，快点到办公室来一下。”电话的背景声音有汽车的喇叭声。

萧洒问：“你是谁？”对方已经把电话挂了。萧洒满脸狐疑。

“谁的电话？”许晓雨问。

“不知道，说是王老师找我有急事。你等等我，我去看看。”萧洒急急忙忙返回学校。

许晓雨在那里站了片刻，想到学校里等萧洒。她一转身，就听到有人喊她：“许晓雨！”

许晓雨回头一看，是个英俊魁梧的男人，她不认识。

“晓雨，你妈妈让我来接你。”陌生男人说。

"你是谁?"

"我是你妈妈的司机，刚换的。你妈妈让我来接你。"

"接我？去哪里?"

"去她办公室。"

许晓雨警觉地后退一步说："你骗人！我妈从来不许我去她办公室。"

"我骗你干什么？你到了市政府就知道了。"陌生男人解释说。

"等一下，我给妈妈打个电话。"许晓雨拿出手机。

假冒唐心玫司机的陌生男人见势不妙，马上向远处一挥手，一辆黑色汽车呼啸而至，在学校门口停下。

古小天派出的特工发现异常，发动汽车，做好了行动的准备。

与此同时，返回校园的萧洒回想起刚才接电话时的情景，那个背景中的汽车喇叭声让他猛醒：那个电话应该是在马路边打来的，为什么要我到老师办公室去？他意识到这是个阴谋，马上转身向学校门口跑去，正好看见陌生男人一把抓住许晓雨，像老鹰叼小鸡一样把许晓雨抱起来塞进车里。无论许晓雨怎么挣扎也无济于事。黑色轿车飞驰而去。

这一切来得太突然，就连两名特工都没能来得及上前阻止，只能在后面紧急追击。萧洒愣了一下，从旁边一个同学手中抢过一辆山地自行车，说了声"对不起，借我用一下"，紧跟着汽车后面追击。自行车自然追不上汽车，他灵机一动，拐入一条小巷。

劫匪的汽车上，陌生男人凶相毕露地威胁许晓雨道："老实点，不然就杀了你!"

许晓雨受到惊吓，不再挣扎。

特工的汽车上，一名特工向古小天报告："大队长，出事了，许晓雨被绑架了。我们正在追击。请求支援。"

此时古小天正和韩冰坐在一辆公共汽车上。这是一辆配合抓捕任务的汽车，车上架着一部隐藏着的高倍望远镜，汽车假装出了故障，司机在车下检查故障。古小天马上将这一情况向萧烈报告，要求派遣机动小分队。

"小分队暂时不要动。"萧烈说，"很有可能是'剑鱼'的阴谋，可以让110帮助追击绑匪。"

"是!"

劫匪的车上，陌生男人已经将许晓雨捆住双手，并用毛巾堵上了她的嘴。他向"剑鱼"报告："经理，'货'已到手，但是'货主'正在追。"

此时"剑鱼"正在开车，得到消息，脸上露出得意的微笑，他要的就是这个效果。接着他收敛笑容，用严厉的口吻说："想办法甩掉尾巴。不过你要记住，不管遇到什么情况，你都不准伤害我的女儿!"

“你的女儿?”

“是，她是我的女儿。”

“明白了，经理!”

110警车的警报声在远处响起来，陌生男人有些惊慌，对开车的司机说：“在前面拐弯处停车，然后你继续开车把他们引开。”

“明白。”

萧洒在小巷中穿行，遇到上下台阶，他像玩杂技一样顺利通过，惊得路人瞠目结舌。

特工的汽车紧追不舍，但是为了躲避行人，开上便道。再回到主路上时，与绑匪的汽车拉开了距离。陌生男人回头查看情况，对司机说：“就在前面拐角停车。”

“明白。”

绑匪的汽车在拐角停下，陌生男人拉着许晓雨迅速下车，躲在墙角，汽车又迅速飞驰而去，特工驾驶汽车继续紧追不舍。

陌生男人看到远去的汽车，脸上露出狡黠的微笑。就在这时，萧洒骑车赶到，对陌生男人大喝一声：“放开她!”

陌生男人看看眼前这个小男生，根本没把他放在眼里：“让开，否则我就对你不客气了!”

萧洒毫不畏惧，从肩上卸下书包：“放开她，否则我就对你不客气了!”

陌生男人冷笑一声，推开许晓雨，扑向萧洒，飞起一脚，被萧洒轻巧地躲开了。

萧洒跳到许晓雨身边，一把扯下堵在她嘴里的毛巾：“晓雨快跑!”

许晓雨跑了两步，又停住了，大声呼叫：“来人啊！救命啊!”

陌生男人被许晓雨叫得心里发毛，想要去阻止她，萧洒从后面猛踹他的腿弯，他“扑通”一声，单膝跪在地上，萧洒上前用手掌砍他的颈部，他一头栽倒。

萧洒拿出一把削铅笔的小刀，割开捆在许晓雨手上的胶带，催促她道：“晓雨快跑!”

“不，我要和你在一起!”

这时周围有人向这里跑来，陌生男人一见情形不妙，从地上爬起来想跑，萧洒大喝一声：“站住!”飞身挡住他的去路。

陌生男人足有1.80米以上，他看看站在面前的小男生，虽然他已经领教了这个小男生的厉害，不敢再小看这个小对手，但还是有些轻视。他握紧拳头，连出两拳，都被萧洒躲过。旁边围观的人，一见这个场面，禁不住议论纷纷：

“这么大的男人欺负一个小孩!”

“就是，太不像话了!”

就连许晓雨都看得傻了眼，忘记了呼喊“救命”。

萧洒像耍猴一样在陌生男人周围跳来跳去，渐渐被陌生男人逼到了墙角，后面没有迂回的空间了。许晓雨提醒他“小心”，陌生男人脸上露出了奸笑。

这时萧洒已经意识到没有退路，于是进行绝地反击，他飞起一脚踢向陌生男人的裆部，陌生男人下意识地用双手去挡，并向后缩了一下屁股，将整个上身暴露在萧洒的面前，萧洒猛地跳起，把手一挥，手中的铅笔刀闪电一样从陌生男人的眼前闪过，“噗!”血花飞溅。陌生男人的颈动脉被划开，萧洒被眼前的一幕惊呆了，陌生男人像一面墙一样向他倒过来，他忙把身子一闪，“扑通!”陌生男人栽倒在地，周围发出一片惊呼声。萧洒马上警醒过来，拉着许晓雨撒腿就跑。

那辆逃跑的作案汽车在110警车的协助下，被逼到一个公路的死角，无处可逃，只好停车。两名特工冲上前拉开车门，却不见许晓雨和陌生男人的身影，顿时傻眼。他们立即向古小天报告，遭到古小天的一顿臭骂。

萧烈得到这个消息，大为吃惊。

“老板，怎么办?”古小天问。

“你不用管了。集中精力干你的事。‘剑鱼’应该不会伤害他的女儿。”萧烈放下电话，想了片刻，给唐心玫打了一个电话，唐心玫正在开会，问他有什么事，他说没事，就想听听你的声音。唐心玫幸福地笑笑，小声说，那就回家再说吧。

萧烈说想听听唐心玫的声音不假，但不是唐心玫理解的那种意思，而是想听听她的声音里有无慌张和恐怖。现在看来，唐心玫还不知道女儿被绑架的事。萧烈想到一个问题，今天许晓雨怎么没有和萧洒在一起?萧洒在哪里?

萧烈拨萧洒的电话，很快就通了，传来儿子气喘吁吁的声音：“爸……”

“你在哪里?出了什么事?”

“许晓雨被人绑架了，我把她救出来了……”

“她现在和你在一起吗?”

“是。”

“你们在哪里?危险吗?”

“我不知道这是什么地方，应该不危险了，那个大个子让我砍了!”

“好的，你们找个地方躲起来，我会派人去找你。暗号，‘渔夫’。”

萧烈通过手机定位系统锁定了萧洒所在的位置，派人将他和许晓雨接应到安全的地方。这时他接到报告，“剑鱼”出现了。

曾子尧开车来到不远处的十字路口，看到路口指示牌下方竖着贴了一条黄色胶带，这是“鳐鱼”已经把“货物”放入“秘密交接点”的标志。曾子尧在靠近大槐树不远的地方下车，他并不急于取“货”，而是在四周闲逛，仔细观察周围的环境。对于他来说，没有什么比安全更重要。

曾子尧就是“剑鱼”，以前的许汉斌。因为他有了十多年前被萧烈抓捕过的教训，他在经过整容重返中国大陆后，在发展情报关系、传递情报方面一直非常谨慎，最危险的环节他通常留给别人来完成，不过今天他不得不亲自出马，因为艾克森不允许其他人知道“FCS 行动”的结果。

美国中情局曾一度想策反欧阳云飞，后来发现此人虽然好色，但政治立场坚定，绝对不会叛国，不适合策反。接着又发生了赖文祥叛逃失败事件，各研究所的安保等级提高，在曾子尧看来，这是一个几乎不可能完成的任务。不久，艾克森给他发来指令，指示他与一个代号“鳐鱼”的人合作，协助“鳐鱼”完成“FCS 行动”。他想不出“鳐鱼”将如何完成这个任务。就在他开始与“鳐鱼”合作时，他意外发现萧烈也来到了南津市，并且就住在唐心玫隔壁，他敏感地嗅到了危险的味道。

曾子尧加入美国国籍的条件之一，就是必须回到中国为美国中情局服务。他为了保障自己的安全，坚持以华裔美国人的身份回中国活动，而不是以艾克森当初为他设计的秘密身份。他希望美国国籍会在关键时刻救他一命。今天拿到“FCS”情报后，他将立刻离开中国。为了保证他的撤离万无一失，他精心策划了对自己女儿的绑架案，他相信萧烈一定在监视他的女儿。

曾子尧部署的“绑架”行动，并不是真要把女儿带走，不过是利用“绑架”来转移萧烈的视线，只要被萧烈发现，就算“成功”。后面的结果，他不关心。他转了几圈没有发现可疑，趁无人注意的时候，他来到大槐树南面 10 米左右的田野里，用脚踢土，当碰到“木桩”后，便蹲下把“木桩”拔出来藏进裤腿里。“木桩”中间隐藏着记录“FCS”情报的大容量芯片。

曾子尧看似闲逛地走向自己的汽车。这时，一辆公交车停靠附近的车站，从车上下来一男一女，他们是古小天和韩冰。公交车开走，古小天和韩冰朝曾子尧的方向迎面走来，曾子尧没有在意他们。直到擦肩而过的一瞬间，古小天装作突然记起来似的叫道：“哦，是曾先生吧？”

曾子尧警觉地看他一眼，不置可否。

“您是曾子尧先生，对吧？”古小天像似老熟人似的亲切地问。

曾子尧一时记不起在哪里见过这个男人，用疑惑的口吻说：“您是……”

古小天开心地一笑，从口袋里拿出证件：“我是国家安全局的，你被捕了。”

曾子尧紧张地望着那个国家安全机关的侦查证，结结巴巴地说：“我……我是美国公民，我要给美国领事馆打电话，这是我的权利。”

古小天掏出手铐走上前：“你会有机会打电话的。”

曾子尧没有任何反抗，等待束手就擒，但古小天并没有马上给他扣紧手铐。曾子尧心中正疑惑时，古小天突然小声说：“自己人。推开我，往右侧的庄稼地里跑。”

曾子尧仿佛淹死前抓住了一棵救命稻草，他可不想再坐牢！他猛地一把将古小天推开，古小天很配合地向后倒去，正撞在韩冰的怀里，挡住了她的视线。曾子尧抓住时机拼命向右侧的庄稼地奔跑。就在他即将钻入青纱帐时，狙击步枪低沉的枪声响起，“噗！噗！噗！噗！”曾子尧连中四枪，一头栽倒在青纱帐的边缘。

“你搞什么？”韩冰推开倒在她身上的古小天。她不相信古小天会这么不小心。

古小天没有理韩冰，他来到曾子尧跟前，冷静检查他的颈动脉，然后笑嘻嘻说：“死尿啦！”

“怎么回事？”韩冰问。

“他拒捕，我的部下不得不开枪，你都看到了不是？”古小天说，“把录像资料都准备好，证据确凿，美国人也只能打掉牙往肚子里咽。”

韩冰满腹狐疑离开。古小天踢了一脚曾子尧的尸体，自言自语道：“小梅嫂子，我给你报仇了！”

在和平时期，间谍很少被判处死刑。在布置这次抓捕“剑鱼”的行动之初，古小天就没打算让曾子尧活着。他如果拒捕，古小天就会开枪，没想到他那么熊，居然准备束手就擒，古小天只好“劝”他逃跑了。结果还是那个被击毙的下场。

高见泽来到玫瑰酒吧，像平时一样叫来服务生，佯作殷勤地为坐在窗边的柳如嫣点了一杯红酒，并附上藏有微型芯片的名片。

高见泽见服务生把酒和名片交给柳如嫣，立刻起身离开酒吧。他走出酒吧没有多远，突然被一名大汉叫住：“廖三儿，大哥找你。”

高见泽愣了一下，说：“先生，你认错人了。”

“廖三儿，你跟我装糊涂？”大汉一拳打向高见泽腹部，高见泽疼得一弯腰，大汉顺势摁着他脖子塞进路旁的轿车里，与车内另一壮汉把高见泽夹在中间。

坐在副驾驶位置上的萧烈头也不回地说：“廖三儿，你打算什么时候还钱?”

高见泽忍着腹痛说：“你们认错人了，我不姓廖!”

高见泽与几名壮汉为“到底谁是廖三儿”纠缠不清。

这时，萧烈接到一个电话。通完电话，回头对高见泽笑笑：“我知道你不是廖三儿，你不欠我钱。”

高见泽如释重负。

“不过，你要把夹在名片内向柳如嫣传递的芯片密码底本交给我。”萧烈出示国家安全部《侦查证》，微笑道：“高见泽，你被逮捕了。”

高见泽目瞪口呆，随即瘫作一团。

萧烈对挟持高见泽的两个壮汉说：“看住他，不要让他影响我们抓捕柳如嫣。”

“是。”壮汉给高见泽戴上手铐，用胶带封住他的嘴。

高见泽乖乖地夹在壮汉中间，不能动，不能说，但他能看能听。五分钟后，他透过车窗看到柳如嫣从酒吧出来。

“各小组注意，目标出现，准备抓捕。”萧烈通过加密对讲机下达命令，“目标身上有秘密情报芯片，动作要快，防止她毁灭证据。”

高见泽看到柳如嫣打开车门坐进她的红色跑车。

“行动!”萧烈下令。

刹那间，四辆汽车风驰电掣驶来，将柳如嫣的跑车团团围住。车上特工人员纷纷跳下车，以车身为掩护，将枪口对准柳如嫣。

“不许动！把双手放在方向盘上。”特工喊话。

寂静了大约半分钟，突然“轰”的一声巨响，柳如嫣的跑车被炸得支离破碎，火光冲天。

高见泽目睹了眼前发生的一切。但他没有发现柳如嫣的跑车是停在一处下水道的盖子上方。只要掀开跑车下面切割开的底盘，就可以直接由车里进入下水道逃生。

第四十章　尾　声

在机场附近一家环境幽雅的餐厅内，萧烈把护照和机票交给一小时前刚被“炸死”的柳如嫣。

“这是你的新身份。”萧烈说。

“你是一个操纵欲很强的男人。”柳如嫣接过护照和机票。

“我只是讨厌被别人牵着鼻子走。”萧烈说。

“你到底掌握我多少底牌？”柳如嫣问。

萧烈没有正面回答她的问题，只是轻描淡写地说：“你现在已经不是柳如嫣了，高见泽见证了你被‘炸死’的全过程，他当时就在爆炸现场。”

柳如嫣惊讶地看着萧烈，她发现萧烈掌握的底牌要比她估计的多得多。

“另外告诉你，‘剑鱼’拒捕，已经被我的部下当场击毙。”萧烈说。

柳如嫣对这个结果并不感到意外。她关心的是她自己的事：“你到底是怎么发现‘FCS 行动’秘密的？”

萧烈笑而不答。柳如嫣根本不奢望他会真的提供答案。

“你不说我也知道。”柳如嫣负气地说，“我对你用催眠术，让你联想到我会用催眠术从欧阳云飞那里获取密码。”

“这是很重要的一环。”萧烈说，“但你最大的漏洞是你和中情局的人总在重复自己，你们用了太多的‘美人计’。”

柳如嫣仔细回想，她不得不承认萧烈分析得有道理。冷战结束后，已经没有人会因为意识形态充当间谍，金钱和美色成为情报战的主角，她也跳不出这个俗套。

“不过，催眠术和冒名顶替的方案很有创意。”萧烈说，“在发现你的计划之前，我也想不出，有什么办法可以绕开欧阳云飞这个关键人物。你这手段很高明！”

“奉承？还是挖苦？”

“奉承。”萧烈说，“我一直没有想出，以你的身份，你会利用超市的自动储物柜给下属传递什么？不会是情报，也不会是现金，难道是那个欧阳云飞的面具?”

柳如嫣点点头，叹了口气：“连储物柜你都掌握，看来我输得不冤枉。”柳如嫣站起身，走到萧烈面前，搭着萧烈肩膀，侧坐在他的大腿上。“不过，我最大的失误是不该爱上你。”她软语呢喃，带着热气拂过他的脸颊。

萧烈明白柳如嫣所指。如果她没有爱上他，她就不会对他用催眠术，他也不会因此联想她对付欧阳云飞的方法。

“不过我不后悔。”柳如嫣说。

萧烈干咳一声：“你在欧洲要多加小心，注意不要暴露了身份。”

“放心，我不会拿自己性命开玩笑的。”

“再次感谢你帮我找到了‘剑鱼’。”萧烈真诚地说。对于柳如嫣不附加任何条件的帮助，他除了惊讶，更多是感动。

“如果想谢我，就如实回答我一个问题。”柳如嫣说，“你爱过我吗?”

“你该去机场了。”萧烈再次岔开话题。

柳如嫣看看手表：“是到时间了。”她改变侧坐姿，大胆跨坐在萧烈腿上，搂着他的脖子，“我天生丽质，很容易就能把男人吸引住，你承认吗?”

萧烈点头。这是事实。

“但是为什么你总能对我的美丽视而不见呢?”柳如嫣问。

“可能我已经过了只看重女人外表的年龄。”萧烈答。

“难道我没有内涵吗?”柳如嫣问。

萧烈无法解释。

“知道我的代号吗?”

萧烈摇摇头。他真的不知道她的代号。

“告诉你吧，我叫‘鳐鱼’。‘鳐鱼’输给‘飞龙’，不丢人。”

“看来是你的代号没有取好，下次重操旧业，要叫‘恐龙’。”萧烈故意做出张牙舞爪状。

柳如嫣瞟了一眼手表，又瞟了一眼窗外，说：“真的到时间了。让我们吻别吧。”

萧烈还没来得及反对，柳如嫣已经吻上他的唇，用舌头撬开他的牙齿，送上一个长长的湿吻。

窗外，唐心玫以为自己看错了，她不能相信自己的眼睛，她脸上的笑容僵在那儿，整个人都僵在那儿，她像生了根似的站在原地，她有三秒钟停止了呼吸和心跳。她想竭力保持镇定，但仍变了脸色。看着萧烈与别的女人缠绵接吻，唐心玫有种撕心裂肺的感觉。

唐心玫含泪扭头离开时，萧烈也看到了唐心玫。看着柳如嫣一脸得意与他挥手话别，萧烈知道这又是柳如嫣策划的阴谋……

柳如嫣走后，萧烈展开了抓捕工作，该抓的抓，该养的养，该逆用的逆用，进展十分顺利。唯一不合作的只有郝文君，她被逮捕后一言不发，对高见泽的问题拒不交代。

最后，韩冰只得拿出高见泽的口供，对郝文君说："高见泽都已经交代了，你顽抗没有任何意义。高见泽只是利用你，他说从来没有爱过你。这是他的口供，你自己看吧！"

郝文君阅读完高见泽的口供，看起来异常平静，仍保持沉默。

当晚，郝文君撕开衣服搓成绳子，在拘留室自缢身亡。

2009年6月16日初稿

2009年8月28日定稿于丹东

后　记

这部小说是我创作的“隐蔽系列”的第三部。第一部是《隐形追踪》，第二部是《隐蔽出击》，这部《隐藏杀机》，从构思到完稿，断断续续写了近四年。之所以写了这么久，原因是多方面的。首先是时间保证不了。我的写作完全是业余爱好，每天只能利用业余时间写一点，工作一忙，杂事一多，就把思路给打断了，只好放下。其次是想写得好点。前面已经出版了“隐蔽系列”的之一、之二，第三部，我不想重复自己，尽力出点新意。这等于是在给自己出难题。解决难题需要时间。

现在，这个“隐蔽系列”写完了，终于可以松口气了。至于读者是否满意，我就不知道了。我当然希望我的辛勤劳动能够获得读者的认可，但读者的口味非常杂，从网上的上万条留言就可以看出这一点。

回顾“隐蔽系列”小说的创作过程，感慨颇多。一是累，二是写不下去的时候还会很痛苦，三是写到得意时会很开心。总之，创作的过程是一个甜酸苦辣的过程。

“隐蔽系列”的第一部《隐形追踪》曾被改编为电视剧《国家机密》，在中央电视台播出后获得很高的收视率，接着那家影视公司又拍摄了《国家机密2》，我没看，据说一般。《国家机密2》只是借用原来的片名而已，内容与《国家机密》没有任何关系，很多人以为是我写的，其实跟我没有任何关系。借这个机会，特作说明。

2009年8月30日　于丹东

图书在版编目（CIP）数据

隐藏杀机/李李著. －北京：作家出版社，2011.11
ISBN 978－7－5063－6057－9

Ⅰ.①隐… Ⅱ.①李… Ⅲ.①长篇小说－中国－当代
Ⅳ.①I247.5

中国版本图书馆 CIP 数据核字（2011）第 191273 号

隐藏杀机

作　　者：李　李
责任编辑：安　然
装帧设计：张晓光
出版发行：作家出版社
社址：北京农展馆南里 10 号　　　　**邮编：**100125
电话传真：86－10－65930756（出版发行部）
86－10－65004079（总编室）
86－10－65015116（邮购部）
E－mail：zuojia@ zuojia. net. cn
http://www. haozuojia. com（作家在线）
印刷：北京谊兴印刷有限公司
成品尺寸：152×230
字数：310 千
印张：17.5
版次：2011 年 11 月第 1 版
印次：2011 年 11 月第 1 次印刷
ISBN 978－7－5063－6057－9
定价：29.90 元
